侦探什么都知道

90位犯罪小说大师的写作课

Howdunit

A Masterclass in Crime Writing by Members of the Detection Club

[英国] 马丁·爱德华兹 编著
姜焕文 姜藩 译

译林出版社

图书在版编目（CIP）数据

侦探什么都知道 : 90位犯罪小说大师的写作课 / （英）马丁·爱德华兹（Martin Edwards）编著 ; 姜焕文, 姜藩译. -- 南京 : 译林出版社, 2025. 1. --（文学课）. -- ISBN 978-7-5753-0432-0

Ⅰ. I054

中国国家版本馆CIP数据核字第2024BX9352号

著作权合同登记号　图字：10-2022-164号

**侦探什么都知道：90位犯罪小说大师的写作课　[英国] 马丁·爱德华兹 / 编著
姜焕文　姜藩 / 译**

责任编辑　竺文治
装帧设计　韦　枫
校　　对　戴小娥
责任印制　闻媛媛

原文出版　Collins Crime Club, 2020
出版发行　译林出版社
地　　址　南京市湖南路 1 号 A 楼
邮　　箱　yilin@yilin.com
网　　址　www.yilin.com
市场热线　025-86633278
排　　版　南京展望文化发展有限公司
印　　刷　江苏凤凰新华印务集团有限公司
开　　本　880 毫米 × 1240 毫米　1/32
印　　张　15.125
插　　页　2
版　　次　2025 年 1 月第 1 版
印　　次　2025 年 1 月第 1 次印刷
书　　号　ISBN 978-7-5753-0432-0
定　　价　69.00 元

献给莱恩·戴顿

1969年当选侦探作家俱乐部会员

序

侦探小说作家们多多少少都有一点游戏精神，这是“黄金时代”的传统：作家致力于设计谜题，吸引读者们与之进行智力较量。

所以罪案侦探故事写作向来都有一些基本规则，比如必须至少要有一个罪犯，比如相关信息线索要及时向读者展示，当然可以用各种办法掩饰。也有人专门为这游戏制定了明确的成文规则，最出名的像范·达因的“侦探故事写作二十条规则”，以及本书中提及的罗纳德·诺克斯的“十诫”。这些规则对作者设谜出题的权力增加限制，以示公平。

但是规则从来都是设计来让人“破坏”的，有一些真正让读者无法忘记的侦探故事突破了那些规则，让人印象深刻，无法忘记，比如阿加莎·克里斯蒂的《罗杰疑案》。时至今日，大多数读者都承认它是一部杰作，但一直有人指责作者违反了游戏规则。W. H. 赖特是二十世纪二十年代纽约文化知识圈一位重要角色。他既是唯美的艺术评论家，又用范·达因（也就是前述“侦探故事写作二十条规则”的制定者）作笔名，写了很多侦探故事。他为一部侦探故事集作序时写道，《罗杰疑案》对读者使用的诡计，不能算是侦探故事作者的合法手段——它的结局毁了整个故事。不仅如此，故事的结尾还用了一个法语单词。并不是只有赖特一个人这么认为，很多读者给报纸书评栏目写信抱怨，当年那些栏目的功能跟豆瓣短评也差不多。《泰晤士报》来信中，有读者说故事结局让他震惊，以后他再也不买克里斯蒂的书了。还有医生读者说，这个结局太不公平了——罪犯竟然能当医生！

这些读者之所以说《罗杰疑案》违规，是因为他们到头来发现，谋杀案罪犯竟然是詹姆斯·谢泼德医生——故事的叙述者。甚至在故事开始没多久，作者就让波洛对谢泼德医生说："你一定是上帝派来接替我的朋友黑斯廷斯的人。让我们一起调查这案子吧。"

范·达因的二十条规则的第二条说读者所受的蒙骗应当仅止于罪犯施诸侦探本身的那些诡计，第四条说罪犯不能是侦探本人，或侦探中的一员。诺克斯的"十诫"中，第一条就说罪犯不能是读者被诱导着跟随其想法的人，第九条说侦探的笨朋友，诸如华生医生那个角色，不能向读者隐瞒任何想法。《罗杰疑案》显然与这些规定不符。尽管范·达因和诺克斯这些条条框框的发表时间其实比《罗杰疑案》出版要晚两年，但它们确实归纳了侦探小说"黄金时代"读者默认的游戏规则。

当然有更多读者为之辩护，本身也是侦探小说家的多萝西·L.塞耶斯就说，像赖特那样的批评，根本是出于受骗上当后自然会有的愤怒。她还说，读者只要头脑够清醒，像个好侦探那样去怀疑每一个人，就不会有什么问题。其实这样的讨论，归根结底也成了"侦探故事游戏"的一部分。围绕《罗杰疑案》的作者/读者游戏，后来更加花样翻新。2002年，一位法国的文学教授、精神分析学家皮尔·巴雅写了一本很难归类的怪书：《谁杀死了罗杰·阿克罗伊德》，这本书既像文学批评，又像学术理论，还更像一本侦探小说。

一个读者，用侦探小说的形式，去评论一本侦探小说。巴雅这样的做法，使游戏又上升到另一个层面。这本书抓住一个问题——既然谢泼德医生是罪犯，那他就是一个不可靠的叙述者，如此一来，他说的话还可以完全相信吗？从这里出发，巴雅全面考察了阿加莎·克里斯蒂的方法技巧，分析人物心理，再加上精神分析理论，最后得出的结论是大家都搞错了，谢泼德医生不是罪犯，他姐姐卡洛琳·谢泼德才是。而大侦探波洛其实是疯了，他在妄想。

如果把侦探故事当成作者/读者之间的游戏，所有这些规则和违规、指责和辩论都是游戏的一部分，那我们面前的这本书也就可以被视为一种“周边”和游戏的“攻略”。《侦探什么都知道：90位犯罪小说大师的写作课》这本书的主书名原文是howdunit这个单词。这是用来分析侦探故事的一个术语，意思是“怎么做的”，除此之外也有whodunit和whydunit，意思分别是“谁做的”和“为何要做”。有一套早年间出版的丛书，系列书名用的就是howdunit，分门别类地介绍如何下毒、如何使用武器、如何设下圈套，以及法医的尸检工作和警察的现场调查等等，每一本都详解其中一项。这本书借用了这个术语，说的却是侦探小说作家们的工作细节：怎样找到灵感，如何积累专业知识、编织情节、设计人物、选择视角、把握节奏、设置叙事“挂钩”，如何多人合作编写故事、改编剧本。

让作家们自己讲如何写小说，他们基本上都会耍花腔，言不及义，云里雾里。他们中可能只有侦探小说作家，真的会老老实实告诉读者一些真实信息。虽然这些信息——就像他们写的故事中一样，只在只言片语中透露真相，需要读者开动一点脑筋。

总之，这也是游戏的一部分，作家把这些事情告诉读者，也是为了让他们在破解谜题时，多少能找到一些方向。

小白

目　录

人物

地点

手法

视角

悬疑

动作

历史

幽默

出版

写作不息

起　兴

序 言

《侦探什么都知道》这部书可谓群贤毕集，九十位杰出的犯罪小说作家建言，各抒己见，畅谈创作——备述写作生涯。这本书中真知灼见不可胜数，想成为作家的人们可以从中获益，不过我们的首要目标是让但凡喜欢犯罪小说的人读有所乐，展卷有得。也许有人并不认为自己对犯罪小说情有独钟——至少现在不做如是之想——但他们对作家如何创作十分着迷，这本书也可能惠及这样的人群。

本书撰稿人或在过去，或在当下，都是侦探作家俱乐部成员。侦探作家俱乐部为全世界年代最久的犯罪小说作家社交网络。本书定稿付梓之际恰逢俱乐部九十华诞，所以论年序岁，其生命的每道年轮一一有文匹配。过去九十年里，从事犯罪小说写作的英国作家中有不少佼佼者都曾是俱乐部一员，作品包括间谍小说、惊悚小说、冒险小说，也包括传统侦探故事和心理悬疑小说。今将这些人的集体智慧结集出版，正是时候。本书重点介绍当今写作和当代作家，但前辈的思想依然是我们的兴趣所在。这一方面是因为前辈的思想诠释着写作生涯、文学时潮之变迁，另一方面也是因为他们的思想表明，写作要面临的诸多挑战并没有时过境迁。侦探作家俱乐部的会员们兢兢业业，不辞辛苦——但也乐在其中。林赛·戴维斯在思考文风；西蒙·布雷特懊然反思，作家绝世之笔遭人擅改，不胜痛惜。人人都能获得参与和贡献的喜悦感！

一个世纪前，俱乐部首任主席 G.K. 切斯特顿有言：“众所周知，一事无成之辈往往会大谈如何成功；在侦探小说写作以及低端行业、平民行业，这一成功法则也应完全适用！”此言不无风趣却暗透酸楚。但我愿假定切斯特顿会认可这本书，眼见自己的观点与同侪、后辈的见解同卷面世，他会十分欣喜。

侦探作家俱乐部 1930 年成立伊始，会员们便紧随安东尼·伯克莱·考克斯和多萝西·L. 塞耶斯坚强有力的引领，着手提高这一题材文学的水准。早期的畅销惊悚小说往往文笔粗糙，且沙文主义倾向严重，所以俱乐部设限，作家要取得会员资格，必须至少写过两部侦探小说，且为“有口皆碑”之作。这一标准被不时滥用，致使惊悚小说作家若不追随潮流，写出经典风格的侦探小说，就会被拒于门外，这样的例子并不鲜见。二战之后，纵使有人固守成见，他们也清楚地看到，像埃里克·安布勒这样的一流作家也在创作惊悚小说，所以继续排斥异见、画地为牢乃荒谬之举，所以上述标准终于废止。

俱乐部成立初期，众人大都在思考怎样创作侦探小说，想要为其制定“规则”。有规则立，自有立规则之目标，所惜累遭谬见、误读，丧失活力。著名讽刺作家罗纳德·诺克斯先俱乐部之立而构思，堪为规则之发端，但其中戏谑有余，严谨不足：诺克斯身为荣授圣职的牧师，戏仿十诫，如撰小品。有些“规则”，比如“侦探本人不可犯罪”，向读者灌输“规则公平”的理念，走得太远，且理由未必充分，结果劳而无功。他提出的有一两项倒也合情合理：例如，他说双胞胎兄弟和替身“不得出现，除非我们做好了充分的铺垫”，他这样说只是在反对使用不雅招数，一时愚弄了读者，代价却是触犯众怒。重要的是，他主张写作推理小说也要合乎常识，告诫作家在写作实践中避免荒谬的情节设计，摒弃种族刻板印象——这是二十世纪前期犯罪小说写作中的通病。

考克斯是俱乐部创始人，他署名安东尼·伯克莱、弗朗西斯·艾尔斯，创作的犯罪小说别开生面，影响深远。他自己的作品打破了所谓的“规则”，他为此喜不自胜，许多同仁争相效仿，以打破规则为豪。但斗转星移，这样的笑谈尘封已久，倒是有一个误传常常被人提起，阿加莎·克里斯蒂差一点被赶出俱乐部，因为她的《罗杰疑案》被认为违背规则。这纯属子虚乌有。事实上，早在俱乐部成立四年前，这部小说就已经出版，而且考克斯、塞耶斯，以及克里斯蒂的其他同事，都对该作品十分赞赏。

人们很容易走另一个极端，认为犯罪小说作家的唯一规则是没有规则。写作过程本是试错过程，人人探索路径，务求最适合自己。尽管如此，老练作家的经验予人启迪、引人入胜，过去、现在概不例外。要汇编这样一本书，至少在英国，侦探作家俱乐部会员是不二人选。

2019 年 2 月的俱乐部年度大会上，我提议合作编写这样一本书，以拓宽资金来源，至于可能遇到的反应，我心中没底。但结果表明，与会众人热情高涨。会议还同意将这本书献给在会时间最长的会员莱恩·戴顿，以庆祝他当选俱乐部会员五十周年。关于这本书的主导理念，费利克斯·弗朗西斯将其归纳为“我们是怎么干的”。换句话说，我们将谈论自身经历，表达个人见解，而不是苦心孤诣，更新诺克斯那些滑稽可笑的戒律。俱乐部出版商哈珀柯林斯出版集团非常赞赏这个创意，随后几个月里，《侦探什么都知道》便具雏形。

成书不是教材，也不是指南。如果读者希望钻研细节，了解警察探案、法庭审理、司法科学、诽谤诉讼等话题，建议他们阅读相关专业书籍。这本书中，撰稿人贡献出的是别样宝库，满藏智慧、学识和逸闻趣事。在这里，你能看到哪一位小说家率先使用文字处理软件，谁的作品被视为第一部“电子小说”，黄金时代的一次布克文学奖提名如何促成机会，让杰出的侦探重获新生，诸如此类，不一而足；你甚至能看到有关案例研究的通信，一步一步，讲述犯罪小说经典之作的联袂创作，展现创造过程非同寻常，有快乐也有苦恼。

关于会员们可能想写的题材，我谨提出宽泛的建议，如有人就话题垂询，我会进一步提供详尽的思路，但我不求方法统一、要义统一，也没有企图消除观念上的分歧。我希望撰稿人能够不受编辑指令的约束，充分表达自我。有机会与这样一批天赋异禀的作家共事，实属幸运垂青，不让他们自由发挥，是非常愚蠢的行为。犯罪小说为开放型题材，包含的故事类型无穷无尽；假如小说家的观点雷同，方法千篇一律，岂不怪诞？事实显而易见，他们没有落入桎梏。字里行间，读者可以听到（与出席文学盛会没有两样）众多声音，异响纷呈。从作家困境到犯罪小说家的使命，撰稿人各抒己见，百家争鸣。

有些作家在下笔前一定要预先设置情节或拟就提纲；而有些作家则下笔全凭直觉，他们启程踏上小说写作之旅，但要去哪里，竟毫无头绪。《侦探什么都知道》两种方式都有所探索，我们还探究了许多其他领域。态度和方法门类众多，本无止境。认定一种理念一贯“正确”，另一种理念总有“舛错”，是幼稚的。不同的罪犯偏好不同的作案手法；同样，不同的犯罪小说家创作神秘的故事也会采取不同的路径。作家还会偏好不同种类的犯罪小说，这本书意在展示犯罪小说无穷的可能性。撰稿人表达的个人意见，价值就在于它们自辟蹊径，阐明利弊，诠解作家需要做出的选择。我们不会给出确定答案，以求得虚假安慰，因为确定的答案本来就不存在。诚然，有些领域存在普遍共识——比如，作家如果想象力丰富，可以在任何地方找到灵感。对个体来说，最终的问题是：什么方法最适合你？

我是俱乐部现任主席，为第八任，我的前任包括切斯特顿、多萝西·L. 塞耶斯、阿加莎·克里斯蒂这样的传奇式人物。本俱乐部有丰富多彩的历史，我在《谋杀的黄金时代》中对其初创时期有所记录。在这里我只想说，本俱乐部只是一个民间联合组织，会员接受邀请，参加晚宴，属于小型社交团体，它与犯罪作家协会有着本质的区别。犯罪作家协会是一个专业组织，规模大得多，由出版过犯罪作品的作家，以及与犯罪写作这一行有所关联的同事组成。两个组织不是竞争对手，我们彼此相惜，关系友好，俱乐部最近的四位主席也担任过犯罪作家协会主席；两个组织的档案各不相同，但二者合璧，便是英国犯罪写作简史。过去的几年里，北威尔士格拉德斯通图书馆每年夏天都举行庆典，庆祝这一盛事。

与犯罪作家协会的情况相反，本俱乐部会员一直数量有限；由于我们这个组织偶尔要在伦敦举行宴请，所以会员以英国人为主。会员资格没有成规限制，因此有几个美国作家也加入了进来，包括文风殊异的约翰·迪克森·卡尔和帕特里夏·海史密斯，还有新西兰人奈欧·马什。我们的一般原则是会员资格终身制，事实上，俱乐部第三任主席塞耶斯出任之前，已放弃侦探小说写作十年之久。俱乐部的魅力之所以经久不衰，与它规模小而精关系很大，也与晚宴参加人共有的主人翁精神关系很大。从俱乐部创立起，每年举办仲秋主宴，本届设在丽兹酒店，凡晚宴出场的演讲嘉宾，个个造诣非凡，更兼博采众长，令人印象深刻。

俱乐部自成立之日起就创作犯罪故事，为各类活动募集资金——坦率地讲，那些场面气派的晚宴价格不菲。开局的合资项目是两部悬疑剧，跨媒体合作，由初创期的 BBC 播出，并在《听众》杂志上连载。1930 年 7 月 23 日，BBC 还播出了一个节目，叫《策划侦探故事》，是由伯克莱和塞耶斯主播的五十分钟谈话。当时估计听众人数超过了一千二百万——即便在今天，英国的任何一档黄金时段的电视节目，或任何一个出版商，都渴望达到这个数字。

这些开创性行动之后，俱乐部的第一部小说《浮动的海军上将》随即问世。这部虚构作品是十二位作家共同努力的结晶，切斯特顿撰写的序言锦上添花。近九十年过去了，这本书仍在印刷发行，最近还被译成了好几种外文。多年来，俱乐部会员创新不断，佳作频出，包括他们彼此作品中侦探互动的故事、真实犯罪文集、所谓无破绽案件系列故事——由伦敦警察厅警长主导侦破。俱乐部最新出版的作品是小说《沉没的海军上将》和短篇故事集《谋杀动机》。《沉没的海军上将》由西蒙·布雷特策划，是二十一世纪对其久负盛名的先驱《浮动的海军上将》的致敬。

从二十世纪三十年代到第二次世界大战结束之后的一段时期，作品出版对俱乐部的财力颇有帮助，甚至还能让我们在苏荷区租到几间房屋，用作图书馆。但和大多数小规模会员制组织一样，俱乐部经费从来没有充裕过。捉襟见肘的资金状况让塞耶斯甚为苦恼，这在她的信件中也偶有流露。二十世纪四十年代以及随后的几十年里，俱乐部时不时面临存续难测的窘境。房屋早已租用不起，图书馆也不复存在。时间的推移又引出另一个问题：二十一世纪真的还需要侦探作家俱乐部吗？这是媒体社会化时代，是节日难以数计的年代，集会无处不在，机会无处不在，犯罪小说家、犯罪小说迷，何处不相逢！在这样的时代，侦探作家俱乐部依然有价值、依然事关文学吗？

我个人的意见难免偏颇，但我认为俱乐部氛围宜人，历程辉煌，值得珍惜。撇开晚宴那自然、友好、和谐的气氛，全世界对犯罪小说传承的关注度与日俱增，俱乐部及其会员为之做出的贡献功不可没。日本的本格推理小说作家协会就是一个模仿我们俱乐部的组织，我曾有幸和其主席会晤。仅在过去的三年里，俱乐部的历史就在不同国家的重大活动中受到热议，这些国家包括爱沙尼亚、美国、冰岛、加拿大、沙特阿拉伯、西班牙，还有中国。过去的十二个月里，BBC 播放广播剧，法国出版漫画小说，对俱乐部表示庆贺。因此，如果我们把目光放长远，超越表面上的时代误读，则俱乐部一如既往，事“关”文学。

我们的会员群体规模不大，真正的考验在于这些人是否认为俱乐部仍有价值，应该继续存在。这个命题如果存疑，那这项事业就该终止。任何编辑都会告诉你，作家谈写作信手拈来，但表达兴趣是一码事，说服他们在有限时间内完成写作是另一码事。我的任务是，要与并不悠闲的作家们打交道，不断设定最后期限，足以使他们不忍拖沓；同时还要拉拢他们免费写作——因为这样做是在秉承优良传统，为俱乐部募资，其起源可以追溯到《浮动的海军上将》。大量研究表明，全世界的文学收入都在下降（有志于当作家的人需要牢记这个事实），所以我们人人坚信，现在比以往任何时候都更需要强调，作家应该得到应有的重视和起码的报酬。但正如合编《侦探什么都知道》的提议收到的反应那样，作家也是一群热心而慷慨的人，他们希望侦探作家俱乐部继续繁荣兴旺。

畅销书榜单上的超级明星们表态，他们愿意暂停目前正在推进的工作，为这本书撰稿；甚至多年不写小说的退役会员也热心参与。收到一份又一份的手稿，欣见我们的行业中众多不拘一格的思考，这些都非常激动人心。会员们告诉我，他们乐意撰稿，首先因为他们热心于俱乐部的事业，其次因为他们觉得，关于写作过程和犯罪小说作家生活的各个侧面，他们有值得发表的见解。

我们的目的不只是介绍当代犯罪写作舞台的现状。这本书包含了历史素材和示例注解，意在突出表现：写作时尚流变不息，但追求真理亘古不变。已经故去的撰稿人的家人和亲属深知会员对俱乐部笃定不移的情怀，都非常支持这个项目。昔日会员的文章通常比在任会员的文章简短，我简单点评，把诸多篇目串联起来，并让有些文章与上下文吻合。除此之外，有些撰稿人的著作，读者此前可能从未读过，我希望读者能通过这些文章走进撰稿人的文学世界。

女性作家在侦探作家俱乐部一直发挥着核心作用。阿加莎·克里斯蒂本不该是会员，但她竟成了委员会一员；塞耶斯去世后，她继任委员会主席，终其余生。露西·马勒森以安妮·梅雷迪斯、安东尼·吉尔伯特为笔名写作，卡罗尔·里维特化名 E. C. R. 罗拉克，两人在俱乐部早期担任秘书，最近的继任秘书有玛丽·凯利和杰西卡·曼恩。二十一世纪初，P. D. 詹姆斯、玛格丽特·约克等著名作家依然是会员，她们造诣卓著，对俱乐部不离不弃，是晚宴的常客，这个传统一直延续至今。因此，让莉莎·科迪撰稿，从女性视角就犯罪小说发表意见，似乎是人尽其才。

纵然时间重叠和空间限制在所难免，我的目标还是尽可能轻松自在地编辑稿件。当然，在题材方面，我们想包罗常见的疑案要素——阴谋、嫌疑人、案发地点——我们还想涵盖更多。所以，在这里仅选两个例子：我们让马克·比林汉姆思考单口喜剧和悬疑小说之间的联系，让斯特拉·达菲借鉴她的舞台经历提出建议，建言作家如何从即兴表演艺术中汲取营养。

许多个人和组织都表达善意、慷慨施援，没有这些，《侦探什么都知道》断不可能问世。感谢帮我整理书稿的每个人，尤其感谢那些帮我查找或收集潜在稿件的人，其中有奈杰尔·莫斯、约翰·柯伦、托尼·梅达沃、詹姆斯·豪尔盖特、德纳姆女士、丹尼斯·肯德尔，还有众多文学代理。我在努力获取版权、资料时，他们的帮助不可或缺，我特别受益于俱乐部自己的代理，大卫·海厄姆图书中介公司的乔治娅·格洛弗，以及那些在编辑过程中不吝出力的人，包括迈克尔·列文、迪·帕金，还有约翰·加斯。大卫·布朗（再一次）自证是一位杰出编辑，我非常感谢他和他在哈珀柯林斯出版集团的同事们，这本书凝聚着他们的心血。最重要的是，我要衷心感谢莱恩·戴顿和我在侦探作家俱乐部的其他朋友、同事，他们的友情和慷慨助力这本书由设想变成激动人心的现实。

马丁·爱德华兹

动　机

犯罪小说的价值是什么？为什么要花费时间精力写犯罪小说，或读犯罪小说？这些都是老问题，但持续有人问起。G. K. 切斯特顿，侦探作家俱乐部首任主席，给过一些答案。《侦探小说之价值》发表在1901年6月21日的《演讲者》报上，后被更名为《侦探小说之辩》，是赞扬这一题材小说的第一篇有影响力的文章。以下摘录选自《演讲者》。

侦探小说之价值

G. K. 切斯特顿

侦探小说的首要价值在于它是最早的，也是唯一的以通俗文学形式表达现代生活诗意的作品。人类在崇山峻岭和永恒的森林中生活了很久，然后才意识到山水草木富有诗意；我们有理由推测，我们的有些后代看烟囱可能会跟看山峰一样紫气氤氲，看灯柱跟看树木一样古韵天成。要把一座伟大的城市理解为狂野、显见的存在，侦探小说自然就是《伊利亚特》。

人人看得到，在这样一些故事中，主人公，也就是侦探，穿过伦敦城，像仙境故事中王子，孤独而自由；他的旅程不可预知，但其中的公共马车不期而至，披着当初童话船的色彩。城市华灯初上，闪闪烁烁，像无数精灵的眼睛，它们守护着秘密；无论这秘密多么朴拙，作者知道，而读者则不知道。道路的每一处拐弯都像手指，指向那秘密；烟囱凌空，轮廓如幻如梦，看似野蛮，看似嘲弄，暗示着那秘密的含义。

切斯特顿关于孤独的都市侦探之辩，或常被附和，或常被重塑，最著名的比喻——见雷蒙德·钱德勒“简单的谋杀艺术”——是秘密行走在穷街陋巷的侦探被比作游侠骑士。

纵有切斯特顿雄辩在耳，侦探故事存续的疑虑依然存在。理查德·奥斯汀·弗里曼是塑造科学侦探约翰·桑戴克医生的先驱，后来成为侦探作家俱乐部的创始会员之一（被钱德勒描述为“精彩表演家”的作家），他于1924年撰写长文《十九世纪及其后》，为自己的行业作辩。下面是一段摘录。

侦探故事的艺术

R.奥斯汀·弗里曼

在文学界，有一类小说的主要动机在于解开罪案，或者揭示类似的复杂谜团，这类作品的地位有些尴尬。在评论家和文学专业人士眼里，侦探故事——借用这类小说现今的泛称，但这不是一个招人喜欢的名字——不值得重视，难登文学的大雅之堂；它们出自受教育程度有限、完全不够格的作家；它们的读者只能是办公室勤杂人员、工厂里的打工妹，以及其他缺乏文化修养和文学品位的人。

有这样的作品，有这样的作家，也有这样的读者，这是不可否认的事实；但单就质量低劣而言，并非侦探小说才有缺陷。类似的作家写出的爱情故事、传奇故事，甚至历史故事，照样拙劣，类似的读者照样良莠不分。但这里有一个不同：爱情故事或传奇故事在文学中的地位是审视诸类中的杰作而后确定，但侦探故事似乎仅依其败笔来做判断，所以整个这一类作品的地位被定格在针对劣质样本的评估上。

这种双重标准存在的原因是什么？拙劣的爱情故事或传奇故事受到批评，人们可能仅据作品本身的优劣，将其判定为值得尊敬的文学类别中有缺陷的情况，而侦探故事却可能被不问青红皂白，大加挞伐，如有原罪在身，这是为什么？对读者阶层的臆断显然说明不了问题，没有哪一类小说比侦探故事更受欢迎……

情况就是这样，文学专业人士对侦探小说这个整体类别报以鄙视，我还是请求做出解释。显然，能够激发智慧人、文化人热情的文学形式，绝不会生来品质低劣。它不可能荒谬愚蠢，也不可能有伤风化。

对于侦探小说的鄙视可能出于以下原因：侦探小说的失败案例并不罕见；侦探小说属于困难而复杂的文学形式，但初学者和业余人士却倾向于拿它进行学徒训练；作品往往原本可以令人满意，但失于文学手法粗糙；也许有职业小说家在尝试创作犯罪小说，但其气质、其所经受的训练都不能适应这一领域，导致作品质量下降。

多年来，尽管犯罪小说佳作潮涌，有些人却继续对这一题材作品持保留态度，经常把个人阅读喜好与关于文学价值的客观论证混为一谈。

约翰·宾厄姆是侦探作家俱乐部的作家，也是一位间谍（据说他被同事约翰·勒卡雷用作乔治·斯迈利的原型）；1958年的夏天，他为《电视时报》写了一篇整版文章，题目是《天天看惊悚，犯罪自可阻》。他拔高一己之见，强调犯罪小说的社会学价值，认为犯罪小说呈示违法的后果，可能威慑犯罪分子，也可能有助于招募警务人员（尽管宾厄姆的好几部上乘之作都以对无辜嫌疑人残酷无情的审讯而闻名，以至于他在《谋杀计划之六》中觉得必须写一篇序，澄清自己没有“反警察”倾向）。

俱乐部第六任主席H.R.F.基廷在《犯罪小说写作指南》中写道，这类作品“把读者放在首位而不是把作者放在首位”，他同时声称，除了娱乐价值，“犯罪故事在一定程度上，或者在相当大的程度上，起到了纯小说的作用，它们可以为读者绘出当代地图，指引他们摆脱现实中的困境”。

现今，伊恩·兰金大力提倡侦探小说，为其品质和意义奔走呼号，他的主张让人信服。1999年，得益于英国文化协会的赞助，他在日本演讲，立论阐证犯罪小说的真正价值。以下文中，他拓展、更新了演讲中的观点，其论令人生敬。

为什么犯罪小说对你有益

伊恩·兰金

为什么犯罪小说对你有益？因为它不仅事关悲剧以及我们对悲剧的感性反应，也事关道德选择和道德论题。它的出发点可能是绝对严肃的，但它仍然不乏娱乐性。它时不时仍被文学界贬低，斥为单纯的通俗小说——如果需要什么来打发时间，它是个不错的选择，但其重要性不足以值得认真研究。然而讽刺的是，（过去和现在）许多严肃文学的修辞手法与犯罪小说完全相同。

当然，从广义上来讲，一切小说均对你有益。小说使人娱乐、休闲，小说把读者从自我意识转移到他人意识，所谓他人意识，来自殊异的文化与环境，这样做的结果拓展了我们对人性和周围世界的理解。然而，在历史的某个时刻，通俗小说与严肃文学被割裂开来。严肃文学，或称主流小说，从创作方法和创作志向讲，似乎更为“正经”。尽管如此，我们有理由据理力争，早期低俗小说，比如雷蒙德·钱德勒和达希尔·哈米特等人在廉价的通俗杂志上发表的作品，可以说是在仿效查尔斯·狄更斯、阿瑟·柯南·道尔等人写的连载小说和故事；那些故事在那些人的时代引领着大众娱乐，甚至像今天的电视肥皂剧那样不避哗众取宠，但如今它们被看作文学。狄更斯在他那个时代并不被认为是特别值得敬仰的作家；相反，他是现代机场畅销书的先驱。这给了我希望：今天的许多犯罪小说和惊悚小说作家，将来不仅会被看作迷人故事的讲述人，还会被看作影响巨大的伦理学家和文体学家。

如果我们审视西方文学经典，尤其是小说，我们会发现其中犯罪小说的基本要素——暴力、跌宕、谜团、欺诈、道德困境等等——比比皆是，从希腊史诗到当代布克奖获奖作品莫不如此。且请自问，是什么促使你拿起一本小说并一直读下去？是一种需要，你需要知道接下来发生了什么。小说需要布设悬念，只有读者不停地读下去，疑惑才可能解开。如果作者让我们好奇，我们会不停地翻动书页。因此，从某种意义上讲，所有的读者都是侦探，而犯罪小说仅仅是将这种读有所乐的本质进行了编码。

著名犯罪小说作家、评论家朱利安·西蒙斯（曾任侦探作家俱乐部主席）曾将民间故事《小红帽》描述为一例有趣的伪装和谋杀未遂案。谋杀、悬疑、背叛，几乎可以在所有文明的民间文学、经典文学中找到——从《奥德赛》到《哈姆雷特》、《李尔王》，再到露丝·伦德尔和P. D. 詹姆斯的小说。诗人兼侦探小说家塞西尔·戴·刘易斯认为，侦探小说是二十世纪民间故事的特有形式，而他的同侪诗人W. H. 奥登则认为，经典侦探小说似乎是幸福"死亡"的寓言。现实生活中，我们很少知道具体是什么毁了我们的幸福，而在小说中，生存状态看似随机，实则因果自有解释——犯罪小说中，没有毫无动机的死亡，造成死亡的原因也向来都会解释得清清楚楚（且很少逃脱惩罚）。

奥登所说的"经典"侦探小说当然是英语的作品。近期情况在变，犯罪小说越来越有弹性。想一想人们使用的各种术语：犯罪小说、侦探小说、谁是凶手、悬疑小说、黑色小说、辣手神探、低俗小说、刑侦小说、神秘小说、家庭犯罪小说、北欧犯罪小说……甚至苏格兰犯罪小说。其名目增生的原因可能是犯罪小说的基本身份不明确，毕竟，这种题材在试图囊括一切，从最基本的拼图式故事到仿陀思妥耶夫斯基风格，应有尽有。P. D. 詹姆斯试图两者兼顾，她把写得成功的犯罪小说描述为“将传统固有的激动人心的故事和令人满足的智性推理与每一部优秀小说都有的微妙心理活动和道德纠结结合起来”。当然，犯罪小说的出发点是娱乐，它是大众文化的产物。因此，它必须赚钱，因为很少有机构和投资方会对它进行补贴。犯罪小说可能在文学性上有所追求，不过它对娱乐性的侧重决定了它的文学追求不至于让潜在的读者望而却步。犯罪小说是民主文学，因为人人都能接触得到。

第二次世界大战之前，英国的犯罪小说让读者相信一切都会好起来，社会可能偶有震荡（比如谋杀之类的滔天罪恶），但秩序很快会恢复。侦探风度翩翩，才华横溢，揭示一切；罪犯或犯罪团伙会被揭露无遗，接受审判。虚构世界的这种非黑即白的界限和利落的结论给了许多人满足，但这也意味着犯罪小说可以被看作是逃避现实的文学，因为现实生活很少能自己形成一套可操作的解决方案。在美国，像雷蒙德·钱德勒这样的作家开始反对这类整齐划一（大多不流血）的糖水之作，他希望犯罪小说能产生一点对人性的嘲讽，塑造一个像菲利普·马洛那样堕落的骑士的世界。钱德勒感到犯罪小说真正需要的是残缺感，是人生的混乱感、复杂感；读者要涉猎犯罪小说，应当接受来自这些现实的挑战。英国作家们也开始意识到这种情况——城市环境瓦砾遍地，不一定是田园牧歌；善良不一定总能战胜邪恶；邪恶不一定总能被揭露，使真相大白天下。当代犯罪小说中，罪犯可能会彻底逃脱正义的制裁，或者读者可能会受到蛊惑，站在罪犯一边对抗法律和秩序的力量。有些小说中甚至没有侦探，没有谜题，其所表现的世界里，犯罪是有组织的活动，公开实施，畅通无阻。

对许多读者来说，这种变化发生伊始——而今亦然——令人耳目一新，因为一直以来，犯罪小说能够达成的目标很多，不仅限于给读者讲一个扣人心弦的故事，或者与读者玩一个精心设计的游戏。多年来，全世界的犯罪小说作家都懂得，犯罪小说作为剖析社会的工具堪称不二之选。这是我很早就从自己的“雷博思探长”系列小说中体会到的。我想探遍爱丁堡的每个角落，但我也想把这个城市用作更广阔世界的缩影；我想讨论政治、经济、道德问题，讨论我们置身社会人人需要面对的问题。我认识到自己笔下的警探享有行者之便，跟着他便无往不至。他可以进入各种权力机构，也可以探查一无所有的人和丧失权利的人构成的世界。这让我得以探究种族主义、人口贩卖、毒品交易、政治剧变、今非昔比的社会态度、新技术兴起、越来越受监控驱使的社会等主题，而不是让我的小说读起来像宣传册子或专著。小说整体建立在冒险、追捕的刺激之上，但故事不再“仅仅”只关乎追捕。

纵然这样说免不了夸张与渲染，但关于我们周围的世界，当代犯罪小说讲述得往往比严肃文学更丰富，后者似乎多偏于内省，或者只关于一个狭小范围（个人生活，或互有关联的小群体生活）。犯罪小说讲述重大问题，从整体腐败到虐童事件。它引导读者思考，为什么这些犯罪行为在持续影响着我们；同时它也警告读者警惕新型犯罪——越来越多的犯罪小说把互联网和社交媒体描述为潜在的邪恶之源就是明证。从我们面前漆黑的巷子里走出来的幽幽鬼影被同样幽幽的鬼影所取代，这一回，它的威胁来自家用电脑或手机。

薇儿·麦克德米德、丹尼斯·米娜、莎拉·希拉里、伊娃·多兰、马克·比林汉姆及艾德里安·麦克金蒂等作家挑战读者，戏剧性地利用现有技术——或是 DNA 分析，或是闭路电视的监控摄像——他们制作的故事仿佛是从一星期的报纸上撕下的版面。我不敢断言他们是否认为自己是政治作家，但他们的主题和故事中有政治元素则是确定无疑的。这些作家——还有许多跟他们相像的其他作家——看得到轻度犯罪的根源在赤贫，在英国当下层出不穷的社会问题；他们也知道轻度犯罪升级有多么容易；而且他们经常看得到，公共机构、市政当局在实施更大（通常隐蔽）的犯罪。他们的故事常以此时、此刻、此城为背景，与读者现居的世界融为一体，浑然无间。他们的小说涉及毒品文化，青年问题，以及社会底层的许多人都有共鸣的疏离感。

出于同样的原因，我选取爱丁堡为作品背景。爱丁堡是一座让游人觉得可以快速熟悉的城市，紧凑、外表安全、文明，到处是历史感厚重的街道和文物。事实上，爱丁堡似乎真的城如其名，就是一个以城堡为核心的单一存在。不过欧文·威尔士的小说《猜火车》——尤其是小说发表不久后拍出的爆红电影——打破了它的这种傲气。我本人的第一部小说《绳结和十字》中，一个连环杀手潜踪于二十世纪八十年代中期的爱丁堡，当地人聚在一起表达共同的震惊和震怒——这样的事任何人都不会将其与爱丁堡联系在一起。

除了……

情况是这样，写那部小说的时候，我二十五岁，在英国侦探小说界寂寂无名。本人从未读过克里斯蒂、阿林厄姆或塞耶斯的作品，对伦德尔和詹姆斯的书我更是一无所知。但我正在以穆丽尔·斯巴克的小说为文本攻读博士学位，斯巴克的力作《简·布罗迪小姐的青春》带我踏上探险之旅，进入哥特式世界，这部作品的许多地方以爱丁堡为原型，许多细节也基于现实。布罗迪小姐告诉我们她的祖上是执事威廉·布罗迪，一位声名显赫的绅士。她没有进一步讲明白，威廉·布罗迪——一个真实存在的历史人物——白天受人尊敬，夜晚却是盗贼加流氓。他率领团伙擅闯民宅，袭人不备，盗取财物。布罗迪当赖特家族执事的日子里参与制作过一副绞刑架，他最终落入法网，接受审判，并被处以绞刑——据说绞死他的绞刑架正是他帮着做的那一副。罗伯特·路易斯·史蒂文森在写《哲基尔医生和海德先生》的时候，执事布罗迪的故事可能在脑海里浮现，小说简短而有力，聚焦所有犯罪小说的核心问题——放眼整部人类史，我们为什么手段残忍，彼此戕害，不肯罢休？史蒂文森（不知为何）选取伦敦为故事背景，但其主题和基调到处是苏格兰气息，与晚得多的斯巴克之作没有什么两样。也许两部著作都受到詹姆斯·霍格的小说《罪人的回忆和忏悔》的影响。霍格之作问世年代较早，但知名度不高，其中不乏以爱丁堡为背景的心理恐怖剧片段。和斯巴克带我走进史蒂文森一样，恰是史蒂文森带我走进霍格及其关于年轻的宗教狂热分子的复杂叙写。年轻人戴着神赐其魅力的陌生人的符咒，说服自己，作为“被选中的人”中的一员（因此无论他在人间做了什么都注定要升入天堂），他可以不受拘束，杀死他认为该死的人，包括年长的教会牧师，最终也包括他的亲兄弟。

霍格故事中，我们永远无法确定那神赐其魅力的陌生人是精神变态、魔鬼化身，还是宗教狂人的幻觉与梦魇。苏格兰文学的许多杰作都离不开这一种模糊性，也离不开对“双重人格”现象的兴趣。这三本书都在表明人性好斗，我们有时良善，有时邪恶。在我的“雷博思”系列小说第一部中，我为侦探塑造了一个邪恶的异体自我，形象几乎像是兄弟，但这时候原形毕露，要出面毁灭他。在策划这部小说的时候，我脑海里肯定萦绕着哲基尔和海德的较量。我甚至添加线索，暗示雷博思本人可能就是连环杀手，让爱丁堡的居民惶惶不可终日。他嗜酒成性，意识模糊，早起酒醒，记不清前夜，哲基尔大体就这个样子。在雷博思第二部历险记《捉迷藏》中，我甚至在书名中用了海德，玩起了文字游戏（这部作品原本想题名为《海德与寻找》[1]）。

1 《捉迷藏》的原文Hide and Seek和《海德与寻找》的原文Hyde and Seek中，Hide与Hyde为英文同音词。——本书注释如无特殊说明，均为译注苏格兰许多最优秀的当代犯罪小说家跟我一样，都从上述相同的著作中汲取营养，他们的作品既受益于霍格，也受益于克里斯蒂或钱德勒。但这些人中有好几位坦言也需要感激严肃文学家、诗人、散文家威廉·麦克瓦尼。威廉于二十世纪七十年代后期塑造了杰克·莱德劳，一位个性强硬、爱好哲学、熟悉街头生活的格拉斯哥侦探。这些作品出版问世之际正赶上苏格兰小说新风漾起，詹姆斯·凯尔曼、阿拉斯代尔·格雷及其同人受到城市工人阶层生活的滋养，也受到通常在文学中没有话语权的人物所经历的考验与沧桑的滋养，为苏格兰小说注入了新的活力。我觉得这是苏格兰犯罪小说的新收获——让无声者发声。毕竟，犯罪更有可能祸及一无所有的人，而不是那些受财富和权力保护的人。

作为作家，真正让我感兴趣的不是侦探小说的技术细节——常规叙事。我所感兴趣的是犯罪小说的灵魂——关于我们自己和我们的社会，书里讲出了什么，它有什么能力或独家资质来讨论问题。我最喜欢的犯罪小说探讨重大问题，但总要涉及调查对调查者的影响，犯罪对殃及者的影响，直至对最初受害人的影响。我们都是求知心切、充满好奇的动物，为学而问，犯罪小说触及了这种深层需求，既提出问题，也（有望）涉及可能的答案。

犯罪小说也有涉危险领域——谋杀、暴怒、复仇——所以如果没有它们，我们就可能感受不到危险激起的情感反应。看电影或电视剧时，我们从头看到尾，那是一种被动体验，但阅读不是。我们在屏幕上看到了暴力，而内心却很少感受到暴力；上乘的叙事描写中，受害者之痛让我们感同身受，加害者之思也让我们了如指掌。在大致太平的世界，犯罪小说让我们居安思危，感到危险并不遥远；犯罪小说在强化我们基本的生存本能，给我们最原始的提醒：穴居、掠食并没有消失。尽管如此，我们读书的地方大致并不存在谋杀。战争地区就少有犯罪小说需求，一旦冲突平息，犯罪小说便会出现，试图向我们解释之前发生过的事。眼下的爱尔兰就是这样，艾德里安·麦克金蒂、斯图尔特·内维尔、布莱恩·麦吉洛威，还有许多其他小说家，他们才华横溢，硕果累累。在非洲，从迪恩·迈耶到伊因坎·布雷斯韦特，小说家人人讲战事。斯堪的纳维亚犯罪小说向我们细数当地的社会问题；同样，印度作家如安妮塔·奈尔，也开始利用侦探小说探索儿童剥削和性别认同之类的现象。

在我看来，犯罪小说仿佛无所不包。这样的看法也许算得上符合实际，因为犯罪小说的基本精神就是无政府主义。我们是荒诞派作家，在讽刺和反语的王国里写作，从“轻松惬意”型嘲讽（雷金纳德·希尔、P. D. 詹姆斯、薇儿·麦克德米德等作家认为这是简·奥斯汀的贡献）到严厉型、取笑型嘲讽，再到德里克·雷蒙德、菲利普·克尔或大卫·皮斯式黑色夸张。所谓讽刺，就是抓住普遍的恶习和愚蠢加以奚落，而犯罪小说则是达成这一目标的完美载体，它以大体局促不安的社会为背景，描述浪得虚名的人物，这些人劣迹斑斑，很快暴露无遗。当然，这也为犯罪小说尽讽刺之能事提供便利，许多作家解构赫尔克里·波洛之类的人物，或解构辣手神探，以此为乐。这让我想起迈克尔·迪布丁的杰作《光之逝》，还有汤姆·斯托帕德的得意之作——舞台喜剧《真探》。最近，安东尼·霍洛维茨（《喜鹊谋杀案》的作者）和史蒂夫·卡瓦纳（《扭曲》的作者）作为反英雄角色与犯罪小说家同台演绎。从古至今，文学作家也一直被犯罪题材所吸引，要么窃其所长，要么敬其所工。翁贝托·艾柯的《玫瑰之名》是最受喜爱的小说——修士 / 侦探的名字甚至是巴斯克维尔家的威廉[1]！

1　此名是对阿瑟·柯南·道尔的著名侦探小说《巴斯克维尔的猎犬》的致敬。

穆丽尔·斯巴克的小说《司机的座位》本身受阿兰·罗布–格里耶“新小说”流派的影响，作品短小精悍、扣人心弦，颠覆了犯罪小说的传统，尤其是阿兰·罗布–格里耶，他的好几部实验小说都被赋形为侦探小说。近期比较成功的严肃文学包括埃莉诺·卡顿的布克奖获奖作品《发光体》，它以一起谋杀疑案为叙事引擎。儿童小说也深受侦探小说的影响。J. K. 罗琳的“哈利·波特”系列小说被构建成传统的侦探小说，充满着不可信赖的人物、逆转、谜团、曲折、曝光。哈利·波特系列之后，罗琳转而为成人创作犯罪小说，她再获成功，自在意料之中。

然而，侦探小说就像一座广博的教堂，它既能包罗詹姆斯·艾尔罗伊那种大男子气的血腥恐怖行为，也能接受亚历山大·麦考尔·史密斯那种满是温和人性的拉莫茨维[1]式故事。不过昔日的故事中有一种倾向，暴力介入促成问题解决（揭去罪魁的面具），然后还原如初。如今，很难想象极端行为之后一切能回归“正常”。极端主义无孔不入，超乎我们的想象；谋杀行为纵然仍不多见，但似乎说来就来——现今的凶杀谜案很少忽略这些情况。穆丽尔·斯巴克曾亲口说过：“我们生存在幻觉之下，以为自己本质上都是志向高远、充满深情、富有爱心的生物，现在我们应当更清楚，人确实拥有以上品质，但也富于攻击性。”

在描述人类的这种动物式攻击性的时候，犯罪小说既提供有益的警告，也像所有的优秀戏剧一样，促成情感宣泄。我们人类渴望形式，渴望完结感，犯罪小说紧凑的三幕式结构（犯罪—调查—结案）正好

1 拉莫茨维是作家亚历山大·麦考尔·史密斯系列作品《第一夫人侦探事务所》的主人公。

体现这种渴望。然而纵有诸多制约，人类的生命还是演绎无遗，我们身为读者可以探索过去、现在、（时而）未来的文化。我们可以造访陌生的国家和地区，透过其形形色色的他者意识来看这个世界；我们可以穿过重重危险，体验混乱的危机。当我们与危险博弈，面临灭亡的威胁的时候，邪恶和堕落最丑陋的面目就裸露在了面前。最后，我们这些情感生物不是一直受死亡的困扰吗？死亡的降临形象不一，形式不一，但无人置身事外。犯罪小说是一种路径，我们可以借道探索某些寓意，同时，依旧从中获得乐趣。

所以你看，犯罪小说确确实实对你有益。

从切斯特顿和罗纳德·诺克斯时代到今天，犯罪小说的道德力量和影响范围一直是侦探作家俱乐部会员思考的主题，有了伊恩·兰金对犯罪小说灵魂的信念，思考这样的主题便是顺理成章的一步。詹姆斯·朗西——前任坎特伯雷大主教之子——其人（和切斯特顿一样）不仅塑造了一位广受欢迎的牧师侦探，而且对自己作品的含义进行了深入思考。

为什么要写犯罪小说？

詹姆斯·朗西

自亚里士多德以来，人们曾多次尝试为犯罪写作提供规则手册，最著名的要数罗纳德·诺克斯写的著名的“十诫”，其中建议不要出现长相完全一样的人物、不要出现勘探不到的毒物、不要出现超自然机构。多萝西·L. 塞耶斯的《犯罪文集》出版于 1928 年，她的导论包含了历史性综述，概括了谋杀案中可能发生的情节：“以下是一些通往坟墓的简单捷径：有毒的补牙填料、注射了致命病毒的剃须刷、毒水煮的鸡蛋（不错的主意）、毒气、爪子带毒的猫、毒床垫、屋顶落刀、冰锥穿刺（冰锥融化——我最近在 BBC 一套的系列剧《死亡天堂》中关注到了冰融化）、电话触电、疫鼠咬伤、带伤寒病毒的虱子叮咬、煮铅灌耳……气泡注入动脉、鲁伯特巨泡爆炸（熔融玻璃滴入冷水——游泳池可能最理想）、惊恐致死、倒挂致死、液态空气中冷冻、气枪远距离皮下注射、失去知觉的情况下露于严寒、摄像机藏枪、室温达到一定高度时引发温度计爆炸……”

她后续讲的话至关重要，她说：“当然，仿佛确有一种可能性，未来总有一天侦探小说会走向枯竭，只因公众了解了它所有的招数。但发生这种情况也许还得过很多年，而与此同时，人们可能会开发出新的不那么古板的套路，使侦探小说与风尚小说关联更加紧密，而与探险小说区别更加明显。”

在这里，我认为她懂得，犯罪小说之关键不在情节，而在人物。如果我们不关注案件牵连的人员，那犯罪小说就不可能成功。犯罪故事不该仅仅是个谜案，不论怎样虚构，它也不应该只是要把戏，拿人的生活变魔术。

人类行善作恶的能力该有界限，我相信，犯罪写作可以用来探测这个界限，诠释世界。作为《格兰切斯特谜案》的作者，我认为我们从事犯罪写作是要思考自己的死亡。

以下是一种思路……

百年前的英国，人们每天至少要早晚两次背诵英国国教的祈祷书。

> 圣明的主，求你拯救我们，让我们免遭闪电、暴雨；免遭灾祸、瘟疫、饥荒；免于战争、谋杀和突然死亡。

现在，英国的基督信仰不再那么强势，我们通过犯罪写作来思考死亡。犯罪写作已经变成了世俗空间，我们于中表达最深切的恐惧和焦虑，同时，现实生活中时常缺失的安抚、正义与宽慰，我们也常从犯罪写作中寻找。

因此，我认为犯罪写作不应该仅限于娱乐，它需要道德的力量。

想一想陀思妥耶夫斯基的《罪与罚》。拉斯柯尔尼科夫杀害了老房东阿廖娜，后又杀害了她的妹妹莉莎薇塔，暴行激起了人们的追问：谋杀合乎情理是真的吗？凶手声称自己魔鬼附体，这一说法是逞凶理由还是为罪开脱？有人可以超越文化规范或时代伦理吗？“没有了上帝，一切就都没有了制约”是真的吗？忏悔和痛惜可以减轻处罚吗？罪犯能真正悔罪吗？基督徒呢？

基督徒的答案是“是”，但这宽恕取决于悔罪的诚意——然而除了上帝，谁能裁决？

事实证明，这些问题过于复杂，令人恐慌，致使许多作家引入幽默之光以缓减道德之暗——即便陀思妥耶夫斯基也这样做。想一想愤世嫉俗嬉笑无常的侦探波菲里·彼得罗维奇，或想一想索尼娅的父亲，令人恐惧的老酒鬼马尔梅拉多夫。这类人物在狄更斯作品中也可能找得到，我们可以说《雾都孤儿》就是一部犯罪小说。奥利弗在“关怀”中长大，经常遭遇绑架并被关在一个他不愿意待的地方，费金掌控着一个犯罪团伙，南希受尽了凌辱，比尔·赛克斯是个杀人犯，蒙克斯死在了牢里，费金被送上了绞刑架。这是一部犯罪小说，讽刺文学和凄惨的童话熔入一炉，但跟许多小说佳作一样，作者把人物暴露在了犯罪、舞弊、灾难之下，以便检验他们。

犯罪小说，如果要写得好，就必然不违伦理水准。我自己的作品就是道德寓言，你甚至可以说它们是以小说和社会史面貌呈现的布道辞。我笔下的主人公卡农·西德尼·钱伯斯不只是实施调查，他在思考犯罪对道德的影响，思考犯罪行为对受害者的影响。西德尼热衷于确定谁是罪犯，同时也以同情、困惑的心态，有时候甚至带着戏剧性冷漠，看待所有涉事人员，他既关注罪行本身，也关注罪行导致的后果。他的使命就是笃信基督，追溯犯罪动机。憎恨罪孽而关爱罪人。故事中不乏传统犯罪的主题，情节曲折，跌宕起伏，英雄最终其实就是罪犯。值得爱恋的地方也有几处，悬疑之中有笑话在，也有人性的调侃与宽容在。

到系列小说结束的时候，我希望我所刻画的是一个可爱的人，他穿行在精神世界和凡胎俗骨的肉体世界之间，骑自行车往来于格兰切斯特和剑桥，努力爱戴不讨人喜欢的人，努力宽恕有罪的人，过着体面、愉快的生活。

我相信侦探小说必须具备道德情怀，无论写得多么闲淡，它必须启迪人们更深入地思考世界，思考世上孰轻孰重。没有哪一部犯罪小说可以写得轻松自在，一切优秀作品都有必要借鉴。多萝西·L.塞耶斯言之有理："唯有优秀作品，写得好的作品，才能被称为有基督教徒品格的作品。"

我们写侦探小说、读侦探小说，不只是寻求娱乐，还要弄清我们是谁，我们活在这个脆弱的地球上，怎样才能更高尚、更有意义。然后，我们在想象中面对死亡而不至于畏惧，并从中学会思考我们相信什么、敬重什么、珍惜什么。

侦探小说应该让我们活得更加愉快。

弗朗西丝·法菲尔德有着法律而非教会的背景，她塑造了两个系列人物：海伦·韦斯特和萨拉·福琼，她们都是律师。她是P.D.詹姆斯的生前好友，两人都对侦探小说的道德维度感兴趣。她的作品精雕细琢，所以伊恩·兰金评价说："她对人类思维活动的了解——或更准确地说对人类灵魂的了解——无人可及。"

犯罪小说的道德制约

弗朗西丝·法菲尔德

谋杀乃邪恶之最！尽情阅读吧！有些人的生活比你戏剧化得多，也危险得多，读一读这些人，好遣散你日常无聊的心情。

维多利亚时代的人喜欢看谋杀，他们喜欢读凶杀报告文学，这标志着犯罪小说流行的起点。博览犯罪小说，越是凶残越是精彩。陶醉于恐怖行径和个人悲剧的腐臭，让犯罪小说作家有钱赚。真实地讲，这是崇高的使命，还是卑鄙的职业？这是资源开发？难道它不更像拿着薪水的偷窥狂？

我在一家法律事务所工作的时候，有一次一位资深同事走进我的办公室，把我写的一部作品猛力摔在桌子上。"污秽！"他咆哮道，"彻头彻尾的污秽！"事实是，有些人认为谋杀小说是下流作品，而大多数读者对它的理解要正面得多。谋杀属于最可恶的犯罪（我并不总是赞同这个说法，我认为还有更可恶的），也是最引人关注的话题，要写小说，谋杀应该是你能找到的最佳题材。犯罪小说探索极端情感，追根溯源，揭示不合时宜的死亡带来的影响。它反映自身所在的社会，如果是历史犯罪小说，还反映其他社会。从谋杀作品中寻找乐趣没有错。P. D. 詹姆斯评价多萝西·L. 塞耶斯的时候说："她为娱乐写作，为赚钱写作，两个目标都不能算不光彩。"

你可能会说，不要写战争，也不要写与苦难有关的事。以谋杀为写作主题，这样做是否道德，关于这个问题，P. D. 詹姆斯（我一切行动的榜样）在著述讨论的时候态度一向明确。你的写作完全忠于事实，你写的故事中道德两难是首要问题，所以道德取向隐含于文本。换句话说，詹姆斯笔下的人物需要做出决定，要么杀人，要么操盘策划，让他人殒命。她塑造的人物，选择必不可少。或许那样的选择在当时看来似乎无可回旋，因为受复仇、求生、名誉、妒火等一系列动机驱使，对杀手来说，夺人性命，釜底抽薪是唯一的解决办法。但实际上，詹姆斯的人物总是另有选项，那就是克制……不管后果多么悲惨都要承担。最糟糕的后果是一意孤行，因为正如她大费笔墨写过的那样，在取人性命的行动中，有思想的杀手被改变了，诅咒、邪祟、愧疚、受人嫌弃、逃亡、孤独一直困扰着他 / 她，所以谋杀近乎自杀。

除非事有凑巧，凶手精神变态，没有常人的情感，喜欢肢解生灵，以杀戮为乐。这样他的选择便十分有限：他的悔恨只不过是出于对损害的控制和对责任的逃避。犯罪小说中，这样塑造人物简单易行，但在我看来，这远不及审视选择、有懊悔能力来得有趣。

犯罪小说一贯有道德制约，不可自我放纵：其规则是，要讲故事，但首要的是要有恻隐之心。

P. D. 詹姆斯写过选择和后果，写过报应、复仇和经久不衰的爱的力量。她在回忆录中说："任何一位小说家的意图肯定都是文为大道，直通人心……每一个小说家都在写其欲写，在潜意识里表述、解说其独有的现实观。"

P. D. 詹姆斯还说："犯罪小说家需要应对来自本能的死亡恐惧，还需要消除暴力恐惧，在破坏性的谋杀恐怖之后，需要恢复至少是虚构的和平与宁静，确认人类生命的尊严和实现正义的可能性，哪怕那正义只是人的正义，难免差错的正义。"

不管出于道德因素还是非道德因素，大多数作家都不是刻意决定写犯罪小说，是犯罪小说选择了作家。如果你要从事写作，就写能吸引你的东西，这是审美品位和创作动力的问题。除了侦探主题，P. D. 詹姆斯从未考虑过其他题材，这并不是因为司法科学给了她品味死亡的喜好，而是因为她明白，要写出关于人类激情的不朽之作，侦探小说 / 犯罪小说是最理想的载体。在所有作家中，她是被英国文学浸染得最透的一位，塞缪尔·约翰逊、奥斯汀、英国国教祈祷书等等，是她的根基，然而她写的是犯罪小说。她不写传奇作品，不写诗歌，不写间谍小说，因为谋杀写作选择了她。

谋杀写作也选择了我。我没有选择写犯罪小说，尽管我选择了写作。我的日常工作是埋头于凶杀案卷，暗中偷闲，写一点浪漫短篇。傍晚，浪漫小子和怀春少女手牵着手沿崖边小径漫步，愉快地憧憬他们的未来和无数美丽的落日。只是我不允许他们这么富有情调，我的笔不答应。这对情侣争吵了起来，他把她推下了悬崖，她坠落，坠落，坠落。

我旁听过好几起审讯，其过程准备精心，证据汇编翔实，结果我的结论是仅有事实是不够的。案子审到最后，汇编的事实和目击证人的陈述并不能准确地告诉你那个决定命运的夜晚到底发生了什么。我想在混乱中引入秩序，填补单靠证据无法填充的空白，这只有靠想象以及设身处地为他人着想才能实现。还有，我想写好人，也想写坏人。我认为犯罪小说必须承认善良，赞美善良，也必须承认邪恶，赞美邪恶，始终要考虑救赎的可能性，因为好人远远多于坏人。唯一的问题是，好人有行为准则约束，而坏人没有。雷蒙德·钱德勒说："世有肮脏之路，若人非肮脏之人，但走无妨。"

写作无定法，唯一的道德制约是诚实，尽你所能自然笔下生花。

文为大道，直通人心。

开　始

决定写犯罪小说是一码事，动笔然后坚持写下去是另一码事。在空白的纸上写下文字需要动力和决心。如何消除自我怀疑，保持自信？或者，借彼得·詹姆斯的话说，如何守住梦想？

动　力

彼得·詹姆斯

一位作家问另一位作家：“这些天你在干啥？”

对方回答说：“我在写一部小说。”

第一位说：“我也是没在写。”[1]

对作家来说，世界上最容易做到的事就是什么也不写。我与小说家们有过交谈，他们大多数擅长拖延，达到了英国国家水平。我更是如此——甚至可以胜任英国奥林匹克拖延队队长。我们的座右铭是*决不写作！*

1　此处意在表达幽默，即虽然对方表示“在写一部小说”，提问的作家潜意识里认为他其实并没有真正在写作。

社交媒体是我们所有拖延者的福音。开头那些字迟迟落不了纸，因为我们需要查看电子邮件、推特、脸书、照片墙、领英等等。当这些东西看完的时候，再一次遛狗的时间到了。接下来煮一杯咖啡，然后又想起需要在亚马逊上订个什么东西。紧接着是一阵内疚，想起两天前忘了给一位老友回电话。我们明知那位朋友是个话痨，唠叨起来没完没了，但先让她聊完，而后整个早晨就不再会有干扰，正好专心写作，或者说把早晨剩下的时间用来写作。喔，停在外面的小货车是怎么回事？啊哈，管道工！得下楼领他进来，给他泡杯茶，找些小吃……

但是，一天结束的时候，有一个事实回避不了，我们作为作家，如果想谋生，就必须写。有一句咒语一直在刺激着我，空白纸页无法编辑。这是一个警示牌，我们所有人都应该把它摆在书桌上。然而早晨开笔写作这件事总是难乎其难。我最喜欢的作家格雷厄姆·格林有一个巧妙的办法解决了这个问题：他总是在句子写到一半的时候停笔。这样他第二天早上的第一个任务就是写完这个句子——这让他径直回到了文思源流。

我说的话听上去可能不合实际，但我确实极其爱好写作，不过我是坚持不懈好多年才得以靠写作谋生的，而在这一阶段我必须做一份日常工作。我的前三部小说都无缘出版（回想起来这是幸运！），接下来的作品是三部间谍惊悚小说，极其平庸。书是出版了，但销量少得可怜——精装本只卖了约一千八百本，平装本卖了约三千本。不过我没有放弃，因为我相信自己。我换了方向，又写了两部小说，一部是一个绑架故事，另一部写政治谋杀，但两本书都没有出版。然后，我写了第九部小说《着魔》，这是一部超自然惊悚小说，我也因此撞上了好运。英国每一家大出版商都在竞标出版这部作品，版权在世界各地拍卖，作品被译成了二十三种语言。终于，在我坐下来敲出我的第一部小说的第一行字二十一年之后，我可以实实在在以作家的身份谋生了。

《着魔》在畅销书榜单上位列第二，然而又过了二十年，我又写了十四部小说。尔后，我才终于梦想成真，登上了梦寐以求的《星期日泰晤士报》第一名的位置。

孜孜不倦于键盘，故事潺潺流动于指间，这是我最开心的时间。我特别喜欢那种满足感：找到关于事物的创造性描述，勾画出自己非常满意的人物，构想出情节反转让自己兴奋得手舞足蹈。但满足感来之不易，写作从来就不是容易的事。写作的时间漫长而寂寞，写完之后便又神经紧张，等待代理和编辑的反应——然后，再过更久，又是读者的反应。我惴惴不安，偷窥亚马逊，看星级评分的走向。接着又在等待首个排行榜消息，焦急万分……另外我知道了，自己暗下决心，每年都要有新书问世——我的黄金法则只有一条，每新出一部作品，都要把其在排行榜中的位置提升一些。

那么，什么是我的动力？答案不难。首先，写作是我最熟知的谋生手段。我知道，读者忠心耿耿，我想尽最大的努力让他们满意，让自己写的每一部作品都胜过其前的一部。我还能列出数十项其他因素，比如在学校有老师认为我将一事无成，我要让他们刮目相看；报复那些在学校恃强凌弱，欺负过我的混蛋；让人觉得我言之有物；我的使命就是试图了解人性、了解人为什么如此行事……但终究，一天到晚，我和妻子需要在餐桌上摆上饭菜，我们豢养的动物碗里需要有食物。

已故的电影导演迈克尔·温纳是个叫人讨厌的家伙，他曾要求一名自视甚高的演员沿大街走路，演员问他自己沿大街走路到底是出于什么动机，温纳把他的日常魅力展现得淋漓尽致，他吼道：“你沿大街走路是因为我他妈付钱叫你这么做！”

还有一位作家是奥斯卡·王尔德，我喜爱并钦佩他的作品，王尔德临终时哀叹道："我活着的时候入不敷出，所以我猜想我死后也得入不敷出。"他需要赚钱，这是他创造伟大作品的主要动力。他曾不辞辛苦在美国巡回演讲，帮着推销自己的作品，他说过一句非常有名的话："当然了，如果一个人有钱去美国，他就不用去美国了。"

温斯顿·丘吉尔爵士帮助自己的国家在第二次世界大战中获胜，但那并没有帮到他的银行账户。他买到了心爱的田庄查特韦尔，因而变得手头拮据，过了一段时间，他开始写他的六卷巨著的第一部——《第二次世界大战》，因为他缺钱。

1974 年，一起庞氏骗局骗走了杰弗瑞·阿切尔的所有财产，弄得他负债累累。为延缓破产，他做了最后的尝试，写出了《一分钱不多，一分钱不少》。这一招奏效了，他开启了新的职业，让自己成为这个星球上最富有的小说家之一。

很简单，如果你是职业作家，金钱将是你的首要动力。这些年来，我遇到过很多人，他们告诉我他们遇上了作家梗阻。但我不记得有哪个靠写作谋生的作家会给我讲这样的话。还有哪个职业要抱怨梗阻？也许管道工应该除外。你不会听到律师抱怨律师梗阻，出租车司机说他们遇上了出租车司机梗阻，或者会计遇上了会计梗阻。

在我认识的职业作家中，我无法想象有谁会对家人说："对不起，各位，我遇上了作家梗阻，今天我们恐怕没饭吃了。"

当然，写作不容易——如果容易，人人都去当作家了。事实上，很多人确实误解写作，认为它轻而易举。玛格丽特·阿特伍德讲过一次经历，她在参加一个鸡尾酒会，聊你从事什么职业的话题，对方是位男士，趾高气扬、夸夸其谈，回答她的发问时他说："我是脑外科医生。你是做什么的？"

当她回答自己是作家的时候，对方即刻对答说："其实我正在计划退休后写一部小说。"男士的态度很傲慢自大。

"真有意思，"阿特伍德反唇相讥，"因为我正在计划退休后当个脑外科医生。"

我常疑惑，那人写那部小说了吗？如果写了，出版了吗？两者我都怀疑，原因很简单：缺乏动力。如果脑外科医生做得成功，他可能生活富裕，日子过得相当精致。六十大几的时候，他真的打算一月又一月把自己关在书房里苦磨，试图开创全新的职业，然后继续跋涉下去，与社交媒体打交道？接着再花十年时间，出更多作品，以求建立自己的名声？我对此表示怀疑，因为我认为他没有那个关键性动力。

我已经写了三十五部小说，但每当收到校样，每当看到出版商关于首发封面的想法，我还是感到异常兴奋。写作之初，我梦想有一天能在机场书架上看到自己的书。现在，每当走进机场书店，我的梦想就是现实。我知道自己很幸运，但我也知道如果作家守不住水准，销量下滑有多容易。我想我今天最大的动力就是守住梦想。

所有作家都面临一个问题：我如何谋生？写作通常少有或者没有即时经济回报，如果经济不独立、生计不殷实，作家要面临的挑战便是在花时间写作和努力工作养家糊口之间求得平衡。

许多人梦想成为全职作家。近些年，有人做过研究，作家协会的研究最有代表性，结果令人沮丧：总体来看，作家的收入似乎偏低，而且稳步下降。那么即便放弃日常工作可行，它真的就是个周全的主意吗？

西莉亚·弗雷姆林，侦探作家俱乐部会员之一，她一面要耗费精力承担家庭义务，一面要在作家职业领域追求成功，根据她的经验，放弃日常工作算不上周全的主意。她的家庭网站上有一封信，写于1984年，信中说："对有志于当作家的人，我的第一点建议是他/她首先应该决定从事其他什么职业。我听到很有才华的年轻人说'我唯一想做的事就是写作'，这话总是让我伤感——因为这实际上相当于在说，写作肯定是他们做不到的事。

"生活丰满而有趣，但不乏形形色色令人讨厌的人、不相与谋的人。真实的生活困扰环生，问题、困难、压力、烦忧无处不在，写作（我这里指的当然是小说写作，教科书之类另当别论）应该而且必须生成于此，衍变于此。生活既难以满足又引人入胜，上乘作品总是提炼自它的骚动，眼下如此，历来如此。无论活得幸福还是悲惨，多病还是健康，充满爱还是充满恨，这些都不重要，只要你置身其中，切身感受生活的每一刻。

"平静与安宁会招致毁灭。离群索居，栖身乡间小屋，有私人收入，远离世间一切干扰，不为俗务所累——叫你够受！对不起，但你这是自作自受！"

那么，怎样开头？珍妮特·劳伦斯曾以当代为背景，也以历史为背景，创作过一系列小说，她也是《犯罪小说写作指南》的作者；薇儿·麦克德米德在《犯罪小说写作指南》序言中说，这本书"会教你如何活动写作的肌肉……并指导你如何开发自己的声音，以便讲述那些在你内心和头脑中回荡不绝的故事"。以下是珍妮特关于怎样开头的思考。

开　头

珍妮特·劳伦斯

你的个性可能是探究性的，或者说你有绝顶聪明的办法来描述一个活跃在你脑海里的人。如果是这样，你还等什么？

也许你喜欢读犯罪小说，并且觉得如果让你写，即使写得不比你见到的强，也绝不会比它们差。科林·德克斯特就是这样开始写作的，他那时正在气候潮湿的威尔士度假。他非常熟悉牛津，所以就选牛津为背景，结果写出了《开往伍德斯托克的末班车》，作品引入了莫尔斯探长和刘易斯警官。剩下的大家都很熟悉了。所以你需要的只是正确的创意。

创意无处不在，你只需要开动头脑，思考各种可能性。读报，检索图书馆，火车上、办公室里、社交聚会上听人交谈，到处可以获得作为犯罪小说底本的故事。你在寻找作案动机、作案手段以及破案方法，不过请务必当心，情节渊源和人物渊源需要伪装，否则你会引起诉讼。

最优秀的犯罪小说塑造的人物往往能俘获读者的心。犯罪小说需要有引人入胜的品质，但瑕疵也在所难免。想想你的朋友，是什么使你对之情有独钟，乃至原谅他们的缺点？日常生活中你见过的人，或作品中你读过的人，你忘不了谁？为什么？我们在这里谈论的不是背景或外表，而是内在品质。你需要的人物，行为举止能把情节引向有意义的方向，能让读者乐意与他们共度时光。你塑造的侦探，无论是刑事调查部杀人案调查组成员，是法医病理学家，还是非官方人员，都需要对人类心灵感兴趣，他要能够勘探问题情景，拨开迷雾，出人意料地找到答案。

嫌犯必须有谋杀动机，其中的一个嫌犯就是真凶，在行动中必须占据合理的空间。切莫到了末尾才引入罪犯。最后，你需要受害人，还不止一个。通常需要有第二个，甚至第三个。也许还需要一两个次要情节，以某种方式联结主要情节，或在某种程度上映射主要情节。

犯罪事实没有必要太复杂：可以是钝器击中头骨，可以是肇事后驾车逃逸，也可以是从阳台或窗户把人推下去。不那么简单的情况如投毒，匪盗绑架折磨致死，纵火导致受害人难以辨认，等等。凭想象可以任你列举许多其他例子。

每一桩罪案都有动机，是什么驱使人夺他人性命？你的小说中应该有好几个人选，他们都有动机希望受害人死去，这些人就是嫌犯。如果嫌犯少于四人，要让读者不停地猜测谁是罪魁祸首，就没那么容易；不过米涅特·沃尔特斯在一部小说中只设计了三名嫌犯，却把读者调动得非常成功。然而，如果小说中嫌犯超过六人，读者，有时候甚至是作者，都会被弄得晕头转向。

除了动机，你的侦探还必须思考谋杀现场周边的证据。目前，官方查案需要法医小组介入，对尸体和现场进行详细扫描，并取样送实验室分析。就我个人而言，我觉得自己还没有做好准备进入这样一个世界，所以目前我更倾向于把小说背景放到过去。我有三部小说以意大利艺术家卡纳莱托为主要人物，另有两部以爱德华时代为背景，主人公是厄休拉·格兰迪逊。我喜欢让侦探用眼睛、耳朵、大脑来评估现场提供的证据，而不是求助于科学手段。当然，现代非官方侦探，不借助法医科学进行调查也不是不可能的。

犯罪小说兴起于二十世纪二十年代，大多依靠故事中的谜题元素来吸引读者，有些谜题极其精巧。二十世纪三十年代，史称犯罪写作的黄金时代，女性作家如多萝西·L. 塞耶斯、玛杰里·阿林厄姆、约瑟芬·泰等人，创作侦探小说，塑造了强健、难忘的人物。她们笔下的侦探彼得·温西勋爵、阿尔伯特·坎比恩、格兰特探长，一向妇孺皆知，她们的著作频频再版，影响持续至今。

谜题的某些元素曾由阿加莎·克里斯蒂展示得极为精彩，这样的元素现今照样具有魅力。理所当然，读者会寻找线索，好让自己在作者揭晓答案之前弄清“谁干的”。小说中会有“转移注意”的话题，作为线索暗示凶犯另有其人，同时还会提供微妙的参照让读者不知内情，直到剧终落幕。小说中对谜底已经有所暗示，但通常还会出现很多“曲折”足以颠覆答案，也许不止一次，笔端的“披露”令人震惊，从而将整部作品推向高潮。我曾跟 P. D. 詹姆斯说，我没有希望写成犯罪小说，因为纵然我非常喜欢一些作品，但我从来理不清“谁干的”；她说，“如果你知道是谁干的，那就容易多了”。这是实话，虽然有时候，关于哪一名嫌犯是凶手，作者也会改变主意。露丝·伦德尔曾说过，她有时候的做法是在作品接近尾声时改换凶犯：“如果我能欺骗自己，那我也能欺骗读者。”

任何事物，只要可以激发作者的想象，就可以作为犯罪小说的环境和背景。犯罪小说可以研究社会问题，诸如持刀杀人或精神错乱，可以揭示游轮如何运营，或电视节目如何合成，还可以思考社会对食物储备站的需求。读者在享受阅读的同时还喜欢学习知识。

大多数优秀的犯罪小说都包含主题，主题通常见于巧妙的暗示而非直接的描述。菲利普·普尔曼和薇儿·麦克德米德等作家声称，他们的主题是在写作过程中发现的。

犯罪小说的结尾必须给出让读者满意的最终解决方式。当今许多最成功的犯罪小说都在若干不同层面演进，但结尾必须把各个线条汇总起来。次要情节应在真相最后揭示前交代清楚。小说提出的主要问题需要回答，但也可以设置其他问题留待读者想象，或者用问题作为挂钩引出另外一部犯罪小说，吸收原小说中的一两个人物。许多作家发现，他们在把手头的作品推向尾声的时候，下一部小说的核心情节便浮出水面。

总之，你的故事需要趣味横生的背景、扣人心弦的情节、有血有肉的人物和令人信服的结局，在让人惊诧的同时让前面发生的一切都获得意义。写犯罪小说是一项艰苦的事业——伊恩·兰金说过，当一名犯罪小说家绝对伟大，问题是需要实实在在的写作。不过确实有这样的时刻，人物跃然纸上，情节中喷涌着新的思想，结局匠心独运。每逢这样的时刻你就明白了，写犯罪小说是世间最美妙的事业。

珍妮特·劳伦斯指出“创意无处不在”。帕特里夏·海史密斯的《悬疑小说策划与写作》乃引人入胜之作，书中她言称迫于“厌倦了现实”才去创造。她建议作家随身备个笔记本，可以随时把创意写下来，免得忘记。海史密斯还认为，感情是创意的沃土，积极感情和消极感情异曲同工。在她看来，创意枯竭几乎没有可能，作家有时候感觉缺乏灵感，通常是因为他们为疲劳所累，为外部压力所困。

两次世界大战之间的时段是侦探小说的黄金时代，其间最成功的作家之一是弗里曼·威尔斯·克罗夫茨。他去世后的半个世纪里，作品没有受到应有的重视，但最近辉煌再现；其小说从书架上消失多年，而今重印，让他重新出现在公众视野。他的文学创作甚至入选了电视节目。方法上讲，克罗夫茨是个坚定的传统主义者，关于犯罪故事，他概括了五类创意。

寻找创意

弗里曼·威尔斯·克罗夫茨

写作能从精彩的创意开始，实在幸运。而论创意，可能属于以下五类之一。第一类，作品可能以这样的思路起头：戏剧性情景或戏剧性事件激发并牢牢抓住读者兴趣。常见的做法是在第一章便发现尸体，这种方法有些陈腐老套，但往往屡试不爽。

第二类，创意可能为作品的结尾或高潮而设置。这也应该是戏剧性的。举个例子，我来提议一个大家都不陌生的情景：汤姆认为杰克死了，他就冒充了杰克，但在警察局或法庭上，他竟意外遇上了杰克。

第三类，创意也许在于狡猾的犯罪方式，可能是谋杀。其案花样翻新，别出心裁——切不可过于离谱。可能的话，让案件只和一般人熟悉的事物相关。要创作侦探小说，这可能是最常见的开局方式，每一个崇拜侦探的人都能想到很多案例。

赖以构建作品的第四类创意是应该叙写具体犯罪，比如走私、贩运军火、制作假币、纵火，或者高级金融诈骗。

最后一类，创意应该将行动置于具体背景，比如采矿场、高尔夫球场、钓鱼场。或者将场景置于具体地点：公共汽车、办公室、大烟馆，或坎特伯雷大教堂。

还有创意不属于上述哪一类，我们当然也可以据以构建作品。例如奥斯汀·弗里曼博士的《上帝的指纹》可能就构建在这样的理念之上：指纹不一定就是令人信服的证据。

这是我们工作的第一步：获得创意开始写作。第二步比较有难度：

必须立足创意，构建情节。

构建情节的方法非常简单，但过程非常辛苦：我们自问数不清的问题，想出数不清的答案。问题总是指向新的问题，循环往复，情节才可逐渐成形。

尼古拉斯·布莱克——诗人塞西尔·戴·刘易斯——为了赚点外快，于二十世纪三十年代涉足黄金时代的精巧谜案，但随着时间的推移，他的野心越来越大，要当侦探小说家。他将自己最得意的故事汇编为集，并在序言中解释了它们的不同源头。他不走运，已经另有犯罪小说家领灵性闪烁的创意在先，此人后来成为侦探作家俱乐部的同事。

灵感源泉

尼古拉斯·布莱克

充分发挥想象力，情感介入……二十世纪三十年代，我曾目睹小儿子差一点被路霸撞死。假如他死了，警察又不能追捕那个肇事逃逸的司机，该怎么办？这就是《禽兽该死》的萌芽。我设想自己是一个人——一个鳏夫，从他的角度思考问题，他唯一的孩子被车撞死：他怎样才能找到罪犯？怎样才能让他偿命？顺便说一句，我的好几部侦探小说似乎都以复仇为动机，尽管我不是一个睚眦必报的人。也许，如果我生活在十七世纪前叶，我会仿效詹姆斯二世创作复仇剧。但我想说的是，如果《禽兽该死》比我的大多数惊悚小说更摄人心魄，那是因为它的雏形里有我的情感介入，也因为情感介入，我能在想象力更丰富、更严肃的层面看主人公的困境。在我的创作中，这部小说的情节构思是一流的——顺便一提，要不是故事讲到了一半时我突然想到主人公可以利用他的日记，这部作品的情节原本也可能平淡无奇。

帕特里克·黑斯廷斯爵士是大名鼎鼎的御用大律师，他在回忆录中把他首次参与辩护的案件称作“蒙面人之案”，小说《纠缠的命运》的情节得来全不费工夫——就取自此案。本世纪初在伊斯特本，一名警察被窃贼枪杀。窃贼是一位牧师的儿子，其习性与行为酷似霍尔农笔下的拉弗尔斯。涉案人员包括这名年轻窃贼，他天真美丽的情妇，以及他们的“朋友”。事实证明，这个朋友是他们堕落的根源——即便在帕特里克爵士中立的据实叙述中，此人也劣迹斑斑，骇人听闻，是我在现实生活中听说过的最像伊阿古的人。帕特里克爵士回忆录主要关注此案的法律层面，所以我可以运用全部想象力，重塑这些人物的性格。随着我对窃贼情妇的诠释，我的情感，即便时隔四十五年，也完全融入了她的内心。参与此案的警察已经退休，小说完成之后，我对这些人进行了调查，结果发现，尽管审判中没有提到伊阿古性格的某些细节，但我的许多想象竟与事实相符。

《心中的小刀》的萌芽也是信手捡得。朋友讲了个故事，说有两个人先前互不相识，但各有累赘需要解决。两人偶然相遇后，决定交换他们需要解决的受害者。我和我的朋友都没有读过帕特里夏·海史密斯的《列车上的陌生人》，也没有看过希区柯克根据它拍摄的电影。后来，我发现海史密斯女士的叙述与我完全不同，但开头是一样的。匪夷所思的是，我给我的两个人物取的教名与她给她的两个人物取的教名竟然相同。《心中的小刀》的情节是这里举出的三部小说中的“虚构”之最，也是概略之最。要给情节补上血肉，我必须往返于两个人的大脑——一个粗俗野蛮，一个软弱敏感，性格截然不同。我必须尽可能深地潜入他们离奇的关系，在他们企图杀人（素不相识的人）的时候，体验他们的内心世界，并与他们一同经历事后的余波。这样的情节构思需要相当剧烈的拉伸。

详细的情节构造还没有完成（或者还根本没有构造，因为像埃里克·安布勒那样的作家把犯罪故事写作看成发现之旅），另一个问题摆在了面前，该选写哪一类犯罪小说？该如何组其成书？安西娅·弗雷泽和安·格兰杰是两位经验丰富的小说家，二人都曾从事其他流派小说的写作，后来才专写犯罪小说，以下是他们关于各自个人方法的描述。

选　择

安西娅·弗雷泽

犯罪写作是一个广阔的教堂，内有刑侦小说、神奇小说、辣手神探、黑色小说、心理悬疑小说、浪漫悬疑小说、间谍小说、惊悚小说、谁是凶手等等供你选择，不过有时候子类之间可能界限模糊，互相重叠。我自己入行犯罪小说是从写超自然小说开始的，那时候它十分流行。当公众对超自然小说的兴趣开始减退的时候，代理问我是否愿意改变写作题材。我意识到自己的每一部超自然小说都涉及犯罪，便感到本人选择已定。

切请记住，尽管你需要笔耕不辍好几个月，读者可能只需几天就可以读完整部作品，所以自始至终保持相同的“说话语气”很重要。有时候，我可以从细微但不难觉察的风格变化判断一天的写作停在了哪里，所以每天开始工作，我总要重读（并大幅度校订）前一天写的文字，以确保语气一脉相承，衔接自然。

当然，作者的主要目标在于从第一页起就能抓住读者的注意，实现这一目标的方法多种多样。你可以在开头写一篇前言，讲述书中人物概不知情但已经发生的事件；或者在开头写一个爆炸性事件，尚未发生，但读者等得诚惶诚恐，直到作品后期才姗姗来迟；或者安排一个催化性事件，“实时”发生，作为故事的实际起点——比如发现了一具死尸。

当然，故事要扣人心弦，冲突是不可缺少的要素。无论发生在情人之间，警察同事之间，还是家庭成员之间，冲突都可以铺平道路，通往许多情境，常以谋杀结束。然而，在描述谋杀案的时候，不可能贯彻“写你之所知”的准则，况且，用什么给想象定价？我把准则颠倒了过来，但求“知你之所写”，并确保事事核实——互联网时代，这个不难做到。不过，如果有一个热情友好的警官，可以随时回答你可能提出的任何问题，这对于刑侦小说写作是无可替代的优势。更重要的是，警官似乎非常乐意赐教。想当年，每一部作品出版，我都要寄一本给有过交往的警官，感谢其“协助调查”！

如果幸运，你会发现你的人物已羽翼丰满，整装待发。但你还需建立“相貌与地点”档案，包含剪辑自杂志、报纸的趣味面孔照片（最好不是熟人）、房屋内景照片，或城镇、村庄的街道照片，供你对景遐想，人物沿街徜徉。这类档案大有用场，缺乏便是缺憾。如果这些资料中有什么与你的意中情节相匹配，你可以把它们贴在面前的软木板上，边看边思量“这种情况下你会做些什么？”，这样做很有帮助。

人物的名字极为重要，如果选错了名字，人物通常鲜活不起来。有时候，随着人物发展，可能有必要中途更名——一键替换，不是问题。鉴于名字有时尚与不时尚之分，作家必须考虑人物所处的时代和他的社会地位。我还尽量避免使用男女皆宜的名字，或以相同字母打头的名字，因为这样的名字可能会造成混淆。

选择背景至关重要，我个人的经验，使用想象的地点可以给我更多自由。然而，我确实要把想象的地点摆在国家的特定区域，并尽力使虚构的地名与相应的位置相吻合。然后我会绘制城镇平面图，填入店铺、警局、教堂等等，这样我就能知道，人物走出家门该向哪个方向转弯——要构建不在现场证明，这十分重要——从甲地走到乙地需要花多长时间。我也为故事中的主要房屋绘制平面图，目的还是能够“看”清正在发生的行动。读者可以跟着人物从一个房间走到另一个房间，在这样的环境里会感到非常自在。

写系列小说可能需要创设一个完整的县域，这时候，我会画出县境的地图，随机安置城镇和村庄，计算出城镇、村庄之间的行程，既包括距离也包括时间。然后我会选一个与情节最吻合的村镇，如果在合适的地点恰巧没有村镇，我总是会新补一个进去。

构想人物可能是相当大的挑战，作品数目不定，书中人成熟、成长，其个人生活贯穿整个系列，逐步展开——简而言之，书中人与你活在一起。当然，你的小说在继续，人物年龄在增加，生活在演进；亲属关系有的在形成，有的在终结；家庭成员可能去世，有离婚的夫妻，有出生的孩子。

系列小说可能有一个计时问题——一部作品结尾到下一部作品开头过了多长时间。我的“侦探总督察韦伯”系列延续了十六本书，要记录孩子们的年龄、某件事发生在多久以前，变得越来越难。所以我创造了自己的时区，在这个时区里，第一本书的故事发生在头一年，第二本书的故事发生在下一年，人物相识时间再回溯一两年。这样在后续写作中我可以回头核对，作家的日子轻松了。

那十六本书之后，我想暂时告别刑侦小说，于是我写了多年来的第一部独立小说。鉴于我打算把警察出场率限制在最低程度，所以小说只涉及一个警方不会插手的悬案，一桩从未破获的关于家族谋杀的积案。家族深深吸引着我，不同家庭成员之间的活动、矛盾，以及说不清、道不明的嫉妒。

这部作品之后，我又写了一部独立小说。我还打算再写第三部，但着手伊始，系列小说的熟悉感好生惬意，我开始怀念，于是决定把这一部扩展成新的系列小说，“罗娜教区”系列的第一本就此成形。我不想返回警察主题——在过去几年里的任何案件里，法医学大行其道，我落伍了——但我希望主人公有正当理由频频面对犯罪，所以我把她的职业确定为记者兼传记作家。十部作品的经历中，两种看似无害的职业使她陷入相当严重的险境。

我继续在系列作品之间插入独立小说。同一部作品之内，我可以走访完全不同的地方，遇到完全不同的人，他们热情亲切，清理自己的问题，这是一种自由感。

每个作家都要面对一个常见的问题："你的创意是从哪里来的？"当然，创意可以来自任何地方——报纸片段，无意间听到的对话——不要低估睡梦！我有一部小说和几个短篇故事的创意都是从梦中得到的，所以我床边常备纸笔，凡可能有用的创意，我都会快速记下，免得淡忘。

如果你首先想到的是标题，那是很大的优势，标题能给你指出正确的方向。选取合适的标题方法多种多样，我时不时会引用——我选《必要的结局》为题时，至少受到三位犯罪小说作家同行的斥责，因为其时他们和我标题一样的作品依然处在清样校对、等待出版阶段。

我有一部超自然小说，标题是《惠斯勒巷》，这个标题实际上由观瞻惠斯勒母亲肖像演化而来。当时我在玩味一个幻想，即那里面的惠斯勒不一定是专有名词。我脑海里浮现的是幽暗的乡村，幽灵一样的身影，情节就从那里拓展而来。还有一次，我听有人在收音机里说了句麦克白预言，意思是自会应验，我把它记录下来以备将来之用。

关于标题的选择，我最轻松的历程是"青青橙心草"系列小说[1]。歌曲本身以多种形式出现，从希伯来语开始，古代语言、现代语言，都

1 弗雷泽有一系列小说是根据《青春橙心草》（*Green Grow the Rushes, O*）这首英格兰民歌的歌词来命名的。后文提到的"四月布雨""九个闪耀的明灯""百合花样洁白的男孩"都出自歌词。

有它的版本，1625 年首次写成英语。不管歌词原意是什么——年岁推移，失真在所难免，好比传话游戏——我一直认为它们最能引人遐想。谁在四月布雨？谁是九个闪耀的明灯？谁是百合花样洁白的男孩？

我本打算最多借用两句歌词，但随着写作推进，创意迭出，最后我觉得应该全用。次序不依歌词的顺序，而依创意出现的顺序。最后的三个正好是十、十一、十二，这纯属巧合，我不得不承认《升上天堂的十一人》是个挑战！除了把整个一支板球队全部杀光，我还花了一段时间构思了一场大屠杀，有望令人信服。

过去我总是在一丝不苟地策划每一部作品，纵然随着写作进展，改变显而易见，但我很清楚每一章中情节能推进多远。（关于改变且举一例，根据设计，有一位老妇人要被杀害，但我喜欢上了她，所以没有让她死，而是换另外一个人被杀！）后来，我发展到了这样的状态，紧赶着自己动笔写作，不想费心思进行策划，单刀直入，逐章推进情节，最后照样也完成作品。这基本上就是我现在采用的写作方式——将发生什么有个大概想法，细节随写作推进逐步呈现。我与大多数作家同行不一样，我从来不打草稿。读每一页书稿我都要修改，所以当读到末尾，原稿免不了发生巨大变化。不过尽管这样，我还是离不开原稿。

有人说，写作是百分之十的灵感，百分之九十的汗水，诚然，坐等自己进入状态，毫无用处。如果没有灵感，我就信手涂鸦，不管多不满意，权当新圆珠笔试笔。然后，每当文思源流重建，我便返回正题，精雕细琢。我总是力求在某个有趣的点停止一天的写作，这将给我带来激励，好在第二天继续前进。

血案落纸

安·格兰杰

有位女士曾经郑重其事地问我：“你是怎样写小说的?”我的回答是老一套：情节，人物，等等。她皱了皱眉头，样子很困惑。“不是的，”她说，“我的意思是，你是怎样把这些组合在一起的?”她用钢笔做了个写的姿势。

我一向在期待经常被问到的问题是“你的创意是从哪里来的?”但她在乎的并不是这个问题。我意识到她认为“小说”就是一种心智上的复杂结构。也许，某种程度上真是这样。但我承认，当时我被难住了，不知道该如何用一句话来回答她的问题。

写犯罪小说是个难以捉摸的话题，没有哪两个作家的写作方法完全一样。怎么可能呢?作品本身千差万别。对我而言，写神秘/犯罪小说的迷人之处之一在于它像一把巨伞，涵盖众多主题、兴趣、历史时期等等。

所以，一旦我们的思维开始运转，谁能预料接下来会想到什么?我们的作品一概不一样，我们作为个体的人一概不一样，我们的工作方式一概不一样。

关于怎样写小说，我能做出的唯一说明是，它发端之初生长在我的脑海里。这话听着如果不是极度危险的，也是极不舒服的。但是人物、主题等好比情节的萌芽，它们从萌发开始，最终确实有可能独占心志，驱除其他一切。所以原则非常重要，你应当支配作品，不要让作品变成你的主宰。

我必须做个补充，作家往往会思考很多，然后才下笔。在构思创意或寻找恰当措辞的时候，有些人为了不被打扰，可能会选择远距离的散步。据说诗人华兹华斯（当然，他不是犯罪小说家）就用过这种方法，他飞奔回家，写下思考成熟的诗句，以免忘记。我在半夜里有过一些美妙的想法，但一到早晨便忘了；或者我当即打开灯，匆匆忙忙记下来，但面对白天的冷光浏览那潦草的字迹的时候，我只是觉得失望。阿加莎·克里斯蒂提议洗餐具，借以集中注意；或者也许创造性活动会产生于凝望太空的时候——这是我的特点。

我不能保证脑海里一定会出现绝妙的想法，但我像狄更斯笔下的米考伯先生一样，希望有一些转机。

我听说有些作家自立规矩，无论晴雨，每天最少要写出多少字。如果那样做对他们可行，那再好不过，但我这样做行不通。也许，我每一天的开始意味着要先把前一天写的字一一废弃。

有人精心策划，一丝不苟，我极为钦佩，但无法效仿；有人草拟情节，勾画概略，也许只是把它们放在不同标题之下；还有人明白起点在哪里，并看得清遥远处的终点，但却不知道究竟该如何到达终点，于是一路阻滞，一路攀爬，像一场文学越野障碍赛。

我则首先要粗略地写几行要点，脑海里想着地点，想着一帮子人物。我写作的原则是，如果情节发展让我感到意外，那么，幸运的话，也会让读者感到意外。下笔伊始，我就知道受害者的身份，也知道凶手的身份。如果你塑造了与众不同的人物，那么人物将为整个组合做出独特贡献。“与众不同”不一定就是“奇怪”。有几个奇怪人物是好事，但人物阵容一律奇怪便会造成混乱。人物仅仅表现得古怪也不够，必须有某种形式的理智发挥作用，不管这理智是多么匪夷所思。

关于人物的头发或眼睛的颜色，可以做一些实用的笔记，年龄也一样。写下人物的出生日期，如果可能，记清楚，在一个工作周内情节到了什么位置。周末——周六午餐以后——办公室和一些企业往往会关门。如果嫌疑人或证人是上班族，那么侦探在白天去做家访就没有了意义。

背景很重要。在坐火车旅行，抬眼注视闪过的乡村的时候，我能发现几处可以用作犯罪现场的地点。“可以在那里放一具尸体！”我会做此遐想。

几年前的一天，潮湿异常，我去看切尔西花展。有一个展场免费，每个人都挤进了主帐篷。在那样的情况下，谁会对两个陌生人感兴趣？那里的每个人都自顾不暇。我心想，在那里可以发生谋杀案，没有人会注意到。受害者受到了致命之击，但不能即刻倒地，不能倒在那么拥挤的人群里。他会气息奄奄，任凶手控制，被胁迫走向出口。每逢面露惊讶的看客，凶手就告诉他们有人快要昏厥，“需要透透气”。周围的人群会意识到情况紧急，让开通道，让杀人者和被杀者走过。

回到家，我写了一部小说，题为《为他的葬礼献花》，里面发生的谋杀与上述情景非常类似。

要确保你有足够的情节，这可能意味着需要有次要情节，至少一个，甚至两个。但要当心，次要人物不能比主要人物更有趣。

这些年来，我学会了注意一些问题。一页纸可能变成雷区，布满重复和矛盾。解决这类问题，大声朗读很有帮助。比如，重复的短语在电脑显示屏上可能引不起注意，但同一个段落里，如果重复使用短语，或多次使用同一个形容词，假如你一边大声朗读一边听，你立刻就能听出来。

利用朗读测试也可以改进对话，语言模式很重要，所有的人物不应该听上去是一个样子。

写作早期，我会朗读一天写出的整段文字并录入录音机，然后回放。听自己的声音朗读自己的散文语段，你会感觉有点震惊。记得我的一个孩子在录音播放期间走进我的房间，他的话很刻薄，说我听起来好像在模仿女王的圣诞演说。现今，我不再为自己的语段录音，但如果朗读似乎还有帮助，我会大声读一两页。

我写早期作品的时候，发现自己容易落入险境，时不时迷上某个辅音，尤其是思考人物名字的时候。可能只有我一个人有这样的问题。记得有一次我写了一整章，里面所有人物的名字，包括尸体，都以同一个字母打头。幸运的是，我及时意识到了，但那是一次警示，我至今仍然在密切注意这种情况。

不管朗读还是默读，通常需要仔细和多遍的通读。这一点上，熟悉感可能就是陷阱。你会发现自己整页浏览，文稿闪过，印象模糊。所以把完成的作品搁置一边，彻底远离，会很有帮助。你可以去度假，去伺弄花园，但求离开自己的作品。相信我，与你的作品分离一段时间之后，发现错误，找到破绽，会容易得多。

罗纳德·诺克斯的侦探小说写作“十诫”可以追溯到二十世纪二十年代，但它们给二十一世纪作家的帮助是很有限的。娜塔莎·库珀，编辑兼评论家，也是小说家，她吸收工作中的体验，借鉴写作中的磨炼，给当今的犯罪小说作家提出了很实用的十项建议。

犯罪写作的强度

娜塔莎·库珀

有一件事——也是唯一的一件事——犯罪小说千万做不得，那就是招读者厌倦。小说中可以包括什么、不可以包括什么之类的老规矩不复存在。如果你愿意，你可以在第一章就亮明罪犯；你可以让文本充斥血腥，也可以滴血不流；双胞胎、秘道之类，数目不限，任你决定；你甚至没有必要设置杀手。但你必须紧握读者的兴趣。

策划小说的时候，你会发现下列十条对你很有帮助。

1．熟悉人物

如果你自己感觉你的人物真实，你会发现，小说写得引人入胜并不十分困难。动笔之前要了解他们。他们是谁？他们爱好什么？他们惧怕什么？他们需要什么？他们讨厌谁？他们长什么样？他们吃什么？他们听什么音乐？他们看什么电影？他们是“阳春白雪”？他们是地痞流氓？他们的弱点是什么？他们的个人悲剧是什么？他们会为了什么夺人性命？

你没有必要一一告诉读者，但你有必要样样了解。有些作家发现，自己信步游荡的时候与笔下的人物聊天很有帮助。当今，没有人会睁着怪眼看沿街自语的人，因为他们以为人人都在打电话。

2．写在场景里

为了让小说逼真，你有必要为每个动作、每段对话、每一刻反思设定场景。所以，落笔之前，想一想你的人物在哪里，还有谁在场，他们能看到什么，听到什么，嗅到什么，尝到什么，感觉到什么。再强调一遍，你没有必要一一告诉读者，但你有必要样样了解，这样，你就可以选取最生动的细节与读者分享。

3．惜时如金

写小说最容易犯的错误莫过于废话连篇，言之无物，尤其是在你给自己制定了每天完成的字数目标的情况下。切莫空谈。你正在描述一个场景，想一想：你为什么要把它包罗进去？是为了塑造人物？为了推进情节？为了增加张力？为了向读者传递必要的信息？

你所描述的场景应当至少做到以上罗列的两件事，否则你应考虑放弃。

传载信息是犯罪小说写作中最难驾驭的问题，有的读者喜欢细枝末节，不辞繁冗，诸如枪支结构，或病理学家剔肉验骨，或复杂金融诈骗的运作。其他读者则不喜欢这些。当然，读者可以跳过任何让他们感到无聊的内容，但你是作者，你必须审慎对待要提供的信息数量及其呈现方式。解释性对话可能极为危险，在读者内心，它们往往听起来矫揉造作，无以复加。如果你需要读者了解卡拉什尼科夫冲锋枪射出子弹的速度，最好的做法可能是直截了当地说出来，而不是让人物坐在酒馆里，端着啤酒杯，一位说："我一直想知道卡拉什尼科夫冲锋枪每秒能打出多少发子弹"，第二位回答说："是这样，那要看枪是哪一年造的，有的卡拉什尼科夫冲锋枪能射出……"

4．逼真的对话

如果你的人物听上去像电子人，或者像自己动手制作指南，或者像华而不实的布道者，读者会失去兴趣。大声读出每一段对话，甚至可以对某些部分录音，以便你能听得见它们的声响效果，这样做非常值得。

确保每个人物的语言风格都与其他人不一样，最理想的情况是，不用你加上“约翰破着嗓子开玩笑说”“玛吉唧唧咕咕，充满杀气”等字眼，读者也能分辨出是谁在说话。

与讲话有关的动词要考虑限用，“说”，也许“喊”，或者“压低嗓音”，足够了。“说”的同义词看着怪诞。二十世纪五十年代出版的一部历史小说中有这样的话：“‘我的心肝。’珍妮坐在紫罗兰花丛中冒了一句。”现代一点的言语失当的例子：“‘我不管。’她面无表情地捋道。”一句“我不管”就足够了。

每个群体，无论是社交群体还是职业群体，都有自己的语言，使用与群体相关的语言会增加小说的真实感。如果你有时间、有资源，可以频繁出入于目标群体，听他们说话，你会学到恰如其分的词语。不过你可能来不及做这样的功课，所以有必要找从事相关行业的个体——警察、消防人员、律师、团伙帮手——询问人家如何具体描述某些事物。你不必使用相应群体的语言描写整个场景，加入几个出乎意料却恰到好处的词语，这样做一概有助于让读者相信，他们读到的是真实的东西。如果你的小说事关历史题材，那就很有必要查阅相关时代的信件和日记，便于你在对话中添加准确的发音。

5. 研究

研究不宜太多，不宜太急，研究的风险在于你会在小说中纳入过多细节。围绕主题读书，然后下笔，用方括号留空间备用，标记成“[此处添入科学细节]”的样式。咨询行家，大有裨益，他们在回答具体问题的时候能提供足够的信息，足以增加小说的真实性，又不至于臃肿。初稿一旦完成，你就更有可能提出合适的问题。

6. 张力

凡小说都需要张力，以驱动读者翻动书页，不过犯罪小说需要大量张力。小说中制造张力最直接的方法是设置问题，并尽可能久拖不答。莎士比亚的《罗密欧与朱丽叶》提供了抛问题、拖答案的大师级样板。合唱团一开始就告诉观众，该剧讲述“一对不幸的恋人”，用“自己的死埋葬父母的恩怨”。所以一开始我们就知道罗密欧和朱丽叶会死，但不知道怎么死，何时死。整部戏中，在有些场景，他们一个或另一个有可能被杀，但死亡一次又一次被拖延。到最后一幕，观众处于我们大多数人都熟悉的状态：整天在等管道工，苦等既久，焦躁难耐，信心耗光，听到街上的车轮声或外面的敲门声会兴奋得跳起来。你需要在读者中制造那一种急不可耐的情绪。

7. 情感强度

任何人都不可能生活在持续不断的戏剧状态中。任何小说，如果让人物生活在没完没了的戏剧状态，就会失信于读者。情感强度需要有所变化，行动场景和静思场景需要穿插叙述。别忘了，一种情感会强化它的反面情感。如果你想让读者沉入悲剧，首先考虑使用幽默，让他们轻松起来。

8. 副词

许多作家喜欢用副词为其叙述增添色彩，但这样做未必正确。副词会削减强度。不要写“他上气不接下气、慌慌张张、深一脚浅一脚跑过去，要把孩子从火里救出”。相反，你须描述他不顾一切向前冲去。也许可以表现一下他如何踩到草地上的一块碎玻璃，跌了一跤，划破了皮；他强忍疼痛继续奔跑，气喘吁吁，尝试着控制怦怦狂跳的心脏；血从划口流了下来，他全然不觉；这时候，他的脸能感觉到火焰的炙烤，他一边飙冲，一边得抹去衣服上的火花；他又跌了一跤，扭伤了脚踝，此时，孩子的尖叫深深刺进了他的大脑，他一瘸一拐奔向熊熊燃烧的房屋，就在这关头，孩子从开着的窗户掉了下来，他伸出双手，就差几英寸。

9．人物取名

思考人物叫什么名字的时候，一定要为读者着想。人物名字拼写相似——或者发音相似——不容易把每个人区分开来。你明白他们谁是谁，但对读者来说，戴夫、丹、迪克会混到一起，梅芙、史蒂夫、尼亚芙[1]也不好区分。

10．让人物动起来

不要担心人物从一个房间走到了另一个房间，甚至从一个城市走到了另一个城市，利用电影制作人所谓的跳接法。小说中，跳接可以这样实现：在罗马公寓阁楼的卧室里结束一个场景，然后以关于新地点的简短评论开始下一个场景。比如“伦敦圣保罗大教堂的回音圆廊让吉姆把目标看得非常清楚”。

最重要的是要享受策划小说的过程，喜欢书中人物，哪怕是邪恶人物。

开篇句很重要，又得来不易。弗朗西丝·法菲尔德指出：“你可能得忍痛割爱，放弃开头，最好的想法也许在页面底端，要把它移上来。时间如果在凌晨三点，你和你的人物该上床睡觉了，但睡着觉也得思考。”

正如约翰·哈维下文的说明，巧妙的开篇可以表现出很多不同形式。

1　此段提到的人名原文依次是Dave、Dan、Dick、Maeve、Steve、Niamh。

开　篇

约翰·哈维

达希尔·哈米特的第一部小说《红色收获》1929年出版，开篇句是这样写的："我第一次听到民居镇被称作'冥居'镇是在巴特大轮船上，这样发音的人名叫希基·杜威，是个一头红发的无赖，这家伙还把衬衫称作'蠢衫'。[1]"

该有的都有了：出语直截了当，有办法即刻抓住你，犹如一只手提住你的夹克翻领，用不甚高亢但十分自信的声音对着你的耳朵讲话。还有诗的意境：地方语为诗，生活语为韵。

第一部小说的第一句，不知道有多少次，他把稿纸从打字机上卷下来，读上一遍，从肩头向后扔掉，另点一支烟，重新卷上稿纸，再试。不知道那些清晨，四点稍过，或者四点半，他再也不可能继续入睡，是不是脑子里还在考查这个句子。不知道他是不是一开始就胸有成竹。

哈米特曾经是平克顿国家侦探社的特工，创作第一部小说的时候他三十五岁。平克顿国家侦探社是一个有政府背景的庞大组织，他在里面做私人侦探。他两次应征入伍，参加两次世界大战。第一次世界大战期间，他被诊断患有肺结核，健康多年受其严重影响。当他不再在平克顿工作的时候，也许意识到自己往后的体力活动会减少，他便入籍一所工商职业学院，开始学习写作这个职业。

1　民居镇、"冥居"镇、衬衫、"蠢衫"对应的原文分别是personville、Poisonville，shirt、shoit，书中人物把/ɜː/读作/ɔɪ/。

回顾《红色收获》的开篇，我想起其他犯罪小说的开头方式，可谓各具特色。有些开篇跟哈米特的一样，短小而有力，由于自有近乎完美的满足度，所以能同时紧握他人的注意。另一些开篇较长，刻意使用复杂句，带你蜿蜒盘绕进入行文，也进入其风格与叙述。还有一些开篇占据很大篇幅，巧妙地引导你进入文本，然后常叫你念念不忘——有时候书读过了，欣赏过了，且已搁置一边，但开篇的记忆仍挥之不去。

开篇很重要。以下摘录我最喜欢的单句开头，有些人们熟悉，有些可能不太熟悉。

> 约莫中午，他们把我扔下了干草车。
>
> 詹姆斯·凯恩，《邮差总按两遍铃》

> 二十六岁的杰基·布朗面无表情地说，他可以搞到枪支。
>
> 乔治·希金斯，《埃迪·科伊尔的朋友》

> 当我最终赶上亚伯拉罕·特拉赫恩的时候，他正在加州索诺玛郊外一家摇摇欲坠的酒吧，和一个名叫火球·罗伯茨的恶棍酒鬼一起喝啤酒，那是个晴朗的春天下午，他们毫无顾忌，喝得烂醉如泥。
>
> 詹姆斯·克拉姆利，《最后一次深吻》

> 很长时间以后，德赖弗来到菲尼克斯北部的一家汽车旅馆，他背靠旅馆内墙席地而坐，看着一摊血朝自己涌来，这时候，他在疑惑自己是不是犯下了一个可怕的错误。
>
> 詹姆斯·萨利斯，《驾驭》

梅根·哈普尔正在回家的路上，她要告诉丈夫自己将离开他，跟另一个男人一起生活，但走到一个车站停车场，她胸中三刀殒命。

比尔·詹姆斯，《玫瑰，玫瑰》

下面是我最喜欢的两个较长的开篇，每一个都诙谐幽默，自有特色。当然，第一个是经典，非常有名，第二个出自布莱恩·汤普森之手。我认为布莱恩·汤普森涉足犯罪小说，理应受到更多的关注和赞赏。

十月中旬的一个早晨，十一点左右，太阳还没有露脸，清澈的丘陵地带一片潮湿，看上去刚下过大雨。我身穿浅蓝色西服，配深蓝色衬衫、领带、手帕，脚上是黑色拷花皮鞋，黑色羊毛袜饰有深蓝色花边。我的装束整洁干净，剃光胡须，显得清爽持重。我不在乎谁看到了谁没有看到，但我浑身上下衣冠楚楚，是一个私家侦探应有的派头。我的要价是四百万美金。

雷蒙德·钱德勒，《长眠不醒》

埃文斯太太教我跳探戈，除了高跟鞋和一对墨西哥银耳环——她称那是阿卡普尔科送她的礼物——她没戴什么装饰。探戈是一种激动人心的舞蹈，当时，我对它的基本要领已有所了解，但从未达到过像埃文斯太太的那种理解。高跟鞋增添了她的优雅，我想也增添了她的本真，但即使穿着高跟鞋，这位女士的头也勉强够着我的下巴。我们喝得酩酊大醉，借酒壮胆，踏着最著名的探戈——《蓝色探戈》——的曲点，在房间里冲来突去。时间已过凌晨两点，预报过的雨最终下了起来，像云落了地，漫无目标在街上闲荡，如涟涟珠泪，但七零八落。不过我们还好——我们在三楼，俯瞰地上那该死的云，玩得酣畅淋漓。手碰上去，感觉埃文斯太太在发热，她的妆开始融化了。她的臀部在巍巍颤动，不知什么原因，一片透明胶带粘在上面，我们一边跳舞，我一边努力解开这个娇小而可爱的谜。我终于想起来了，那天是她姐姐的生日，当晚早些时候，她准备了一个包裹，包好了一个头巾、几条短裤和一本乔安娜·特罗洛普的平装书。

布莱恩·汤普森，《天使之梯》

许多年来，侦探作家俱乐部会员写的小说中出现过一些非常精彩的开篇。俱乐部创始人安东尼·伯克莱在创作第一部心理悬疑小说《恶意预谋》的时候把笔名改为弗朗西斯·艾尔斯，作品的开头可谓才华横溢：

比克利医生下决心杀妻，决定做出几个星期之后，他才采取了几步积极行动。谋杀可是个严肃的事情，稍有闪失就可能酿成大祸。比克利医生不想冒大祸临头的风险。

讽刺的基调贯穿始终，在故事结局中也有反映。下一部署名弗朗西斯·艾尔斯的小说《作案之前》有着同样难忘的开头：

有些女人生下了杀人凶手，有些女人跟杀人凶手上了床，有些女人让杀人凶手娶上了。莉娜·艾斯加斯和丈夫生活了近八年才意识到自己嫁给了杀人凶手。

近半个世纪之后，露丝·伦德尔出版了《以石为判》，小说这样开头：

> 尤妮斯·帕奇曼不会读，也不会写，所以她杀了科弗代尔一家。

彼得·罗宾逊将这类开头描述为完美的叙事挂钩。开篇能牵引读者注意，极有价值，但单凭开篇不足以保障作品出类拔萃，更谈不上写出能与艾尔斯和伦德尔经典著作相媲美的小说。彼得提到，吸引读者不懈怠，需要整个叙事一以贯之，如果过于关注开篇，导致忽略叙事挂钩，那么孜孜不倦于开篇甚至可能是个错误。

“此刻应该有事发生”：谈叙事挂钩

彼得·罗宾逊

有人要我就小说技巧写点什么，这样的时刻我总是紧张。我经常教创意写作课，关于这个主题的书我读过不少，人们都知道的诸如《完美情节的五条捷径》《塑造拿奖人物的三大技巧》《简单十步教你写出最棒的犯罪小说》等书。但当我写作的时候，我不去想这些书，只是跟着直觉走。正如爵士乐钢琴家需要练习音阶，然后才能随心所欲即兴创作，作家也需要首先熟悉自己行当里的基本知识并将其内化，然后才可以开启遐想。终究，小说除了放飞遐想，还能是什么？情节、结构、对话、描述、动作、人物是写作过程的分支，你可能学习过，并做过所有必要的练习，但在你下笔写一部小说的时候，这些分支都趋于模糊，彼此没有了界限，况且一旦写作进展得顺利，大多数作家不会停笔确认他们是否贯彻了三幕、五幕，或者七幕结构的原则，是否把情节点放在了正确的地方，或者是否设置了足够的叙事挂钩。说到叙事挂钩，是什么在钩“读者”我实在不得而知，但我确实知道是什么在钩我自己。我也是读者，所以说不定我还是自己最忠实的读者。

什么是叙事挂钩？也许最恰当的说法是把它想成能让读者不断翻书页的动力。作家最不喜欢的问题是：“你的创意是从哪里来的？”通常人们问这样的问题，是指整本书的总体理念与别的作品不一样的地方，比如连环杀手剥了受害人的皮，但如果我们深入思考这个问题，作品并不告成于单一意念。每个句子都是创意，同样地，每一页，或至少每个场景或每个章节，都需要叙事挂钩。那么也许，我们要学的

第一课应该是叙事挂钩始终是个复数概念。

开头难，尽人皆知，是绕不开的难题。其主要问题是许多作家，尤其是初入道的作家，不惜连篇累牍，预先铺陈。第一句就讲，有人被杀，死相特别恐怖，然后花两页的篇幅讲述受害人的生平，这种做法中的叙事挂钩就十分有限。聪明的作家会尽力绕道走，他们写一篇惊心动魄的序言作为挂钩，序言中常用斜体、现在时态。这篇序言，虽然营造氛围，充满神秘和威胁，但一开始似乎与接下来的故事没有什么关系，读者想知道这篇序言放在那里究竟要干什么，就这样上了挂钩。最终，一切揭晓。这个方法存在的问题是它已经变得老套，我是知道的，我这样写过一两次。埃尔莫尔·伦纳德在他的写作十则中建议我们不要用序言，我不想把他的建议当成绝对的清规戒律，但也许最好应该避免程式化，序言不是必须的。

为吸引读者，你又太过在意开篇句。当然，如果你能贡献出真正的奇思妙想，那自然皆大欢喜，但大多数情况下，你无法做到。你用尽一切办法追求开篇完美，但请记住，关于开篇，你以后总能找到机会回头改进。你真正需要做的是推进故事。一门心思锤炼开头句往往造成拖沓。如果不小心，你最终会像加缪在《鼠疫》中塑造的约瑟夫·格兰德一样，一个过了头的完美主义者，一直撰写、重写作品的第一句，进不了下文。

露丝·伦德尔的《以石为判》的首句不仅指明了凶手，而且交代了杀人动机，并非所有的开篇都能像她的那样吸引读者。《以石为判》的整个开头场景值得任何作家研究，且看伦德尔的做法：她继续描述这起犯罪及其结局，其方法似乎是引诱我们读完整部小说，期待弄清一切，而她则在这个过程中一点一点向我们“泄露”。然而，这种方法并不是鼓动我们停止阅读，相反，它其实是完美的叙事挂钩，也许就因为它，让我们对故事如何展开越来越感兴趣，而不仅仅是对发生了什么、涉及谁感兴趣。阅读的时候，我们发现自己是在观览两车相撞的慢镜头。

从这里我们应该学会超越第一句，思考整个开篇场景，因为那才是需要设置第一个挂钩的地方。大多数读者都会阅读几章后再决定自己是放弃还是继续读下去。所以开头几章是你需要集中精力的地方。如果你足够幸运，引起了代理或编辑的关注，人家也会至少翻阅前几页。

第一个场景或第一章通常介绍背景及主要人物，启动情节，或为情节做好铺垫。它也在为其后的叙述定调；它还应当提出很多问题，让我们期待答案，或者设置情景，让我们期待其解决。它给了你足够多的机会，让你把挂钩伸向读者。接下来的几小时，读者将在你塑造的世界里度过，你需要让他们对这个世界有所感觉。我们最喜欢的是那些能最全面地包容、吸纳我们的作品。那样的作品能提供一个或多个供我们居住的地方，提供让我们或爱或恨的有趣人物，提供让我们希望重返其间的活动和对话，日复一日，享受时光，提供一个让我们沉浸其中的现实世界。当你读完这样一部作品，你会感觉既快意又忧伤。当然，忧伤的是作品竟然结束了，但你也快意，因为你得到了那种体验，你可以阅读这位作家更多的作品，一再享受那种体验。如果你能作为读者理解那种体验，那么你也能作为作者而理解它。你的任务便是创造那个世界，为他人提供那种体验。不论你是在策划系列小说还是只在策划独立小说，你都在创造小说世界，让读者产生美妙的融入感，你给读者的这种感觉越强烈，你的作品就越成功。

在开头的场景，你必须设置第一个挂钩，也是最有力的挂钩，权当它是诱惑。读者需要知道他们将进入什么样的世界，知道他们进入其间将面临什么样的命运，因为挂钩的全部使命在于创造世界。细腻微妙没有关系，但要确保你设置了潜势、暗示、传言、生动的场景等等，以捕获读者的注意，令其产生继续读下去的欲望。让读者爱上这个故事，就这么简单，就这么难。

那之后呢？不要松懈，挂钩应该一个接着一个。我的第一位编辑曾和我一页一页审阅过我的第一份手稿，页面上到处是黄色便利贴，大约在第三十页左右，我注意到她用铅笔在页面顶部写上了“此刻应该有事发生”。五页之后有事发生了，但她已经感觉到我步调失调，我设置的挂钩效果不够迅速。我知道了，我需要从前三十页中删除五页，以便情节推进得更快一些。那是需要学习的重要一课。

当然，挂钩的类型可大可小。大型挂钩可以少一些，小型挂钩则需要多一些。不可否认，宏大概念可能钩住我们：我们一步步喜欢上了一位年轻记者，连环杀手图谋夺其命、剥其皮，主人公能事先阻止吗？不过，所有重大事件固然重要，并该时刻铭记于心，但你需要诸多小挂钩推进故事，所以小挂钩的使用也不可迷失了方向。“此刻应该有事发生”，也许只是件小事，也许属于次要情节，但要有事。试举人际关系的例子，比如主人公与女友或妻子或家人之间发生了问题，我们应当关注其中的矛盾，希望问题得到解决。或者也可能发生健康问题——X 线检查结果异常，或者工作上的问题——与老板发生冲突，或者也许与合伙人发生冲突——但都不外乎是挂钩作坊里的原料。你的机会不少，但不要浪费。这好比游乐场里的转盘人或杂耍。你的主人公需要旋转的盘子越多，或者需要飞空的球越多，读者翻动书页的速度就越快。如果他偶尔让一个盘子掉下来打碎了，或者漏掉了一个球，那意味着主人公只是人，破碎的盘子或掉下的球也许短时间内会改变我们的注意指向，但它们本身就可以起到叙事挂钩的作用。

犯罪小说——在这里我指的是疑案，通常涉及谋杀案、警方侦探、私家侦探，还有身怀本领的业余侦探——不比充斥着动作场面的小说，它往往更理性。但动作小说本身也会引发诸多问题事关挂钩。雷蒙德·钱德勒曾经写道："犹疑不定的时候，安排人持枪从门外走进来。"他在描述为通俗杂志撰稿的经历，但他的话常常被当作建议：假如你觉得情节发展有些疲软，需要重新吸引读者，你该如何借助动作，推进情节。这个办法有效，我知道，我这样做过！但借此摆脱困境，你只能尝试一次，尤其在小说以英国为背景的时候，因为在这个国家枪支并不普遍。

犯罪小说中，能为挂钩者数不胜数，形形色色，任你支配。好多挂钩，可以是重点挂钩，也可以是非重点挂钩，你都能换成持枪人。最明显的是你可以将主人公置于危险境地。信息、某种启示，或者秘密、谎言等都属于非重点挂钩，但它们非常有效。以下主意屡试不爽：提前暗示，关于某些问题，有人怀揣秘密或在撒谎，然后迟迟不披露实情。对真相的披露你可以控制，在你想揭示的时候，在你觉得"此刻应该有事发生"的时候，再显山露水。

每个故事的每一章都会提出许多小问题，每个问题都可以充当叙事挂钩，所以你需要尽最大的能力利用它们，既利用问题也利用答案，并以此为手段，把作品的最大张力和最佳节奏呈现出来。

犯罪小说中的法医信息就是很好的例子，所有的法医信息最终都将被拼接在一起，帮着为谜题（或者至少是转移注意的话题）找到答案。首先你要妥善整理犯罪现场，把痕迹证据分类送到不同实验室。你可能会得到指纹，也许是DNA、头发、脚印、车轮胎印、有问题的不在场证明、神秘污渍、一两个目击证人，一切待查。所有这些问题的答案几乎都可以在小说的任意部位随意展开，在你觉得"此刻应该有事发生”的时候，使用它们所提供的信息。披露也是一种动作，尤其是在显示的答案不是你引导读者期待的答案的情况下。

有些评论家要让我们相信，犯罪小说没有固定的规则，然而这一题材，论结构确有某些可能性，它们犹如沿途路标，帮你朝正确方向行进。这些可能性也为进一步安排叙事挂钩提供机会。首先，要有犯罪，通常是谋杀，正如 P. D. 詹姆斯所说，夺人性命的事非做不可。他的话意味着犯罪小说代价巨大。受害人死了，命案留给了社会，或者说留给了社会的代表者调查人员——私家的或官方的——由他们查明原因，如果可能，还原一定程度的平衡与秩序。这种情况是犯罪小说的固有特征，而就叙事挂钩而言，这也是上天赐予，值得珍惜。高明的作家会勾起读者的欲望，与侦探一道踏上旅程，找出谁是凶手，也许更重要的是，查清受害人为什么会被这样杀害。对这样的挂钩你不需要花费任何额外努力——它是犯罪小说的馈赠。

P. D. 詹姆斯还指出，这里所说的秩序恢复永远达不到完全彻底，也不一定总是实现正义。犯罪打破社区的平静，毁坏当事人的生活，摧残他们的心智，给他们留下无尽的悲痛，所谓恢复也不能驱除这些影响。抓住凶手永远不能使受害人复活；某些人在某些时候成为重点嫌疑人，他们可能因此失去生计，失去家庭，失去朋友，抓住凶手也未必能还这些人以安宁。他们中的有些人不是主要人物，但不管多么次要，引导读者关注他们，你就会有更多的叙事挂钩。在你构建人物和人物关系的时候，记住这些很有好处，同时还要记住重要社区的全貌，因为你将在那里设置挂钩，强化人们对后续事件的期待。关系可能改变，有些东西可能失去，或许由另外的什么取而代之。正确使用叙事挂钩，就等于你准备就绪，应对所有这一切。切记“此刻应该有事发生”。

人　物

犯罪小说——任何小说——如果人物乏味则注定是败笔。力道十足的情节和引人入胜的背景固然重要，但不可能弥补人物的无趣和人物创造的失败。这并不是说人物描述需要格外复杂。阿加莎·克里斯蒂笔下的谋杀嫌犯通常寥寥几笔就勾画完成，而且人物塑造也不是她的最大特长；然而，她笔下是特点鲜明的角色；她展示的人物带有些许幽默，表现出生命的活力，她在这方面的天赋确实被低估了。作品的这种普适性元素可以辅助解释为什么世界各地的人们对克里斯蒂的作品推崇备至，纵然他们中的许多人从未到过英国的乡村庄园，也从未见过管家或上了年纪的业余女侦探。

作家、出版商、读者都高度重视人物描述技巧。人物不讨人喜欢或罪恶累累都不重要，犯罪故事中那是常见现象。读者依然可以关心人物的命运。帕特里夏·海史密斯笔下的汤姆·瑞普利是非不分，但吸引力经久不衰，就是证明；与其说他是个系列侦探，毋宁说他是个系列反社会人物。但如果读者不想花心思关注人物的未来命运，聪明的作家就得重新思考。

马克·比林汉姆在他的网站上解说，自己一直在怎样设想，让最著名的小说人物汤姆·索恩探长一部作品接一部作品地发展下去，且永远不可预测。他决定不对索恩进行身体描述，并确保索恩自带各种事件塑造其生命。他的侦探“是一个与横死打交道的人，一个与极度悲伤打交道的人，面对这样的遭遇，如果他无动于衷，那是荒唐的，不人道的”。

人物出自悬疑

马克·比林汉姆

这些年来，有人多次问我——在各种活动上，或在创意写作讲习班上——犯罪小说作家该如何开动脑筋，制造悬疑。我以为犯罪写作这个行当存在一些窍门，所以有段时间，我就谈谈这些，算是回答了人家的问题。我絮絮叨叨，讲悬念、转折、“揭示”有多重要。这一类手段仍然非常重要，但我却慢慢意识到，答案要领实际上简单得多：塑造人物。写任何小说都应以它为核心。

当然，上面提到的所有技巧都是推理小说家武器库中的重要武器，同样也是这类题材小说的组成部分，尽在读者期待之中。它们是一揽子计划的有机构成，是作家需要时常摁下的按钮。当犯罪小说家构思出中意的情节转折的时候，那肯定是办公室里的美好一天，纵然在那个特定时刻，“办公室”可能会是浴室、汽车，或者公园，你碰巧正在那里面遛狗。遇到这样的时刻，你该放松一把，用这一天剩余的时间给自己放假。

然而，我确实认为一味追求技法，难免失之过火。

犯罪小说家和惊悚小说家身上有一种特殊禀性，他们认为作家的职责在于尽可能多地向读者抛出惊奇，转折，再转折。在我看来，这些都是犯罪小说中的“棋子”，我欣赏技巧，但我也逐渐领悟到，过多地翻新花样，使用花招，实际上与真正的悬疑创造背道而驰。简而言之，我发现，如果一部作品仅仅是在搞技巧展示，它很难有吸引力。我是不会投入的。假如有一位作家的惯用手段是先讲某个人物死了，但他的实际意思几乎可以肯定人物根本没死，当我知道了这些，我为什么还要跟着大惊小怪呢？警察、私家侦探，或业余侦探，已经抓住了凶手，但故事结束了吗？没有，百分之百没有结束，因为小说离结尾还有三章。就算我不是赫尔克里·波洛，我也能看出他们抓错人了。

请不要误解，这种复杂而精细的策划极为重要，有些作家总是能带领读者曲折行进，如游迷宫，他们的成功证明精细策划大受欢迎，经久不衰。但我认为，若论制造悬疑，情节曲折不一定是唯一可行的路子。

“揭示”依然是非常有效的技巧，我从当独角喜剧演员时起就对之非常熟悉。这种说法听起来可能令人惊讶，但从独角喜剧转行到犯罪小说写作之后，我很快发现笑话和犯罪小说的作用机制非常相似。喜剧演员带领观众穿行于花园曲径，观众听任摆布，因为他们知道接下来会发生什么，或者至少他们以为自己知道。最后，障碍从意料之外的方向横插过来，撞翻他们。

> 我爷爷最近去世了。他是坐在椅子上……悄悄溜走的。他走得很平静……和他车上的那些乘客不一样。

> 我和我妻子的爱情生活全凭心血来潮。有一天，我们脱了衣服，就在冰柜上做爱！我想他们再也不会让我俩回塞恩斯伯利超市干活了。

喜剧如何揭示笑点，像这样的一些老笑话恰好可为演示。犯罪小说的读者同样愿意当这样的观众，容易被牵着走。

犯罪小说世界里，我能想到的最出色的例子出自托马斯·哈里斯的杰作《沉默的羔羊》，这是以汉尼拔·莱克特为主要人物的第二部作品。小说结尾，特警小组已把凶手逼入绝境，并向其藏身的房屋逼近。与此同时，克拉丽斯·史达琳被派往数英里外的一个小镇去处理几项收尾的零星事务。特警小组的一名队员按响了凶手的门铃。凶手的地下室，阴森可怖，他从那里可听到门铃响，听到我们“破入”。此时此刻作者兜售的尽是“假象”，但读者照单全收。读者和凶手在一起，看他慢慢爬上楼梯，半明半暗中，蝴蝶翅振不祥，在周围飞掠。我们知道他有枪……我们知道他干得出什么……他打开了门，而后……

克拉丽斯·史达琳！活见鬼！特警小组围错了房屋，史达琳来到的房屋才是凶手藏身的地方，她自己也不知道。这是完美的揭示，时间安排也精彩绝伦，因为它恰好是读者翻动书页的时刻。最优秀的犯罪小说中，像这一类惊心动魄的时刻比比皆是。它们也是笑点，纯粹而简单，纵然它们比你在喜剧俱乐部反反复复听到的可能要灰暗得多。

但哈里斯的揭示之所以作用发挥得如此精彩，不仅仅因为它精妙的时间安排，最重要的因素是克拉丽斯·史达琳这个人物：小说整个过程中，读者逐渐熟悉了这个年轻女人，他们在乎她，移情于她。

最终，我相信这才是真正的悬疑的关键所在。

这样的揭示发生在很多年前，当时我在读一部名为《转机》的小说，是美国作家乔治·派勒卡诺斯的作品。派勒卡诺斯很乐意称自己为犯罪小说家，或者用美国更通俗的名头，称为推理小说家，但他那种作家并不过度关注前面所描述的那些技巧。他的作品中通常会有令人震惊的暴力片段，其后还往往有调查部分，但无论如何算不上传统意义上的推理小说。然而跟我所认识的任何作家一样，他真正做的是塑造人物，让人物生活在书页上，呼吸在书页上。读他的小说，教我意识到我跟一部分人物已经非常熟悉，想到他们身上将发生可怕的变故——我知道必定发生——我就几乎无法忍受。我怀着恐惧的心情翻动每一页，然后我明白了，这就是制造悬疑最高超、最令人满意的方法，我明白了，摆在我眼前的是人物塑造，不曾须臾停滞。

终究，犯罪小说就是这样，读者看了封面，读了简介，非常清楚书中写什么。是的，书中也许有救赎和坚忍等主题，但也会有苦痛、磨难、忧伤，以及无可挽回损失。你知道这些事将会发生，但你不知道什么时候发生，在谁头上发生。

张力是真实的，也是可怕的，因为你在意人物。

所以，想一些办法，时不时添加曲折，以求惊悚，但不要太过频繁，致使曲折丧失了震撼力。把握时机，让“揭示”恰到好处，给读者提供一时笑点，让他们久久不能忘怀。

但最重要的是，向读者展示真正能与他们建立密切关系的人物，展示有力量感动他们的人物，这样，从第一页起你就拥有了真正的悬疑。

马克·比林汉姆关于喜剧演员“揭示”之议引导我们思考妙用幽默的问题。无论人物在法律上属于守法还是违法，幽默都可以帮助他们变得有血有肉，比尔·詹姆斯的小说对此做了进一步阐释。约翰·哈维指出，詹姆斯很有天赋，他创设的开局常常不离幽默，引人注目。比如《洛丽塔男人》，它的开头这样写：“露丝·埃弗里过去常说，和哈普尔做爱就像与骑警紧急应对专案组全体人员上床。”

警察与罪犯，比照与喜剧

比尔·詹姆斯

我笔下的罪犯表现出善良品格，也表现出邪恶品格，我笔下的警察（尤其是总警长科林·哈普尔和助理警长德斯蒙德·艾尔斯）往往模糊了善良和邪恶的界限，这给了我更多发挥的空间。我希望，截然相反的人物品格会让角色更加有趣，这当然也让我对他们更感兴趣。

对社会和人类，我总体上乐意持一种喜剧看法，有时候，我也乐意让人明白我的这种态度。是的，人在为目标奋斗，甚至在为理想奋斗，当然最终赔了夫人又折兵。有些时候，幽默就来自这幅奋斗景象。

我写《你最好相信》之初打算是出版单行本，其中引入了哈普尔和艾尔斯。我做过多次修改，但一开始销售有些困难。我对它也不是很有信心，起初它并没有受到人们太多关注。不过，我又写了另一部小说《洛丽塔男人》，人物还是哈普尔和艾尔斯，这部作品被广泛报道，书评迭出。我想，就是这部作品促使我思考，我必须这样写下去，至少这段时间应该坚持。于是我接着写了《光环大游行》，系列小说就此发展起来，现在续集积有三十余部，出版速度大致是一年一本。

我记得莱恩·戴顿说过，他喜欢在每一页都写上让读者忍俊不禁，或者有可能开怀大笑的内容。这是一项持续性任务，你必须让作品每一页保持幽默，而不只是总体让人觉得好玩。

我喜欢攻击性幽默。在警察一方，攻击性幽默通常来自秩序倒错，而在骗子一方，攻击性幽默源于他们的壮志，他们想成为正经人：严肃认真，有时候甚至品德高尚。他们说的是一套，真正做的是另一套。这种比照幽默通常效果很好，并传载我一直试图表现的意义：我们一贯处在混乱的边缘。

两个主要人物中，艾尔斯比较复杂。他基本上是个好警察，但只能说基本上。他从不收钱，从这个意义上讲他还算正派。他做事冷酷无情，有时候为了抓住罪犯，他自己行事竟效仿罪犯。在某些方面，他又显得软弱。他在老婆跟前缺乏魅力，人家与哈普尔不清不楚，与另一名警察弗朗西斯·加兰也有勾搭。这些事情搞得他狂暴不已。

尽管哈普尔会投机取巧，但他代表着警察正直、清白的一面——大多数情况下。艾尔斯经常嘲笑他过于循规蹈矩，胆小怕事，但很多时候，哈普尔才是那个把事情摆平的人。某种程度上，他才是那个实际上站在艾尔斯背后，在替他收拾摊子的人。他在中和艾尔斯。他做事似乎有自己的一套，有时候他也确实真用自己的一套，在艾尔斯的做法可能行不通的地方，他能把事情做成。

在法国的一次采访中，有人问我，我是不是哈普尔。“哦，不是！”我回答说，“我是惊慌失措的拉尔夫[1]！”我理解像拉尔夫那样胆小如鼠的人；我也理解拥有疯狂野心的人。拉尔夫想把他那破败不堪的俱乐部蒙蒂变成伦敦的雅典娜神殿，这不是痴心妄想嘛。但我们都有那一类野心，某些方面那类野心是沉痛的，某些方面它们又是滑稽的，所以我可以从拉尔夫那里获得笑料，且数量可观。另有一位大佬，曼塞尔·谢尔，他装腔作势，要混迹社会，独领风骚，从他那里我也可以获得笑料，数量同样可观。

---

1 《惊慌失措的拉尔夫》（*Panicking Ralph*）是比尔·詹姆斯“哈普尔和艾尔斯”系列的第十四本小说。

作品创作的技巧是赋予人物令人惊奇的品格。哈普尔和艾尔斯如果确实塑造得成功，那也是小说人物的成功，因为他们不是小警官，不是治安巡夜人员，他们是级别很高的警察，可以不一味地墨守成规。所以这里面有令人震撼的元素。当然，我不是第一个，也不是唯一一个运笔展示有过错的警察（或警察群体）的犯罪小说家。不过，艾尔斯也许更接近莽夫悍匪之流，但他的穿着——制服或是便服——总是华丽考究。

对于以警官为主要人物的作家而言，核心问题是他们投入了多少精力来描述刑侦程序。约翰·温赖特做了多年的警官，然后才成为犯罪小说作家，他既多产也成功。从1983年起，他成了侦探作家俱乐部会员。关于侦探的生活和工作他深谙其道，这使他的著作忠于现实，原汁原味。

相反，科林·德克斯特以莫尔斯探长为主要人物的系列小说取得了全球范围内的成功，他却没有大费周折描述刑侦程序的细节。露丝·伦德尔的多部小说以雷金纳德·韦克斯福德为主人公，P.D.詹姆斯的系列小说以亚当·达格利什为主人公，数百万读者喜欢这些作品，但他们并不过多关注技术细节，人物、场景、情节之力补细节之不足，绰绰有余。

同样，马乔里·埃克尔斯的主要关注点在于有趣的人和有趣的故事。三十余年的作家生涯里，她的著作种类繁多，包括当代题材犯罪小说、历史题材犯罪小说，还有独立小说以及许多短篇。跟马克·比林汉姆、比尔·詹姆斯、科林·德克斯特、露丝·伦德尔、P.D.詹姆斯等人一样，她也看到了自己塑造的侦探在电视屏幕上活灵活现。

让人物可信

马乔里·埃克尔斯

凡是有了创意，打算创作的犯罪小说家，总是需要人物，这是举世公认的真理。

很好，我们有了基本的想法。但想法是什么触发的？哪里来的？这是永恒的问题，读者总是问起，但作家无法回答。对这样的问题，答案只能是：谁知道呢？任何因素都有可能促其生成：一件封存待用的趣事，突然间抬起了头，托起许多可能性；一抹回忆，叫人意外想起一个富有情调的地方；一丝挥之不去的烦恼，在潜意识里萦来绕去。所谓想法，可能是一则新闻片段，激发了潜在的故事；也可能本来就有，只是休眠已久；但种子已经播下去了，随时准备发芽。

到了这一步，想法也像是舞台两侧等待上场的演员，影影绰绰好比骨架，等待添加血肉。没有问题，有人会这样想……随意找几个人凑在一起，把故事讲下去，这还是比较容易的，不是吗？也许是这样，但棘手之处在于要让这些人活起来，足以让读者认识他们，认同他们，关注他们，愿意翻动书页，直至整部作品的结尾。小说是想象的世界，那里混乱、犯罪、暴力是现实存在的，但愿大多数人永远不要遭遇那样的世界，但其中的人物必须真实、可辨、可信。

理想状态下，作家手头应该有方便使用的配方，有创造这样的人物的公式，但我从未找到过。最终，我认为配方与公式很大程度上要靠直觉，靠自己的阅历，以及对人们如何讲话、如何思考、如何行动的观察。人类的本性不变，他们拥有相同的习性，善良或邪恶、智慧或愚昧、仁慈或残忍、爱或恨、嫉妒和复仇的能力，历来如此，永远如此。但你在构想人物，你希望读者按你的构想看待人物，如何做到这些，你需要更多的思考。

外表有多大影响？首先，你所构想的人物，如果是初次介绍，你需要向读者进行概括性的但不一定很长的描述。外表具有欺骗性，这是众所周知的，所以第一次介绍某个人，与其进行详细描述，可能不如只对其外表做一些交代，留一种初步印象，其余方面留待读者想象。随着作品的进展，读者可以构建自己的印象，再通过人物的言行，让其个性特征的更多侧面展现出来。

深入角色，了解人物，这也许是人们提得太过频繁的建议，但想法确实不错。看看演员是怎么做的，他们步入角色的生活，成了那个人——然后一旦他们转入写作，不管写小说还是写戏剧，看看他们会把人物处理得多么成功。和想象中的人一起生活，一起吃喝，一起呼吸；尽力了解某些特定情况下（尤其承受压力的时候），他们如何反应；了解他们的一切：癖好、习惯，包括优良习惯和不良习惯，也了解你自己的癖好、习惯（其中的有一些你可能从未怀疑过自己沾染）。做到了这些，人物活起来便是顺理成章的事。

作为作家，我们对自己所塑造的人物应该了解很多，远远不止于书页上印刷的内容。人物塑造如同冰山，是水下的百分之九十在支撑着露出水面的部分。如果小说以动作为主，那么章节过多，文采过盛会导致节奏放缓，这是在自我拆台，或者更加糟糕，让读者生厌。侦探小说就是谜题，关于人物及其作用，我们最好留一些推测的余地：他们为什么会这样行动？是什么在激励着他们？不管怎么说，读者自己推理出这些谜底，正是他们阅读犯罪小说的乐趣。

话虽如此，值得我们记住的是，如果作品背景不在当代，人们的态度和观念必然会受到他们所处的时代的影响。我写过以过去为背景的犯罪小说，时间分布在从爱德华时代早期到二十世纪三十年代的各个阶段。总之，那是一个社会变革的时代，进程超乎人的想象。始于1914年的第一次世界大战是一场浩劫，世界被彻底颠覆，对大多数经历者来说，后来的生活永远回不到从前的样子了。工人们经历了堑壕鏖战的恐怖，他们与自己先前敬慕的上等人并肩作战，致使他们对社会阶层的态度发生改变。战争期间，妇女表现出接替男人的工作的能力，这时候她们开始寻求独立，寻求自己的事业。因战争丧生者不计其数，其中包括百万名男青年，于是留下了一代剩女：后来在很多战后小说中出现了大龄单身女性。我们今天写作必须当心，不可把现代道德习俗强加在五十年前或一百年前的人物身上，反之亦然。举个例子，一个人在二十世纪二十年代或三十年代采取某种态度思考和应对种族主义，还是这个人，他今天的反应或许——可能八九不离十——大不相同。

经常有人问我，有没有出现过人物越俎代庖，把故事引向其他方向的情况。如果发生这样的苗头，我会仔细审查，看自己哪里出了偏差。也许是人物摆错了位置，他本该是另一个故事的一部分。但更可能的是，人物在某种程度上僭越角色，与迄今为止其所表现的行为不一致。有时候作家有必要要求读者搁置怀疑，但不能要求读者忽视人物的举止失常。作为作家，我们必须以冷峻的、批判的眼光审视自己的作品。人物始终如一至关重要，表现反常的结果是无法服人，无法服人会导致人物跳出书页，带走你迄今为止赋予其的一切可信度。如果发现有哪个人物屡屡做他不该做的事，我必须毫不含糊令其摆正位置，或者干脆割爱。

这样做并不总是那么容易。人物是你创造的，是你的心肝宝贝，如果你没有爱上他们，你也学会了喜欢他们……即便是坏人也不例外——恶行比德行更耐人寻味。塑造、阅读反派人物会非常有趣。我们可以一面谴责他们的所作所为，一面对他们报以微笑，称羡他们厚颜无耻。相反地，如果有人太过洁身自好，效法完人，他好则恼人，糟则乏味。不求出类拔萃，但求怪诞、滑稽，甚至不惜再造科学怪人弗兰肯斯坦，这是人物塑造的陷阱，但为了不致读者厌倦，有时候作者非常容易深陷其中……如果不是为在小说中刻意突出形象，这一切倾向最好避免。我认为，如果我们有勇气实话实说，我们大多数人的现实生活都平淡无奇，但这并不意味着小说中的人物也该平淡无奇。如果你足够相信他们，并始终如一，以可信的方式表现出来，那说明他们都是可信的，即便如此，他们也没有必要被夸大描述，超越生活。

当然，塑造主要人物总是我们的首要关注点。我在写第一部当代侦探小说的时候并没有想到吉尔·梅奥探长会是我的另外十二部小说中的主要人物。对我而言，犯罪小说是一项新的探索，我不知道这么一部作品能不能获得成功。从先前的写作中，我知道我的中心人物不仅必须是读者能够认可、认同的人，读者对之甚为关注，足以产生读到最后一章的欲望，而且必须是我自己对之深信不疑的人。所以，当梅奥最终显现在我脑海中的时候，他是个约克郡人，背井离乡，生活、工作在中部地区，在密集工业区边上；他说话直来直去，做事脚踏实地，为人精明，偶有刁钻行径，但基本上宽厚仁慈。我自幼与这样的人朝夕相处，对其十分了解。

除非他是个庸人，是个木偶样的约克郡人，否则他必须具有其他品质。我当时太幼稚了，竟不知道，把他刻画得分外独特或古怪，甚至于某种离奇，是件好事。在他第一次现形的时候，我就接受了他。

他没有什么情感负担，虽然是个鳏夫，但并不孤独，因为他要担起责任，养育十多岁的女儿。在那个时刻，他没有什么爱情生活；不过当他遇到侦探同事亚历克斯·琼斯之后，爱情生活很快得到了弥补。他喜欢在苏格兰散步度假，他最喜爱的烈酒是纯麦芽威士忌。他酷爱音乐，尤其是古典音乐。他长于逻辑，秉性执着，还是个工作狂。我也确实赋予他敏锐的洞察力，那是小说中所有侦探必不可少的禀赋，正是这种禀赋，最终能让他们解开难题。

在所谓犯罪小说的黄金时代，作品中的核心人物是业余侦探，警方的存在只被勉强承认。我写第一部小说的时候黄金时代早已远去，犯罪侦查越来越明确成为警察团队的合作业务。要到达疑案的核心，揭开谜底，缉拿凶犯，侦探小说需要的远不只探长和他的巡佐或伙伴。梅奥探长（后来的警司）必须有助手。

巡佐马丁·凯特比梅奥年轻，好意气用事，但本性善良。他土生土长，已婚，妻少子幼，愿努力工作，但如果升迁意味着远离家小，他便雄心不足。探长、巡佐两人性情丝毫谈不上相似，但他们工作上却配合默契。我发现要为观察人物增加另外的维度，背景和环境的影响是很有用的；我认为，在梅奥和凯特的例子中，两人的出身背景相似，都是工业革命中具有历史意义的地区，这有助于他们的合作。密集工业区的人们不屈不挠的性格、不形于色的自嘲式幽默，与英格兰北部人有分不开的关系：艰难时期，这两个地方人的前辈都生计艰难。背景基因由此形成，两人都有所传承。

志向远大的女人在警察行当从事一份职业，其发展潜力如何？有段时间，我对这个问题很感兴趣。那时候的梅奥团队中，珍妮·普拉特是唯一的女性，我觉得是时候平衡一下了。于是梅奥的新助手阿比盖尔·穆恩巡佐出场了。阿比盖尔年轻，上过大学，是个有抱负有能力的人，履历中升迁速度很快。她所具备的一切是团队其他成员，包括梅奥在内，都不具备的，因此她提供了鲜明的对比，也是激励团队其他成员的新维度。她单身独居，野心勃勃，不久就登上了探长的位置。

当然，所有这一切归结起来，就是人物只经作者大脑过滤形成。练就敏锐的目光，学会发现前后矛盾之处，修改起来不心慈手软，除此之外，没有成规可以遵循。

整日独坐，过量摄入咖啡因，趴在文字处理器上，为虚构的人物杜撰故事，编造谎言，希望有人有勇气出版你的心血结晶，这一切是作家必须背负的十字架。但如果有人给你出版了……这就像分娩生孩子一样，疼痛很快会被遗忘。与此同时，那个守候在舞台两侧的新人物是谁呢？

犯罪小说作家的核心技能是将人物及其关系融入背景和故事情节。琼·汤姆森的当代系列小说以埃塞克斯乡村为背景，讲述了两名警探的故事。根据H.R.F.基廷所著的《侦探小说》中的看法，琼·汤姆森达到了“极高水平的成就，她把迷疑故事和小说人物组合起来……其技法也许仅次于P.D.詹姆斯”。基廷将她的《杀戮》列入百部最佳犯罪小说和推理小说，并指出芬奇探长“八十多页之后才进入故事，琼·汤姆森利用这段篇幅为我们提供了三个高质量的人物研究案例，这些人看起来就像我们熟悉的平民一样真实，有血有肉”。虽然琼·汤姆森的小说讲述警方侦探主导的调查，并因之享誉文学界，但近些年来，她成为夏洛克·福尔摩斯故事的主要鼓吹人，同时继续关注人物、地点、情节的融合。

人物，关系，背景

琼·汤姆森

我承认，无论阅读还是写作，我都热衷于犯罪小说，其他形式的文学均在其次。

犯罪表现为许多迥乎不同的形式，是盗窃、间谍、欺诈、勒索、屠戮？还是谋杀？犯罪包括的范围很广，这本身就让人兴趣十足，尤其是我们这些人——总体上谁也没有犯过罪，但情感上为犯罪所牵动，因为针对犯罪该做何反应，我们并不熟知。所以关于犯罪的后果，我们想知道更多。换句话说，犯罪影响着我们，这影响本身就是全新的体验，让我们觉得欲罢不能。

这种心理会影响我们对犯罪小说的态度。简而言之，我们都是普通寻常之人，有爱问究竟的嗜好，我们想知道在现实中，抑或是想象中，发生了什么。犯罪小说的上乘之作可以回答这些问题。

对我来说，犯罪小说的首要特色是给人机会探索人物及其关系。统计数据显示，谋杀通常发生在亲密群体或家庭范围之内，圈子很小。尽管随机杀人案有媒体公开报道，但这类案件相对少见。大多数凶手和受害人相互认识。

这是犯罪小说家的机会，既有吸引力又富于挑战性。亲密群体中，甚至在联结更紧密的家族内，罗列各种关系使我们有机会审视、剖析情感和动机的全貌。嫉妒、恐惧、复仇、憎恨、贪婪——凡导致谋杀的理由——都是人类交往的基本内容，它们激发了诸如莎士比亚、陀思妥耶夫斯基等经典作家的想象力。如果发生了谋杀犯罪，还意味着另外两个因素发生作用。其一，人际关系通常已濒临破裂，不可挽回。依我看，写这样的情景远比写浪漫爱情故事有趣，因为后者只是亲密关系的开始。其二，在现实生活中——或真实死亡中——谋杀无问社会阶层，在群落的所有角隅都有可能发生，这也给了犯罪小说家机会，任其选择来自殊异的社会背景和经济背景的人物。

为读者着想，人物数量必须有所限制。我的小说中，人物通常尽量控制在八名以内。我希望读者熟悉人物，但如果人物太多，我觉得他们无法如我所愿，与人物亲密无间。

我的人物选自普通男女，读者可能在现实生活中早已熟识。一般来说，杀人的人不一定都十恶不赦，丧尽人性。他们是丈夫、妻子，儿子、情人，朋友、同事——这些人，除了这桩命案事出反常，他们通常是正派守法的公民。“若非上帝恩典，我也未必幸免”，我喜欢感悟这句古老的格言，我想这句话也可用于他们。

在我所创作的当代小说中，选取的背景我也相当熟悉——我生长于埃塞克斯乡村社区，那是英格兰东南的特别一角，今天依然能够找得到。那里有紧密相连的村庄、小镇，当地人相互认识，彼此熟悉。正是在这样的地方，矛盾、嫉妒生长发育，沉积多年的宿仇宿怨有可能突然爆发，升级为暴力。

作品末尾，我意在展现谋杀可能给社区造成的影响。即便首席侦探芬奇（在英国更名为拉德，以免与玛格丽特·厄斯金的芬奇探长混淆）探长和他的巡佐汤姆·博伊斯成功破案，也并不意味着故事脉络一律收结妥当。现实中，发生在社区的暴力影响人们的生活，有时候生命被毁，往昔不再。

这类乡村背景让我得以借机描述独具魅力的田园风光。这乡里算不上景象壮观，没有大山，没有瀑布，只有耕农土地，世代农家劳作其间。在不经意的观察者看来，这里谈不上情调浪漫。然而，树林小巧，春天开满了报春花和风信子；良田平铺，生长着小麦和甜菜；天空开阔，映衬出一种低调而难以言说的美。

至于情节，我一直在努力遵循一个重要规则：作家必须公正对待广大读者。虽然允许作者遗留虚假路径，让读者揣测不停，但我喜欢在作品中植入细小线索——有时候只安排一个短语，或交谈过程中的一语评价——拣来用作向标，辨认凶手。到结局的时候，我更希望读者不至于感到受骗；线索从头到尾一直存在，可以引向整部作品的结论。

写犯罪小说，作者选择时间、环境的范围可以非常广。案件发生在什么时候？涉及谁？如果你愿意，你可以选定发生在过去的真实谋杀案，把过去当作资料，确保人物、事件的细节正确无误。这样，事件和人物都基于现实，就减少了对作者想象的要求。

换一种方法，让故事基于你的选择，你的时间、原因、人物。比如，你是不是承担人称“我”的角色，并从这个视角描述事件？如果是，那么你可能希望创建第二个人物，好与你分享案情。这让故事人格化，但第二个人物需要承担具体角色。

这个方法被许多小说采用，两个人物间的这种关系使情节材料更便于使用。我在描述芬奇、博伊斯等人物的作品中就是这样做的。但近年来，我逐步放弃了这种方法，因为尽管随着关于事件的探讨，你可以填充大量细节，但警方质询必不可少，这可能会使情节构建复杂化。

近些年，我写了不少故事，凸显夏洛克·福尔摩斯与华生医生的经典关系。我发现这样做让我有了更多操控人物和情节的自由。

不过无论你喜欢哪种形式，背景和情节都要能吸引读者的注意，这很重要。描述只要不被滥用就自有价值。形容词太多会放缓情节，破坏故事的振奋感，会让人物费解，最要紧的是会让读者费解。作家的目标在于最后揭晓谜底的时候让读者感到兴奋——那种“理当如此”的反应给你的故事创造出完美的回响。

地　点

犯罪小说的背景应该设在哪里？在你熟悉的地方，还是在遥远的你不了解但令你神往的地方？这跟写作一样，没有固定的规则。

P.D.詹姆斯大部分小说的灵感起源于特定地点，通常是她所挚爱的东安格利亚地区。有一天晚上在丹维奇海滩，她构想出一艘小艇，没有划桨，随波逐流，艇上载有一具尸体，穿着整齐，双手被齐腕剁去。她的第三部小说《非自然起因》就起源于这一惊人的形象。唯有《无辜之血》不以地方为起点，然而即便在那里面，伦敦的地铁，首都的街道，“威斯敏斯特大教堂黑暗而神秘的屋顶”都是故事不可缺少的部分。

萨福克海岸

P. D.詹姆斯

我的许多小说都以东安格利亚为背景，最后一部是《手段与欲望》。这部小说起源的时候，我正与故交乔伊斯·弗莱克在萨福克探险，她开着她那辆有了些年代的微型汽车，载着我。在一片荒凉的卵石滩上，我独自站了几分钟，眺望冰冷而险象环生的北海。我记得有两艘木渔船蜷缩在卵石滩上，竖杆之间挂着几张棕色渔网，任其风干。我闭上眼睛，只听到浪卷卵石的细小撞击和微风低吟，我在想象，千年前我也可以站在这个地方，听相同的声音，眺望同一片大海。然后我睁开眼睛，向南望去，赛兹韦尔核电站的轮廓沉静而显眼，高耸于海岸线。我想到了这片海滩上生活过的所有生灵；想到了风车，曾经的供电设施，如今成了繁华的家居；想到了莱斯顿和南湾破败的修道院，仿佛座座遗迹，记录着衰落的信仰；想到了我们这一代与废墟结缘，硕大的混凝土丘，一半没入卵石滩，还有混凝土碉堡，德国被认为会从这片海滩入侵，这是防御工事的一部分。即刻，体内一种亢奋情绪几乎在涌动，我意识到一部小说由此诞生；我的下一部作品将以核电站阴影笼罩下的一段孤独的东安格利亚海岸为背景。这部作品，当时只不过是个朦胧的想法，在特定场所瞬间产生，可能需要一年多的时间进行研究、策划，下笔完稿可能会费时更长，但它已经有了生命。

田园风光是安·克里夫斯小说的关键组成部分，不少电视连续剧以她的小说《薇拉》和《设得兰群岛》为蓝本，也以发生在北德文郡的新“两河”系列小说为蓝本。这些电视剧大获成功，以田园风光为背景，生动逼真。以下是她就人物和地方的联系所做的评论，发人深省。

人文地理学与犯罪小说

安·克里夫斯

我女儿在高校从事科研工作，专攻人文地理学。她研究了英格兰东北部一些贫困区域的具体社区。工作性质使然，她参与了盖茨黑德的一个妇女组织，走访了一处老人之家，调查老年人对临终关怀的态度，并与癌症患者交谈。她和他们一起生活，用他们的语言写作。这些人生活的地方——他们在那里的街道长大成人、交朋友、处对象、生儿育女——影响他们的品格，影响他们的世界观，这就是人文地理学。我认为，人文地理学为犯罪小说作家的写作提供了范式。地理是教育背景和经济状况的标志，它影响着我们的健康和寿命。许多情况下，地理确定阶层，而在英国，小说的每一个流派，阶层的影响力依旧不可小觑。

我们从事写作，如果人物是作品的核心——我相信是这样——那么地点对作家也至关重要。地点可能赏心悦目，可能令人动情，堪为行动的背景，然而我们为小说选定地点，不只是提供背景那么简单，其作用要重要得多。地点可以解释杀手的动机，讲述侦探背后的故事，说明嫌疑人和证人的关系。它将人物定格在读者的脑海，帮助作者把人物看作具体、丰满、拥有可信历史的个体，让他们变得实实在在。无论背景真实还是虚构，在田园还是在都市，人物总会扎根其中。地点也会影响到情节。

当代犯罪小说的不朽之作无不以地点为内在成分，将所有不同元素黏合在一起。举个例子，克里斯·哈默的处女作《灌木林》令人惊叹，故事以河口镇为背景。河口镇是个虚构的小镇，饱受干旱困扰，就在那个镇子上，一位深受爱戴的牧师走出教堂，连取五人性命。我们很难想象这样一部小说的背景还能另落他处。地点解释了小说中的一切。艾玛·弗林特的处女作《微型死亡》以二十世纪六十年代的纽约皇后区为背景，城市的能量在整部作品中悸动，主人公露丝不可能来自其他地方。同样，吉莉安·弗林的《利器》产生于潮湿、压抑的美国南方。

新小说构思之初，我可能对任何细节都心中无谱，甚至对作品只有个关于主题、基调、心声的总体意识，然而因为背景的力量，我知道它的根据地是哪里。地点一直是我做出的第一个决定。最近，由于我在交替出版作品，时而是以诺森伯兰郡为背景的"薇拉·斯坦霍普"系列，时而是以设得兰郡为背景的"吉米·佩雷斯"系列，选择不可避免，我在与出版商的合同中予以明确。一部作品到了尾声，我能考虑"现在可以再回趟家，在诺森伯兰郡待一段时间了"，这是一种快乐；或者想象向北返回设得兰群岛，也让我兴奋。不过，在那两个地方，我仍然必须决定我要利用哪一类社区。那个决定可以随机，由一时奇想、一次拜访，或偶然听到的一段对话触发。

我的小说背景通常是乡村，我几乎没有在城市生活过，不明白城市如何运作，但英国的乡村不拘一格，精彩绝伦。诺森伯兰郡东南部昔日的矿坑村与该郡北部几乎绕封建庄园而建的村子截然不同。通常，引起我兴趣的社区会引出故事的主题，它可能是一个封闭的环境，如像《玻璃屋》中作家的退隐寓所，或《蓝色闪电》中费尔岛屿里的小岛。面对外部影响，其他地方会较为开放，比如《海鸥》中的滨海小镇惠特利湾。作品中并非每个地方都务求真实——我可以自由创造，或自由融合，但人文地理学则始终真实，是故事的核心。

我在当地开酒吧，"薇拉·斯坦霍普"系列小说之一《海鸥》就萌生于酒吧常客间的一次交谈。他们谈论我的故乡这些年来如何变化：原本是个繁华的度假小镇，夏天挤满了游玩的家庭；后来成了聚会小镇，准确地讲，破败、萧条；现在，它在重焕活力，有独立影院、诗歌节、繁华的社区花园，变成了一个略带光鲜、小有艺术气息的地方。纵使还有点邋里邋遢，但很显然它在变得鲜活。作品的主题谈论变化、成长的可能性，既有关地方也有关具体的人。主题就产生于地点，可以说，没有地点就根本不会有那部小说。同样，我也需要寻找变化、发展了的人物，那意味着要挖掘过去，找到情节主线，解释主人公的成长过程。

说到“设得兰”系列小说，视界大不相同，制约更多。作品中没有大城市，甚至没有太大的镇子。地质多样，但人们经历的景观则类似：暗淡、荒芜、迷人。我在写成八部作品之后不再描述地点，电视连续剧把人物带离设得兰群岛，去往格拉斯哥或挪威，把故事情节推向更广泛的主题，都是这个原因。然而，整体系列依然受地点及生活在那里的人们先期观念的影响：小农场、石油财富衰退、家庭和传统的重要意义。这又是人文地理学的元素。更直接地说，设得兰群岛的面貌对我的写作的影响根深蒂固。我喜欢在空旷的山水——树木稀少，通常可能让人不受遮拦地从各个方向直视地平线——和隐藏的秘密之间进行对比。“设得兰”系列都是关于秘密和心理考古的小说，心理考古意指挖掘过去，解释家族对立和家族矛盾。

所以，我就是这样写作的。但如果你是个新入道的作家，在设想为小说确立背景，最好的办法是什么？必须选一个非常熟悉的地点吗？让我提建议我会犯踌躇，因为每个人都有自己的写法。业界传说哈利·基廷[1]在创作“果铁探长”系列小说之前从未去过印度，但对我

1　即H. R. F. 基廷。

来说，这些作品在脑海中完美呈现了印度的炎热和嘈杂。不过我也从未去过印度，在那里出生、长大的人看法可能会有不同。

当然，现在有谷歌地图以及点击鼠标便能获取的一切信息，了解地点无须再费周折。不过，出错的可能性依然存在，且当地人对细小的错误一概不会包容。有位很出色的作家没有去过设得兰群岛，却把一部作品的背景设定在那里。她做了很多研究，发现设得兰群岛以海鸟闻名，尤以海鹦为最。在一个场景中，她写一只海鹦栖息在窗台上。熟悉设得兰群岛的人，或总体上熟悉自然史的人，谁都知道海鹦会在海崖顶部的兔子洞里筑巢，它们所有的时间都在海上活动，从不冒险觊觎内陆。不幸的是，这部小说本来写得扣人心弦，惊悚异常，但这个错误给一些人的评判蒙上了阴影。瑕疵是他们记得的一切。

要写短篇故事，我可能会以短暂访问过的地方为背景。对一个地点的最初反应可能会震撼内心，触发故事的整体灵感。我有的短篇以阿拉斯加、坦桑尼亚、芬兰为背景。这些作品都基于第一印象的兴奋，我感觉能在一瞬间看懂这个地方；我们直接领略到了差异、气息、声音、作为局外人的感受。那种瞬间印象无比珍贵。极有可能佳境不再，因为眼睛一旦习惯，冲击力就消失，你看这个地方的方式便会大不一样。然而，小说则截然不同，我认为小说需要更久的认知，想象力需要时间来酝酿。

谈到研究陌生地域，我们再回到人文地理学。当然，设想好了作品的背景，你可以开车去那个区域兜风；你可以拍照，看地形测量图；山水景色和建筑环境中，细小、有趣之处不可忽略，因为正是那些东西使这个区域与众不同。至于人物，想要其栩栩如生，细节特征非常关键。但作家又需要融入大众，在咖啡馆和商铺闲逛，进入图书馆当普通读者，乘坐公共交通，如果有问题，向他们提问。大多数人听到你是作家都会很感兴趣，几乎每个人都喜欢谈论自己的生活。

我们认为，关于刑侦程序和法医学，咨询专家再自然不过了。说到地点，专家就是生活在那里的人，只需花一点工夫，很容易就能认识他们。如果不了解一个地区的忧虑，不了解它的心事，要写得真实可信断无可能。在诺森伯兰国家公园的村头咖啡馆，大部分会话在谈论羊；在设得兰群岛，会话可能就谈鱼，或小提琴音乐，或高得出奇的渡船价格；在城市，则可能谈学校关闭，或盗窃、破坏行为。但你只有听了才会知道。这样的细节不可能大段罗列在作品里，让人不好消化，但它们的出现会让你塑造人物时充满自信，推进情节时轻松自如。

当然，最简便的做法是把小说背景选定在你生活的地方，或者你居住过若干年的地方。我就采用这个办法，不过时不时感觉像是偷懒。这样做也有危险。对熟悉的地方我们会产生心理定式，某一地区在改变，但我们对它的印象可能会停留在过去。我们走入陌生的地方，目光敏锐，明察秋毫，但对待熟悉的地方，我们未必具有相同清醒的眼力。对某个地点，我们可能过于亲近，致使我们模糊了事实和虚构的界限，对真实的人和真实的问题，没有悟读就敢引荐。

我的小说有遁世倾向，对此我不想道歉。人们在我的故事里、在我塑造的世界里迷失了自我，我喜欢这样的效果。择时逃离现实，我们人人需要，不过我还是希望有某种真实性。我希望读者相信我笔下的人物，相信我所描述的人际关系，相信导致家庭破裂或维系家庭稳定的各种做法，相信一些社区可能是凶手长大的地方。在我看来，要想实现这种真实，必须先了解地点。

罗伯特·巴纳德成年后的大部分时间在澳大利亚和挪威讲学，1986年他写道，自己在创作早期小说的时候感觉与故土英国脱节严重，所以最终回迁家乡。他觉得“至少我的作品中的英国人开腔说话应该像今天的英国人”。他认为，到一个国家游览，即便是自己的祖国，也只能让你浮光掠影，了解当地生活的表面，而“跟团旅游的奥秘……就是不尽如人意，一贯如此”。他列举三位侦探作家俱乐部会员的作品——阿加莎·克里斯蒂的《加勒比谋杀案》、奈欧·马什的《罗马情缘》、露丝·伦德尔的《讲标准汉语的人》，并在《犯罪研讨》中总结说：“……效法［克里斯蒂娜·］布兰德的《绝技》，最好创造自己的国家。”

然而，除非你希望将自己限制在故乡，或者你希望创造一个国家，否则大可不必缩手缩脚。比如克里斯蒂的个人经历，中东考古发掘，为《古墓之谜》等作品提供了有力证据。再如奈欧·马什的侦探小说以英国为背景，或以她的故乡新西兰为背景，写得同样得心应手。许多作家的作品已经表明，即便小说背景设定在他们从未生活过的国度，也有可能传载原真性风味。迈克尔·里德帕斯在下文解释如何做到。

故事背景在不熟悉的地方

迈克尔·里德帕斯

冰岛人有句谚语：客人的眼睛看得更清楚。这句话回答了两个重要问题。作家不是本国人，他怎么写这个国家？他为什么要写这个国家？

先考量第二个问题。“写你之所知”是一条值得听取的建议，尤其对于创作第一部作品的作家，但它也是一条可以打破的规矩。小说家喜欢写不属于自己的世界，这同读者喜欢阅读不属于自己的世界是一样的道理。理论上讲，作家可以只专注于自己的经验领域、自己的背景、跟自己相像的人群；你的小说背景你非常熟悉，这样写起来会容易一些。但为什么要放弃对域外人群、国家、景观的热情？为什么不去驾驭这样的题材？好奇、兴奋、深情，甚至是爱，激励作家产生冲动，抒写特定的主题，同样也正是这一类冲动给了小说灵魂，使之脱颖而出。

我的写作生涯始于金融惊悚小说，其中的很多故事发生在巴西、南非、怀俄明州等海外地区。这些地方中的每一处都需要做大量研究，但却仅供一部小说之用。因此，我在为新的侦探小说系列寻求背景的时候，决定选择外国，并打算续用于多部作品。选冰岛为背景，我是全然无视“写你之所知”的原则。这个国家我只去过一次，那是十年前的一次巡回售书活动，但我被那地方深深吸引了。如今它依旧让我魂牵梦萦。

现在来看第一个问题：作家如何写自己不熟悉的国家？

答案涉及阅读、交谈、游历、记录，行动的顺序也大体是这样。

关于国家，我通常找几本一般性书籍开始阅读。比如冰岛，我读的是莎莉·马格努森的回忆录，这本书讲述了她和她父亲马格努斯的冰岛之行，她父亲闻名遐迩，她的回忆录也精彩绝伦。至于写巴西的小说，我找到了一部约瑟夫·佩吉的著作，题为《巴西人》，很棒。出色的旅行指南，诸如旅行要略系列，孤独星球系列，其中的“基础知识”部分和“背景”部分要细读，不要低估它们的好处。这个阶段，你的目的是对这个国家做个总体了解，同时在阅读书单上列出更多的书目。

阅读书单应该包括回忆录、传记、小说。你希望了解你所选定的国家的社会和文化；你希望会见那个国家的国民，并与之相知。实际上，你不是在寻找事实，你是在寻找细节。最终动笔写作的时候，正是有了这些细节，场景才充满活力。这远远不只于对城镇或乡村的描摹，它包含习惯、谈吐、礼仪、家具、迷信思想、季节性传统——任何不同于你自己国家的地方，尤其是能点燃你兴趣的地方。很有可能，它也能点燃读者的兴趣。

以下是关于我所指的那类细节的例子：在冰岛，进别人家门的时候总要脱掉鞋子；冰岛人对每个人都称名不带姓——即便总统也不例外；从前每周星期四电视停播。当冰岛人意外撞上好运，他会惊呼“鲸鱼上沙滩了！”，因为假如有那么一天，大堆的肉、油、鲸脂出现在你家门口，还有什么能比这更幸运？我喜欢这一切，所有的都需要写下来。你需要记录的是小事，大事你忘不了。

你的小说需要人物加入，这也正是你寻找人物素材的地方。关于人物的个体风格和思维模式你是掌握的，但关于他们的背景、教育、职业生涯，你需要写下来。

就我个人而言，我喜欢读一些关于自己正在叙写的社会的文学作品。在冰岛，文学尤为重要：这个国家缺少历史建筑，文学作品可以作为补充。英雄事迹都是中世纪的故事，其中许多发生在公元 874 年至 1100 年的殖民时期，也是诺尔斯人耕植不息、争斗不息的时期；哈尔多尔·拉克斯内斯是诺贝尔文学奖得主，他的小说《独立的人》写一位二十世纪初的农民，名叫比亚图尔，不屈不挠，追求独立。生活细节与文学两种源泉都能激发故事灵感，都能帮我更深刻地理解冰岛人。许多冰岛人在内心都是比亚图尔：假如你理解了比亚图尔，你就理解了冰岛人。

要读当地作家创作的犯罪小说。优秀的犯罪小说给社会带来光亮，不同的犯罪小说家从不同的角度给自己的国家提供光亮。阅读罪案，你可以了解警察及调查程序，但有一个难题：在策划小说的时候你可能瞻前顾后，因为你担心抄袭了当地作家的故事情节。

最后，你还应该查阅篇幅较短的书面资源，比如英文博客和英文杂志，这样的资源在互联网上不难找到。找一些你喜欢的栏目，定期阅读，记下有用的细节。关于冰岛的信息，我经常阅读《雷克雅未克趣闻》和《冰岛评论》。每个国家都有英文媒体、英文博客。

这些资源引导我们接触语言。如果你通晓你所叙写的国家的语言，显然大有裨益，但并非绝对必要；假如你讲英语，总有大量的信息是用英语写成或被译成英语的。不过话虽如此，自学成才，对那个国家的语言知其一二，也是个不错的主意。我尝试过自学冰岛语，我在写巴西的时候，甚至花时间学葡萄牙语。语言方便研究，方便周游全国，能拉近你和你所叙写的国家之间的距离，纵然幅度不会很大。

阅读做了不少，现在该交谈了。你需要找到你所叙写的国家的本土居民，需要向他们提问。找到这样的人其实不难。人们喜欢和小说家交谈：我所接触的人，大多与我素不相识，但大半乐意与我交谈。刚开始的时候，我只认识一个冰岛人——我的第一部金融惊悚小说的出版商——不过足够了。我问他还认识谁可以帮我。我问我在英国的朋友和熟人，他们是否认识冰岛人。如果我读到消息，有冰岛人生活在伦敦（我的处所），我会立马联系到他。他们都愿意和我交谈。后来，我为做研究去冰岛旅行，我整理了一份关于熟人的熟人的名单，以便交谈。

交谈的话题必须非常具体，若不留神，扯上了政治、经济，或不同航空公司的家长里短，一小时的时间不经意就浪费了。有一个很好的方法，如果你在策划一部小说，不妨就其中的某个人物——比如乡村牧师，或者冰岛渔船船长的儿子——打一个草稿，然后询问这么个人会是什么样子。如果谈话对象和书中人物背景相似，这样做的效果尤其理想。这种情况下，你所谈论的是虚构人物，但受访者讲给你的很可能是他们自己的经历，或者他们的朋友的经历。这比你直接询问别人私人问题强多了。

再强调一次，你在寻找细节、细节、细节，你必须把它们写下来。

与警方接触很重要，但不与警方接触也不是行不通：许多犯罪小说家乐于随小说进程杜撰刑侦程序，他们做得非常成功。不过如果你是那种喜欢把细节写得无懈可击的人，你需要懂得这个国家的调查程序。我们看到的、读到的是英国和美国的情况，大多数国家所遵循的法律体系与英美并不一样，这意味着它们的警方调查进程差异很大。

找个警察联络人看似困难，其实也并非不可能。你会发现有人认识与警察相熟的人。如果没有这样的人，你可以随时踅进警察局询问。如果人家不理睬你，另去一处警察局，再试试。警察们心烦了，也就跟你说话了。我在美国、苏格兰、格陵兰岛，当然也在冰岛，做过尝试，大多数情况是成功的。耐心等待是很值得的，总有一天，你会对你所描写的犯罪思路清晰，接下来你可以询问警察联络人很具体的问题。这些交谈内容你真的需要尽可能详细地写下来。根据经验，当你真正下笔写小说的时候，关于逮捕嫌犯、审讯嫌犯的程序，你很有可能希望自己询问过的再多一点，哪怕多一个问题也好。

你所叙写的地方你一定要亲自一游吗？毕竟，那既要花钱又要花时间，许多作家那里，钱和时间都没有多余的。我几乎总是去我的小说背景地旅行，但现在你可以在线收集许多信息——谷歌图像搜索、谷歌地图、油管视频——你完全有可能不用游历就写出以异域为背景的小说。

但如果能够成行，最好还是游历一番。理由很多，最明显的是你的描述会更加恰如其分，这不仅因为你看到更多，而且因为你会听到它，嗅到它，触摸到它。其次，你将获得更便利的机会和当地人交谈，问他们具体、有用的问题。况且游历也会让小说写作更成一番乐趣，我前面说过，作家好其所写，才更有可能创造佳作。当我坐在书桌前描写冰岛侦探马格努斯的时候，我感觉马格努斯在冰岛，我在冰岛；我感觉我，或是我们，正在风景中穿行，我游览过这风景，我爱这种感觉。

我发现最理想的游历时间是刚着手初稿之后。你可能知道了大部分行动发生在哪里，你也明白依然需要为情节中的各种事件寻找发生地点——也许是哪里藏尸，或者是在哪里安排小说末尾的最后决战。这样一来，你就该去人物要去的地方。

对这个国家进行研究，这本身就很有意思，你的感官活了起来。小说是想象之所见，眼前是现实之所见，如何把现实所见融入想象所见，你的大脑要无比活跃。有几个问题需要留意。

要注意一个地方的第一印象，它给你的感觉如何？写下来，免得被第二印象淹没。

要注意活动的东西：人、云、鸟、车辆、机器、光影。对这些进行刻画，特别是在你用想象性动词描述活动的时候，这类刻画将使你的描写鲜活生动。

寻找你所游览的地方的标志。这是我的一个最有效的窍门，让读者感到自己就在你所描述的地方。找到明显的地标或特征，多次提到，这样，读者通读整部小说，会觉得那地方并不陌生。这样做有效，坦白地讲，你甚至不需要描述地标，重复就可以了。写首府雷克雅未克的时候，我通常利用埃斯贾山，其山位于城北，是一个巨型岩石山脊；或者利用光滑的混凝土大教堂，它位于城中部一座小山上。

经常和人交谈。

读了几十本书，搜索了互联网，跟人交谈过了，游历了你选择的国家，也把所有这些都记录了下来。现在你有了大量的笔记，是时候梳理它们了。接下来的一步可能需要一两个星期，但花这个时间是值得的。我在电脑上创建了一个庞大的文件，命名为“主题研究”，分几十个标题。这些标题可能表示一般类别，如历史、农场、迷信、鸟类等等。每个地点或邻域又会有不同的标题，还会有副标题标记酒吧、餐馆、咖啡馆、公园——人物可能会聚的任何地方。警察、犯罪、律师、刑侦程序等内容都各有归属。然后，我通览写下的所有笔记，从原始记录中复制、粘贴片段到新的文件，保存在相关类目之下。

这个文件可能会很大。我的冰岛文件如今多达四百二十页。我写过一部小说《叛逆者之门》，主要以 1938 年的柏林为背景，仅那一部作品的文件就超过两百页。

在你真正写作的时候，用这种方法梳理研究笔记大有帮助。事件以具体地点为背景，要下笔描写它，你可以先一揽子快速浏览关于那个地点的所有笔记。叙述中途，假如需要寻找细节，该看哪里，你就知道了准确位置。

我的小说《失忆症》中有几章发生在二十世纪三、四十年代的卡普里岛。最初我并没有去过岛上就写了起来，但对这些内容我就是没有什么感觉，所以我自己订了易捷航空飞往那不勒斯的航班，带上笔记本、录音机、照相机，在那里待了两天。费尔森别墅是一座废弃宅邸，坐落在悬崖上。我俯瞰那不勒斯湾，小说中好几个重要场景就发生在那里。那些散发着霉味的房间是我笔下的人物打斗、相爱的地方，此时我踱步其间；海水碧蓝，波光粼粼，我的人物曾大为赞叹，此时我在亲眼瞭望。我的感受难以形容。美，真的。在我的成稿中，有些细节写得正确，有些细节写得不正确。但那一刻，我感到了一种极致的喜悦，我觉得我的书和我塑造的人物与我比肩而立，我觉得自己和周围的世界融为一体，也和自己头脑中的世界融为一体。

这就是我写域外场景的原因。

手　法

你创造作品是如何下手的？这是作家做报告的时候经常被问到的问题。答案不是唯一的，这在意料之中。作家可能是百灵鸟（P.D.詹姆斯喜欢大清早写作），也可能是猫头鹰（彼得·詹姆斯喜欢每星期六天，每天晚上六点到十点之间奋笔疾书）。具体做法也不尽相同，大多数现代小说家都直接键盘录入，但安德鲁·泰勒有时候会口述故事。任何作家所面对的问题一如既往，也很简单：哪种做法最适合你？

犯罪小说的写作手法远远不只是管理工作时间那么简单，它牵涉一系列问题，其中的许多问题安排在本章讨论。但即便你找到了适合自己的方法，你也可能有试走新路的冲动。

凡尝试就有风险，但也可能带来回报。玛丽·凯利放弃了她的系列小说人物——一名警探，然后她很快凭借下一部小说《被毁的杀戮》，成为荣获犯罪作家协会金匕首奖的最年轻作家。她对瑞典记者简·布罗伯格说，她喜欢犯罪写作的规则和秩序："我可能会因不拘形式而迷失方向，我想要的是一条线……我想用推理小说紧拉住人们，借未解之谜占有他们的注意，直到最后一页……这就是我为什么有时候会尝试新的写法。在《因为死亡》中，我没有揭示秘密，我先透露结局，诱人深入。在《写在纸页正反面》中，我采用倒叙方式，为的是说明是什么样的事件在损害主人公的安全感，……我在尝试……看看能走多远。"

你需要找到自己的声音。这必然意味着利用写作节奏和语气，表达自己的经历和人格。有些技巧可能会有所帮助，比如写作中五官并用，比如要记住，“声音”不只是写出可信的对话的问题。

没有规则，关于怎样做到把故事讲得最精彩，这可能来自天性，或者说，你可能发现，成功只能来自试误，是一个艰难的过程。薇儿·麦克德米德不仅是当代最杰出的犯罪小说家，也是最多才多艺的作家，关于讲故事，她指出了为具体故事寻找合适结构的重要性。

让故事成为驱动力

薇儿·麦克德米德

家庭悬疑，有时候也称心理惊悚，属于过度开发型题材，何以如此，非常需要一番合理解释，而发生在家庭的事故比发生在其他任何地方的事故都多，这可能就是理由的一部分。家庭悬疑是犯罪小说的亚类之一，每年大约有六十部处女作叠放在我的书桌上（我是希克斯顿老怪客犯罪写作节新血液小组主席），近年来，这个数字一直在上升。

这本身不是问题。如果这些作品属于原创之作、精细之作、发人深省之作，我应该最高兴了。可叫人悲哀的是，实际情况通常不是这样。

当然，例外也比比皆是。比如蕾妮·奈特的《免责声明》，或者本·麦克弗森的《血脉相连》等佳作，精巧而充满悬疑。还有许多热门畅销书，如吉莉安·弗林的《消失的爱人》、保拉·霍金斯的《火车上的女孩》、S. J. 沃森的《在我入睡前》等，我们以为这些小说中的叙事人不可信，但作品本身让我们态度转变，十分有趣。

上述几部作品需要推出至少一个令人震惊的时刻，让读者意识到自己一直在倒错观局，自己的思绪必须突然改变方向，指向一个始料未及的目的地。作为读者，读书如旅行，满怀期待，希望这样的时刻到来。

然而，这类小说的作者要面对一个基本问题。惊悚时刻给人印象深刻，真正叫人惊呼"我的天哪"，挖掘这样一个时刻是一项棘手任务，但并非没有可能，而要找出第二个、第三个、第四个就很难了。读者关注转折，但要围绕一个转折构架整部小说是很难做到的。

犯罪小说受大众欢迎的原因之一在于它的叙事理念追求真实可信。犯罪小说给读者讲故事，让读者的心灵与故事融合，但最重要的是，故事言之有物。

有人经常问我创意从何而来，我的回答是故事无处不在。一旦你练就了触角，听人讲故事，看人演故事，你就无法避开故事。然而有故事只是小说创作过程的开始。

与故事同样重要的是结构——怎样讲故事。让人满意的故事有开头，有发展，有结尾，但不一定就按这个顺序呈现。想一想在酒吧，或在上班的时候，你是怎样讲述逸闻趣事的。

有时候你会从开头开始："约翰今天早上开车接我去钓鱼。"

有时候你从中间开始："就这样我们到了，到了湖心，这时候约翰突然意识到他没有关后门。"

有时候你从结尾开始："可能你感到疑惑，我为什么浑身湿透，浑身鱼鳞，坐在酒吧。"

我在与一些有志于当作家的人打交道的时候，有一个问题一再被问到：“我怎么知道从哪里开始？”我给出的答案通常非常简单，想一想你在和最要好的朋友举杯小酌，给他们讲故事，你从哪里开始才能让他们听得清楚？

说到故事策略，多年的事实证明犯罪小说非常灵活，其中当然包括线性叙述：从事件开头开始，直线发展，最后结尾。但不是所有故事都采取这种形式。故事让我们不讲不快，我们经常面临的最艰难的挑战之一就是试图找到一种结构，让我们把故事讲得精彩。

我的经历充满了苦涩，我知道要找到合适的结构可能得花若干年时间。也许我与同一部作品摸爬滚打得最长的时间是十二年——是的，真是这样，花了十二年时间——而后才找到解决结构问题的办法；那部作品是《黑暗的把戏》。故事起源于一次牛津偶遇，八月的一个星期六下午，阳光灿烂，故事就在那时候发生。那个周末结束的时候我就知道哪些人死了，是谁杀了他们，为什么杀了他们。但我想不出一个讲故事的方法，确保既能保持悬念，又能引导读者坚持读下去。

我写了那部作品的前一万字，撕毁了五遍，最后才敲定结构。答案最终出现，是因为我周围世界的环境发生了变化，而不是因为我想到了聪明的招数。这样的经历就是关于耐心的示范课。

大多数结构问题远没有这么悬而难决。纵然所呈现的小说看起来十分复杂，但达到这种复杂程度的路径往往很简单，跟你想办法把故事概括给别人听一样简单。举个例子，假如故事已经开讲，然后你说：“哦，等一下，你得先知道这个，然后下面一段你才能理解。”如果是这样，可能表示你需要加序言或者拆分时间构架。核心问题是结构终究是个有机体，其形式由故事决定，而不是由倾覆主人公的世界的某个时刻决定。

在规划《美人鱼在歌唱》的结构的时候，我苦苦思索，如何向读者交代发生过的事件，然后开始进行主体第三人称叙述呢？我本可以让警察简要介绍心理分析师托尼·希尔，但我认为那样做缺乏突然感，无法向读者透露杀戮背后的动因，而且感知维度也单一。

然后我突然想到，从杀手的视角写他们的故事，这种形式好比个人记录，用他们自己的方式回味他们做过的事。小说成稿以后会出现两个不同的时间架构，但我从来没有想过这样摆布会有问题，因为我自己成竹在胸。杀手先以第一人称叙述，一大段时间之后换用主体第三人称叙述，两者最后会齐。许多读者跟我提过《美人鱼在歌唱》，但没有谁表示他们对时间脉络感到困惑。从那次经历中，我学会了相信，假如故事总体言之成理，写出来自然言之成理。

寻求结构，打破侦探小说的传统套路，《美人鱼在歌唱》是我的第一次尝试，但远远不是最后一次。有评论家在对它的续集《心理追凶》的评论中一开头就抱怨说，作品打破了犯罪惊悚小说的一切规则——第三页我们就知道了谁是凶手，知道了凶手的目标人群和杀人动机，我们安排了许多人物，但知道并非所有的人物都能活到最后。书评的末尾，评论家承认自己被完全说服了。

从那以后，在诸如《刑场》《黑暗领域》《消失点》等小说中，关于叙事成规，我时而遵循，时而打破。但我那样做是因为那是我构想的讲故事的唯一方法，不是因为我想要让读者大吃一惊。

我学到了宝贵的一课——让故事成为驱动力。太过聚焦于令人震惊的转折时刻往往会扭曲小说，让它变形，致使读者感到沮丧或失望。当然，有的小说确实依赖命运的突然逆转，我们的书架上也应该摆放这一类作品，但那是一种不好驾驭的技巧，它应该只是讲故事的人工具箱里的工具之一，对工具箱中的所有技巧都能驾轻就熟才会让写作更加充满乐趣。

对犯罪小说不十分认可的评论家，往往对犯罪小说作家的文学技巧不屑一顾，从前尤其如此。然而事实是，许多著名作家，比如埃德加·爱伦·坡、威尔基·柯林斯、查尔斯·狄更斯等，从犯罪小说的雏形时代就开始为之付出心血，而今天的畅销犯罪小说作家中也不乏杰出之才。林赛·戴维斯强调文学技巧的重要性，道出了许多人的心声，她素具智慧，风格独特，着意践行自己的主张。

风 格

林赛·戴维斯

我写历史小说。人们对我的历史小说极感兴趣。但是我有怨言，人们经常问我如何处理历史材料，却几乎从不问我何为风格。

我用“但是”给上面的句子起头，因为我需要开始分述一个关键点。一般来说，段落应该至少包含三个句子，每个句子都应该有动词，但我这是在用对话体写作。如果你破了规矩，总得明白为什么。

为文之妙在于变化。唯变化能让读者兴趣持久。拆分叙述的理想方法是使用短小段落。

一直以来我是怎样看待风格的，你现在开始明白了吗？[1]

我是婴儿潮时期出生的人，我们这个年龄的人正好赶上学语法。词性——动词、名词、形容词、副词、介词、连词什么的，小学的时候就学过了。到了中学，我们解构句子，就从句和短语进行深层次语法分析。逐渐地，我其实喜欢上了“摘录”，这里所谓摘录就是注解时使用的例子，常以简短、有趣见长。引用诺埃尔·斯特里特菲尔德的话说，我可以一边倒立在水桶里唱滑稽歌曲，一边来一句摘录。你希望你的作品在五十年后依然被人记起？要想那样，你需要风格。

你是否喜欢某本书，从第一页你就能做出判断——那是因为你会分辨它是怎样写成的。推理小说包罗万象，风格如此，其他方面莫不如此。人们一般认为，阿加莎·克里斯蒂文笔简单，以至于外国学

1　原文中的前三自然段各包含三个句子，译文尽力模仿。

生把她的作品当作阅读训练材料。雷蒙德·钱德勒所受的古典教育使他走向另一个极端：语言考究、辞藻丰富、诙谐风趣。你需要找到自己的路径。我的路径很复杂：受过教育的工薪阶层和中产阶级都有体验，与伯明翰、牛津、英国广播公司各有来往，既具千禧年前的郑重其事，也异想天开，特立独行。我想说，这样的阅历可以造就全能型多用途的“面料”。和钱德勒一样，我常常使用夸张的比喻，但我还是要这样说。

时代变了，但没有学过语法的作家都应该学一学。（研究不仅限于枪支或潮汐。）电子邮件和短信可能在贬损语言，但一旦你懂得了基本知识，你就有能力选择了。你知道自己违背了什么规则，而后哪怕违背也不无潇洒。大胆尝试。用“但是”或“而且”给句子起头，用“非常”“十分”等词汇。我备受二十世纪规矩的束缚，那么如果我能非常谨慎地使用“十分”，或者十分准确地使用“非常”，会让我感到兴奋，而上了年纪的人和有保守倾向的人，会欣赏这种做法。当然，你是想为年轻人写作，但要记住，即便是年轻人，优美的文笔照样打动他们，因为他们涉世未深，不相信有人能把自己的内心世界表达得那么酣畅那么淋漓。

上面的句子中我重复用了“那么”：重复就是犯戒。出版规则不关语法，更不用说风格了。关于时代，作家有权力不选择赞同——或者说不赞同——但他们需要与时俱进。我最近才知道，现阶段所有的“不是”“没有”“无须”等等都应该用其缩略形式[1]，不仅对话中是这样，甚至叙述中也是这样。我的写作确实应该采用正式文体，但“找

1 原文中作者建议将“is not”“would not”“shall not”分别替换成它们的缩略形式，即“isn’t”“wouldn’t”“shan’t”。

到自己声音”难道不是更好吗？（听着就像你，林赛！你就是这样。）叙述句中我原来通常不用缩略否定（我们过去常说用缩略否定的叙事人不靠谱，这或许是圈内人的幽默），然而，由于我的小说通常采用第一人称叙述，为了节奏，抑或为了不至于沉重，我现在有意识地多用缩略语。

不过，不要让我拿起小说，用现在时态写个不停。

技术编辑或软件检查器可能一有机会就想插一个逗号进去。逗号的作用是表示换气，或者让意义更清晰易懂，所以不要枉受蛊惑。文章洒满逗号好比长了麻疹，会把读者逼疯。

我们在讨论标点符号，标点符号也反映你的个性。在两个句子紧密关联的时候，我习惯使用分号。有一年我的出版社定调，分号一个也不用——然后第二年，他们希望用得越多越好……嘿，嗬。

嘿，嗬？理想状态下，作家或叙事人应该既要隐形，也要噤声。这一章是我写的非虚构内容，所以我允许自己发表感慨；而在小说中，我会让人物代我行事，阐明观点，阐发观点。当然侦探小说中的任何一声感慨，都有可能意在伪装什么，或者蓄意隐藏什么，微妙但大有用意。需要提醒你注意，面对历史小说，读者可能会抛出令人乏味的问题：“罗马人发表感慨吗？他们难道不是冷若冰霜的禁欲主义者吗？”又该嘿，嗬。

具备了一般的语法知识和标点符号知识后，你需要有自己的语气。我是个专制主义者。（很有趣，“专制”的前一半是“作家”的意思[1]。）当崇拜者们说不准什么时间向我大献殷勤的时候，我会报以愤怒。如果你认为故事不是非讲不可，永远别写。连你自己都不看好的故事，

---

1 英语中“专制的”（authoritarian）一词前六个字母正好组成“作家”（author）一词。

别人为什么要看好？不要要求读者为你的产品买单，除非它物有所值。侦探小说中，只有人物可以时而心忧，时而困惑。你要让读者相信，尽管事有悬疑，你确实知道自己在朝哪个方向行进。然后你就启程赶路——即便你对结局还心中无底。某种程度上风格就是造势。

在我看来，这就像开车，不允许抱怨，你必须独自承担起这辆车的责任。奇怪的是，读者似乎并不介意受作者操控，我的读者竟认为我是他们所喜欢的人；我收到的以“我以前从来没有给作家写过信……”为开头的信便是证明。这对我的朋友来讲是个天大的笑话，甚至连我自己都感到惊讶。它表明风格会成为多么奇妙的工具。要让自己成为受人钦羡的人物，风格比戴阔檐礼帽或单片眼镜管用得多。

一般情况下，侦探小说紧凑、利落、真实。历史小说纵然大可不必情调浪漫，荒唐可笑，但事实真是这样。我的罗马系列小说小有戏弄夹杂，所以我合成风格的时间和我合成内容的时间都令人愉快。变化是关键。不仅情节需要多变，词汇选择、句子结构、句子长度、段落长度、叙述、对话等方面也都需要多变。唯多变能让读者注意力持久。在概括常规程序的时候，你甚至可以尝试使用表格、清单，或者草图。我有时候会利用文本框、希腊字母、花哨字体来区分证人的陈述，用爱奥尼亚式大写字母表示重点。但这样做需要把握分寸，因为故事进展不可惹恼了读者。

我对词汇满怀激情。关于词汇，莱恩·泰勒在这部《侦探什么都知道》中另文论及，可谓精辟。我在尽力谋求丰富的词汇储备，甚至允许自己发明创造，不过数量有限，关键在于语境中能被理解。澳大利亚美食狂们试图将“尼克纳克鲁尼零食盘”一词纳入日常词汇，表示享用手抓食物时的花哨举动，每念及此，我感到很自豪。我认为有些辞藻华而不实，就我个人而言，我不用“哀婉凄凉”，也不用“尖酸刻薄”，但我已经学会了爱用“声名狼藉”。

意义只是开始。我有意识地对照使用单音节词和多音节词、盎格鲁-撒克逊语源词（具体 / 家常）和拉丁语源词（抽象 / 智力）。我喜欢技术术语，而使用这一类也颇有道理：如果你的会计师用会计方面的术语讲会计行当的笑话，那么展现各行各业人物的任务就变得容易了。当然，你笔下的暴徒通常语言能力有限。暴徒只顾嘟哝，不是吗？嗯，暴徒就是这样，直到你创造出那个更加有趣的角色——一个能设计恶毒字谜的暴徒……

简单生动的细节胜过大堆陈词滥调，这是不言自明的事实。尽管只是一句提醒，要说“猫蹲到垫子上了”，还是要说“白色波斯猫蹲到了蓝色阿克斯明斯特地毯上”？有一种叙述流派，总要给每个名词、每个动词硬生生加上形容词或副词：“那个高个子男人小心翼翼走进了那家破败不堪的酒吧，他冰冷的目光静静地注视着脱落斑驳的油漆和无精打采的女侍……”整本作品都这样用词，给我的感觉像是在跳踢踏舞。有时候最好不要用形容词，然后连续来几个进行充实。用一连串修饰词为语言增色特别有效，你的主人公受够了虐待，终于厉声痛斥：“嗨，闭嘴！你个下流、堕落、满嘴谎话、惹人讨厌的害虫！”

我自己想加入一句对照：“爬满了跳蚤。”我补充道。

你自己的风格可能比较朴实。随着年龄增长，我的胆量越来越大。但说实话，若有如下文字闪露，感觉还是不错。“只有戴维斯奇招制胜，能莫名其妙地将‘改装坐骑’这种过时表达插入叙述，描写古老的显赫”（《书单》）。事实上，我和编辑人员讨论过，对那辆华丽的老爷车，皇帝的凯旋马车，这样用词是否可以接受。如果可以接受，我们应该选择“改装”还是“刻意装扮”？顺便说一句，《书单》为“奇招制胜”这个词打了最高的分。[1]

我也利用幽默，在这里我不想花费篇幅讨论幽默，我只能说幽默需要谨慎。人们看历史小说家，谓其模糊混乱、印象刻板，凡遇风趣诙谐之作，评价甚至更糟。你可能更喜欢别人说你是逼真的现实主义者。

事实上，我的确在追求逼真。血腥是乐，堕落为美。在我笔下，街道脏乱，反派作恶，商贸肮脏，政治腐败，家庭生活悲惨可怖。我的嗅觉也颇具传奇色彩（描述中，五种感官并用）……我试图把逼真表现得合乎情理。比如，我不会像电视剧那样，让中了毒的受害人安详地躺在床上，我描摹疼痛、腹泻、呕吐。但风格，或者说品位，就是这样产生的。所以要我表现恐怖和残忍，我可能不是凸显所发生的事件中令人作呕的细节，而是利用目击者的反应，尤其是调查人员的反应。

侦探小说是一种有益题材。谁、哪里、怎样、为什么、与什么，以及它们的衍生信息，充满了活力；究竟是怎么回事、那到底为了什么会给你提供结构，提供描述方法，也提供绘声绘色的内容。你的风格能否绽放取决于处理这一切的方式方法；必要的问题又能让你信手拈来，充实手稿，因为有问题就必须有答案——错误答案，误导性答案，不可能找到的答案——最后才有正确答案。对任何一个执拗地坚持统计字数的作者来说，这是帮助，它激发了幸福感，而幸福感对形成轻松自在的风格极为重要。

我认为节奏也极为重要。我们这些战后出生的人听自己的作品，像一部广播剧，而不是设想作品在屏幕上演出。如果一部著作读起来朗朗上口，那么公开朗诵的时候，对有声读者和你都有帮助；我确实

1　此段中“改装”“刻意装扮”“奇招制胜”对应的英文原文分别是pimp、primp和ace。其中，作者用的pimp一词原义为“皮条客”，后来被引申为“把某物装饰得炫酷”。

认为默读者也会觉得，内容富有节奏，读起来便心旷神怡。《泰晤士报》的最佳专栏先前以诗歌式抑扬格著称——感谢莎士比亚。人们确实喜欢法尔可[1]式句子："我心目中的佳节不是对白痴和浪子郑重其事，彬彬有礼"[2]，其实主要就是由长短长的音步组成的，他们注意到了吗？（强弱弱，强弱弱。）我没有那么策划过，太怪异了。

我反复提及变化。在有些部分，调查人员开动脑筋，解决问题，这样的部分不仅仅益在推动情节发展，展现调查人员的专业智慧，你还可以引入关于更广泛的问题的反思，例如社会问题、法律或公共秩序的怪诞、调查理论，或者采访技术等等。这样的段落，你可以写得悠闲，随着思路的进展，你可以利用分句进行扩展。不过动作场景另当别论。我过去每遇动作场景就紧张，但也学会了两种应对办法。一种是喜剧法，其间充满了栩栩如生的动作，如推翻蔬菜摊；另一种是恐怖、紧张法，这时间我心无旁骛，大量依赖动词，使用小词、简单句。"我跑，他追，我摔倒，他扑向我。我用膝盖狠顶他，疼得他难以自持，而后我逃之夭夭……"这等于塞进更多契子，与比较精密复杂的部分形成对照。

希望我的这些想法对你有所启发，但我不建议你如法炮制。你的风格是你技艺的核心所在，定然是个人个性的载体，容不得他人随意摆弄。喜爱它，培育它，让它服务于你的目标。

开始写这篇文字的时候，我的怨言可能是不对的。也许最地道的风格往往显于无形。风格是重要手段，然而不管你的写作技巧多么娴

1　法尔可指的是林赛·戴维斯笔下的虚构的罗马侦探马库斯·狄德乌斯·法尔可。

2　原文：Being formally civil to idiots and wastrels was not my idea of a festive day。此句出自林赛的小说《银猪》（*The Silver Pigs*）。

熟，要紧的还是主题。你希望读者关注的是你要说什么，而不是你要怎么说。

人们对犯罪小说主题的重要性往往认识不足，主题问题当然不是所谓“文学”小说作家的专属领地。1973年，惊悚小说家德斯蒙德·巴格利在《作家》杂志上撰文指出，主题是作品的核心：“主题就是你想说什么。”他从自己的畅销作品中选例举证：“《瞎忙乎》的主题是国际间谍愚蠢十足，叫人诅咒；《山崩》的主题是寻找个体身份；自我被戳穿，反用虚荣心疗治，堪比饮鸩止渴，这是《比韦罗来信》的主题。”

犯罪小说的道德影响是宏大问题，詹姆斯·朗西和弗朗西丝·法菲尔德早先就思考过，选择主题可以让作家应对宏大问题的具体方面。凯特·查尔斯是美国出生的侦探作家俱乐部会员，她写的侦探小说完全不同于德斯蒙德·巴格利的作品，但她也同样强调主题问题。

确立主题

凯特·查尔斯

人们写犯罪小说——事实上，写任何小说——出于各种各样的原因。有些作家执意认为写作只为娱乐，其他任何目的都是多余的；有些作家喜欢讲故事——书页被翻得越多越是理想。有些小说属于情节驱动型，而有些则属于人物驱动型；"挂钩"给人印象深刻，让有些作家激动万分，而另一些作家的灵感则产生于地理位置。

以上说法也许与我在中学、大学学过的所有英国文学课程有关，但我觉得我自己的小说总是围绕明确的主题展开。主题不一定总是一开始就策划好的，但往往小说进展到一半，主题就明朗了。胸中有物，在内心深处挥之不去，被巧妙地转换成笔下人物的思想和行动。

要诠释主题，用自己的作品作例子是不二选择，但自说自话总让人觉得大不自在。我学过的一切英国文学课程都教导我，其他作家在小说中展开主题的时候，我可能在推测其意图，但只有针对自己的作品，我才能谈得上语出必然。

我知道，利用主题相当于占据"天字第一号讲坛"，这是小说家的部分特权。我的作品主要以英国国教为背景，经常探索现代世界中教会所面临的问题。教职人员有时候问我为什么从不寻求身加神职，我告诉他们，作家的使命给了我广阔的施展空间，让我阐明见解，表达关切，这是布道——在特定地方，面向有限的受众——远远无法做到的。我选取一个自己强烈感兴趣的情景和问题，把它包进故事——关于人的故事，我引导读者关注这些人，读者于不知不觉中吸取了我要表达的思想。

达成这样的目标的方法之一就是在小说中统一使用一个（或两三个）主题。例如，我的第一部小说《杯酒夺命》探讨关于选择的主题：纵观人生，每一天，每个人都要面临选择——大选择，小选择，喜欢的选择，不喜欢的选择。这些选择产生的后果作用于未来，影响未来。这部作品中，我还探讨了过去和现在的关系，秘密和开放与坦诚之间的关系。

第二部小说《死亡陷阱》中，我有意选了大主题：极端主义。人们执着于某项事业或某种观点，我想眼观全貌，试图确定到了什么地步，执念（大多数人承认这是好事）超越界限，变成一意孤行。时过二十五年有余，现今看来这项鉴别似乎尤其意义重大。这部作品的特点当然是宗教极端主义，但这一主题跟其他方面也有所呼应——比如，有一个关联的次要情节涉及动物权利活动家。这部小说的第二大主题是“改变”：改变是好事还是坏事？当今世界奉行忠诚与结盟，非黑即白，改变的可能性究竟有多大？

有时候，作品的主题其实就反映在小说题目上，如《虚假言语》或《残酷居所》。也有其他作品，主题可能隐潜在表面之下。书名《深水》更具隐喻性，小说探索名流崇拜世界里的怪象。我问自己，这个社会在很大程度上背弃了神灵崇拜，为什么名流崇拜竟大行其道？这样的主题意义日益凸显。

其他主题包括野心与贪婪、虚伪、牺牲，外表与现实、宽恕、爱的潜在代价，以及“家庭”的意义。我在各式各样的小说中分别涉及。

我的“凯丽·安森”系列小说尤其依赖主题。凯丽·安森是英国教会的一位助理牧师，也是作品中的主要人物。我不想老套地把凯丽塑造成推理断案的教士，所以各部小说通常会有两条平行的故事脉络。一条讲凯丽应尽的宗教职责——她与形形色色的教民打交道，解决他们的问题；另一条讲警察调查凶案。一个主题或多个主题将两条线联结起来，使故事脉络围绕主题相互呼应。例如在《虚假言语》中，警方在处理一起与网络欺凌有关的命案，同时凯丽遇上了流言蜚语，有人造谣生事，毁人清白，她不得不应对——“虚假言语”以两种不同形式表现出来。

关于通俗小说人们写过不少文章——其观点要么认为对它重视太过，要么认为对它重视不足；要么认为它次于“文学”小说，要么认为它不次于“文学”小说。很多人提及 P. D. 詹姆斯和她的追随者们，称犯罪小说介乎通俗小说和“真”小说之间。我想说的是，主题赋文本以多层意义，是主题在抹除界限，将原本的讲故事练习——尽管技巧要求很高——转变成完备的小说。

《侦探什么都知道》的好几位撰稿人强调过，写作节奏不可小视。哈利·基廷在《犯罪小说写作指南》中指出，开车的时候每段路都规定了合理的速度，同样小说中的每个场景也该都有合理的节奏。纠缠于细枝末节不算明智，匆匆忙忙奔向结局是错误的做法。哈利引用玛杰里·阿林厄姆曾经给他的建议，说得更具体，故事的每十页植入一次惊奇，每二十页植入一次震撼。但他承认，这种法则来源于粗略经验，不宜当真。

如何设定故事节奏，必然是每个作家个人的问题，但节奏是历史悬疑小说的重要成分，同样也是间谍小说或探险故事的重要成分。迈克尔·杰克斯是最著名的中世纪推理小说作家，但他也写过以当代为背景的短篇，他又是现代间谍惊悚小说《复仇行动》的作者。以下是他就其自己实际采用的手法给出的见解。

节 奏

迈克尔·杰克斯

把握节奏难，它是写作中最难掌控的方面之一。

所有的作者都知道，开篇几页绝对关键。开头的段落可以为整部作品铺设场景，奠定基调。要抓住读者的注意，说服他们登程旅行，和你一起游历故事里的风景，开头的几段太重要了，这就是为什么开头几行费时很久，待基本的人物特征明确，主题展开，同样的时间可以写出一整章。

但关于故事的其余部分，如何将信息组织到书页上，作者也必须理清思路。小说中有行动场景，但你不希望在作品中道把所有行动场景挤在一起，形成团块，让人难以消化；小说中有幽默，但一律安排在开头，后半部便没有了幽默的影子……然后你又发现，你所设定的描绘人物发展的部分，实际上成了故事主线推进途中的路障，让人生厌。没有节奏，只有一连串场景，中间存在某种形式的联系而已。

作为作家，你该如何应对这样的问题？

刚开始写作的时候，我几乎没有节奏意识。我只为乐趣而写作。读了好多书之后，我对讲故事的某些方面自然具备了欣赏能力，这对我很有帮助。不过在拟定第一个情节的时候，我只有个模糊目标，要让作品中的张力从头至尾逐渐增加，除此之外，完全没有策划节奏的理念。我已经进入了借助计算机工业写作的时代，而且我认为犯罪小说实际上是可以遵循逻辑展开的，所以节奏基本上就是个流程图。

然而，写完前两部作品之后，节奏问题突然间在我脑海中凸显。

我的人物个个丰满鲜活，故事行程的方向我也清楚，但情节就是感觉不大对头，有些地方就是不够稳妥。我深感不满意，甚至有些犯糊涂。我竟不知道如何分析自己的作品。

先前的一部作品的草稿印在 A4 纸上，我于是拿起一张，撕成八条，在每个纸条上写一个场景标题，并写上该场景的概要（包括我想让读者吸收的内容），然后用彩点标注。

我的办公室里正对着书桌有一排书架，我把每一张纸条都贴在书架上，方便我在打字的时候随时看到。

什么目的？

首先，我希望任何时候抬眼都能确切看到故事的进展状况。有了场景概要，我可以确保所有的基本线索都已经包含了进去，我还能看到，随着场景描述的进展，故事在如何发展。不过那个彩点很重要，那是节奏标记，我需要对它进行更详尽的叙述。

一开始，我不惜花工夫设计了一系列颜色，最深的红色代表行动，紫色代表心理兴奋，绿色代表幽默——你应该知道是怎么回事了。很快我就意识到有三个要素是我真正需要的：身体行动、张力、幽默。不久我又发现我所需要的主要特征乃是行动和冲突（说白了就是心理或身体的行动和冲突）。幽默好比锦上添花，但我逐渐发现幽默应当更多，星罗棋布，点缀于整个故事。在忘记置入幽默的地方做个标记会更有意义。

每隔大约五个场景要有一个红色标记，这是我总结自己的经验得出的法则。那样标记意味着故事中张力有度——两个主要人物之间的争吵、婚姻问题、对他人施暴的后果、受害人死亡如何殃及朋友和家人，或者作案后凶手个人受到怎样的影响。这些情况多存在于精神层面。然后我会尽量保障，每隔十到二十个场景都有强烈要素引发身体层面的危险或行动，且希望身体层面的要素影响力更大。精神层面、身体层面双管齐下，我就可以吸引读者进入故事了。

所以这一切都很好使，但在墙上贴满了纸条会是怎样的一种景象？我是这样做的，我决定用红色大圈标注场景上的行动 / 冲突。坐在书桌前，我就可以很容易地看到是否有很多彩点挤在一起。那一看就不难发现什么地方的情节需要大幅度补救。同样地，如果各章节之间长时间没有张力和行动，你也能一眼看出来，你可以做调整以平衡故事节奏。

比如我们可以设想，某一章有四个场景，每个场景都有强有力的行动要素，但接下来在后续一章中，场景堆积，个个过于温和——也许属于行动的余波，或者也许在引向暴力场景，但延缓了故事进展。不管哪种情况，我们或许可以利用行动倒叙，将这样的场景流拆分：让关键人物从行动后视角回顾打斗；视角从人物转向打斗肇始本身；回到现在，主人公一边煮咖啡，一边回顾争吵或打斗，回顾有人看上去多么惊诧；回到打斗，描述涉事人到底怎么样了，等等。这费不了太多神思。通过拆分场景流，作者可以帮助读者消化。

用我的方法，有了标题和概要，标记了张力，故事的流变与节奏一眼就能读懂，非常容易。必要的时候，我可以把纸条从墙上拿下来重新排列（我是用蓝丁胶把它们粘在书架上的）。整部作品排布妥当之后，仰身一坐，想一想一切都简单了，唯一要做的是重写那些位置在故事中显著改变了的场景，主要为的是确保时间脉络仍然符合实际——比如确保我没有引入故事中还没有出现过的线索或武器。

我发现这样做能让故事节奏更合理。

近些年我不再撕自己作品的旧草稿了。搬到现在的居所之后，我买了两块大白板，开始在白板上写场景，而不是在纸上写；我把大部分场景写成蓝色或黑色，把有冲突的场景写成红色。

我必须承认，几年前我就停止使用这种方法了。有个简单的事实。拉下一个场景，把它插入新的位置，这太容易了；如果某个场景太长，需要分割成两个，那么整部作品的其余部分就会受到颠覆，这必然意味着我必须把白板擦干净，重写所有场景。换作纸条，我充其量只需添加两个新纸条，把其他纸条重新排序就可以了，没有必要全部重写。

当然，近年来，人们开发的软件使写作过程变得简单。我自己用的写作软件棒极了，它允许作者把作品分成章节、场景，或任何其他分解单元系列，方便使用。每个单元都可以有标题，有简洁概要，并配合使用色彩。这些都可以看作是摆在软木板上的记录卡，大有用途。然而，新近创作的时候，我又回到了老办法。为什么？只因我发现，眼看着整个故事摆在面前的墙上，对小说的形式和进程形成总体感觉会比较容易，关于故事流变和节奏的印象也会一目了然，更加清晰。写作软件是很出色，但每次只能看到十二张卡片，太有限了，我更喜欢看到故事全貌。

关于节奏，还有另外一个方面，我想简单讨论下。

几年前，我在皇家文学基金会工作，帮助埃克塞特大学的学生学习写作。皇家文学基金会为各个层次的学生提供必要的支持，不管他们主攻什么学科，都会针对要解决的问题，给出不同的方法建议。

我发现最常见的问题之一是学生们总在试图按照他们所理解的“学术”标准写作，其中往往涉及复杂的语言和大量冗长难懂的句子。我决心帮助他们写得简洁一些，清晰一些。

举个例子。我经常会碰到晦涩难解的段落——通常因为句子太长，导致所有的意义都迷失。我会让学生把这段文字复制粘贴，建成新的文档，然后让他们在每个句号后输入两次回车。这意味着这一段将呈现为一系列句子，页面差不多像标了符号的项目列表。

这样做有几项好处：

1. 每句话都可以分开看，单独看，而不是嵌入段中，导致注意不集中，让读者有错乱感；

2. 可以参照前后的句子察看每个句子的长度；

3. 整段文字的行文逻辑可以看得更清楚。

理解每个句子，不受周围文本干扰，这至关重要。很多时候，读一个句子，眼睛往往只看它想看到的，然后跳跃到下一句。把每个句子分离，变成单独文本块，作者就可以比较容易凝神于它。如果把单词大声朗读出来——编辑一直在这样做——也有帮助。大声朗读会比单纯默读所形成的注意集中度更高。

与创意写作相比，学术写作中保持句子长度相似较为重要，但作者对文本中句子的相对长度心中有数依然非常重要。比如写动作场景，你可能需要用短句，更直截了当，吸引读者。短句给人更多急促感、紧迫感。但是，如果你用了一系列简短、精练的句子，然后来了一句，一拖五行，场景的节奏就没有了。所以在有些场景中，段内句长保持一致有好处。

最后，当长句被拆分，其主旨与概念被分为若干部分，改变段内节奏就容易多了。作者可以在开头用（相对）较长的句子，然后逐渐换用短句，越来越短，以此加快节奏，将读者拉入场景。

讲了这么多，都是硬性规定吗？不是！一切仅供参考。有些作者在使用这类方法（他们非常成功），但那并不意味着这类方法非用不可。终究，任何作家都会对你这样说，一切写作规则中最重要的规则其实是没有规则。只有提示、建议、参考。

事实上，最引人入胜的方法该由作者挑选、确定。

你可能会认为，小说写作方法再清楚不过了，从开头写起，一步步推进，直到结束。然而并非每个人都认为这种做法适合他们。P.D.詹姆斯所用的方法，她自己称为“拼图创作”，是把一部作品设想成系列场景，由她摆放到纸页上，摆放顺序取决于她当时的心情。

场景的写法极为重要，场景能激发读者的想象力。有些关键场景在作品终稿中甚至没有实际出现（比如凶手作案的场景），但也会很有帮助，有了它们，你就可以确认，到底发生了什么。

如何将逐个场景融入故事整体，这是对作者技法的关键考验。仅举一例，一部作品开头后不久的一件小事可能预示它随后的发展。哈利·基廷称此为“种植”，就是说“起初仅为暗示，于不知不觉中介入叙述，后期发展壮大”。威廉·瑞安和本书的许多其他撰稿人一样，已经就创意写作的方方面面做过演讲，他针对构建场景的可行性进行了详细探索。

写场景

威廉·瑞安

犯罪小说由一系列精心策划的场景组成，以尽可能巧妙的方式讲好故事。话虽如此，从故事的角度看，场景必须各不相同，各有自身的要求。

你应该注意到了，我这里说的是场景而不是章节，因为两者不一样。章节是作者（或编辑）所认定的一段文字；而关于场景，最恰当的描述也许是：小说的一个片段，其中必有事件发生，一般情况下，发生在同一个地点，往往在明确界定的连续时段内，通常涉及相同的人物。时间、地点、人物为场景之焦点，如果其中的哪一方发生变换，场景随之结束。场景的复杂度可能会超乎需要，而且某些情况下，场景可能全然不当。幸运的是，你是个睿智的读者，所以什么是场景，什么不是场景，你可能已经有所领悟。

因此，我们就回到如何写场景这个话题。

意图

想要叙写场景，首先要做到理解其在整个故事中的意图。最有可能的是，场景要完成犯罪小说中的三项任务之一——揭示关于犯罪或调查的关键信息；向调查人员呈示挑战或危险；为读者介绍关于调查人员的某些情况，或者关于另一位（与罪案无关的）重要人物的某些情况。有时候场景会同时完成上述三项任务，但偶尔它也会不完成什么任务，其作用只是想方设法推进故事发展。当你坐下来叙写场景的时候，如果你懂得它的意图是什么，你就明白了它在故事中所占据的位置。这也意味着你知道了场景中必须包含什么，不必包含什么。此外，如果你的场景专注于具体意图，那它自身就有了能量，它在故事中也具备了能量。

从哪里开始?

这是一个不好捉摸的问题，但通常情况下，场景要达到意图，越快越好，尤其那些主要由对话组成的场景。举个例子，如果你在写一段侦探和证人的对话，其中要透露关键信息，那么最能吸引人的做法是从信息透露点写起。显然，一定的导入是需要的，但要力求保障其尽可能高效。当然，这种快速开头不一定适合每个场景，如果场景事关氛围或背景，那你可能希望花些时间去创造；同样地，如果读者知道了场景中将发生重要事件，且有可能要面临危险，那么延缓推出这样的场景会造成期盼和张力。某种程度上讲，你所采取的方法取决于场景的意图，也取决于你想高效有趣地传载意图的愿望。

谁来讲场景?

许多小说从头到尾用同一个视角叙事，但如果你的犯罪故事要由多个叙事者讲述，那么决定具体场景该从哪个视角讲出来就很重要。

确定视角没有规则，但如果有调查人员在场，你可能会取他们的角度讲场景，因为小说终究是他们的故事。然而人物“讲述”场景，一般只能向读者交代他们自己内心的想法以及他们的感官所接收到的东西。这意味着他们不可能知道其他人物在想什么，而且除非面对镜子，他们也不可能看到自己的形象。如果你的调查人员在某个场景出现，你可能希望利用另一个人物的视角向读者呈现他们；同样地，如果你想进入另一个人物的头脑，比如要揭露他们撒谎，那么你可能希望利用那个人物“讲述”场景。

切换到新的讲故事视角还有一个原因：有些情况下，你想给读者交代的信息调查人员尚不知情，这样做有助于制造张力和预期。例如，如果调查人员不知道有同事爱上了他，但在小说一开始你先让读者明白了他们的彼此吸引，那么你大有希望创造持续的张力，为两者的互动增色添彩。这种让读者先知于调查人员的技巧，也可以用来预示危险，预示重要的内情，等等。每种情况下，调查人员都在揭示自己的真实处境，而读者都想知道真相之下会有什么情况发生，从而沉浸在小说中。

如果发生了戏剧性事件，或激动人心的事件，而调查人员却不在场，要通过对话告诉他们（借以告诉读者）不是明智的想法。如果可能，从事件亲历者的角度重写这个戏剧性场景，亲历者可以简洁告知调查人员整个事件。本质上讲，推理小说通常对话很多——所以如果你能把戏剧性场景展示出来而不是靠嘴说出来，可能会深有意义。

如何开始？

有一个主意屡试不爽，开始描写场景的时候告知读者，你的叙述采用哪个人物的视角，场景发生在哪里，还有哪些人物在场或者不久后会在场，以及其他一些重要信息（比如是否有人拿枪指着别人），这一类信息铺垫用一两个句子就能一概交代清楚。或许你还想提醒读者，先前发现的某些信息也与该场景相关。有例外情况吗？有时候，要构建张力，要在读者脑海中创设问题，隐瞒或掩盖信息大有必要。例如，如果你在从杀手视角叙述场景，你可能想掩盖大量信息——但同时，留给读者线索，让他们思考。假如读者试图自己解决问题，说明他们已经沉入故事，这是非常好的事。

冲突、风险、障碍、弦外之音

这些要素之间多有重叠，但如果你感觉场景有些平淡，你就该考虑额外加料。

冲突是第一要素。几乎所有犯罪小说都围绕某一位调查人员展开，此人不同于大多数其他人物，而且很有可能，他与众人所处的环境也格格不入。最有可能的是，其他人物之间的相互关系也不是十分融洽，如果不是这样，推理小说可能很快就步入尾声。首先，如果没人有杀死受害人的动机，那么就不会存在谋杀、凶手或可能的嫌疑人；即便我们有办法，解决了这个小问题，我们得让所有人物竭尽全力帮助调查人员破案——这意味着诚实、合作、支持，意味着没有错误信息，不存在不公开的议程，那么真相很容易就会被发现。你没有必要在每一页都让人物冲着调查人员怒吼，但你确实需要让生活不易，迫使调查人员找到攻克挑战的方法。因此，有必要确定场景中可能的冲突点。例如，如果你正在策划一个场景，其中调查人员将从证人那里发现某条信息，你可能需要考虑为什么证人不想自己说出实情，考虑如何让这种讳莫如深露出马脚。同样地，关于如何推进调查，在同事之间制造意见相左的局面，无论你怎么做都会有用；你至少应该考虑利用一切机会给调查人员制造别扭。

风险，或者叫危险，也属于有利因素，特别在作品后半部分。一般来说，那时候你希望戏剧性和张力升级。风险不一定就是人身不安全，它可以与情感相关联——导致调查人员的心理担忧或精神压力——或者与地位相关联，调查人员的经济安全或社会福利可能受到威胁。风险可能波及调查人员自己，也可能波及他们非常在乎的某个人，比如爱人或孩子；风险不一定影响重大，它可能只是一种恐惧感，害怕尴尬，害怕犯错，或者害怕被异性拒绝。当然人身危险照样有效。不一定每个场景都该引入风险要素，但如果你这么做了，它肯定会让趣味有所增加。

障碍是另一要素，它可以帮助构建场景，进而构建整体故事。调查人员在朝着最终目标迈进，而你则把过程安排得越具有挑战性越好。你几乎可以在任何场景添加障碍，这于故事有益。障碍可以无关紧要，比如电话故障或约会误期，也可以干系重大，比如重伤或证据丢失。重大障碍可能对整部小说产生影响，也可能仅在场景内发挥作用。例如，如果调查人员需要从证人那里获取信息，你让证人失聪，或让他不与调查人员讲同一种语言，使调查人员的工作更加艰难曲折，这样安排很是有利。

场景表象之下可能发生什么，这样的问题也值得思考。总的来说，小说弦外有音可能引向波折，或引向真相，这种波折和真相可以削弱甚至背反读者此前所理解的一切。就场景而论，引入隐藏元素可能会让它更加有趣。如果你描述的是直截了当的信息收集场景，其中的调查人员可能正在审讯一位异性嫌疑人，你讲明他们之间存在强烈的吸引，或他们之间存在强烈但隐藏的互相反感，这会改变场景的进程。如果其中的一个人物对对方的情感毫无知觉，那场景的境况将被进一步改变。

什么时候结束场景

小说中的每个场景都有叙事目的，至少一个。如果没有，应该设立。值得赞赏的是，如果你设定了叙事目的，那么一旦目的达到，场景就该结束，不宜延宕。如果场景超出了与叙事目的的显在关联，却还在继续，你需要拿出充分的理由。

怎样结束场景

结束场景的时候，需要考虑下一步去向。犯罪小说的动力源自经常向读者提出问题，不断激发读者的兴趣，至少部分是这样。如果场景给出的启示颇为有趣，它往往值得人们总结并思考其潜在含义。“这条信息对调查意味着什么？”，“接下来会发生什么？”，或者“调查人员将如何摆脱这种困境？”，这些可能是你希望读者思考的问题，每一个这样的问题都隐含着承诺：继续阅读，答案可期。

即便问题没有必要像挂钩一样，你仍然需要激励读者期盼下一个场景。简单的叙述，比如告诉读者场景的背景，也能帮助读者建立期待情结。然而，关于引向下一个场景的信息，你也可以选择给出或者保留。例如，一旦场景的目的已经达到，你可以添加点什么——有可能是出现了一个神秘人物。如果从调查人员的视角讲述场景，你可能希望对这个人的身份秘而不宣，但暗示此人的出现值得关注，从而吸引读者读下去，弄清楚他是谁。然而，如果同样的场景要从不同人物的视角讲述，将神秘人物的身份公之于众可能会很有趣，这样可以使读者知道一些调查人员极感兴趣的信息，而这些信息对情节也可能十分重要。

自在而为

这一点也许最为重要。犯罪小说写作应该不乏想象、巧妙、机智、惊惧，以及其他许多吸引人的要素。放松情绪，欣然接受不可能的状况及不真实的状况。如果你写场景写得津津有味，那很有可能读者读起来也会津津有味。

大多数犯罪故事中，对话是至关重要的组成部分。关于历史小说中的对话，我们会专门关注，这本书将在后文讨论。简而言之，对话在故事中的关键作用包括表现人物和推进故事。对话也可以从一开始就确定故事的基调。

玛杰里·阿林厄姆不止一次地展示了对话定调的力量。她善于创作对话，她的开篇引人入胜，写作天赋显而易见，在她的写作生涯早期就崭露头角。《神秘一英里》出版于1930年，她当时只有二十五岁，书中开头写道：

> “艾勒芬汀号”正在返航，坐在豪华客厅最靠近门的那个美国人说：“我跟你赌五十美元，就赌现钱，那边那个人两星期内会有血光之灾。我想说六个星期内，我赢定了，只是我不想抢你的钱。”

她最著名的小说《烟中之虎》的第一句更加广为人知：

> “但愿这只是勒索。”出租车里的人妄想着说。

对话，节奏，切题

玛杰里·阿林厄姆

精彩的对话读起来最轻松自如，凭它在纸页上的形象便能吸引惰性目光；但从犯罪小说家的角度看，它的优势在于节省空间，这更有价值。让人物开口讲话，展现自己，比其他任何方式都更直接、更快捷；而且讲话的时候，故事里的行动并没有停滞——或者更确切地说，故事里的行动看似没有停滞。

推理小说的读者大多在追情节，但到头来却被其中的人物所吸引，之后也因人物而记住故事，这是不争的事实。一代又一代敬业又勤奋的作家发现，读者既需要知晓自己想读到什么，也需要知晓他们认为自己想读到什么。达成这样的目标，最好的办法是巧用对话，因为对话能同时满足两种需要。

有些作家写对话轻松得令人惊讶。他们说，一旦人物在脑海里轮廓清晰，作家就可以悠闲静坐，"任人物讲话"。这样说显然没错，但我们其他人也应该十分清楚，在作家们悠闲静坐的时候，他们的潜意识里大有丘壑，过程极为复杂。

仅有转述是不够的。作家打算写出对话，但他的人物却总是顽固不化，保持沉默；或者受到诱导，开口讲话，但出言呆板僵硬，张口不离"这个……"，这样的谈风多么可怕。作家应该多费心思记录生活对话，否则我们不难发现，在需要写出日常交谈的时候，很少有人能成竹在胸，一挥而就；我们大多数人面对对话都大犯踌躇，反复尝试，不易落定。人不同则用词不同，众人钟情相同词汇的情况极为罕见，我们的言语也很少脉承别人的逻辑。

也许可以这样说，真实的会话发生在所要呈现的场景里，所以书面对话只有聚焦自然情景而不是展示作者才华，才是再现真实会话的理想形式，堪称上乘之作。理想状态是每个人物都知道自己的所思所想，并能将其轻松表达；他能倾听、理解对方讲话，其应答能紧扣上文的言辞；他的用词不至于打破基本节奏。单凭这节奏就可以在读者心目中创造声音的幻象。

有些作者“听到了”人物在说话，也许他们所听到的就是这种节奏。讲得流利的英语有一种清晰的“强—弱—弱，强—弱—弱”韵律，我们对此非常熟悉，眼睛一旦见之于书页，大脑就能将其转化为声音。如果我建议年轻的犯罪小说作家把对话写成无韵诗体，那是逆天而动，但我很清楚，如果作家头脑中常有音调在，他写出的对话可能会如行云流水，精彩绝伦。

至于犯罪故事中对话应摆在什么位置，我应该说，只要可能，随意而为，但有一条原则必须遵循：不能因为人物会说话就让其说话。侦探故事中的人物必须做到现实生活中似乎做不到的事：开口必须切题。

二十世纪五十年代末，阿林厄姆的写作生涯接近尾声，而帕特里夏·莫耶斯的写作生涯才刚开始。1970年，莫耶斯在写给《作家》杂志的一篇文章中解释说，自己读起经典侦探小说如饥似渴，她“喜欢情节整洁巧妙、线索规则公平的谜题”。有一次她假期在意大利滑雪，一开始她就摔伤了脚，“动弹不得，也无书可读”，她就观看“滑雪缆车在松树间滑上滑下，没有什么可以阻挡它，没有什么可以改变它”，一个想法产生了，那就是她的处女作《死人不会滑雪》的核心内容。

帕特里夏·莫耶斯认为，开发对话写作天赋的关键在于倾听。她时不时写一些文章，探讨侦探小说写作技巧，喜欢强调：“最重要的是犯你自己的错误，不要犯别人的错误。”她和彼得·乌斯蒂诺夫[1]合作过，这是彼得给她的建议，可以说是任何作家都该坚守的信条。

1 英国编剧、导演、演员。曾饰演过阿加莎·克里斯蒂笔下的侦探波洛。

倾听与对话

帕特里夏·莫耶斯

无论你对人物有多么了解，你应该掌握技法，以印刷书页为媒介，把你的了解传递给读者，否则那些了解就毫无用处。在我看来，对话是实现这种传递的最佳途径。

许多优秀散文作家在试手写对话的时候深感沮丧。我认为出现这类情况是因为对话写作需要特别训练，而作家们却对此从不花时间研究。为阅读而组织的语言和为口头表达而组织的语言之间有着天壤之别，所有对话，无论见于戏剧还是见于书籍，都属于口头表达，其写作是一种作家必备的技巧。

我希望可以做一个简单的推荐，但愿每位作家都能像我这样幸运——从事小说写作之前有机会在剧院工作若干年。当然，人人如此不可能，但作为作家，你还是有很多事可以做。

尽可能多地观摩职业剧场，不要只坐在那里享受清闲，发挥你的分析能力。看戏前、看戏后都要读剧本。作品产生，不同的人——作家、演员、导演——各有贡献，要学会区分不同作用。记住，作为小说家，你的任务比剧作家的任务艰巨很多，因为演制人员中不乏天才——真正好的演员可以创造奇迹，用平凡的台词打动观众。但你不可能受益于他们。你的对话必须异彩纷呈，简洁有力，直击读者。如果可能的话，加入业余戏剧小组，从演员角度看台词，很快你会发现，读起来打动人的对话和演起来打动人的对话是两重天地。有评论家曾这样评价《驯悍记》：“那是一部非常糟的剧本，问题是把它演出来竟完美极了。”把手头的莎士比亚作品再读一遍，不要把它当作伟大的文学作品读，而要把它当作演员脚本读。人家对对话了如指掌。

听人说话。倾听遇见的每一个人，花时间分析你自己的反应。你会发现，关于人们讲话，你所形成的很多意见不是基于他们说什么，而是基于他们怎么说。

比如前些天火车上遇见的那个人，你立马可以把他归入吹毛求疵、以自我为中心、态若老妪的那种人。为什么？他想关上窗户，没关系，关窗户没什么好奇怪的，你自己也在想着要关。不过回想一下，他在看报纸，你注意到了，他不像大多数人那样把报纸翻来翻去，而是把它整整齐齐一叠为四，然后阅读他选择的文章。后来，他已经站了起来，关了窗户，而后才开口说话，那当然不是在征求你的意见。他说：“你不介意我们把窗户关上吧？每年这个时节我都极其怕冷。”

看一眼神态，听一个短句——他属于哪一类人，你就可以断定了。你会发现，外貌描述没有了必要，读者自己会填补进去。

鸡尾酒会上的那个女人多么与众不同。

> “我是阿曼达·别克司蒂，我非常渴望见到你，你所有的作品我都读过了。”
>
> “我非常——”
>
> “今天见了，你必须告诉我，你到底是怎样构思出那么些奇妙情节的。”
>
> “嗯，其实——”
>
> “那个发生在热带岛屿上的故事……你肯定对加勒比海了如指掌。拜托，你一定要告诉我——那到底是哪个岛？”
>
> “我没有去——”

“我和德怀特每年冬天都去圣托马斯岛。哦，我知道你会说什么——那里确实拥挤，但我们就是喜欢。哦，天哪，德怀特来了，恐怕我得赶紧走了。和你交谈真是太有意思了，我真的觉得学到了很多关于写作的知识……”

明白了吗？总有一天，上面那两个人会在你的某部作品里找到一隅。

当今犯罪小说家中，辛西娅·哈罗德–伊格尔斯作品中的对话，经常因其质量和智慧而大受称赞。她也强调对话在小说中的重要作用，其主张令人信服。

写对话

辛西娅·哈罗德-伊格尔斯

我在一个业余作家圈子里当过主席，那时候我的职责之一就是阅读、评论会员的作品。一般来说，他们的创造能力——不是技术能力——最薄弱的地方在对话。这几乎是普遍存在的问题，大家都不得要领。用直接引语的时候，一个说话人跟另一个说话人之间不存在什么差别：只是叙述的延续而已，全是作者自己的声音，其主要功能似乎在于填满页面，让作品看上去篇幅更大——是五页而不是四页。

作为专业作家，你很清楚，对话比散文更占空间。你可以写出如下废话，以快速完成一天的写作定额，而后赶早斟满杜松子酒、奎宁水，享受悠闲：

> “那人是谁？”
>
> “哪里？”
>
> “就在那边。”
>
> “看不见人呀。”
>
> “你瞎了吗？那个戴帽子的女人背后。”
>
> “我搞不清楚你说的是谁。什么女人？”

诸如此类，直到把书页占满。

但是，且不要说填满页面，我一再努力劝说圈子里的奋斗者们，他们忽略了非常重要的诀窍。对话可以提升、活化、增色，这可能是其他任何手段都无法做到的。一段优美的描述很能打动人，但冲击力相仿的段落你能经常信手拈来吗？然而聪明、机智、激情充沛的对话每次都能力道遒劲，打动读者。凯茜说：“我就是希斯克利夫——他时时刻刻在我心头——他并不作为快乐在我脑海里萦绕，就像我不能一直给予自己快乐一样——他就是我的身心。”阐述可以连篇累牍，但效力莫过于此！

我们倾向于认为，犯罪小说中情节最是重要，事实可能真是这样，然而在已经知道故事结局的情况下，是什么让你一次又一次回到故事当中？不是谜题，因为谜题只有一次，而是人物和对话——就我们的塑造过程而言，人物、对话是一码事，因为你可以告诉读者人物是什么样子，但通过直接引语向读者展示人物要有效得多。

试比较，其一：

他显然是一个喜欢摆弄文字的人，总是能随时做出迅速反击，有时候还夹杂着挑逗。

其二：

“生育是时间的窃贼。”他说。

“还要来吗？”她疑惑道。

他咧嘴一笑：“我多希望你昨天夜里说的是这句话。”

想想看，多萝西·L. 塞耶斯的《巴士司机的蜜月》中的这一段传递了多少关于两个人物的信息，如果换作散文，同样的内容，需要多少篇幅才能说清楚。

“我来上豌豆好吗，邦特太太？”

“我来瞅机会负责上豌豆吧，鲁德尔太太。老爷对豌豆可是很挑剔的。”

“现在挑剔吗？那正像我家伯特，他总是说：‘妈，我不喜欢硬豌豆。’有趣的是，豌豆往往是硬的，除了刚从豆角里剥出来的。豌豆不是新的就是硬的。”

你可能会认为，犯罪小说中幽默不合时宜，但警察们自己像第一次世界大战中的英国士兵，在面对恐怖景象和恐怖处境时，总是利用幽默缓解紧张情绪。从作者的角度看，缓解紧张情绪可以让它再爆发时分外有力。无休无止一片黑暗，其效果会是麻木的。

言语不同于散文，公交车上、火车上、酒吧里、餐馆里、商店里，听人们说话。互相交谈的时候，我们很少解释什么，因为谈话的对方可能知情在先。所以需要把解释留给散文部分，否则对话听起来就不自然。说话的时候我们会使用缩略、省略、停顿、断裂句、错误发音、俚语、暗语等等。人们几乎从来不用完整否定而用缩略否定。从作者角度看，言语语法越是反常越是妙在其中。实际上，让某人措辞完美的唯一目的是要与其他众人形成对比。法官可能会说：“法庭上，我不能允许也不会允许出现这种骚动。”他只是没有使用缩略否定，你应该感觉得到他听上去是个什么味儿。换作罪犯，这句话很可能说成这样：“那么个乱摊子我受不了。”

根据品特对工人阶层的观察，他们讲话经常用不完整句，或采用疑问句形式，但并不意味着需要回答。“你在玩什么把戏呀？有什么不对吗？我是那样做的，难道不是吗？你想要我做什么——停止呼吸？”当然，品特生长在战前和战争期间，他自己并不属于严格意义上的工人阶层，所以免不了带有伊琳制片公司的格调，也不乏《天伦之乐》中西莉亚·约翰逊的气息，但也确实有一定真实性。想一想伦敦东区人或者科里，回忆一下有多少次，主人公把手叉在臀部说："那是什么意思？"又有多少次他们是向往或期待回答的。

说到模仿地方腔调，"少即多"的原则更为适用。混杂着方言土语的对话读着乏味。一本正经和揶揄的距离其实并不遥远。以约克郡口音为例，如果你偶尔插进一些标向词，比如我是俺，事情是营干，偶尔用一用侬，那方言的色彩就非常可信了，读者总会顺着你的思路补充很多。[1]詹姆斯·赫里奥特——事有凑巧，他本人就是苏格兰人——把约克郡方言表现到了极致。

> "年轻人，侬走以前，我要告诉你个事情，这营干除了我知道再没人知道。俺本来可以赚很多钱，多年来，有人老缠着我，要我告诉他们，但俺从来没透露过。侬只要擦上我的药膏，那鬼就会走开，人就会轻松很多！"

在同一段里他把我和俺、事情和营干、侬和你都用了，这本不是问题。遗憾的是，编辑常常会修改你的这些妙语，以求统一。但言语并不遵循编辑的规则。你不需要为求效果，模仿每一个偏离常规的现象：口音既定，读者头脑中自然会有。

另一种情况下，语音上把一切都呈现出来，结果相当于在没膝深的文学泥浆中痛苦跋涉——一场文学的帕斯尚尔战役。谁能忘记《呼

1 原文中，作者建议为了符合约克郡口音，可以适当把I（我）改为Ah，把something（事情）改为summat，you（你）改为tha。为了尽量还原原文的方言，译者采用了夹杂有不同地区汉语方言的方式进行翻译。——编辑注

啸山庄》里的约瑟夫？

> “我真奇怪，别人都出去了，你怎么就能闲在那儿站着！可你就是没出息，说也没用——你一辈子也改不了，你就等死后见魔鬼吧，跟你妈一个样！”

唯一的困惑是这一段中还有两个词可以写得让现代人认不出来[1]，不知道艾米丽·勃朗特为什么没有抓住这种机会。在其他地方她也很少体谅读者，这样的段子到处都是。

同样值得注意的是，太多的撇号会让页面看着不整洁，叫人不舒服。

语音上模仿地方腔调还有一个问题，那就是你写出来的话语在你脑海里的听觉反应可能和读者听到的不一样。我还记得第一次读《查泰莱夫人的情人》时的一处困惑，简直叫人绝望，有一次枕边谈话他们聊起了生理结构，二人都极为沮丧，梅勒斯突然说了句“赛场，啊”。他指的是哪一处体育场馆？他提它是为什么？哪个“啊”听起来有点像东方人的口气，他有可能——我诧异得直打哆嗦——把康斯坦斯的私处说成日本体育场吗？几年后我才慢慢意识到，作者劳伦斯脑海里的声音反应是约克郡方言中的“我难道不是吗”[2]。把对话大声读出来总是很有意义，它不仅可以帮你避免这类误解，而且可以让你感受文字是否顺口。如果你自己说起来很不顺畅，很可能你的人物就不是

---

1 上文的引用原文如下：Aw woonder hagh yah can faishon tuh stand thear i' idleness un war，when all on'em's goan aght! But yah're a nowt，and it's noa use talking-yah'll niver mend uh yer ill ways；bud goa raight tuh t'divil，like yer mother afore ye! 最后一句可以依据方言写成laike yer mither afore ye，但是艾米丽没有这么做。

2 约克郡方言中Aren't I（我难道不是吗）读作Arena Ah，后者被作者误解为“赛场，啊”。

那么说的。

小说中关于话语的语音呈现，有一个后果意想不到但不容忽视。我想我们大多数人都有过这样的经历——已故的特里·普拉切特很受人爱戴，他就做过这样的事，是关于短语 bored with。特里注意到普通人会把它念成 boredwiv，然后又省成 bored'v，他——我自己也这样——在文中把它写成 bored of，那只不过是文字游戏。可惜并不是每个人都这么想，这个短语就摇身一变，逆袭再入公众话语，这一下它不再有讽刺意味。于是眼下 bored of 到处泛滥，用得扎眼，《每日电讯报》在用它——甚至，不可思议，连 BBC 都在用它！《唐顿庄园》中的玛丽小姐说“我真烦透它了[1]”，英格兰的一部分文化就此消失。[2]

说到《唐顿庄园》，值得一提的是，时代错误很容易出现，当然，如果你真想避免，也不难。《唐顿庄园》中有人说“我正处在一条陡峭的学习曲线上”，别人听了皱皱眉作罢，那一刻很快也就过了。但印在书中后果就要严重得多，因为白纸黑字赫然在目，让人反复阅读，抱怨之声不断。完整版《牛津英语词典》太有价值了，因为它会针对词汇和短语提供已知的最早的书面例句，好让作家确定自己用得正确。

我要议论的最后一点：人们相互交谈的时候，不会不停地相互称名道姓，蹩脚的对话最明确、最直接标志就是口口不离对方的名字：

1 原文：I'm really bored of this。

2 此段中，作者提到在标准英语中，“对……厌烦”的正确表达是bored with，但是随着特里等作家在小说中将该短语改为口语化的表达，人们逐渐开始以为bored of才是正确的用法。

“老实说，约翰，我希望你不会那么做。”

“对不起，玛丽。我尽量别那么做。”

“行，再努力点，约翰。那么做实在烦人。”

“嗨，我得说，玛丽，你这态度于事无补。”

说真的，请不要这样写。

视 角

作者对视角的选择至关重要。艾琳·坦普尔顿解释说，这是真理，人们未必能即刻看得出来，但却人人绕不开。詹姆斯·朗西前文提到过，多萝西·L.塞耶斯专门作序，介绍自己的第一部犯罪短篇集，这篇序作开犯罪小说视角分析之先河，意义重大，影响深远。

塞耶斯指出，阿加莎·克里斯蒂的早期作品借用了“华生视角”（即一位伟大侦探的事迹由他的崇拜者朋友讲述，朋友的才华远在该侦探之下），这方法由埃德加·爱伦·坡首创，后由阿瑟·柯南·道尔改进。二十世纪二十年代早期的一本畅销书叫《红屋之谜》，作者A.A.米尔恩是小熊维尼的创造者，他因之闻名于世，但他也是侦探作家俱乐部创始人之一。塞耶斯把米尔恩的方法描述为“混合法，米尔恩先生一开始置身事外，站在旁观者的角度讲故事，后来，我们发现他在改变角度”：他利用“华生”这样一个人物，然后让读者通过业余侦探的眼睛观察一系列事件。

出于《罗杰疑案》情节的需要，阿加莎·克里斯蒂匠心独运，采用第一人称视角叙述，塞耶斯对此大加赞赏，她同时仔细研究了侦探作家俱乐部第二任主席E.C.本特利所著的《特伦特最后一案》中视角应用的微妙变化。《特伦特最后一案》客观上催生了侦探小说的黄金时代，作品强调与读者“规则公平”。塞耶斯认为那是一场“革命”，但它也是威尔基·柯林斯的《月亮宝石》方法的回归。《月亮宝石》中，事件由多个叙事人讲述，在能工巧匠手中，这种方法既可以丰富小说情节，也可以提升小说品质。塞耶斯在自己的小说《涉案文件》中试验了这种“案例记录”法，其结构本书稍后探讨。

今天人们常常采用类似的方法。保拉·霍金斯的全球畅销书《列车上的女孩》（书中我们可以看到三个女人从各自的视角讲述事件），其续篇《水面之下》号称视角不同，达十一种之多。然而，这种喜好张扬的做法不适合初学者或处事谨慎的人。薇儿·麦克德米德为《卫报》撰文评论《水面之下》，她写道：“一个故事中要区分十一个不同的声音，这是噩梦，是非常困难的事。”

帕特里夏·海史密斯惯用双视角叙事，以允许情绪和节奏的变化，她的第一部小说《列车上的陌生人》就是这样写成的。其另一部杰作《天才瑞普利》中，她选用单一视角，站在杀手瑞普利的视角看一切，这有助于增加故事的情感强度。作家可能与人物相像，至少在情感方面可能心有灵犀，如果作家缺乏经验，他可能会觉得采用这样的人物的视角写作相对容易。但这并非必需，甚至可能不可取。写侦探、写嫌犯、写杀手，成功的关键在于打开大门，通往丰富的想象世界。

艾琳·坦普尔顿提议，要从完全可信的人物的视角讲故事，理解这个人物至关重要。莉莎·科迪说，作者的目标是要知道，成为那个人是什么感受，实现这一目标需要好奇、历练、想象、人性。

获取视角

艾琳·坦普尔顿

我开始写作的时候还没有互联网这回事。说起互联网，要它回答“如何写书”这个问题，它能给出五十一亿八千万个结果。另外，当时也没有《教傻瓜写作》这样的书。我有印象的规则只有罗纳德·诺克斯大人的“十诫”。由于我没有想着要使用长相完全一样的人物，大人的规则似乎于我没有太大关系。

我的想法十分天真，想写书？你只需坐下来——当然，打字机、复写纸、改正液是少不得的——奋笔疾书，直至把故事写完。事实上，这样做行得通，某种意义上就是这么回事。最终结果是，我算是有福气，采稿通知拿到了，但遗憾的是我没有保留前面的退稿通知，如果保留下来，那些小纸条足够裱糊我最小的房间了。

我从未听说过连贯、三幕式结构、叙事弧等概念。第一部作品出版以后我才对这些有所认识，同时我也意识到，实际上我所写的东西就具备这些要素，这让我既惊讶又欣慰。莫里哀《贵人迷》中的小市民发现，纵使他浑然不觉，原来他一辈子讲出来的都是散文，这让他庆幸、惊喜。我那时的反应正是如此。

事实上，关于结构的这些特别规则我仍然不完全相信。也许它们确实为建筑搭建了脚手架，但房子会是什么样子尚未确定，你怎么知道该把脚手架搭在哪里？

于是我就跌跌撞撞但开开心心往前走，像个大自然的孩子。后来我参加了一个研修班，这种班算是新的创意，当时并不像现在这么流行。我想我去那里可能带着一种将信将疑的心态，期待收到的效果如同买到一本新手编写的杂志一样：我会感觉到短暂的振奋，相信如果我听从某些聪明的建议，积累自信，好经得起一试再试的消磨，那么大获成功将指日可待。

研修班的主题就是视角，我当然没有意识到这个班会改变我的写作生涯，在这里我要向主讲人黛安·道费尔——她告诉我们，事实上这是她结婚后的名字——表达我由衷的敬意。

她使用的一个意象一直在我脑海里挥之不去。她说，如果作者没有解决视角问题，那么让读者读到发生在两个人之间的场景，就像坐在旁边观看网球赛的观众，球从一位球手飞到另一位球手，观众的头也随之先转向这一边，后转向那一边。企图同时占据两个人物的头脑，其后果就是辗转不休。我在重读自己作品的时候简直不敢相信，我竟没有注意到它是多么地要点分散，手法稚嫩。（我拒绝任何人重印这本书。）

有了视角的理念，我开始仔细观察我所读到的所有作品，视角开始跃然入眼。优秀作家无一不操控视角体系，但他们也以不同方式应用视角体系，实在叫人捉摸不透。后来我弄清楚了，所谓视角通常被归类为：第一人称，仿佛由主人公讲故事；第二人称，读者涉入，被称作“你”；全知第三人称，作者可以到达所有人物的思想和行动；有限第三人称，作者的视角限于一个人物；多重第三人称，作者透过几个不同人物的眼睛看故事。

或者，因为我不是个笃信成规的人，所谓视角体系，甚至可以是所有类别的混合，或者任意类别的混合。人们说，持刀械斗没有规则，写作也有点类似。为了得到想要的结果，你会不惜代价，尝试多种手法。

我必须先做出选择而后重新开始。第二人称应当首先排除。是的，我知道杰伊·麦克恩利和威廉·福克纳都用过第二人称，非常成功，但我知道自己的局限。

第一人称吗？我倒是相当向往选一个不甚严谨的叙述者，比如《罗杰疑案》的作者阿加莎·克里斯蒂，或者像《简·爱》的作者夏洛蒂·勃朗特那样，破第四道墙而入（“读者，我嫁给了他”）。我觉得那就像戴着眼罩的马。个人经历之外发生了什么？无法解释的时候，免不了要强行扭曲情节，这也让我很不乐意。我读过一本小说，叙述者这样写道：“我不知道他们做了什么，但凭我的想象应该是：他抓住她的肩膀，然后双手卡住她的脖子……。”那一刻，我对这本书失去了兴趣。

有限第三人称只能通过一个人物的眼睛看行动，实际使用起来也会出现一些类似的缺陷。

随着选择范围的缩小，我的目光落在了全知第三人称，可以不受约束，到达所有人物的所有想法和体验；或者多重第三人称，可以采用许多人物的视角。

全知视角可能最直截了当，从古典作家起就在使用，我们再熟悉不过了，但不知什么原因，它对我没有吸引力。就我的写作风格而言，无所不知的感觉有点太过居高临下，它也有危险被归入奥格登·纳什所说的“假如我知道”流派。奥格登·纳什对“假如我知道”流派的描述让人难忘——当面纱掀开，读者可以暗中偷窥未来：“假如我（或他）知道，有什么可怕的秘密潜在……”他在诗的结尾写道，“假如我知道其中到处是‘假如我知道’的情节，我就不去花钱购买。”读了这样的描述，全知视角就被我放弃了。

我喜欢参与进去，喜欢与人物真正在一起的感觉。写主要场景的时候，总会有一个人物让我透过他的眼睛观察世界。这样一来，如果没有显见的证据，其他人物的所想所感我就不得而知。我可以写上

“她喘着粗气，用手捂住了嘴巴”，但我不能说“她喘着粗气，惊恐不已”，因为我取其视角的人物不可能知道这种情况。

反过来说，对视角人物也不可以进行外部描述，因为他无法通过旁观视角看到自己——“他非常害怕，看上去仿佛见到鬼了。”

小说的语言也需要考虑视角，如果视角人物是年轻人，我就必须保证，场景风格反映年轻人的特点，即便不是直接引语也该如此。例如，十多岁的少年就不该考虑“维持家庭运转”这样的问题。如果视角人物是老年人，那么“与孩子们打成一片”这样的短语就不该出现在脑海中。

我发现了一种情况，如果场景写不下去，如果叙述变得困难，最终停滞，让你想不出办法如何继续，那几乎无一例外是因为你选错了视角。换一个视角，往往一切回归有条不紊。

不过我觉得你必须有一点从小处着手的精神。你希望读者认同主要人物，如果视角人物太多，则很容易冲淡主要人物的作用力度，而且可能造成人物混乱。所以一旦视角发生变化，行动转移到了另一个场景，你要么留下清晰的空白，要么甚至做出像 ****** 这样的标记，把改变交代清楚，这非常重要。

还有一种情况，算是等级问题。总体上我认为，从次要人物的视角看主要人物，效果不是很好。一般情况下，如果侦探在审问嫌犯，我会直接记录侦探的思维和观察，而不是从嫌犯的角度看侦探，因为我认为读者对侦探更感兴趣。

不过，凡规则总是为破而立，有时候我也会打破规则。为使描述丰满全面，我需要让其他人观察侦探，否则我根本无法展示侦探的形象。[在第一人称 / 有限第三人称叙述中，我总是冲着“镜像”微笑，“我（她）坐在梳妆台前看镜子，只见圆圆的脸上长着酒窝，还有蓝色的大眼睛。”]

选取了新的视角人物，要让语气协调起来总是不那么容易。熟悉新的视角人物需要时间。许多作家会对你讲，人物可以形成自我意愿，挑衅作家；这种情况可能发生在意识和潜意识不相协调的时候。不过我一直觉得，最好不要试图推翻潜意识。

系列小说中，你对经常取其视角的人物逐步加深理解，以至于他们差不多是在为你做事。我有一个人物，名叫塔姆·麦克尼，名不见经传的格拉斯哥人。当我坐下来，透过他的眼睛看世界、写场景的时候，我发现自己非常期待，想弄清楚他会说些什么。

多重视角可以极大地增加作品的质感和深度，能够吸引读者贴近主人公。鉴于情节的景象是通过不同的眼睛观察到的，理想情况下，多重视角可以推动读者与故事一起进展，使读者几乎注意不到情景如何变化，这让小说给人以人物饱满的印象。当读者说，他们觉得你的人物仿佛真人一样，是实实在在的熟人相识，你所有的努力都值了。

关于规则，我依然抱有某种矛盾心态，即便我讲到的这些也不例外。毋庸置疑，作品要达到出版商想要的标准，有些方法似乎比另一些方法更行得通；但就每一条规则而言，总有高超的作家对之不甚在意，却照样写出非常成功的作品。有位编辑把雷蒙德·钱德勒的分裂不定式当作语法错误给予纠正，这时候钱德勒怒吼道：“我分裂了不定式，去它的，我分裂它，它就应该分裂！”我很欣赏这种愤怒。

所以如果你愿意，不要在乎我说的话，写出你认为需要写的东西。如果你想打破规则，就打破吧，不必怀揣歉意，要破得堂堂正正。你的读者看着你，正在场外为你喝彩。

成为你，到底是什么感受？

莉莎·科迪

读书需要足够的兴趣、好奇或兴奋，促使你翻动书页，期待接下来发生了什么。假如缺了这些，书就会被搁置一边。就这么简单。

写书的情况大致相似，如果作者不像读者那样充满好奇，执意要弄清接下来发生了什么，他/她可能就会停笔，着手写点别的什么。或者干脆把笔记本电脑捐给最近的慈善商店。

每个人都有自己感兴趣或痴迷的东西——有可能是洛可可式情节、历史、地域之恋、法律、警察、私家侦探等等。对我来说，让大脑运转，让血液沸腾的因素是人物。无论作为读者还是作者，我都不可能真正融入正在发生的事件，除非我与事件涉及的人关联起来。

我是二十世纪七十年代后期开始写作的。我选择了通俗写作，因为这是美国的硬派领域，有巨人如钱德勒、哈米特、凯恩等，他们都是名垂青史的作家，离经叛道，激动人心。事实上，他们的作品太精彩了，致使我几乎想听任其中极端的厌女倾向和性别歧视。不过也不尽然。我总是会到达一种状态，其时我义愤填膺，沉默中质问作者："你真的了解女人吗？你思考过做女人到底是什么感受吗？你尝试过理解你周围的女人吗？很可能没有，因为如果你尝试过，也许（把你美化一下，肯定）不至于写出如此荒谬的东西，比如关于卡门·施特恩伍德（我最喜欢的反派人物，出自《长眠不醒》）的文字。"

终于，我开始写自己的第一部作品，但动笔前我明白，如果我想要在某种程度上矫正偏颇，实现平衡，我就必须写一位女性私家侦探。

因此我就得问自己，做私家侦探的女人最终应该是什么样子。

当然，这个问题放在现在，答案显而易见，但回到当时，我根本没有范本可以参照，必须自己提问，自己寻找答案。后来有一天，在一个公交车站，我亲自观察了一位女巡警。两个蹒跚学步的幼童走丢了，在那里号哭尖叫，女巡警的男同事去找监护人，她则试图照顾两个孩子。看着男同事一身轻松，扬长而去，寻找孩子的父母，她眼神的简单一瞥就让我疑惑她是否在想："又是我——被留下来看孩子，为什么？"这个问题在当时和今天一样有意义，她还年轻，自己显然没有孩子，要她安抚遇困的幼童，尽力防止他们再次跑散，这职责真让她心有余而力不足。

很有讽刺意味，我想，她加入警察可能就是为了寻求奇遇，赢得独立。我想知道她到底是什么感受；我想知道她的家庭生活是什么样子，她竟需要寻求奇遇。或者，她来自警察家庭吗？她真的喜欢那身警服和那双丑陋的警靴吗？她一定要有团队精神吗？她是如何应对职业中的性别歧视的？为什么，是的，为什么她就是那个留下来照顾孩子的人？

一位极其普通的年轻女子，我在观察她的时候，想到了这样一些问题，这些问题导引我写出了第一部小说《上当者》。作品讲一个女人，名叫安娜·李，先前是警官，这时候是一家私家侦探公司的初级成员。她并不特别强悍，推理能力也不可能比我发达，被暴打之后，昏了过去，还掉了一颗牙。男人们没有为吸引她的注意而争先恐后，她的心思也不在于引人注目。一个女人需要获得一种优势，她必须恪尽职守，倾尽努力，在男人主宰的世界里出人头地，这是她业已做到的。

她引起了我的兴趣，如果连我自己都对人物不感兴趣，又怎么能希望读者对之感兴趣呢?

诚然，我写安娜有一部分原因是要矫正菲利普·马洛、萨姆·斯佩德，尤其是达希尔·哈米特的美洲大陆作品。我希望读者也能像我一样，发现身处困境的普通女人自有意趣在；我希望能够描述那些小型平淡的暴力事件，因为现实生活中它们对普通人照样产生巨大影响。我在书刊、电视、电影中看到，暴力色情不断升级，但我不想沉溺其中。为了做到这些，我必须关注安娜·李；我关注她了，我需要读者也关注她。

我认为，一定程度上我这种做法是由成长的时代催生的。不只是男性作家在激怒我，在我的成长过程中，身边的文化造就着种种预期和限制，压制得我不能呼吸。即便我已年长成人，时序进入了二十世纪六十年代，我还是不能获得抵押贷款；没有男人的共同签字或许可，我没有避孕的权利。

慢慢地，文化在改变，女性问题也在改变——当然只是其中的一部分——我和我的人物也必须改变。

写了六部关于安娜的系列小说之后，我发现我的人物被定型为“下流世界里的上流行为”。但安娜不落俗套，我发现不论什么时候有人想听我讲故事，他们都希望听到“不屈不挠的女主人公”。

大概就在那时候，我看到了一张宣传摔跤的海报。海报上除了那些典型的肌肉男照片，还有一张女人的照片，她疯狂咆哮，野性十足。这女人没有打扮，显然不渴望取悦他人——我在海报上惯见的女人常以美貌和温柔见长，但这位不是。事实上，在摔跤海报旁边就是一张露华浓广告，上面是个完美无缺的金发女郎，全力展示着她那令人陶醉美妆，她的表情在说：“爱我，羡我，买露华浓，我这么可爱全靠它。”

我就这样第一次看到了克朗代克·凯特的形象，和化妆模特截然不同，克朗代克·凯特的表情在说："敢动我的歪念，我挖了你的眼睛。"

不过我想，头脑正常的人怎么说也不会称她为"下流世界里的上流行为"，但从肩膀的样子看，她肯定是个强悍的女人。

克朗代克·凯特是在一种文化中为自己发声，这种文化只允许漂亮女人在海报上露脸，不完美的女人就不应该让人看见。人们的期望是再微小的瑕疵也要通过整容手术予以矫正，鼠灰的头发染上颜色，甚至很年轻的女性也欲守成规，想借十八岁生日做一次隆胸。

然而克朗代克·凯特，因为她的缺点，让她能在充斥着英雄、恶棍、（未必总是）虚假暴力的无声世界中扮演反派角色，且以此谋生。

成为你，到底什么感受？我盯着那张不讨人喜欢的脸，暗自思忖。毫无疑问，她和我们一样，需要认同，需要爱。

所以我当然必须去摔跤比赛。我目睹了摔跤反派角色倒错的世界，有人喝倒彩，有人冲她吐痰，有人憎恨她，克朗代克·凯特的成功和认同就是用这类人的数量来衡量的。如果人们待她的举动足以让我们其他人想哭，想躲进壁橱，那这个夜晚她就开心。

我长时间苦苦思索，压制性法西斯文化所期望的女人形象是框定的模样，假如有人由于基因原因出生在这种期望之外该是什么情况。在摔跤以及其他娱乐圈语境之下，她的形象只配称残忍的恶霸，欺人太甚的骗子，胆敢出手痛打金发碧眼的红粉丽人。这些思索成就了我的"伊娃·怀利"和"桶脸怪"三部曲。

文化规范以貌取人，想到了并非出于自己的过错而生存在文化规范之下的女人，我又开始思考那些处在文化规范之上的女人以及她们所承受的压力。这使我专注于思索音乐电视上的"华丽指南"及其带给女性的媒体曝光。这是每个女孩子的梦想，是这样吗？不是——如果你了解了它最基本的东西，它就不能称为女孩子的梦想。

所以我就想到了自己年轻时期那些最漂亮的女人——我那时希望成为她们。可能你已经猜到了，成为玛丽安娜·菲斯福尔是什么感觉？成为三十年后的她又是什么感觉？当然，菲斯福尔只是我一开始的例子，之后我找到了《给我更多》中的前摇滚妞音乐家兼骗子伯迪·沃克。

作为作家，不管你以谁为范本，你都不是在绘制生活中的女人肖像，如果是那样，你应该是个传记作家，或者纯粹是在偷懒。你必须用足自己的阅历、想象，你必须把自己的呼吸送入她的肺里，让她鲜活起来。

最近，我的好奇心集中在了一个名叫班戈夫人的流浪者和她的狗伊莱克特拉身上。班戈夫人再次向我展示，关于自己的文化和自己的人性，唯有被社会排斥的人能够教你许多。

所以，如果我贸然行事，自以为是，胆敢就人物塑造——男人、女人——给人建议，我会说好奇心是第一工具。好奇心之后是你自己的经验、想象、人性。对自己的文化进行长时间实事求是的审视，弄清你希望它发生什么样的改变，诸如此类也会有很大帮助。最后我想说，一旦找到了人物，你需要对她忠贞不贰，不要为迎合情节而挤压她，导致她变形，你应该改变情节设计来适应人物。如果你不是试图控制人物，而是让人物引你前行，向你展示你最终会进入一个多么怪诞的国度，那写作就可能更加有趣。

情　节

为犯罪小说构建情节是一项挑战，踌躇满志的作家（也包括许多功成名就的作家）往往会对之望而却步。近一个世纪前，E.M.福斯特在《小说面面观》中将情节定义为“讲述事件，强调因果关系”。福斯特认为“情节的本质是秘而不宣”，但他也提醒说：“有时候情节可能太过成功，导致在它的每一个转折点，人物都必须暂缓其本性的释放，否则就会被命运的进程裹挟，致使他们的真实感被削弱。”

过度关注情节可能会损害小说质量，这样的疑虑已不新鲜。安东尼·特罗洛普曾指责威尔基·柯林斯的小说，口吻略带称赞，他说：“小说结构非常细密精彩，但我总是无法摆脱这种结构的‘设计感’。”

阿加莎·克里斯蒂是构建复杂侦探小说情节的一代宗师，她在私人日记中记录的故事创意可以帮我们了解其构建情节的技巧；约翰·柯伦的专著《阿加莎·克里斯蒂秘密笔记大全》对其技巧进行了详细讨论。克里斯蒂常用的方法是逐步积累创意。例如《ABC谋杀案》——她最杰出的成就之一——就讲述了一系列谋杀案受害者，他们竟依字母顺序丧命。然而，尽管字母排序似乎是谜团不可或缺的部分，但故事在她脑海里起源伊始，她似乎对顺序问题并没有深思熟虑。她对故事最初创意的加工越是深入，她就越有灵感对之详细阐述。

情 节

阿加莎·克里斯蒂

关于情节的想法总是在古怪时刻突然出现：我在沿街漫步，或怀揣特殊兴趣审视一家衣帽店时，忽然间，脑海里闪现出美妙的想法，我于是这样思量："这将是掩盖犯罪最干脆利落的方法，没有人能看得穿。"当然，所有的实际细节都还有待拟定，人物只能慢慢进入我的意识，但我要把美妙想法记录在笔记本上。

一切都好——但我总是把笔记本弄丢。我手头的笔记本通常有半打左右，往日我常常在里面写下突然闪现的想法，或者有害药物、毒品，或者在报纸上看到的小聪明骗局。当然，如果我把这些东西存放整齐，有序归档，标注明确，那会省去很多麻烦。然而，有时候在旧笔记本堆里茫然翻找也是一种乐趣，找一些潦潦草草编写的纲目，比如：可能用得上情节——自己动手——女孩子但不是真正的姐妹——八月——诸如此类的情节草图。具体内容是什么？我现在记不清了，但它常常给我以激励，即便写不出原本设想的情节，至少也可以写出些什么。

情节在我脑海里挑逗不止，我喜欢思索它们，把玩它们，我知道总有一天我要写出它们。罗杰·阿克罗伊德在脑子里游荡了好久好久我才把细节敲定。观看了露丝·德雷珀的表演，我又有了另外的想法。我在想她多么聪明，她的模仿多么精彩，她把自己从喋喋不休的婆子变成虔诚的民女，皈依教堂。关于她的思索促成了我的《埃奇韦尔勋爵之死》。

许多很有天资的犯罪小说家都对情节的重要性发出质疑。雷蒙德·钱德勒把作家分为两类："会策划情节但不会写作的人"和"会写作但通常不会策划情节的人"，毋庸置疑，他属于后一类。朱利安·西蒙斯——侦探作家俱乐部第五任主席——在其自传体笔记中承认"自己缺乏构建严密情节的兴趣"，他同时对"侦探小说家中的平淡派[1]"不屑一顾，称他们"具备某些构造谜题的技巧，仅此而已"。谈到"平淡派"作家，他脑海里浮现的是弗里曼·威尔斯·克罗夫茨、约翰·罗德和J.J.康宁顿等人，俱乐部早期的三位坚定拥护者。但本书撰稿人无数次现身说法，策划情节的技巧和卓越的写作技巧可以联姻。

学者彼得·布鲁克给情节做了个宽泛定义："叙述的布局与意图，它为故事赋形，确定其进程走向或意义表达的目的。"二十世纪七十年代，另一位学者茨维坦·托多洛夫强调一般侦探小说的二重性，称它"所包含的不是一个故事，而是两个故事：犯罪和调查"。三十年前，康宁顿（杰出的化学教授，业余时间成为成功的侦探小说倡导者，主张"规则公平"）在《别名J.J.康宁顿》中为传统侦探小说作家代言，描述了构建推理小说的方法。

1 "平淡派"的概念最早由推理作家朱利安·西蒙斯提出，用来形容主要关注复杂谜题情节，忽视人物塑造和文学风格的一类作家。

逻辑与逆推

J. J. 康宁顿

我一方面属于科研人员，另一方面在写侦探小说，我的出版商问我，二者是否存在关联。这两种行当都需要逻辑思维，除此之外，毫无相似之处。

科研工作中，研究者扮演现实生活中的侦探角色。他的任务就是寻找相关线索，剔除转移注意的话题；他常常付出劳动，精疲力竭，收集事实，但如果有想法先入为主，与收集到的事实相矛盾，他应当自己摆脱束缚；最后，他应该出具大量详细证据，支撑论证，令人信服。

相反，侦探小说家动笔伊始，谜底已在囊中，其初始任务是发明一条“证据链”，让故事必然引向谜底，而不是其他地方。但这样认定任务本身还远远不够，因为上乘的侦探故事实际上是复式事件。从表面看，它呈现的是一系列事件，正如华生医生或他的副手看到的那样；但真相往往隐藏在事件之下。衡量作者的技巧，要看他怎样把复线主题结合起来，看他能否做到让读者仔细读完故事之后，回过头去重新开始，而且时不时中断二次阅读，突然嚷嚷：“我真傻，读第一遍的时候竟然没有注意到这样关键的问题。”任何一部策划精巧的侦探小说，如果要充分挖掘其所有的好处，至少应当精读两遍。此外，假如作者有能力让情节看上去发自人物——像 A. E. W. 梅森先生的《玫瑰别墅》那样——那么他的作品就达到了侦探小说写作的最高水准，构成了他人很少企及的精湛技艺，让学艺不精的作家既钦佩又嫉妒。

那么很明显，科研人员从细节着手探索谜底，侦探小说作家从事先形成的谜底开始逆推情节的细节，两者之间断无相似之处。要寻找类比，必须另辟蹊径，搜索艺术另外的领域。

与侦探小说写作最相似的情形可以在国际象棋中找到。侦探小说和象棋问题中，构想人都从结尾开始逆推。国际象棋专家一旦发现了自己的决胜着数，就必须设计步骤，向胜利进军，他必须在棋盘的此处摆上卒子，或者在另一处方格上摆上棋子，以阻止对方可能施展的步骤。同样地，侦探小说作者构想中的事件进程通向谜底，他必须创造出各种各样的人物和情节，限制其不见起伏直达目标的可能性。两个领域都允许适量引入转移注意的话题，只为分散人们的注意，不在谜题中起重要作用。象棋问题和侦探故事中都有“关键一步”或者叫关键时段，谁想解决问题，想即刻步入解谜轨道，谁就必须集中注意力，密切关注这类步骤或片段。

康宁顿的描述详尽阐明了阿瑟·柯南·道尔的做法，道尔去世前不久安东尼·伯克莱找过他，希望他出任侦探作家俱乐部首任主席，但道尔已不能接受。道尔在著作《回忆与历险》中谈到过夏洛克·福尔摩斯故事的构建，他说：“作家如果不清楚自己的目标，他就不可能操控写作进程。创意是必不可少的，有了核心创意，作家的下一个任务就是隐藏创意，并对其进行铺陈，把重点放在一切可能产生不同解释的事物上。然而，福尔摩斯可以看到，所有其他可能性都是谬误，他能去伪存真，通过一步一步的描述和证明到达真正的谜底，颇有戏剧性。”

罗伯特·巴纳德的研究之作《欺骗的才能》中有一章“欺骗的策略”，深刻分析了阿加莎·克里斯蒂的方法。罗伯特解释了克里斯蒂常常如何迷惑读者，致使他们把某个人物排除在嫌疑人之外，因为她是从读者的视角来观察事件的。这种效果可以通过利用不甚严谨的叙述者来实现，她有一部最著名的小说就用这个套路（直到她写作生涯结束，她一再使用这个技巧），或者通过表现一个屈服于显在威胁的个体来实现，其实这个个体就是罪犯。有趣的是，尽管克里斯蒂的人物刻画技巧常遭批评，巴纳德指出，在其采用迷惑读者法的许多作品中，对杀手的描述“明显优于常规做法……他们要么具有坚强的个性，要么处境或悲怆或有趣，足以引起读者的情感共鸣”。从另一方面讲，她笔下的有些人物似乎过于刻板老套（大大咧咧的少校，一把年纪的处女，天真烂漫的小姑娘），致使读者认定他们不会有罪。但他们错了，克里斯蒂一次又一次操纵传统设想，制造令人惊讶的谜底。

J.J.康宁顿等作家鼎盛期以降，惯常的犯罪小说和侦探小说已远远不是文学象棋问题或纵横字谜了，不过很有意思，有一个情况值得注意，巴纳德和莫尔斯探长的塑造者科林·德克斯特两人都擅长设计和解决字谜游戏，水平一流。

塞耶斯、伯克莱和侦探作家俱乐部的其他早期成员（包括A.E.W.梅森）率先提高水准。如今，质量能够媲美——甚至超越——《玫瑰别墅》的作品已丝毫不罕见。情节策划能力和人物、地点的唤起技巧为什么两不相容，根本没有合乎逻辑的理由。

侦探作家俱乐部会员玛丽·凯利的作品在黄金时代作家和当代犯罪小说家之间架起了桥梁。二十世纪五十年代后期，凯利脱颖而出，成为杰出作家，后来担任俱乐部秘书。她的第四部小说《被毁的杀戮》获金匕首奖。作品讲一个私家侦探的故事，发生在特伦特河畔斯托克的一家陶瓷厂，那是一个不太时髦的背景，但作用得到了充分发挥，故事融合了侦探小说谜案与深刻的人物塑造及其背景。凯利的写作不遵成规，某些写作方法也离经叛道，但即便她是个不以情节为主要着眼点的作家，即便她希望反映现实生活的凌乱无序，对于其作品中的故事整体架构，她在动笔之前就已经有了清晰的思路。她的作品中有一部她自己最喜欢，下文是她对之展开的讨论。

一切都会揭晓

玛丽·凯利

《写在纸页正反面》讲一起造纸厂抢劫，涉及伪造未遂和死亡事件，叙述视角经常转换，从第一人称到第三人称。其中的人物对宏观情节一无所知，他们只是工具，只知道执行指令。我刻意不透露我的计划是什么，让人物自己弄清楚某些部分，于是关于发生着什么，他们只能靠猜测……故事有两条主线，相互交织，我的难点在于让所有相关人员在一个地方会齐。刚开始的时候，系列片段法似乎是最适合的写法。

虽然行动在来回交替，但那不等于随机变换。我写得从容不迫，意味着每个部分都有明确位置，不可改易。写作就是一场美妙的大骗局，不是吗？

关于这本书，我脑海里萦绕的与其说是犯罪，不如说是人们面对威胁和自我怀疑时的感受。有时候，人受到太大的胁迫和压力，致其产生反社会倾向，走向违法犯罪。书中发生的事与日常生活的情况相似，我们给不出任何解释，需要你做的只是读在当下，不要想着弄清为什么，待时机成熟，一切都会揭晓！

我喜欢吊人胃口——流露一点，剩余部分诱你等待……我写犯罪故事为借其形态，或借其焦点，但写作的真实目的只为乐在其中。虽然我在叙述中植入线索，但我的写作不为情节，也不因为我对现实生活中的犯罪感兴趣。我似乎是在想象整部作品的大纲，总是清楚自己写作的目标。

薇儿·麦克德米德在本书前面强调过，构建故事的时候，思考其结构大有裨益。灵活多变的思维模式甚为重要。凯特·埃利斯是当代小说家，宽泛地讲，她秉承克里斯蒂的传统（也一直在笔记本里记录创意），她解释说，作家需要详细策划复杂故事，他甚至会发现，流程图也大有帮助，不至于让他迷失故事的发展脉络。

构建情节

凯特·埃利斯

犯罪小说的结构可以根据作家的喜好而有所不同。我倾向于从谋杀案开始，但大师级作家阿加莎·克里斯蒂经常花时间铺陈场景，展示受害人和各色犯罪嫌疑人之间的关系，然后才出现第一具尸体。

有些犯罪小说利用倒叙，或从杀手视角写出某些章节。有些甚至刚开始就确定了凶手，读者接受邀请跟随侦探的调查，弄清有罪一方最终如何被绳之以法。作家动笔伊始就必须决定小说结构，比如使用第一人称还是第三人称，故事采用过去时讲述还是现在时讲述，等等。

我的"韦斯利·彼得森"系列小说坚持以当代为背景，但叙述中始终有相似的历史案件与之随形，映射当代情节，或可能是关照主要的当代情节。这个辅设叙述通常源自韦斯利大学时代的老朋友，考古学家尼尔·沃森的调查研究。有人观察到，每个考古学家体内都有侦探试图破茧而出。受此启发，人们用考古来映现警察的调查。韦斯利和尼尔的探究确实有很多共同之处。

至于情节，我个人的偏好一向在于创造出错综复杂，博人满足的故事。我在早年就迷上了阿加莎·克里斯蒂的作品，我必须承认，我总是喜爱结尾处的奇妙转折。后来，我也迷上了格伦·钱德勒的电视连续剧《塔格特》(由已故的马克·麦克马纳斯主演)，这部剧迂回曲折，精彩绝伦，结局往往出人意料，令人叹为观止。正是这两项早年迷恋，让我在自己的写作中追随相同的路径。

人物当然极其重要，没有栩栩如生的人物，读者对小说的兴趣就会减退，整部作品给人的感觉就会单调乏味，了无生气。然而每一次，依旧是扑朔迷离的故事在吸引大量读者。我自己的作品中，我的最终目标是要在结局中创造一个“我从未料想过会是那样”的时刻。

我所有的作品都既有强劲曲折的情节（添加了许多转移注意的话题），也有栩栩如生的人物，但我发现最需要策划和思考的还是情节。

写“韦斯利·彼得森”系列的时候，每一部我都倾向于例行类似的仪式，然后才在便携式电脑上敲出第一个单词。我在家里存有很多笔记本，各处都是，信手取用，每当有创意闪现（随时都有可能），我就随手记录下来。关于某部作品你有了奇妙的想法，然后过了一小时你竟忘了它是什么（如果没有即时写下来，遗忘不可避免），这种事再恼人不过了。

着手新的作品前，我对所发生的犯罪通常只有个模糊概念，或者可能只是一个人物或一个情境——或者甚至只是个有趣的标题。但当我开始认真写起来的时候，我需要把这类朦朦胧胧的想法集中起来，整理出一定的顺序。到那时我就该把笔记本收拢起来（连同关于犯罪的新闻剪辑以及我多年来收集的可能作为情节的想法），逐一翻阅，搜索妥帖的创意，以适合我心意中的作品。这一步可能需要一到两个星期，然后迷雾开始消散，情节开始在脑海中形成。

与韦斯利现代案件的情节策划类似，历史调查和考古调查也需要深思熟虑。尼尔的每项调查都涉及不同的历史时期，或考古学的不同侧面，这意味着我需要做很多很多研究。话虽如此，写作过程中我最钟情的部分就是研究。

看完了笔记本和报刊剪辑，做完了历史研究，我会发起一个头脑风暴环节，记下任何吸引人的想法，因为它们很有可能被我写进即将出版的作品。然后浏览一番这张可能性清单，提笔画掉其中的一半，再思索一番。假如自我感觉还算满意，我就在一大张纸上画一个流程图，把主要罪案放在中心，所有线索和事件都围绕中心发散开去（如果有某个线索是转移注意话题，我可能会贴上一个小鱼图片）。在这张纸边上，我会对历史案进行相同的绘画处理，于是作品整体结构便一目了然。

我发现我对这个流程图很少奉若神明，严格遵从，因为随着作品的进展，情况在变化，我会产生更好的想法。比如有可能手稿写到一半时，我发现如果生搬硬套原来的路线，给读者的惊喜元素就会低于期望——随着我对人物的逐步熟悉，这时候我更占地利，设计出一两个新的起伏与跌宕。然而，流程图是一个不可多得的向导，它毫无疑问能帮我在写作过程开始的时候集中思想。

我倾向于提前详细计划三章（使用可以随时更改的贴签）。列出时间表也很有用，因为那样有助于定位哪些天发生了什么事，以及事件发生的顺序，它也可以防止我忘记我写过的东西——我认为在侦探作家俱乐部，我是记忆力最糟的一个！

然而，尽管有这么多显在策划，我认为我还是个直觉型作家，写作漫漫，新的想法总是不断萌生，足以增加悬念，使故事更加激动人心，更加可信，或者为人物提供始料不及的命运转折。

我总是随时准备改变或放弃初始想法。有时候，我要写上好几稿，所有要素才能各就各位。为了创造更完美的故事，我甚至不惜变更杀人凶手或杀人动机，这是大家都知道的事。我最新的小说《丧葬俱乐部》就是一个例子：虽然一开始我对初始理念特别满意，但后来产生的新想法让我更加兴奋。我从来不曾先拟定完整的故事梗概，然后开始写作，因为我觉得那样会对我产生太多束缚。写作中不乏不确定要素，它能给故事增添额外的亮点，但在早期策划阶段中很少显现出来。

不同系列小说需要不同的方法。我的“阿尔伯特·林肯”三部曲以第一次世界大战后为背景，由传统的经典侦探小说组成，但随着事件的展开，我的叙述视角在变化。故事大部分采用阿尔伯特的视角（第三人称），但此外，每一部作品中我都使用另一个人物的第一人称视角。例如三部曲中的第一部里的重要场景，是从一个医生女儿的视角叙述的，而后面的两部则分别采用一个男孩的视角和一个受丈夫虐待的妻子的视角进行叙述。

犯罪作家协会出版过一本短篇集，以 1919 年为背景，我为这本集子写过一个故事，“阿尔伯特·林肯”系列小说就是由这个故事触发的。对那个时代的研究深深吸引了我，失去了那么多人，我想知道社会如何面对如此绝境。我的兴致也有个人因素。母亲去世后，我在她的遗物中发现了两封信，手写的字迹，纸张已经酥脆易裂，时间是 1916 年。信是法国一家军用医院的护士长写的，在告知我母亲的外祖母，她儿子病得非常严重，危在旦夕。幸运的是，那个年轻士兵活了下来，成了我的外祖父。那两封信深深地印在了我的脑海里，我开始对战争中受伤人员的治疗大感兴趣；大型房屋被改造成军用医院，为伤员提供庇护，我对这种做法大感兴趣。有一次与朋友的偶然交谈，我了解到人们创造出面具，专供面部严重损伤的士兵使用。这是一项令人叫绝的开拓性工作，让毁了容的人们重获生命和信心——对犯罪文学家而言，面具还可以隐藏身份，隐藏可怕的创伤。于是一部作品诞生了，它就是《鸽子的高死亡率》。

欧内斯特·海明威曾说“写作唯一的方式是重写”，我完全赞同这个说法。完成每一稿草稿好比雕刻家在石头上凿去石块，一开始是粗略雕琢，混沌之中，随着最终产品真相浮出，雕琢手法会渐次精细。

故事的有些地方失去了动力，需要注入能量，一遍又一遍阅读并打磨手稿可以帮你识别这样的地方。犯罪小说需要节奏，需要不断激励读者，使其希望弄清楚接下来会发生什么。章末悬念（或大或小）可以助你达成这样的目的，在我的写作生涯中，我发现章节简短有利于保持节奏和悬念。

我自定规矩，每天至少写够两千字，这意味着我可以很快完成初稿。然而，我的初稿太粗糙了，如果落到什么人手里，他可以对我敲诈勒索！其实初稿之后，严格意义上的写作才算开始。我总是要求自己至少修改五次，而后才考虑作品是否适合人类阅读。到那时，我大有希望把所有令人费解的曲折剔除干净，把结局做得完美。

所以说，即便作家精心设计了推理小说并使用流程图规约思路，写作过程中也可以享有自由，对原计划进行重大修改。如有作家尚未专门从事侦探小说写作，他还可以利用视觉辅助：帕特里夏·海史密斯曾用图表助她构建故事；凯特·埃利斯在结局中描述“我从未意想过会是那样”的时刻，说明她抓住了传统侦探小说读者的吁求。有些作家，甚至像已故的埃里克·安布勒那样的杰出作家，尽管是经典著作《混世魔王》的作者，作为被第一个选入侦探作家俱乐部的惊悚小说家当之无愧，但他也是直到最后阶段才能看到结局的模样。

发现之旅

埃里克·安布勒

对我来说，小说写作是发现之旅。我知道，这个比喻既不新颖别致，也不恰如其分，但我想不出更好的方式来描述这一过程。

当然，小说始于创意，创意可以表现为多种形式，其核心可能是一个人物，此人要么在现实生活中可见整体原型，要么是在不同的时间、不同的地点观察不同的人所得片段的组合。创意可以萌发自某颗种子，比如一则不寻常的信息或一件逸闻趣事。有时候，创意还来自前所未遇的历险，比如沙漠中的丛林火灾，纵然少有。更多情况下，创意是陌生环境中反常对话的产物……

当我着手在纸上草拟创意的时候，趣事开始了——开始阶段，一切都十分有趣。会有多个不成功的开头，还会有若干停顿，以便反思……一般来说停顿不长，可以天计。我动笔写小说了，但那是个关于什么的故事，一直以来，我都要经历一个逐渐发现的过程。然而，纵然不是一蹴而就，我依旧不能保证它定型不变。我一写再写，不停修改，已经积累了五六十页，即便如此，仍然有可能放弃，转而考虑别的什么。关于这部小说，我没有固定不变的计划，只有一个想法，只是一个可能产生的故事，在前方模模糊糊，若隐若现。

这是一种一边发现一边创作的方法，它让材料自然展现，而后揭示正在发生着什么，这个做法并不罕见；不过作家们往往不承认，认为其为创作方式不可能成功，因为他们动笔前总是把故事思考得周密全面并拟订计划。有人指责我是个工于遮掩的策划者，他们说，我的作品中的一些情节非常复杂，这足以证明我肯定有预先策划。我认为，如果我的复杂情节处置得成功，那它唯一能证明的是，我的修改一定是仔细认真的，而且是经常性的。

不管怎么说，我确实理解持“策划说”观点的人们的感受。我在做电影编剧的时候一直认为，“步骤大纲”——把电影拆分成一系列不加美化的段落，而后编号，按顺序叙述故事的基本内容——是剧本准备过程中最基本的一步，预期的结果由它产生。但对我来说，那只是强调了两个写作领域的差别。我想，持“策划说”观点的人们可能会说，我对作品所做的所有修改就证实了他们的看法，而我的早期草稿就属于策划。我只能说这样的人善于诡辩。

显然，不管人们怎么描述，事实是我的写作进程缓慢，也可能浪费。我前面随意提了一句放弃五六十页，那是从轻松的一面看问题。不久前，我想让一部作品言之有理，第四次尝试写到了一百七十页，最后还是放弃了。我花了将近一年的时间才意识到任何一稿都行不通，它的思路存在先天缺陷。纵然似乎有些古怪，但下定决心放弃的那一刻与其说令人痛苦，不如说更令人兴奋。毫无疑问，我感到释然，我发现自己没有受到进一步诱惑，忽视内在警告，明知作品不合规范，还要一意孤行写完它……

我一直在思索，写惊悚小说采用这种边发现边写作和多稿写作的做法有哪些优势。一个优势是在写作进程中，你可以随时清理诸如句法错误、拼写疏漏、副词过多等不尽如人意的地方。另一个优势更为实在，可能发生在心理层面。因为根本不存在现成规划，接下来该写什么总是未知的，所以每一天开始写作，你总是满心希望，满怀期待。这意味着你不会轻易受外界牵拉，导致偏离真正的目标。

对未来的惊悚小说家我有什么建议吗？有，就一点。

故事创意脆弱易损，忌谈论。我需要补充一句，那不是因为创意可能被盗。可能被盗并为偷盗者所用的创意没有也罢。根据我的经验，不因担心被盗，只因故事创意一经讨论，或者一经描述，哪怕是模糊描述，它便已经不复存在。创意是应该写下来的，不是讲出来的。放声解释故事，或放声描述故事，就会落入出声阐述的陷阱。一旦发生这种交流，故事就结束了，过时了，试图挽回没有什么意义。故事已经有人讲过了，所以忘了它吧，它也会忘记你的。

这里可能是我的个人特有经历。我刚意识到，我在电影制作人故事大会上受过伤，这里描述的是旧伤留下的疤痕组织，不过姑且留着它。一些极其成功的作家非常擅长谈论故事，然后把它写成小说，然后再根据小说继续推进，编成剧本。我不是那一路人。我只尝试过一次编写剧本，还是根据自己的作品，但没有成功，因为我觉得那活儿让人厌倦。制片人抱怨我毁了一部杰作，而我还算理智尚存，足以赞同他的说法。

埃里克·安布勒已经认识到，发现之旅的危险在于它可能以触礁告终。幸运的是，这种危险管控有法，安德鲁·泰勒如是说。他提到了《卡洛琳字体》，这是一部获奖处女作，其开篇引人注目，堪称妙起之典范：

> 老是这个样子，真是太不方便了，威廉·杜戈尔想。
>
> 他站在历史系他的导师办公室门口。三码外，书桌右边的燕麦纹地毯上，躺着一个肥大的裹着粗花呢的身躯，面部肿胀，两眼鼓出，舌头伸向刚刚进门的杜戈尔。

如何改换杀手

安德鲁·泰勒

西默农有言，写作是一种苦闷的职业。说这话的时候，他可能正在为手头的一部小说的情节苦苦思索，坐卧不宁。你可能会认为但凡会写犯罪小说的人，都有诀窍在身，但对许多作家来说，情节是个令人头疼的问题，写作的梗阻常常源于情节。人物描写、主题、背景、对话等自然发生，且往往自有其乐，但若论情节，其过程免不了伴随痛苦。

我已经写过四十五部小说了，这个数字还在增长，我开始怀疑有没有简单可行的办法解决情节瓶颈问题——给故事写出精彩的开头是一码事，但要继续写下去，把它引向满意的结局，我们需要有能力策划情节。故事需要情节犹如人体需要骨架。

令人难忘的情节往往具有独创性，给人以惊奇。弗兰·奥布莱恩的超现实主义小说《第三个警察》写得极为精彩，一旦读了，你就不可能忘记它是怎样结尾的。《罗杰疑案》是这样，《消失的爱人》也是这样。读者喜欢的作品，其讲故事的角度出人意料。约翰·勒卡雷说过："猫坐在小毯上不算故事，但猫坐在另一只猫的小毯上就是故事。"可预见的情节，无论构造得多么精巧也乏味无趣，这是现实，需要我们这些从事通俗小说写作的人特别关注。

有些作家动笔前会详细策划情节。诚然，这是合乎逻辑的写作方法，它毫无疑问可以节省时间，成就作品。但它也有危险：如果你墨守规划，不越雷池，心无旁骛，只顾埋头讲故事，你就留不出空间，让情节在叙述中发展。这会导致故事淡而无味。

然而，另一些作家——我就是其中之一——让情节在运笔叙述过程中逐渐展开，他们给读者讲故事，也给自己讲故事。我经历了很长时间——算来十年有余——才意识到这是完全可行的小说写作方法。

最终是恐慌挽救了我。我当时快三十岁了，几乎要放弃当小说家的志向了。我屡战屡败，试图策划好故事，而后下笔写起来，然而大脑就是不配合。于是，我在绝望中明白自己不用担心会失去什么，这是最后的机会，我便在毫无计划的情况下动手写作。

一个标题，一个我所熟知的背景，一具被止血带勒死的尸体，我拥有的只有这些。主人公有点像我，但我希望他的道义觉悟低于我。两个段落之内我让主人公发现了尸体，然后我决定，出于某些无关紧要的私人原因，他可能会溜走，把发现尸体的事留给别人。

接下来可能发生什么？我想知道。我所说的“接下来”大体指下一段，不是一章的其余部分，更不是整部作品的其余部分。“假如？”我问自己，填入一个可能的答案，权当下一段。“假如？”我又问自己，这样我又写了一段。我很少瞻望作品的前景，就这样跌跌撞撞摸索了六七个月，最后我竟然写到了收尾，这让我非常惊讶。

E. L. 多克托罗说过：“写小说好比开车夜行，我们只能看到车灯可及的远处，但照样可以走完全部旅程。”现在想来，我无意间撞上了他的写作方法的一种变体，不是靠判断力，全凭运气。

初稿写完后，作为小说它还是一片狼藉，但也算是完整的作品。我回头重写。这一次，我知道了故事内容，也知道了人物，我开始有意识地构建情节，让故事不至于像初稿那样不合逻辑，语无伦次。

这一稿我明白，我是在用大脑的另一部分做事：我不再是给自己讲故事了，我是在编辑业已成形的故事。初稿中，我一边写一边看着它展开，任何时刻，关于接下来可能发生什么，我比读者只先见少许，未必知晓很多。然而在第二稿，我几乎知道了故事全貌，故事在我眼里成了一个整体。

我把成稿寄给了出版商利维亚·戈兰茨，她让我从头到尾重写。她说："初学写作的小说家，几乎没有例外要塞进比需要多三倍的内容，然后发现没有为下一部作品留下素材。"

那一刻的恐慌之后，一本薄薄的犯罪小说《卡洛琳字体》问世了。像许多处女作一样，这本书反响不错，出版近四十年后，它仍然能赚得一定的版税。它也让我成了全职小说家，这是我打那以后的职业。

《卡洛琳字体》发表以来，我构建情节的方法（如果我可以称之为方法）没有多大改变，但我对该过程的理解变得更加透彻。

写作始于创意，创意的本质因作家而异，但对我来说，背景——设置在一定的时间和地点——通常是我最先明了的故事要素之一。我已经学会了对创意——自己的或别人的——不要过于挑剔。创意是稚嫩之苗，但凡遭遇不满迹象，便迅速枯萎。它与感觉相伴，你可以凭借感觉进行识别。一般的创意就是这样——一种感觉，一阵兴奋，一次关于可能性的窥探，引得你欲罢不能。

到了下一步，创意开始活跃并自我增殖，不过这个过程还是不需要我在其中扮演积极角色——我想，我更像一个引导者，一个它们交互活动的记录者，事实上我在操控它们的交往。这个过程，说来暧昧不清，举两个例子也许可以澄清事实。

《致命的空气》，我的"利德茅斯"系列小说的第一部，其雏形是脑海中呈现的一幅画面，对我来说，画面生动得令人有些不适：地毯上躺着一位老人的死尸，身穿花呢夹克，周围撒满了停战纪念日的罂粟花。五六年后，有朋友建议我以居住地为背景，写成犯罪系列小说。鬼使神差，我即刻明白这个系列该选择二十世纪五十年代。我那时恰巧在读豪斯曼的诗歌，可能取用的标题随时蹦出，几乎每一页都有。这些要素混合在一起，开始在我脑海里生长。皓首穷经的劳作从那时开始——我要努力给这一切塑形，因为它们有可能最终成就一部小说。

埃德加·爱伦·坡小时候曾在英国摄政时期的伦敦街头徘徊，我的另一部作品《美国男孩》就以探究这一情景为雏形。但直到几年以后，这一幕才和一个标题，以及一个以十九世纪早期为背景的谋杀推理小说创意相结合，爱伦·坡化作其童年的幽灵，出现在小说外围。

这样一类创意几乎能立竿见影，告诉你小说所需的情节框架。最重要的是，它能为你提供背景，包括时间背景和地点背景。我们人类是语境的动物——这不仅仅体现在我们的着装或嘴里的牙齿，还体现在我们关于世界的信念，和我们所处的位置，以及我们用语言表达思想的方式。关于人物、动机、情节的大致走向，背景可以给出大量暗示。

创意也可以暗示主题，而主题可以为小说情节提供指南。罂粟花中的死者让我想到，故事在某种程度上关乎纪念，这又让我想起了豪斯曼的隽语，进而带我进入怀旧情愫。怀旧可能扭曲过去，讹其本真，毒害当下。这促使我思索人物和情节，让我反身探究创意。

同样，研究——包括写作前研究和写作中研究——可以为场景提议背景，可以谋划与之相伴发生的事件，可以举荐让读者为之一震的惊喜，借此为情节提供素材。

现在我明白了，所有这一切都没有必要一成不变。建筑工人根据图纸施工，作家则没有这种意义上的固定不变的初始计划。写作是个有机演进的过程，也是个顺势而为的过程。写作动工了，但策划过程不会停止，它在继续，在不断地进行自我修订，直至最终定稿。

动笔写作本身有助于生成未来情节的元素，至少对我是这样。我经常会设想场景或人物——甚至只是其中的原料——然后将其记录在一堆杂乱的可能性中，我称之为笔记。我的叙述可能会涉及某种可能性，也可能涉及不到。创造故事就是要穿行于缠结不清的可能性中，寻找出路。

从什么地方开始？如果看上去明确无误——如像我作品中的主人公发现了他的导师，殒命于止血带——我就从那里入手。有时候没有明确的开始，所以我就随意从某个地方起头，希望能找到入手的地方。在我预览故事整体构架的时候，或者在我对整部作品进行修改的时候，我常常会变换开篇章节。小说中没有什么是一成不变的，除非签了出版校样，将其公之于世。对每个讲故事的人来说，最重要的是讲起来：不畏艰险跨出一步，跃向未知的叙述，然后，不管它效果是什么，坚持讲下去就好。

我学会了相信自己，故事会在写作过程中逐渐显现，它需要花时间，需要付出努力，需要不断修改。我发现，有时候换个角度看自己正在写的作品很有好处：通常情况下，我会置身其中，从故事内部跟踪故事，从人物角度关注叙述；但有时候，鉴于我对整部作品的理念尚不十分清晰，退身回去，对已写的部分思考一番非常有益。我认为情节是以下两者的纽带——事件的基本顺序和它向读者透射的印象。

犯罪小说情节的策划有不少技巧，我在有意识地使用。其中有些技巧是明摆着的，看上去就是机械的套路，但如果使用得当，不至于对读者造成生搬硬套的感觉。起始叙述通常应该激发读者的好奇心，以吸引读者；第一页上的小对话也可以吸引读者的目光：如果屏幕上在播放网球比赛，眼睛不随球而动几乎是不可能的，同样的道理，读者的眼睛也会随文而动。章节结尾的叙述要能调动读者翻页的欲望，激励他们继续读下去。要变换节奏：如果每一章的结尾都是有人破门而入，持枪行凶，这样的叙述就显得单调、机械。

情节不一定处处可信，但情节确实需要做到内在一致，尤其是我们在为纸媒撰稿的时候。（如果你在为电影或电视写剧本，略微的粗心大意还蒙混得过去，因为观众很难做到中断观看，停下来分析哪里出了问题。）如果你的故事发生在一个难以置信的巧合上，就可能根基不稳，在读者还没有来得及意识到什么是巧合、什么不是巧合的时候，不声不响，尽快将它塞入叙述。

犯罪小说中，时间安排、方向误导都至关紧要，这跟单口喜剧和魔术表演中的情况没有两样，它事关读者的预测：想一想他们预期下一步会发生什么，然后看到的情况南辕北辙。不过一般来讲，你抛向读者的惊奇不应随意而为，相反，它应该激发读者反思："啊呀，我应该想到那种可能性。"鉴于人类天性中的某些怪癖，我们发现这类惊奇——我们本该预见它的存在——会特别令人心情愉悦。

犯罪小说的黄金时代最出色的作品长于使用这种手法，惊奇往往以线索的形式出现。关于插入信息，如何既能过后证明它至关重要，又能不引起读者注意，已故的著名犯罪小说家，侦探作家俱乐部前主席 H. R. F. 基廷提出过一些很实用的建议。在此我借用前人之见，编入自己的著作，大有不顾廉耻之嫌。

- 有时候你想在先期叙述中，于读者不经意间播下某些种子，你可以把这种子隐在某个冗长无趣的清单里，比如调查人员在搜查嫌疑人的手提箱，她会把发现的东西逐一罗列。
- 或者把信息分为两半，远远隔开，插入故事的不同部分。只有过后当人物将两半连接起来时，其重要性才会变得明朗。
- 插入信息，然后安排戏剧性变故，比如有人扛着长柄大锤长驱直入，读者的注意被转移了，他不记得变故之前发生了什么。

• 同样地，人物正在应对紧急情况——如开飞车赶火车，这时候你也可以嵌入信息。读者的注意力集中在人物是否能赶上火车，因此这个线索未必能真正引起注意。

• 依靠读者的惯常反应。比方说前面提到过一个名叫凯的人，直到最后一章，其他人物和读者都认为，从出场语境看，此人应该是个女孩子，然而也许她可能是个男的。（这条建议出自阿加莎·克里斯蒂。）

雷金纳德·希尔溘然离世，令人痛惜，他是“达尔齐尔和帕斯科”系列小说的作者，作品以情节复杂著称。他曾说过，情节是后来加盟的要素，是他针对第二稿进行砍伐、牵拉、塑形的时候才进入作品的。如果这种做法对他奏效，我还有什么好挑剔的?

没有到达小说结尾时，我很少知道小说将如何结尾。通常在第一稿时，关于凶手是谁我大抵有些想法，但到了最后一章我才发现凶手居然另有其人，这样的事实在令人惊讶。

最后，不存在不可违反的规矩，只有指南、意见、建议。我们读钱德勒的作品，为的是欣赏其语言，而不是那些盘根错节、未必真实的故事。一流出版社的编辑会激烈抨击《呼啸山庄》的情节构建。

凡天才都很走运，甚至学艺不精也可以蒙混过关，而我们其他人则需要情节发挥作用。有些技巧娴熟的作家可以逐章构建详细的提纲，然后再动笔写出故事，对这些人来说，或许提纲就是初稿的骨架。然而，另一些作家在断断续续一边写故事一边发现故事——然后再梳理线索，厘清脉络。

相信自己，相信你的想象力，如果所有其他办法都行不通，那就改换杀手。

侦　探

犯罪故事，即便不是传统意义上的侦探小说，其中的侦探也通常是关键人物。小说中最受欢迎的人物多为系列侦探，他们深受爱戴，令人难以忘怀。读者即便不记得作家的名字，也被他们塑造的这些侦探深深吸引，诱惑无法抵制。由于读者喜欢系列侦探，许多出版商也对之大秀青睐。

除却其他因素，系列作品还能让作者随时间推移，顺势而为，积累读者。本书撰稿人如伊恩·兰金、薇儿·麦克德米德、彼得·罗宾逊以及安·克里夫斯都率先承认，他们早期涉足犯罪小说时远非一夜成名。他们创作出高品质的作品需要时间；如今这四位作家的著作荣登国际畅销书榜，改编成电视剧之后更是名声大振。

并非所有犯罪小说作家都喜欢创作系列作品。侦探作家俱乐部第五任主席朱利安·西蒙斯塑造了不少反复出现的人物，但他憎恶系列小说的束缚（他认为是束缚）。他擅长写独立小说，有些作品还被拍成了电影或电视剧，但他从来没有像科林·德克斯特那样家喻户晓；科林也是侦探作家俱乐部会员，比他年轻，塑造过莫尔斯探长。也许正因不愿写长篇系列，朱利安的知名度输于新秀。

系列小说有可能不期而至。作家本打算只写一部单行本小说，但他塑造的主人公令人难忘，这样他可能会面临出版商或读者的要求，希望这个人物继续活下去。侦探作家俱乐部会员伊迪丝·帕格特更广为人知的名字是埃利斯·彼得斯，她的小说《变味的遗骨》讲中世纪修士卡德法尔兄弟的故事，她原本设想的是一部独立小说。她已经六十多岁了，卡德法尔起初也没有引起多大反响。然而关于这个故事她产生了另外的想法，最终卡德法尔系列成了国际现象，德里克·雅可比爵士用电视连续剧展现这位修士，风靡一时。

系列小说，即便是（有时候尤其是）其中的侦探变成了偶像人物，连续过甚也可能让作家感到疲倦。阿瑟·柯南·道尔在莱辛巴赫瀑布结束了夏洛克·福尔摩斯的生命，这是一个著名事件，之后迫于公众压力（还有可观的金钱诱惑），他才让这位贝克大街的圣人死而复生。阿加莎·克里斯蒂虚构了另一个自我——作家阿里阿德涅·奥利弗，就像克里斯蒂本人对其人物赫尔克里·波洛感到沮丧一样，奥利弗也厌倦了自己的芬兰侦探。多萝西·L.塞耶斯关于彼得·温西勋爵的系列小说，延续大约十五年之后丧失动力，有一部她甚至干脆放弃了。时隔半个多世纪，吉尔·帕顿·沃尔什旧事重提，从事温西记事系列写作，是她完成了塞耶斯的搁浅之作。

雷金纳德·希尔避免陈腐的办法是将“达尔齐尔和帕斯科”系列与其他作品交替出版。如果有人有毅力和能力使用这种方法，其优势也不少，变通手段之一就是在系列小说之间另写一两个短篇故事。这样做可以产生意想不到的回报，希尔在一部短篇中引进了乔·西克斯史密斯，后来他写成的关于这个人物的作品有五部之多。

塑造侦探人物的时候，如果小说系列时跨多年会是什么情况？这值得思考。露丝·伦德尔后悔把雷金纳德·韦克斯福德警官塑造成了五十多岁的人，尽管那并没有妨碍这位金斯玛卡巡警的虚构生涯持续将近五十年。其情形跟战争期间沦为难民、逃往英格兰之后的赫尔克里·波洛十分相似，波洛当时已从比利时警察局退役。

三十年前，詹姆斯·梅尔维尔写了一本小册子，介绍费城鲍彻大会[1]节，他指出，继埃德加·爱伦·坡（美国人，其系列侦探是个以巴黎为据点的法国贵族）之后，犯罪小说作家试图通过利用异国背景和异国人物，增加推理小说的趣味性。梅尔维尔真名是彼得·马丁，其主要系列小说的主人公是一位日本警长，人称铁雄大谷；他认为“异国风味”的侦探“堪当文化大使，帮助应对愚昧及偏执，促进对陌生文化的包容与理解”，做到这些，他们的作用才算达到了最佳状态。

那么谁应该是你笔下的侦探？警察、私家侦探、工作涉及犯罪的专业人士？或者一个只是偶遇神秘杀手的外行？普里西拉·马斯特斯将在下文中解释，她如何为不同的系列小说选择不同类型的调查人员。

业余侦探还是专业侦探？

普里西拉·马斯特斯

我的作品中有三位系列主人公，法医精神病学家克莱尔·罗杰医生、乔安娜·皮尔斯探长、验尸官玛莎·冈恩，她们看问题的角度截然不同。我在构思这篇文章的时候才开始疑惑，面对同一个案件，她们三位会怎样看。

她们各有优势，但同时也要面对不同的挑战，规则在约束她们，角色在限制她们，戒律加身，不可违逆。

1 神秘小说和侦探小说创作者及爱好者大会，以著名作家、评论家和编辑安东尼·鲍彻的名字命名。

作为法医精神病学家，克莱尔·罗杰医生的本领近乎先知。她诊断各种精神失调，重点关注暴力攻击、病态猜忌、极端偏执、人格失常、早期反叛、药物滥用等行为，因为这些行为将来可能导致严重问题。她筛选出将来极有可能犯罪的人，对他们进行治疗，必要时根据精神健康法案的条款对其加以限制。如果罪案已经发生，她会把目光投向可能的案发原因，研究犯罪者的过往，寻找可能导致二次犯罪的线索。精神病患者能否获释重返社会，取决于她的诊断和意见。她的访谈的一部分可能在探究过去，调查家族历史和先前倾向，尽力预判病人有没有可能依旧危害家人和公众，或殃及具体个人——比如真实情景或想象语境中被抛弃了的男朋友、发生过矛盾的兄弟姐妹，或结有宿怨的配偶。这样研究的结果可能产生限制令，有望防止另一桩罪案发生。精神病医生知道，病人有可能犯罪，所以他有义务保护公众安全；如果他没有尽到责任警示官方，那他可能会受到法律追究。要把某个人送进隔离病房，需要援引精神健康法案条文，并听取另一名精神病医生的意见。这些强制收治的决定会定期接受审查。有些病态是终生的，有些病态，比如自恋型人格障碍，会随年龄增长而改善。许多其他类精神病人，如精神分裂症患者，可以进行药物治疗，如果用药得当，控制效果会非常好，他们对社会的危害要小于社会对他们的危害。克莱尔·罗杰医生的作用无法预知，难以确定，因为精神疾患本身无法预知，有时候病人蓄意欺瞒，淡化自己病情的严重性。

作家把法医精神病学家作为主要人物，其所面临的局限性显而易见，这也正是克莱尔的工作所经受的局限性：心理健康病床短缺、关于监禁对象的死板规矩、未来的可能行为难于准确预测等等。

探长乔安娜·皮尔斯出场的时候人命官司已详至案下，她的任务是找出罪犯，将其绳之以法。她担当这个角色同样有其便利，也有其不利。她的身后有强大的法律，她可接近的信息取之不尽——手机录音、闭路电视、银行账户、警方电脑上存储的大量信息——还有训练有素的同事团队和法医团队，这一切都会使调查不走弯路，定罪不出偏差。

但严格意义上，警方实施调查，保护犯罪现场，保存并记录痕迹证据——包括污染防护，还有应对嫌疑人和证人，做谈话笔录，发布警示，进行审讯，批准逮捕，这一切都在法律支配之下。司法规则如果不能不折不扣地贯彻执行，那警方的调查无论多么缜密，法庭上立案也可能会站不住脚。任何人只要就犯罪现场咨询过警方，或收看过电视剧、纪录片，都会明白，证据可能会连篇累牍，浩如烟海，有时候会累积数百项甚至数千项卷宗有待筛查。所有这些，假如它们能在嫌疑人和受害人之间形成链条，那么每一项的收集、监管、保存都至关重要。鉴于需要节约财力，需要调查的其他案件连绵不断，任何法医检查都必须出具正当理由。要么由于公众关注，要么出于政府引导，警方经常收到指令，要求其专注于各种目标领域，诸如持刀犯罪、拦路搜身、毒品贩卖等等。现实生活中，这种做法可能导致分散资源，不利于解决本地问题。小说中，这样做也会引入次要情节，反过来减缓叙述节奏。

至于验尸官玛莎·冈恩，为人家实施勘验，但根本不认识这些人，这是作家面临的另一个挑战。玛莎了解到的一切信息，无论是积极信息还是消极信息，都来自家人、朋友、老师、医务人员，以及与死者有过有意义接触的其他任何人。她的权力可能会受到限制，她的工作任务只在于确定谁死了，死在了哪里，什么时候死的，怎么死的。不比克莱尔·罗杰或皮尔斯探长，玛莎不享有与受害人长谈的优势，也没有条件聚焦警方调查，但促成最终判决的重任她却必须承担。在诸如石棉纤维过敏、汽车里系安全带等问题上，玛莎的权力、社交关系和对社会变革的影响力不可低估。她可以（也确实）建议调查方向，好让警方集中精力，她也确实在做最终裁决。最近，验尸官的权力又被扩大，允许查验妊娠死产，以便弄清楚这类悲剧是否有可能预防。

初出茅庐的医生学到的早期课程之一是哪些死亡案例应该呈报验尸官，包括进入医疗程序或医院收治后二十四小时内发生的死亡、未及时救治或酗酒过度造成的死亡、毒品引起的死亡等等。玛莎可以信手拿出各种各样的裁定：他杀、自杀、意外死亡，甚至不明原因的死亡，但她不能子虚乌有捏造证据。她的工作不是指证嫌疑人，而是要指导警方调查，呼吁社会变革。在我塑造的三个系列人物中，鉴于警察和医界都法规完备，控制严格，她或许是最有可能"脱离脚本"表现的人物。

为把故事讲得轻松，我的人物自有他们的伙伴和帮手。

克莱尔·罗杰有个男朋友名叫格兰特，她可以向他流露想法，征求意见。她也可以向安全精神病科的医务同事们求助。心理学家和精神科护士人人训练有素，她可以采纳他们的意见。通过多学科会议，专家可以确定对患者的最佳疗效和对公众的最安全方案，她照料下的病人可能是这种会议的焦点。团队在手，资源有限，她必须尽一己之所能——牢记自己如果履职不力，必须面对医学总会的问责并承担法律后果。

皮尔斯探长有个秘密武器：她的男朋友（后来的丈夫）马修是一名法医病理学家，此人总是愿意剖析案例解释术语。她还有一个永远忠诚、永远坚定的拥护者——警长迈克·科尔潘斯基，此人令人望而生畏，但对乔安娜来讲，他是个能干、忠实、给人以安慰的助手。随着小说系列推进，其他警官陆续出场，有的得到擢升，有的成为核心，还有的被遗弃。调查谋杀案需要大量专业人员参与，对小说来讲人物太多。开头的时候，哪些警官只是某个标题下的主要角色，哪些警官会不断出场，成为次要人物，这一切并不总是那么明朗。

玛莎·冈恩虽然孀居，但她的两个孩子——孪生兄妹苏姬和萨姆，非常有趣。主管她的验尸官名叫杰利克·帕尔弗雷曼，几乎能与狄更斯笔下的人物比肩，对她的案件的兴趣近乎贪婪，堪比食尸鬼。在警局她还有个朋友，亚历克斯·兰德尔探长，是个非常聪明的警官，其智慧与她不分伯仲。

书中有大量的信息（不排除错误信息）会让你联想到现实世界。然而这是小说，故事需要严格遵守所谓规则——比如次要情节当与主要情节相关联。玛莎纵然可以戴上假发、墨镜，在学校门外游荡——现实生活中如果她这么做，又被别人认了出来，那肯定会登上八卦小报的头版头条——她却没有权力调查自己接手的案件。

犯罪小说爱好者通常见多识广，他们读小说为的是获取信息、感到着迷和快乐——这种倾向我们作为作家再清楚不过了。马克·吐温曾经建议，我们千万不要让真实妨碍了精彩的故事。这正是许多作家面临的两难境地。我们仿佛在走钢丝，需要信守公认的程序，不能含糊，又需要为读者奉献激动人心、扣人心弦的精彩的故事，而不至于自降品位，岔入次要情节太远。地方警局正在关闭，许多刑侦工作只围绕电脑显示屏展开，百分之九十以上的警方业务与正在调查的罪案无关，我们能在多大程度上忠于这样的现实？据我的一位警督朋友介绍，至少百分之四十六的警方事务，其关注目标与其说是犯罪，不如说是心理健康和家庭琐事，面对这样的现实我们何以应对？小小的一部手机就可能容纳三千条短信，这种情况下，怎样才能分离出与正在调查的案件相关的事实？法医实验室由于预算压缩而减少，而痕量证据又好比兔子洞穴，面对这样的局面，该从哪一个分岔追踪下去并进行分析？得益于 DNA 资料分析等科技进步，陈年悬案有时候也有可能告破，这时候哪些资料应该保留，哪些资料应该放弃？这些都是警察机关面临的真实问题，但它们未必能构成愉悦而风趣的故事。所以我们把玩的技巧就是伪装，泄露足够的事实让读者相信这是一个真实的故事。每一次出了纰漏，我们都要求读者搁置怀疑。

令人惊奇的是，有时候我们竟还是能把小说写下去。

如果作家要塑造的系列侦探不是职业警察，而是新手外行，他所面临的挑战显而易见。主人公反复撞上谋杀疑案，作家需要找到办法，让这种事出偶然的发现看上去可信。这样的挑战令人望而却步，但也并非不可征服。天才作家可以说服读者搁置疑虑：毕竟，过去三十年中最走红的两位侦探是莫尔斯探长和雷金纳德·韦克斯福德总督，而在科林·德克斯特所在的辖区牛津和露丝·伦德尔所在的辖区金斯马坎，谋杀案发生率确实高得离奇。

描写非职业侦探也有优势，作家有可能逾越刑侦程序的繁文缛节，专注于引人入胜的人物和环境。例如西蒙·布雷特创作的演员查尔斯·帕里斯已经在二十部侦探小说中出现过，偶尔还出现在短篇故事当中。H.R.F.基廷小说中的系列侦探，除了果铁探长，还包括一名清洁女工和一名维多利亚时代的家庭女教师，而他的第一部小说《死亡与来访的消防员》中，小学校长（基廷父亲的职业）在充当侦探。基廷说过："你可以写你非常熟悉的那类人，甚至写你自己。"

苏珊·穆迪写过三个关于非职业侦探的系列小说，各具特色，不过首次出现在2016年版《致命快感》中的亚历克斯·奎克曾经是一名警官。怎样才能最有效地让这些人鲜活起来呢？

非职业侦探依然可信

苏珊·穆迪

从亚里士多德时代开始，讲故事的人就一直在争论，犯罪小说当以什么为重，真实可信的情节还是令人信服的人物？

对许多读者而言，这是一个鸡与蛋的问题。应该先有什么？对我而言，如果没有可信的人物，小说的其他方面尽归徒劳，无关紧要。如果主要人物做不到逼真，还是不写为好，省得劳心费神。作家（为叙述之便，此处专指女性）的责任在于吸引读者参与到故事中，如果没有领衔人物与读者连接、交往、共鸣，谈何吸引！而最可靠的吸引方法就是效法生活，其中的人物即便不跟读者完全相像，至少该是一个辨认得出的人，真实可信，凡人所有的瑕疵和缺陷他都有——当然也需要有正面特质。在这个层面，观察比描述重要。我们需要的不是护照肖像，提供身高、体重、头发颜色等信息；身体上的具体特征可能比一长串人类共同属性更能说明问题；跛脚、斜视、口音、耳垂尖缺失，这些足够了——只要不描摹过火；主人公总是系着红色领带，或穿着搭配合理的鞋子，此类习性都很有用。我认识的很多作家会为其主人公创建完整的档案，但这样做也不一定有必要。另外，作家必须慎重，不宜赋予主人公过多怪癖和缺点。身体特点不等于人物定义：必须提及，但不必总是提及。

无论是虚构人物还是真实人物，没有人一切都好，也没有人一切都坏，塑造一切都好的人或塑造一切都坏的人会让读者即刻扫兴。写善良人物非常不易，写邪恶人物则容易得多。萨克雷《名利场》里的人物塑造引人入胜、令人难忘，还有哪部作品能出其右？贝基·夏普道德败坏、薄情寡义、自私自利，但她是这部（长篇）巨著的核心和灵魂。读者可以立刻认出她，并产生共鸣，尤其是与她的对立角色比较的时候……艾米莉亚·塞德利胆小怕事，像只棕色小麻雀。现实中无可挑剔之人可敬，小说中无可挑剔的人物最终会流于平淡乏味，久则生倦，以冗余无趣收场。当然也有例外，看看切斯特顿笔下的布朗神父，讨人喜爱，从头至尾是高尚者。

我们人人钦佩英雄，但没有必要爱上英雄，有些人可能不赞同这样的说法。哈里·佩吉特·弗拉什曼爵士光环众多：维多利亚十字勋章、高级巴思勋爵士、印度帝国勋章，但若论英雄这个词的经典意义，没有人能把他称为英雄。他本人也承认自己是个爱哭鼻子的胆小鬼，不计后果、恃强凌弱的恶棍，贪得无厌但生理能力过人的色徒——有一部作品中他做过计算，自己纵欲无忌，与异性有染达四百七十八例之多（还不包括二次约会！）——弗拉什曼是一个活力过剩的反英雄，是贝基的男性翻版。小说是乔治·麦克唐纳·弗雷泽的毕生之作，弗拉什曼于中详述自己面对危险的懦弱行为，竟丝毫不觉羞愧。麦克唐纳·弗雷泽借用了托马斯·休斯的人物，将他塑造成一个精力充沛、激动人心的角色，但像贝基·夏普一样，他同时也冷酷无情、腐化堕落。两个人物都似乎可信，但没那么真实。

然而不管人物（为叙述之便，此处专指男性）构造得多么精巧，想要提升他，必须设置冲突。冲突中我们可以观察人物身处逆境的反应，这将扩大我们对他的视域，从而充实他在读者眼里的形象；冲突将给我们展示，祸患和混乱降临的时候，周围的人都一蹶不振，反观笔下的人物将如何应对危局，如此会将他放大，把他塑造得更真实。模仿生活无须犹豫，如果你的描写不是格外具体，大多数人不会对号入座，从印刷书页上认出自己。

我的业余侦探佩妮·瓦纳威克活跃之初几乎完全成形于我的大脑，她源起于多年前一家全国性报纸的刊文，文章抱怨说当代犯罪小说中少有令人难忘的女性主人公。纵然其后的情况大有改观，但在当时，圣玛利米德村的老处女简·马普尔小姐几乎是女侦探的唯一代表。那段时间，我是在田纳西住了几年之后，新近回的英国老家。田纳西州充斥着种族歧视。非白人住在城外飞地，他们不得与白人同用公共游泳池，不能与白人同住一区，也不可与白人在同一家自助餐厅用餐。当然他们可以充当“服务员”，戴上白手套，把我们选好的食物用托盘端到我们的桌位上。（白人）小孩子想要加盐添水，会冲着黑人成年人大叫：“嗨，小子！”我出身开明的牛津背景，听到这样的声音，我的血液瞬间翻滚。我们加入了全国有色人种协进会，游行示威，抗议偏见，我们和其他会员秘密集会，黑人默默穿过我们花园尽头的树林，我们在草坪上发现了焚烧过的十字架，眼见三K党人潜入镇子。有一次，一辆敞篷吉普车在我身边尖叫急刹停了下来，我回头一看，四个蛮荒地区的蛮荒暴徒举猎枪对准着我，咧着嘴冲我发出空洞一样的笑。

那是令人恐惧和不安的时期。所以安全返回英国之后，我着手塑造当代女侦探。黑人佩妮·瓦纳威克是现成的人物，她容不得种族偏见，充满自信，大步走向女主人公的殿堂。她的合作者是现代版罗宾汉，行侠仗义，劫富济贫。

那我的第二位业余侦探，桥梁专家卡桑德拉·斯旺从何而来？有原型吗？她没有具体原型，只取法于一直为体重犯愁的数百万女性。凯茜[1]有时候走火入魔，上秤前甚至会先剪去脚指甲，希望读数减小。

1 卡桑德拉·斯旺的昵称。

她是个孤儿，跟着叔叔和他的几个女儿长大，她叔叔是个牧师，他那几个女儿苗条得让人妒火中烧，她们纤细的身材对她是永恒的斥责。

刻画这两个人物，我的目标是塑造可以识别的人，而不是从头到脚的实体干洗清单。你对人物了解越透，人物就会越加真实。任何犯罪小说，其脊梁正是真实丰满的人物。读者必须先关注他们，然后才希望融入你布局巧妙的情节，欣赏你精心设计的背景，玩味你妙趣横生的对话。换句话说，这叫吸引读者的注意。千万不要忘记，回头的浪子永远比恪守本分的长兄更有魅力。

如果作家想别开生面，不写警察侦探，又希望避开自己完全不熟悉的领域，那么显而易见的选择就是私家侦探。莉莎·科迪已经描述过她塑造安娜·李的情况，P.D.詹姆斯和薇儿·麦克德米德等人也写过女性私家侦探。迈克尔·列文出生于美国，是侦探作家俱乐部会员之一，其人因“阿尔伯特·萨姆森”系列长篇小说大获成功。阿尔伯特·萨姆森是一名来自印第安纳波利斯的侦探，小说中他叙述经手过的案件，其讲述方式完备且成名于雷蒙德·钱德勒、罗斯·麦克唐纳等人之手，堪称经典。迈克尔·列文迁居巴斯之后，创建了伦希斯公司，其侦探事务所以家庭业务模式运行。

私家侦探

迈克尔·列文

这么说你对写私家侦探感兴趣……只问一个问题：为什么？

我不是想挫你的锋芒，但如果你真的想写私家侦探，这个问题需要回答。况且，出版发行过的私家侦探小说已经不可胜数了……

说说看，你特别感兴趣的是什么？你喜欢读私家侦探题材的故事？发行过的故事和书籍中，真正让你喜欢的作品不是很多？你正在读一本私家侦探故事，这时候你跟某个认识的人讲解这本书哪里存在问题，人家听了你的说法，为了让你不再说三道四就挑战你，要你写出更好的，是这样吗？

不管动机是什么，你必须考虑你在给私家侦探故事这种小说形式带来些什么。你希望让它变得时髦超前，技术领先？你想揶揄讽刺它？你所拥有的故事创意，职业侦探、非警察侦探以前从未被探究过？或者你所拥有的背景创意以前从未被使用过？或者关于某个历史时期，别人研究得很少，而你却知道很多？或者说，你所呈现的是从半人马座阿尔法星来到地球的第一个私家侦探？

真诚地讲，我不是在贬损你的想法，我自己也曾写过私家侦探。

五十多年前，我（当时的）妻子向我介绍了雷蒙德·钱德勒的作品，我算是开始接触私家侦探小说，我接着又读罗斯·麦克唐纳创造的故事。我喜欢这两位作家书香扑面的文风和扑朔迷离的故事；我也开始觉得，小说中，私家侦探不只是人物，他们是文学手段。

小说中的职业侦探可以干预其他人物的生计事务和私人生活，其干预方式肯定是普通人（即便是虚构的普通人）难以达到的。他们在办案，跟着线索行进，事实把他们指引到哪里，他们就走到哪里。侦探小说就是这样运作的。

如果我要写一个关于楼上邻居的故事，试图弄清楚他们为什么日复一日争执不休，招人憎恶。我需要观察什么人到来，什么人离开，我需要与邻居的朋友交谈，我需要设法深挖他们的犯罪史和财务史。我能拿出什么借口做这些？“出于好奇？”肯定不行。普通人不做那样的事，但私家侦探可以。这意味着私家侦探作为故事中的人物，可以进行非常广泛的调查。

1969 年，我坐下来着手第一个私家侦探故事的时候，小说型“私家侦探”的概念已非常明确。他——老是“他”——是个硬汉，可以受雇于陌生人，为其查案；需要肢体冲突或以身试险的时候，他不会退缩；他独自生活、工作，不欠谁的人情；遇到的所有女人都对他心怀爱慕；他不屈从于权威，也许不受制于承诺；他坚信真理重要，正义重要，比法律的细节和执法者的个人特质都重要；他会找到办法，使正义得以伸张。早期写入小说的美国私家侦探通常活跃在南加州或纽约。

这样，我从阅读中了解到了所有这些，但我自己的私家侦探故事，我是做了某些准备之后才考虑创作的。我后来得知，大多数写推理小说的人都这么做。我拿起一本自己喜欢的小说进行分析。

所有的迂回曲折真能像作者最终宣称的那样，完整组合，天衣无缝吗？在我这里，迂回曲折更显复杂，想让我在读者脑海中将其协调如一，难乎其难。

我分析了罗斯·麦克唐纳的一部小说。优秀作家秉持专业精神策划情节，而我对此孤陋寡闻，当发现故事确实上下连贯浑然一体的时候，竟表现出惊讶。唯一可能算得上缺陷的是我发现作者让一位怀孕五个月的女人着泳装出场，却没有指明她大着肚子。可以了，已经够完美了。

钱德勒曾经写道，他分析过厄尔·斯坦利·加德纳的小说——他甚至向一位有志者介绍，自己不仅分析故事，而且过后还借用故事元素进行改写，变成自己的东西。

我认识的另一位作家用同样的方法分析了一部电影（《柳巷芳草》）。你被小说吸引，不拘泥于小说是什么形式，只要分析，就会受益良多，在此我不想一一列出。我认识许多推理小说作家，这样的分析过程对他们确有帮助。他们从事各种形式小说的写作，要求各异，分析他人的作品是他们的入门第一步。

我要写的——还有你要写的——是私家侦探小说。分析了麦克唐纳的作品之后，我决定写自己的私家侦探故事。回想起来，我很感兴趣的是我保留了哪些侦探小说中的典型刻板印象，又用哪些不拘一格的元素替代了它们。我认为我将给私家侦探故事带来些什么？传统形式的哪些成分吸引着我，哪些对我不再有吸引力？

有些东西我很容易与之共鸣，比如难以与权威打交道，我从不乐意让人家告诉我怎么做事。有时候人物自主伸张正义，每念及此我就心情舒畅。我喜欢这样的构想：故事中有可能包含一两条哲学思考，偶尔出现超过四个音节的词汇，人物形象可以通过尖锐的对话来塑造。我决定让我的私家侦探独立工作，用第一人称讲他的故事，直接叙述他的行程和艰辛。我从未考虑过不用男人充当叙述者。

说到这里，还有什么我没有提到？对了，我的私家侦探是个美国人——和我一样——但算不上彪悍：他不持枪；他的工作地点在印第安纳波利斯的穷街陋巷（对大世界来说，这地方甚至现今还常引出这样的问题："这是哪里？"）。从经济角度讲，他的私家侦探业务并不成功；他有一个关系稳定的女朋友，他也对其甚为忠诚；他喜欢妈妈和苹果馅饼（是这样，他妈妈开过小餐馆，常给他吃苹果馅饼）；他认为自己滑稽好笑，所以说话（写字）措辞不乏挖苦、揶揄。

还有，一切私家侦探故事的本质要素是不接受表面说辞，重新解析人物所获得的信息是情节构建的核心。

有一次在图书馆展览上，我的一个读者把我拉到一边告诉我，在他儿子失踪期间，是我的书帮他渡过了难关。为什么？因为是我的书让他明白，"事物看上去是那样，但未必真的是那样"。

私家侦探必须着眼事实，并设法解读事实的可能意蕴。假如有和别人交谈的机会，这样的解读并不是世上最难办到的。

现在，关于私家侦探小说还有其他需要说明的问题。我展纸下笔（当时的流程就是这样）写私家侦探小说至今，五十年过去了，私家侦探小说作家用多种多样的方式回答了我提给你的问题。

例如，我的人物的活动区域在印第安纳波利斯，这样的选定很不寻常，甚至具有开创性意义（有人告诉我）；我在 1969 年写成的故事于 1971 年作为小说出版；1973 年，罗伯特·帕克在波士顿推出了斯宾塞，如今，"区域"侦探几乎在美国的每一个十字路口都有。重要的是，其他地方也莫不如此。公平地讲，他们当中并非人人都是职业侦探，甚至并非人人属于人类。

在美国，没有枪支的人我见过的不多。拥有枪支的人也乐于施暴，而且广交朋友。诚实而谨慎的主人公私家侦探则对暴力避之唯恐不及。

私家侦探范式的另一个要素是必须是男性，不过这一条已不再适用了。钱德勒的特别追捧者们开始反问自己，为什么女性不能成为私家侦探小说的中心人物；事实上，钱德勒的小说及其他类似的作品对待女性的态度和描述方式让他们感到愤怒。第一个真正以私家侦探为职业的女性是莉莎·科迪笔下的安娜·李，这个人物于1980年问世，她不是单枪匹马，而是效力于伦敦一家侦探事务所。几年之后在美国，另两位著名的女性私家侦探相继出现：莎拉·派瑞斯基的女神探沃莎斯基和苏·格拉夫顿的金赛·密尔虹。女性私家侦探和写女性私家侦探的作家不再遥不可及，也不再罕见。我入道时的许多传统手法在他们的小说中得以改变，其中包括对暴力采用更写实处理——如果挨打便留有瘀伤——放弃早期私家侦探的许多经意的、不经意的厌女倾向，摒弃种族主义和反犹太主义。

所以……是什么使你的私家侦探故事与众不同？你的人物（与你相像的人或与你相反的人）生活、工作的地方独一无二吗？你的侦探会有不寻常的身体特征吗？（现如今，有很多私家侦探罹患各种各样的残疾。）你的私家侦探具备专业知识吗？有不同寻常的种族渊源吗？属于不同物种吗？你为什么要写私家侦探故事？

该讲一讲我的作品了。关于私家侦探小说，地域主义不是我（当时）唯一的非常规贡献，我还写过家族经营（关于不做独来独往的人……）的侦探事务所，我也写过没有谋杀出现的谋杀推理小说（不过，现今其他人也写这个题材）。我曾经写过能为其他狗解决问题的狗的故事（是这样——不把它写成有从业资格的私家眼睛、私家鼻子、私家尾巴）。我最新出版的作品描写有从业资格的私家侦探——顺便交代一下，名叫阿尔伯特·萨姆森——其人有定期客户。书名是《异形四部曲》，你附近的所有电脑，只要正常运行，都可以查到。

研　究

“写你之所知”，这是写作行里的一句老话。这句话是建议，不可太过望文生义。说实话，作家没有必要先去杀人，而后写犯罪小说；也没有必要在司法界专门从事一项职业，充当职业警察、律师、犯罪心理学家，或审判书记员，再去写犯罪小说。小说创作是想象力创作。

有些作家把研究降到最低程度。罗伯特·巴纳德撰文“犯罪之路”，文中他说：“评论家的赞词中我最珍视的是一位美国人的评价，谈到《死于高音C》时，这位美国人说‘巴纳德先生显然对歌剧的后台世界了如指掌’。上帝保佑美国……但我必须承认，我从未去过歌剧院的后台。这里顺便说一句，我也从未去过有僧侣正常活动的修道院——这是《歃血兄弟》的背景。”

即便如此，大多数犯罪小说得益于真实感。读者是愿意搁置疑虑的，但如果故事中发生明显错误，这种意愿就会被损毁。所以，研究十分重要，即便你写的是传统侦探小说，以轻松娱乐为主要目标，研究也不可忽视。

和写作一样，研究也会十分辛苦，这项苦差还可能表现为诸多不同形式。有些作家身怀艺术技巧，他们绘制插图，为研究助力。理查德·奥斯汀·弗里曼是一位业余画家，很有才华，他对古墓碑上的一些有趣的碑文进行速写（也做其他描述），其中的一件速写以颅骨为饰，进入了他的小说《桑戴克医生的干预》。几十年后，莱恩·戴顿，一个颇有成就的平面设计师，正在构思一部小说，他去了盖伊医院，坐在医院手术室的学生旁听席上画了一幅素描，作为小说写作参考。最终，他放弃了那部小说，但他绘画时的细致与专注说明他不辞辛苦、悉心研究的能力为常人所不能及，这是他成功的秘诀之一。

幸运的是，研究往往是一种享受，你甚至可能发现，自己误打误撞实施的研究竟然很有价值。1969年，凯瑟琳·艾尔德为《作家》杂志写了一篇文章，其中的一件趣事正好说明这个问题。她那时正在写她的第一部小说《宗教死尸》，所涉及的死尸是个修女："我正在阅读一份关于羊毛贸易的报告，那样的报告原本无比枯燥，但我非常欣喜，竟看到了一条注解，大意是说，黑羊毛可以织成布料，用以制作修女的面纱。我认为这是莫大的讽刺，凡是作家都该利用这个素材。"

黄金时代的有些作家——他们没有谷歌搜索的便利——做研究时孜孜以求，其刻苦精神不逊于任何一位现代作家。约翰·柯伦的《戴帽枪手》是一部关于柯林斯犯罪俱乐部历史的著作，书中讲到了弗里曼·威尔斯·克罗夫茨的《庞森案》，案涉一具被河水冲上岸的尸体。有编辑就尸体发现时间质疑作者，而作者的回应让编辑感到愧疚，《戴帽枪手》对此有所记述。作者"拎着手提箱赶来讨论，他从箱子里拿出了三张很大的地形测量图，涉案河道标注很清楚，他又拿出了一部非常完整的县志，两份关于该县发洪水的报告，另有一份报告讲述水流对河岸的冲刷效果，最后他拿出了一批信件，来自医疗卫生人员，讲述如何分辨尸体浸水多久"。克罗夫茨的勤勉似乎有些过头，但他的努力没有白费，那个时代，他的书最为畅销，T. S. 艾略特也是他的追捧者。

黄金时代作家中，细节准确第一人是奈欧·马什，她的好几部作品都有戏剧背景，取材于其担任主导演的经历。但在漫长的小说家职业生涯中，她需要故事背景和故事脉络多样化。1935年，她与外科医生亨利·杰莱特合著出版了《疗养院谋杀案》，杰莱特帮她确保情节中的医疗细节准确无误。二十世纪五十年代中期，她住在新西兰，创作《砍掉他的头》，小说以英国乡村为背景。她在克赖斯特彻奇的图书馆里查阅相关参考资料，核实与故事情节相关的民间舞蹈和上古习俗的细节。她曾乘小货轮旅行过，连环杀手侦探小说《裹尸布里的歌声》就取材于这段个人经历。她还研究过现实生活中的精神病杀人案，比如"黑幕开膛手"。但正如这则逸闻趣事所表明的那样，无论你多么努力，把细节写得多么准确无误，你都不可能让所有人满意。

写得准确

奈欧·马什

犯罪小说读者群体中，有大量人员是职业男女——医生、律师、士兵、水手、学者，他们都读这样的书。说来也怪，根据我得到的可靠消息，警察也读这样的书——警察读这些书，也许是因为他们喜欢变化，与现实完全不同的变化。毫无疑问，如果作者出了差错，这些人完全有能力揭穿差错。

也许你会说，有的律师主要应对暴力犯罪，侦探小说作家的处境与他们大致相同——接手案件，调查过程中往往面向许多领域，进行大量研究：法医学、警察法、毒药、毒品交易、艺术、弹道学、证据法等等。我手头有大量的参考书籍，我必须经常不辞辛苦，拿起这一本或那一本，认真查阅，寻找技术细节，只为有一个句子里要提到它。你所选择的情节，无论你认为多么平淡无奇，多么淳朴自然，迟早你会发现自己已经涉足技术问题。

假设你选定的犯罪只是这样一幅情景：有人用裹着脏袜子的半块砖砸烂别人的头，然后抛尸暗巷。情节够平淡了吧！但很快，你的侦探，也就是你，会介入分析砖屑的成分，分析织袜子用的各种毛线，还要追踪粘在袜子上的微小污物的来源。一旦你的作品完成了，所有这些自然置之脑后。我听说那些满腹自信，向陪审团解释自己专业知识的律师，也莫不如此。信息的目的达到之后便置之脑后了事。

然而，有时候事物会显得古怪。我在着手写《公正的尺度》的时候遇到了一个少有的情况，我当时在构思情节而不是人物。我有个朋友是皇家学会会员，也是鳟鱼研究权威人士，他告诉我，鳟鱼的鳞片是独一无二的，因为一条鳟鱼和另一条鳟鱼，鳞片从来不会完全一致，也永远不会完全一致，这一点，和人类的指纹相类似。

这当然立刻让我想到了一个书名和令人愉快的题材。所以我就写了《公正的尺度》，打字稿如期寄给了我在英国、美国的出版商。美国审稿人在页边空白处清晰地写下“鳟鱼没有鳞片”。这让我惊愕，我只能猜想，她脑海里想着的是鳗鱼。

即便对于不在策划作品的作家，研究依然重要。德斯蒙德·巴格利说过，日常写作中，他从来不知道接下来将把什么内容挥笔落纸。1963年，他写作生涯伊始，主打动作惊悚小说。十年后，他为《作家》杂志撰文说，《瞎忙乎》是他最受推崇的作品之一，并解释自己如何着手对其进行研究。他游历考察了冰岛，故事脉络“直接源于冰岛的地貌及其特有的社会礼俗……我认为那特殊的情节不可能发生在其他任何国家”。孜孜不倦的研究是他作品的标志，他追求真实的努力终得回报——整个职业生涯中，他的作品都十分畅销，四部著作被拍成了电影。

与时俱进

德斯蒙德·巴格利

我们生活的世界里科学及其更直接、更活跃的搭档——技术——对所有人的生命都在产生着影响，且越来越大……这给作家带来了诸多问题，其中最主要的问题是：科学技术的进步必然对作家笔下人物的生活产生冲击，作家本身不是科学家，也不是技术人员，他怎样才能恰如其分描述这些冲击？有些作家——我认为是大多数作家——竟忽视了这个问题，但这种忽视可能会导致时代倒错，让作品看上去迂腐陈旧……人物必须活在现实世界，现实世界的环境一年比一年复杂，人物必须与环境互动，而要准确写人，你必须了解其环境。

我本人把这种状况当作挑战，倾向于将环境视作自立自在的人物。鉴于我的大多数作品事关科学技术，我必须吃准自己在写什么，否则一旦白纸黑字付印，便意味着自己出丑。读者富有科技知识素养，挑作者事实引用上的错误，他们起笔落字，反应敏捷，无人可及……最近我翻出了一封写给出版商的信，信中我表态，打算写一本关于雪崩的小说。小说《雪虎》成书于 1974 年，出版于 1975 年。问题是，信写于 1963 年 12 月，中间十年去了哪里？

简单地回答，我写那封信的时候，对雪崩绝对一无所知。初涉冰雪研究，我写成了下一部小说《凌空城堡》，作品以安第斯山脉为背景，但对主题的处理失于肤浅，而关于雪崩我根本谈不上有所接近。

时间就这样过去了。

1968 年，我非常幸运，受美国国务院邀请前往南极——麦克默多海峡和南极点。不久，我发现自己站在一万英尺厚的冰川上，脚下就是地理南极。正是在南极洲，我得遇研究冰雪的科学家，这次结识的人员在美国陆军寒区研究及工程实验室工作。我与他们交朋友，保持信件往来，互赠著作。就这样，关于冰雪，我学到了很多很多。我还多次访问英国剑桥的斯科特极地研究所，与更多专家交谈，真是锦上添花。

请教专家

所以这是我们要学的第一课：如果你想了解某个主题，请教专家。不要担心专家们会傲慢自大，或者满口技术术语，让你听着云里雾里。专家也是人，凡人最喜欢谈论的话题莫过于自己的工作。假如你偶尔提出的问题有些智慧含量，而不至于表现出智力缺陷，专家会口若悬河，直到你耳朵脱落。如果你善于倾听，你定会有所收获。

第二课是第一课的配套课程：不要找过时的专家，找专业领域内的顶尖人物。一方面，他是最理想的信息源，另一方面，他能提供最新信息。写《掠夺者》之前，我需要了解海洛因的制造、使用、危害，一位医生朋友帮我联系上了皇家药学会主席，人家向我介绍了一个团队，包括植物学家、药剂师、警察、法医科学家。从在泰国种下罂粟种子，到伦敦街道上海洛因集散，这些人把一切给我讲得一清二楚。

同样地，写《敌军》之前，我需要进一步了解基因工程。我首先请教皇家医师学会主席，他本人就是基因学家。我是英国人，我的大部分资料来源地是英国，不过在美国也有类似的机构。如果你咨询的领域特殊，顶尖人物帮不了你，他一定知道谁能帮你，毫不含糊，他会出面介绍你们认识，这便极有价值。

专业人士非常乐意帮助作家把所引用的事实写得准确无误，而专业人士中最值得关注的莫过于警察。侦探故事和电视剧里，警察之众一律被做了漫画式描述，这让他们很不舒服。如果你觉得了解刑侦程序有困难，可以请教你所在城镇的警察局长，他会为你提供各种便利。官僚机构的表格自然少不了，他可以给你复印件，他还可以让你见到尸检报告——如果你有这份勇气。我本人对伦敦检察厅根本不陌生。

背景阅读

咨询专家之前，就你的主题进行一些背景阅读很有必要……经常发生的情况是，读了这样的书之后，你就没有必要请教专家了。不过如果你确实需要，身为外行的你拥有的知识储备出其意料，这留给他的印象会对你有利，他明白你去拜访他不是在浪费他的时间。

如果你认为将来可能用得着书，那就养成买书的习惯。二手书店是珍宝之源，往往能淘到意想不到的收获。我塑造过的人物中还没有迫于形势在海上弃船者，但如果我需要塑造这样一个人物，我的书架上现成有一本书供我参阅，题为《如何弃船》，那是几年前我在洛杉矶花二十美分捡的便宜。

专家的表象往往也会出人意料。写《雪虎》的时候，我住在一个六千人的英国小镇上，我欣喜地发现，当地一家二手书店的老板曾是新西兰南岛库克山地区的登山向导。库克山区离我假想的灾难发生地很近，许多有价值的信息来源于他；他更倾向于提升作品的氛围感，而不是事实的生硬呈示。

在你生活的社区，至少有三个人你必须结交——律师、医生、警察，如果可能的话，应该发展他们成为私人朋友。这三种职业涵盖了人类生存状况的百分之九十。以非正式方式澄清一些不重要的事实，这很管用。作品出版的时候，自不待言，凡提供过信息的人都应该收到你亲笔签名的赠书。这样做他们会非常高兴，认为这种回报足够了。

娱乐要素

现在来学第三课，这是最重要的一课。这时候的你，满腹深奥难懂的信息。你的第一冲动是反刍，于是，数百页干干净净的稿纸被涂上了文字。这是一场灾难——意味着你的小说的死亡。

海明威曾经说过，小说中，略去的内容比写出来的内容更重要。就此而论，我认为海明威的话非常有道理。举个例子，我不是雪崩专家，但我可以进入冰雪物理学家的工作讨论，还不至于让自己显得是个彻头彻尾的白痴。不过根据我的估计，我的雪崩知识只有百分之一写进了《雪虎》。问题的关键是，要把那百分之一写进作品，我必须懂得其余的百分之九十九。

写小说不是写教科书，要让人家理解雪崩、基因工程、海洛因，或者你的作品所涉及的任何技术主题。你在写娱乐。任何小说家如果忘了娱乐，他注定要坠入但丁地狱的最深处。你的读者并非生来热衷于技术，他们买书为的是娱乐；不管你创作小说的理由是什么，他们必须享受娱乐。第一页末尾危机就出现了——如果读者不十分在乎，不想翻过那一页，那么你的书就死了。第二页，第三页，直至倒数第二页，道理相同。

这里有一条最基本的规则：你只需选取零星与技术相关的细节，推动故事进展。小说关涉人，关涉人与人的彼此互动，关涉人生存的世界。所以不可刻板行事，把未经消化的事实板块拼接在一起。相反，你需要细心考量讲清观点所需细节的最小值，然后尽可能不显山不露水，行文插入。一般来讲，对话作为载体比叙述更有优势，但对话展示的风格总需要隐约婉转，切不可直截了当，最好采用“信口一说”的方式，仿佛你的信息只是常识，没有什么特别，纵然你获取的时候大费心思。

如果做不到曲折会话，那么你可能希望将福尔摩斯–华生关系进行逆向切换。在夏洛克·福尔摩斯故事中，福尔摩斯是专家，华生则有点愚笨，道尔引入他作为陪衬，这样福尔摩斯就可以在对话中阐明自己的观点，而不是生搬硬套，直接对着读者说教——道尔的这种技法在当时十分巧妙。

如今，我们的主要人物很少有人能像福尔摩斯那样专业。那种传统写法不流行了，但塑造一个次要角色，你的华生，让他变成专家，不失为明智的做法。《雪虎》中，主要人物有个朋友叫麦吉尔，是个不怕露短的专家，在有关自然灾害的调查中，他的作用就是充当冰雪物理学家，向人们提供专业证据。

使用这样一些方法写作多年之后，你的收获将比大学教育还要丰硕。你对诸如黏土矿物学、玛雅建筑、飞行器空气动力学、骆驼的新陈代谢、西班牙无敌舰队的航线等等学科知识均有涉猎，你的朋友——包括你的敌人——印象深刻，对你刮目相看。于我，所有这些都是从一部小说或者另一部小说的写作过程中学到的……

所以，创造你的作品，然后你可能收获最伟大的奖励，得之于作家身份的奖励：你采摘了专家的智慧，专家认可了你的作品……

研究当代前沿惊悚小说显然大有必要，但即便是传统类故事，只要细心使用细节，谨慎核实细节，自信的笔触也会使作品增色。举个例子，相对而言，阿加莎·克里斯蒂的故事通常不需要做很多研究，然而她在一战期间是药剂师，她丈夫是考古学家，两人一起进行过考古挖掘，工作中她学到了关于毒药的知识，小说中她对毒药知识的运用极其精当。约翰·马尔科姆说过，业余侦探可以充当小说主要人物，可信度是这类小说最有价值的要素，悉心研究细节，大有裨益。

业余侦探与专门知识

约翰·马尔科姆

根据其作品总目录扩大版，柯罗的画作超过两千幅，其中五千多幅在美国。

弗兰克·阿尔诺在其著作《艺术与古董造假三千年》序言中这样写道。这部书出版于1959年，强调的是艺术与古董为犯罪活动提供的巨大可能性。人们可以费长章大篇，把物件描述分类为赝品或财富，但阿尔诺写序的时候，今天的许多法医分析方法还用不了，互联网上的信息资源也不存在，随时可取的大数据尚未建成，研究工作必须伏案进行，十分辛苦。许多贵重物品可能被仿冒，而书案办公使仿冒欺诈更容易实施。纵使警察值得尊敬，但犯罪小说中，特定领域的男女专家取代警察成为主角；这样的人只得在昏暗的图书馆里翻阅资料，同时足历广阔地域，查访原始案发现场，苦苦寻找谜底。杰拉尔德·瑞特林格的《品位经济学》1961年卷，追踪了至少一个世纪时间里名家之作过山车般起伏的售价；作品拍卖记录卷帙浩繁，编目页数以千计，要写《品位经济学》只得依赖此类记录。要解开疑案，艺术家主人公必须在成堆的文件、书籍中艰难跋涉，同时还要抵挡坏人的恶意攻击，扫清好人的重重疑虑，循着书目的吸引，但凡发现相关信息，便骋目其间。

刑侦小说中，警员男女，个个满脑子纪律意识；他们必须行止有度，遵循刑侦程序；言听计从的经历让他们态度虔诚，唯上司马首是瞻。非刑侦程序犯罪小说或推理小说的迷人之处在于中心人物几乎可以来自任何背景，只要他/她能引发读者的兴趣；至于专业知识，领域由作者选定，获得过程违乎常规，要么得自实践，要么得自行动。故事中的男/女主人公从事艺术、花卉培育、烹饪、摄影，研究文艺复兴时期的家具或马术赛事，等等。这些都不重要，重要的是，疑案中的人物、个性、关系、动机吸引着读者的注意，而主人公的专业知识则是揭开谜底的首要因素，最后的结论由它而来，引人入胜。因此，专业知识需要自然表露，使其不至于阻塞叙述，也不至于变为一场内容翔实的讲座。

犯罪小说或推理小说中，物件或专门技术可能会在故事中起重要作用，它在决定事件，影响决策。着手写这样的小说的时候，请务必区分，寻找该物件的过程是故事最重要的组成部分还是仅是一起连带事件。T. J. 比尼恩的《纸包不住火》是一部介绍小说中的侦探的作品，出版于 1989 年，他将艺术与古董侦查归入其他男性业余类，言外之意是说，像乔纳森·加什这样的作家，实实在在已经背离了侦探故事的惯常形式，因为事件中心的宝藏最终“比疑案、演绎、谜底都重要”。有些情况下可能是这样，宝藏的踪迹要一追到底，但这个套路并非一成不变。如果是一个眼界更开阔观念更传统的故事，宝藏和寻宝的苦战可视为背景。不管是目标还是背景，写作总有规则，规则总得遵守。

选取非警察侦探或专业人员为中心人物乃作者有意为之，意在避免警察所需的固化的专门知识和既定的行动常规。许多作家愿意确保其研究能建立起真正的警察工作格局，关于刑侦程序和警力组织结构的知识，只要可信，他们都乐意接受并认为其必不可少。读者掌握的法律运行方面的知识是惊人的，任何错误他们都能迅速发现。跳出刑侦程序，小说作者便可以更容易地操控事件顺序，驾驭中心人物的行为。而中心人物则可以依作者的愿望，或性情乖张，或墨守成规。通常事发偶然，他被卷入犯罪，必须澄清事实；或者也许他成了犯罪嫌疑人，被警方传讯，必须自证清白。有些事件将男/女主人公拖入疑案，让故事具备戏剧性和吸引力，这样的事件可以用来增加危险感，也可以为读者提供具体产业、行当、商务往来的趣事。但其中也存在陷阱，作者必须加以防范。

研究需要专家型中心人物进入语境。几乎不存在例外，研究有其自身魅力，在策划作品及其情节结构的过程中，研究可以带来极大的乐趣。更重要的是，研究可以给作者提供新的迄今未知的事实，这类事实本身就足以增加故事的神秘色彩，增加事件顺序的不确定性，赋故事以额外刺激和意外插曲。迪克·弗朗西斯和他妻子说过，他的赛马惊悚小说给他们提供了愉快的研究之旅，他们走访了不同的赛马场和海外地点，收获了令人陶醉的信息。我发现研究艺术家的生活和作品也是同样的情况。随着研究的不断深入，我对课题的兴趣不断扩大。然而，展露多少研究信息为度是一个不好解决的问题，尤其是在你的作品不与迈克尔·弗雷恩的《轻率》相当的情况下。《轻率》旨在深挖勃鲁盖尔的作品，寻找丢失的杰作。研究可用尽一切资源，收集笔记和事实需要倾注努力和感知能力，研究的时候这些可以一律派上用场，还有现场照片。当作者重返键盘，敲入书稿的时候，如此多的资源一定都要用上吗？向读者展露信息的时候，频繁转移注意常会阻塞叙述，减缓行动，这个事实很容易被忽略。

作者炫耀专业技能，很快会让读者厌倦。在我的一本犯罪小说中，一个恶棍商人要奸设局，盗用政府资金，在威尔士建了一个厂子。该厂利用干式定型技术，采用新工艺，生产包装纸，其工艺在小说情节中十分关键。玛格妮塔·拉斯基为《泰晤士文学增刊》撰文评论，总体态度友善，不乏赞誉之词，但有一句“关于包装纸生产我们读到的太多了”，表明她觉得工艺流程乏味无趣。我感到震惊，一番检查之后发现，故事总共两百页，我用了一页篇幅描述这个流程。然而工业归工业，传统上讲，技术流程意味着枯燥，大写的枯燥。那一页，即便与一部分情节发展相关，也过度耗费了原本和蔼的评论家的耐心。

所以，作家应该清楚，由专家背景产生的魅力有可能导致注意力过度分散。犯罪小说好比戏剧，艺术、古董、养花、烹饪、赛马、摄影，不管什么，都是戏剧的脉动背景，属于舞台布景。剧中人在景前饰演各自的角色，他们必须融入景中，好让更深层次的细节随事件发展。专家背景另有风险，新获得的知识有可能导致些许说教式的方法，说教难免训诫，或者居高临下，或者单调乏味，让作品落入失眠症患者之角。面对事实，必须有所管控，谨慎加入对话，嵌入叙述，以便读者吸收它们时不至于引起消化不良；过多的解释和大块历史介绍将破坏故事的连贯度。事实应该缓缓输出，有时候作为动作的一部分，有时候揳入对话，其量应以可消化为宜。即便如此，众口难调，让人人满意很难做到。例如，如果故事涉及高级金融与艺术的互动，有读者可能读得陶醉，而另有读者则可能打起了哈欠。

专业材料信马由缰，与情节脱节，是一项容易出现的错误，特别是当专业话题本身成为故事进一步发展的策略要素的时候。研究材料的使用要有节制，读者不希望聆听讲座或者接受教育，犯罪小说是为娱乐而作的故事。中心人物在躲避致命的袭击，读者却发现自己的知识有所进益，这是意外收获，可喜可贺。我的招数之一是虚构了一位古德斯顿先生，借他进行信息的流畅输出。古德斯顿先生是普瑞德大街的古典书籍经销商，一个博学的胖子。小说主人公蒂姆专门为怀特艺术基金会研究艺术家，他需要艺术家的个人履历，经常从古德斯顿先生那里购买包含此类信息的书。古德斯顿先生擅长研究“体育、军事、戏剧等方面的书籍”，他针对这一类书中的主要人物发表的评论可谓简洁而精辟。但他也有一个弱点——把赌注押上慢马。赌债把赌徒引到书店，打手们向他动粗，勒索钱财。蒂姆是职业橄榄球队的前锋，擅长冲锋陷阵，时不时地，他不得不凭一己之力应对这帮专业暴徒。而后，他和古德斯顿尝庆功乳酪，品雪利酒，一边交谈艺术家个人履历。古德斯顿先生的抽屉里总是存着一瓶雪利酒。暴力后的对话涉及蒂姆正在进行的调查的某些部分，在阐明他的课题并进行相互印证的时候，他们临时停杯。有些情况下，故事中的反派人物总是在追踪古德斯顿先生本人，为的是获取额外信息，这给研究增加了张力。

从不同角度添加信息的另一个渠道是查尔斯·马森诺，此人是邦德街拍卖商，蒂姆的朋友，经常穿一套光滑柔软的细条纹西服，他对现代英国艺术的了解不亚于蒂姆的女朋友苏。苏是泰特美术馆馆长，后来也是蒂姆的妻子。蒂姆执行任务时表现出暴力倾向，查尔斯和苏对此深感遗憾，但他们也从自身不一样的视角，在短时间内为蒂姆添加新知。无论什么样的专业，总有关联职业可以提供不同意见，构建场景。

蒂姆走访的其他资源包括艺术品经销商及拍卖商，这些人有的友善，有的是竞争对手，充满敌意。查尔斯·马森诺和古德斯顿先生在蒂姆的历险中好几次出现，而苏则几乎一直出现。这样一部系列小说，每一本中的专家侦探的显在魅力和背景专门知识应该彼此一致，但其他一切内容都应该尽可能变化，使每个故事都成为独立的案例记录。最重要的是，专业话题中，各种元素会彼此不同，但时有重叠，作家也应该喜爱这样的环境，欣赏这样的启示。作品创作应当成为乐趣，如其不然，作者不视之为享受，读者也不会爱不释手。

洞　察

传统侦探小说在1930年侦探作家俱乐部成立前后，名气达到了顶峰，其卓越地位在英国历久不衰，直到全球重归冲突，侦探小说的黄金时代告终。阿加莎·克里斯蒂、玛杰里·阿林厄姆、奈欧·马什、约翰·迪克森·卡尔等人创作的传统侦探小说，成功一如既往，但从二十世纪五十年代起，评论界倾向于垂青与战后世界格调更合拍之作，比如朱利安·西蒙斯、约翰·宾厄姆、帕特里夏·海史密斯等新一代侦探作家俱乐部会员的作品。

俱乐部的有些主要成员，比如尼古拉斯·布莱克（塞西尔·戴·刘易斯的笔名，唯一由犯罪小说家变为桂冠诗人的人），尽其所能让自己的创作适应时代变化。其他成员，像迈克尔·英尼斯（现实生活中的牛津大学学者J.I.M.斯图尔特）、西里尔·黑尔（律师兼法官A.A.戈登·克拉克）、埃德蒙·克里斯平（电影配乐作曲家布鲁斯·蒙哥马利）、克里斯蒂娜·布兰德，以及稍晚一点的帕特里夏·莫耶斯等人，更喜欢专注于传统侦探小说，有时候风味独具，显得离经叛道或久经世故。

黑尔的同事迈克尔·吉尔伯特律师辑有文集《好伙伴犯罪》。黑尔五十七岁去世，去世前不久，他为该文集撰写长文，题为《经典形式》，强调自己的观点：侦探小说的唯一目的是让读者感兴趣。在他看来，侦探故事“不是现实生活的写照，这与《哈姆雷特》不是中世纪丹麦宫廷里人们的真实语言和行为的写照是一个道理”。黑尔认为，侦探小说需要情节转折，需要出人意料的谜底，这使它与“直陈”小说截然相反，后者的目的在于揭示而不在于隐藏。话虽如此，他也认识到了人物塑造真实可信的重要性，并在《法律的悲剧》等小说中进行示范。人们问他是不是每部作品都先写最后一章，他感到沮丧：他还不知道书中人是什么样子，怎么可能那样写呢？

今天的侦探小说家往往怀揣更大的文学梦想，新一代作家正在开发新的线索类型，创新情节转折的模式，将这种文学题材推向新的高度。不过，关于这一行当的诀窍，我们还是需要向克里斯平、卡尔、布兰德、英尼斯等侦探小说黄金时代的杰出代表人物学习。

侦探小说与精湛技艺

埃德蒙·克里斯平

归结起来可以这样说：侦探小说已经得到充分发展，从技术层面讲，它是迄今为止人类开发的技术要求最复杂的小说形式。我们不仅要求它是一个有合理解决方案的谜题，而且还要是一个解决方案出人意料的谜题，除此之外，它还应该是一个虽说解决方案出人意料但我们根本不感到惊讶的谜题。

当然，我不希望人们以为我在暗示：因为写好这种正统侦探小说格外困难，所以，我们才应该偏向虎山行，认为其格外值得一试身手。走钢丝跨越尼亚加拉大瀑布格外困难，但我们并不能据此认为跨尼亚加拉瀑布走钢丝的人就高人一等。不是这样。事实上，我们大多数人都会时不时审视文学大师的原创性杰作，并从中获得极大的满足，正统的侦探小说之所以大受推崇，盖源于此。为什么会是这样，我也说不清楚，但情况确实是这样。我们这些文学瘾君子不该心怀抱怨，而该心存感激，因为上天赋予我们的头脑兼收并蓄的能力，既能享受特殊文学形式之乐，也能享受其他文学形式之乐。

规则与偏见

约翰·迪克森·卡尔

R. 奥斯汀·弗里曼博士很久以前就指出，叙事人很清楚，误导读者根本没有必要，你只需陈述证据，读者自会自我误导。所以，叙事人要做的不仅仅是提及线索：他还会强调线索，来回摆动线索，仿佛在婴儿面前摆动着手表，翻转、把玩、引逗。他不仅会拿出物态线索，还会拿出心理线索和氛围线索。

言辞写入作品，不只是因为它听上去神秘，或者因为它让某个人物显得有罪，或者因为作者不明白人物到底是什么意思，只在堆入词语，占满位置。根本不是这样。往后翻动书页，任何时刻每一个人物在思考些什么，读者都能自己搞清楚——这是多么难得啊！

结果呢？

这就是为什么故事的脉搏自始至终跳得充满活力，最后跃入活生生的灵动状态。面纱猛然扯起，面具悄然摘去，这里行走的是人类，不是木偶，因为作者描述了声音的抑扬顿挫，感情的细微差别，还有霍加斯探长在沙发底下发现的变钝的图钉。作者没有忘记研究人物，只是因为他在对他们进行逆向叙写：眼睛转动——这是当然！片刻犹豫，贝蒂把手放在窗台上，仿佛要稳住自己——发乎自然！

如果故事写得率真，那么每个微小细节都会因效能而生辉，包括它该有的效能和它已有的效能。这样的细节，情绪合景，节奏合时，如神射手的黄金之击，箭穿靶心。除此之外，我们发现自己被作者牵着鼻子走，其某处神来之笔，匠心独运，把我们的怀疑引向错误的方向，做得天衣无缝。每逢这样的时刻，我们只能向作者致敬，口吐赞美的谩骂，合上书。

侦探故事就是这样呀，朋友们。

然而现在谁来写这样的故事呢？

有些人把宣言钉在了墙上，称“初学者应该这样做，无论如何不应该那样做”。很多情况下，这些人引用的不是规则，而是偏见。这就是危险所在。是偏见，就像谋杀被证明是自杀，我自己也对之心怀偏见一样；是偏见就应该指出来，不必顾忌。对那些编写规则清单的人，我们应该表达应有的尊敬和钦佩，但也不难指出，他们的建议往往未必可信，有时候甚至是一派胡言。

以下是我自己列出的“该做什么、不该做什么”清单：一部分来自前文援引过的作家，一部分是我自己的心血。

1. 罪犯永远不会成为侦探或者仆从，或者我们可以与之分享思想的人。

2. 真相揭露之前任何时候，罪犯都不得受到严重的怀疑。如果你才气不足，没有能力把他的身份保密到最后，你至少可以假装做到了。即使读者看穿了你，你的结局实现得不像晴天霹雳那样轰动，效果也比你在前面的章节中为凶手“洗脱罪名”、向他道歉令人满意得多。

3. 犯罪行为应当是一人所为。虽然在某些案件中，凶手可以有同伙，但如果两个、三个，或者四个人被作为同谋牵扯进来，你的故事就被破坏了。侦探故事的精髓在于一个犯罪分子可能愚弄七位无辜者，而不是一位无辜者会被七个犯罪分子愚弄。

4. 犯罪行为应当表述得干脆利落。如果有人物失踪，且被设定为谋杀，坦率地写清楚发生了什么为好。如果他最终不是被谋杀，假定不成立，是该遗憾，但读者有权看到关于问题的清晰交代。

以上是四条黄金准则，每一条我都深信不疑，但你会发现，在最“优秀”的侦探小说中，每一条都被击得粉碎——粉碎得令人钦佩，粉碎得七零八落，粉碎得如遭巨轮碾轧。同时读者则只想鼓掌叫好，因为它们不是真正的规则，它们只是偏见。

经典要素

克里斯蒂娜·布兰德

确定了小说形式，就该考虑确定主角侦探及其配角阵容，反之亦然。不过关于主角侦探，你需要谨慎对待。我认为侦探小说属于业余爱好的时代要过去了，其写作手法越来越走向逼真。如果你把官方调查人员安排在内陆县，也许你该找一份差事让他闯入海边的犯罪现场！最有保障的办法可能是让他隶属伦敦警察厅……

驾驭嫌犯若要自如，人数不要超过六七个，最可取的做法是小说初期，嫌疑人员全部亮相，偶然出场的人物应当坚决排除在嫌疑之外。我自己的做法只求简单，下笔伊始先列一份嫌疑人名单，标明“凶手就是这些人中间的一个”。

侦探故事不只是一堆待侦探解开的杂乱线索，拆解过程中排除嫌疑人。侦探故事需要至少一种新的别出心裁的动机或方法，或者需要某种心理怪癖，作为中心引脚。比如，有人在课文里读到：有人受了致命重伤，死亡只在顷刻之间，但他还是挣扎着走了几步，然后才猝然倒地。围绕这个事实可以写出一整本书，但至少该有一处这样的砂岩，好让牡蛎固着其上。

写侦探小说该怎样下手，坦诚地讲，我不知道，我只希望我知道。小说是互为依存的整体，从文字层面看，每个句子都在指涉已经发生的事或将要发生的事。你也许见过工人制作“梭结花边”？他们把引脚排成式样，跟你能大致勾勒出情节要点是一个道理，然后用多色丝线织出复杂的图案。着手侦探故事好比着手梭结花边，图案是什么样子，引脚只能给你最基本的轮廓。我自己的方法耗时费力，编织、拆解，再编织、再拆解，随着式样的发展变化，把线倒缠回去。一般来说，故事轮廓应该是菱形，或者更确切地说是风筝形——放宽到大约整部作品三分之二的程度，故事得以完全展开。这以后，情节将不再进一步进展，只需有效驾驭讲述过的内容，当然要兼顾发生过的事件所造成的结果。

第二起谋杀是用得着的，小说洋洋洒洒七万词，不再安排事件发生，还要保持读者的兴趣，这很难做到。结局到了，罪犯曝光，这以后，应该尽最大的努力做尽可能少的“解释”。凡事都该解释清楚，但主要线索除外，因为主要线索实际上在揭示凶手。你的目标应该是（也可能不是）最后一页才揭露凶手。埃勒里·奎因曾经策划过一部作品，其中的最后一个词是凶手的名字，让人好不惊讶。

线 索

迈克尔·英尼斯

线索，如果可以接受，切不可晦涩难懂。我们最不愿看到的是读者的反应大为光火，愤愤然一句“可我从来不知道啊！”所以，侦探博学可能会是一种不利因素。说到这里，柯南·道尔对其主人公的最初构想算不上考虑周全。据称，福尔摩斯对哥白尼天文学一无所知（不合情理），但他的化学知识“博大精深”，曾著书专论一百四十种烟草灰烬的鉴别问题，这是真的。在《血字的研究》中，他知道有人一直在抽特里奇诺波利雪茄；但由于我们没有读过他的专著，不可能做出相同的鉴定，进行相同的推理。华生医生和我们一样，不是专家，关于物质的重要性质不能样样领悟，福尔摩斯只得经常向他解释。因此，还是在《血字的研究》中，在某一个节点，福尔摩斯凭“车轮辙距狭窄”推断，涉事车应该是出租马车而不是私人马车。福尔摩斯的观察能力和推理能力经常给我们留下难忘的印象，这是情理之中的事。但这样的话我们和侦探之间就没有了争议、争辩，就像福尔摩斯的原型约瑟夫·贝尔博士和他在爱丁堡大学的学生们之间似乎没有过争议、争辩的记录一样（还有，伏尔泰笔下的萨迪格，也就是原始福尔摩斯，和巴比伦当局之间事实上也不存在争议、争辩——典出伏尔泰神秘故事，其中国王和王后的狗值得尊敬，被视为圣马）。

因此，如果需要线索公平，就必须让其属于常识范围，法官可以在法庭上将其自由纳入应有的司法知识，即众所周知的事实，无须动用证据来证明其有效性。于是，作家便开始琢磨社交技巧，尽力评估读者有可能具备的学识水平。很多人知道牙医常穿白大褂，但社会上仅有一小部分人有机会观察得到，客机上的乘务员也是（或曾经是）同样的装束。几乎每一位受过教育，大致了解“血友病”这个词的人都知道，患者的血液不容易凝结，他们甚至可以回忆并领会如下事实与他们追随的情节有关：某个欧洲王朝的后裔比普通人容易罹患血友病，至少有轻微倾向。

《血字的研究》出版以来，侦探小说发展变化很大，特别在线索呈现方面，巧妙而内敛。有作家把线索嵌入书名，阿加莎·克里斯蒂《悬崖上的谋杀》就是例子，有作家把线索隐入全书第一个词（我想我本人这样做过两次）。我认为，作家的这些做法标志着他们技艺精湛，达到了高超的境界。还是阿加莎·克里斯蒂，她经常设法做到，透露线索的同时发生分散注意的事件。作家如此行事跟舞台魔术表演家的艺术十分接近。

还需要一提，随着时间推移，读者敏锐度日渐提高，线索稳步趋于精炼，甚至淡化，它再也不可能是黏土里的皮靴印。线索可能只表现为语言上的细小差别。这方面克里斯蒂令人惊讶地再一次独领风骚。

即使到了二十一世纪，传统侦探小说对广大作者和读者仍然具有普遍吸引力。2015年，犯罪题材作品最高荣誉——犯罪作家协会钻石匕首奖，被颁给凯瑟琳·艾尔德，表彰她以倡导经典文学形式为事业，坚持不懈，成就卓著。她的贡献发展了迈克尔·英尼斯等上一代人提出的见解。

蛇与梯子

凯瑟琳·艾尔德

真正的线索和转移注意的话题同时存在，使侦探小说有别于传统小说。传统小说中，“事实”通常就是依据；侦探小说的情况绝不是这样，很多东西被蓄意操控，使现象与本质不符。在我看来，侦探题材小说中只存在下述两类线索，我觉得试图创造另类线索是个巨大的错误，试图模糊两类线索之间的差别是个更大的错误。

第一类线索属于直截了当型线索，设置它们就是作为逻辑步骤，引导读者最终探见谜底——虽然表面上当然是呈示线索，为小说中的侦探（跟故事中的其他任何人一样，自然会受到误导）提供方便。因此，我们可以把这一类线索看作梯子。（当然，此类线索断不可简单处置，后文我还会提到。）

接下来的一类线索我们称之为转移注意力的话题——也许可以描述为披着狼皮的绵羊。它们由仿冒信息组成，意在被解读为犯罪线索，实则不是犯罪线索。它们在故事中的全部目的，就是既要迷惑读者，也要迷惑（切记第一类信息）侦探。它们与第一类线索不同，被认为是蛇，要把所有人引入歧途，从而规避过早破解经典“疑案”的风险。

有一点特别重要，两类线索都必须完全可信。同一叙述中，转移注意力的话题彼此之间，它们与真正的线索之间，作用各有不同。真正的线索必须充分，永远不能让读者觉得线索的谜底揭开了，自己却上当受骗了；真正的线索必须有足够的数量与质量，只要施以关注，谜案定能告破。为此，无懈可击不算要求过高，欺骗绝不允许。需要注意的还有，线索不要求读者具备深奥的背景知识：晦涩难懂的学问不应该出现在故事当中。事实上，线索越简单越好：如果它基于众所周知的事实，那再好不过。

这类线索有个很典型的例子，“儿子的个头总比母亲高”，这是广为人知的事实。如果儿子个头不比母亲高，那就（除了极其罕见的情况）不能推定他是这位母亲的儿子——这在侦探小说中可能确实具有非常重要的意蕴，如何将生物学事实转化为线索，它是很好的例子。

学习犯罪小说家的独创性情节和精巧型线索，阿加莎·克里斯蒂是值得学习的第一人选。拿一部她写的谋杀推理小说旧平装本，试一试把读到的所有线索都用下画线标出来。然后再读一遍，找出那些你——也许包括其他读者——在第一次阅读的时候漏掉的线索。克里斯蒂构思故事情节的时候很少利用巧合，你也不要用；也不要利用已经用滥了的线索，尤其是那些基于凶手是左撇子或右撇子的线索。其他过时已久的线索包括，为达欺骗目的把钟拨快或者拨慢，还有与镜子有关的一切行径。你也没有必要写管家杀了人，移尸图书馆，因为这样的侦探小说已辉煌不再。法医线索应该谨慎处之——切记当下的科学家总要比侦探小说家更容易掌握最新知识，科学家的发现并不总是能让一般人信手使用的。实验室里的新发现越来越多，科学家的场景随其变化，日新月异，因此依赖于科学场景的小说很快就会过时。

蛇——那些意在误导的伪线索——应该有两个完全不相关的来源，且在叙述中的出现频度必须与真正的线索保持一致。做到这一点的方法之一是将三股不同颜色的毛线编在一起，其中的两种颜色分别表示两类转移注意的话题，第三种颜色表示真正的线索。看着这样的编织，但凡有不均匀之处，很快就会被发现，蛇和梯子是否以相同的比例出现，也会很快被发现。这样的排布应该成功地迷惑每个人，并清楚地表明一个事实：它们在整个故事中均匀分布，致使从三股色线中识别真正的线索更加困难。最为重要的是，这遵循了公平对待线索、公平处理线索的规则。规则至关重要，填字游戏的设置是如此，侦探小说的世界也是如此，如果不牢记规则，我可以向你保证，很快就会有人喊“犯规！”

不过要记住，虽然真正的线索本身可能直截了当，但它在叙事中的位置则可以随意安排，有意误导。有心机的作家会让这类线索以错误的顺序出现，从而使其重要性只有到了后来，在故事继续演进的时候，才会显现出来。巧使手段的典型例子就是有些段落看上去非常重要，在其或前或后偷偷塞进一个线索，如此轻描淡写，很容易被忽视，这是许多犯罪小说作家希望的效果。另一个小窍门就是在章末悬念之前，在引入不同的叙述内容的时候，读者的心思大有希望已经翻到了下一页，此时乘机植入线索。当到解开犯罪事实的时候，请记住同样的原则也适用于揭示线索，不一定严守逻辑顺序。

真正的线索有其子集，我认为那属于“双管”线索，其不应被忽视。首先，有的线索不是最初看上去的样子，这样，即便是侦探也会受其误导。多萝西·L. 塞耶斯在《巴士司机的蜜月》中就巧用此法，彼得·温西勋爵曲解了一名嫌疑人的陈述——村警称自己知道嫌疑人到达受害者家里的时间，因为他可以透过客厅窗户看到时钟。由于时钟前面挂着一个黄铜花盆，花盆里栽着很大一棵仙人掌，通常遮挡着钟面，所以彼得勋爵猜想村警在撒谎，他看不到钟面。这个猜想一直起着误导作用，直到过了很久——正如小说所记——一切都水落石出。

另一个“双管”线索也必然迷惑读者，它出现在阿加莎·克里斯蒂二十世纪三十年代出版的一部作品中。情景看似简单：故事中时间发挥了核心作用，大侦探赫尔克里·波洛不怒自威，他请上了年纪的老管家确认谋杀时间。老人手指时钟，踉跄前行，直到他能看得清楚，然后才对时间做了陈述。然而那一刻重要的并不是时间，老人视力不好，波洛检测的是他的视力，实际上视力才是关键。

建构对话的过程可以是隐藏线索的理想之地，对话中的线索可以出现得相当随意，更有可能被忽视，甚至会被认为是八卦，不予理会。须记住，侦探小说中言语发生总有其理由，有经验的读者会留意其理由到底是什么。人物言语传载信息，但内容是否真实本无成规，读者和侦探都应该记住这个特点。叙述人所写是实，但故事中的一个人物就另一人物所写——或者实际上就其他任何事物所写——可能未必是实，怀疑应该是常态。题目也可能泄露部分——不是全部——秘密。克里斯蒂娜·布兰德的小说《绿色惨案》就是非常典型的例子。

故事之内，谁知道什么线索——梯子还是蛇——每个犯罪小说家都必须严格掌控。人物一旦发现他们迄今未知的秘密，便可能表现得判若两人。这类线索非常重要，有时候被忽略了，后果可能是灾难性的（这里说的是文学）。

我听有人说过，机敏的读者应该在前三章就能判断出凶手是谁，至多六章就可以做到，此后，就不应该引入真正重要的素材或人物了。这个想法十分有趣，我依然在研究它，这听起来像是一番完美的忠告，但接下来我要说，没人说过写线索轻松，不是吗？

就传统侦探故事而言，情节策划的技巧——埋置线索、昭示后事、误导读者——乃写作之根本，它们有助于构建“曲折结局”，满足许多读者的渴望，在侦查中实现“规则公平”。掌握这些技巧对其他类型的犯罪小说作者也价值非凡。露丝·伦德尔写过的侦探小说，虽遵传统但很复杂，小说人物是系列侦探雷金纳德·韦克斯福德；她也以芭芭拉·维恩的笔名写过多部非系列小说。这些小说突破了题材界限，成为有史以来最优秀的犯罪小说。侦探作家俱乐部的当下成员，诗人兼小说家索菲·汉娜说过，伦德尔的早期小说《死亡密室》中，“谋杀本身就是曲折……最后一行强调了读者如何被愚弄得晕头转向，让我读着脊背发凉”。

索菲·汉娜得到授权，创作了大侦探赫尔克里·波洛的续篇，也创作了“沃特豪斯和泽勒”系列小说，还有独立小说，这些作品缩短了当代最畅销的心理悬疑小说和经典侦探小说之间的距离。现代读者熟悉经典手法，但依然向往惬意的惊喜，索菲现身说法，表明侦探小说家的传统写作方法可以进行改编、拓展，以满足现代读者的需求。

上上之计

索菲·汉娜

2017年，我为《卫报》写了一篇文章，文中选入我自己一直最为欣赏的十大曲折，其中的一个是P. D. 詹姆斯的《无辜之血》。从那以后，我时不时收到电子邮件——大致两个月就有一封——内容是“请您看完邮件——我刚读了那本书，但我弄不明白你指的曲折是什么”。我写邮件进行解释，大多数人回复我说：“哦，是那么回事，精彩。”他们都注意到了那个方面，但没有人想到那是一出曲折，因为它揭示的不是情节而是人物，出现在小说中间而不是末尾。

我们通常理解的曲折，意思相当于“你认为X是凶手吗？不是，是Y”。然而曲折可以是我们自以为了解的任何情况的逆转。人们普遍认为，犯罪小说家的任务就是误导读者，引他们偏离方向（当然同时总要做到规则完全公平），然后，在最后关头向读者交代，真相完全是另一码事。这是一个非常有效的策略，犯罪小说中屡试不爽，但我相信还有更精良的策略。

作家可以写出这样或那样可能有两种理解的歧义段落，这叫积极误导读者。其为误导，可以做得极为优雅，富有技巧。不过利用最消极的方法误导、引偏读者，效果会更令人满意：假如真相是Y，你不用写什么特别设计的东西，好让读者更有可能相信是X，你知道没有必要这样做，因为读者自会自我误导。P. D. 詹姆斯在《无辜之血》中做得极其出色。作品一开始我们就得知情景梗概，从梗概可以即刻跃向结论。詹姆斯从来不费神思将我们引向结论，她知道我们会自己走向结论。我们的结论不是受她引导，而是完全基于过去的经验和对世界如何运转的信念。她不着一字引领我们做出设想，然而她百分之百有把握我们都会朝那样设想——然后发现自己彻底错了。

在有的情境中我们确信读者会自我误导，自我偏离方向，创设这样的情景是一项神奇的技能，所有犯罪小说家都应该学习。我一直在寻找机会让读者自我误导，每当创设情节的时候，我总会问自己："实际情况极有可能不是这样，但读者会设想成什么？"在我的一部小说中，语境事关护照照片，我就如法炮制。每个人似无例外，都认为自己护照上的照片看上去十分丑陋，这是一种众所周知的心理倾向。我知道，如果我描述了与此相似的情景，某种非常容易发生误解的情况，读者会自然而然地想："哦，是的，这没有什么大惊小怪的，这是经常发生的事——人们认为自己护照上的照片看上去很不体面。这种情况显然在这里也会发生，因为我见过多了，已经见惯不怪了。"

大多数读者（大多数人）无条件相信自己认定正确的东西，因为这些东西几乎总是出自个人经历；即便有同样充分的证据，既可以证明其正确，也可以证明其错误——甚至往往反向证据更有说服力，他们也会初衷不改。为什么？因为人们的大脑生来偏好已有的信念，那些我们擅长信奉的信念，因为它们得自反复实践；大脑不偏好新的不同的信念，因为如果要吐故纳新，那需要付出努力，接受改变。

不必刻意做什么，任由读者自我误导，这比作者积极误导效果要好得多，现实生活中这样的事屡见不鲜，犯罪小说中也是一样，为什么？还有另外一个原因：当有人采取措施，让我们相信某件事时，我们在一定程度上——甚至有可能完完全全——是被劝服的。但关于那个信念，我们的笃定程度不会有多么根深蒂固，不能与自发的信念相提并论，因为自发信念基于生活经验和自己的观察。作家写出的任何小说，都可以直接算作“采取了让我们相信某事的步骤”。所以，当我们读惊悚小说或推理小说的时候，会遇到两种截然不同的现象：

1. 由这部小说创造的具体思想 / 信念在脑海中形成；

2. 开始读这部具体小说前，脑海中早已存在的思想 / 信念，眼下的小说是在提醒。

当第一类信念被——某个曲折——推翻的时候，其所带来的意外感和震惊感远没有我们发现第二类信念不真实时那么深刻，原因是前者中一切仅由一个作家创造，我们只需要放弃这一本书带给我们的立场。我们对这个世界抱有的信念成就于大量经验，区区一本书不至于让我们将其彻底改变，因此，那种震惊对我们的影响就没有那么强烈。

犯罪小说家可以利用这一点，在构思各种故事元素和情节转折时思考：“对大多数人来说，这会呈现出什么样的面貌？而它又可能是另一种什么样的情况，同样是可能发生的，但却没人会想到？”

悬　疑

帕特里夏·海史密斯的《悬疑小说策划与写作》初版于1966年，其关于天才作家的工作方法见解深刻，所以至今价值依旧。什么是悬疑小说？观点和定义众说纷纭。海史密斯说，悬疑小说“是威胁故事，伴有身体的暴力行动与危险，或者说悬疑小说就是危险与行动本身”，但阿尔弗雷德·希区柯克则认为侦探小说和悬疑小说的主要差别在于前者属于智慧活动，而后者属于情感活动。表达两者差别还有一种颇为通俗的方式，侦探小说回答“发生什么了”的问题，悬疑小说回答“还会发生什么”的问题。罗伯特·戈达德是现代悬疑小说大师，他在探索构建张力的技巧，以确保读者有不停地翻动书页的欲望。

悬疑

罗伯特·戈达德

那是1972年，那年的开局并不顺利，矿工罢工导致轮番限电。我当时十几岁，迷上了一部惊悚电视连续剧。电视剧的最后一集，尽管一切即将揭晓，而且恰逢断电，但我的情绪还是很稳定。我弟弟是个应对这类变故的能手，他想了个法子，用晶体管短波收音机接收到了电视广播。我们一家人裹上毛衣，聚在烛光里，追那只有声音的最后一集。剧中竟有多处长时间不明原因的沉默，不时被撞击声、呻吟声、叹息声划破。对话居然充斥着令人沮丧的台词，比如“天哪，怎么一直都是你！”他们在跟谁说话？我至今依然弄不清楚。

显而易见，那样追故事，一切笼罩在层层不确定中，效果不尽如人意。然而上帝可以做证，如果说没有追到别的什么，悬疑是追到了。在我看来，小说写作中，悬疑其实就是不确定——这倒不仅仅是多年前的追剧经历让我这么认为。

对读者来说，不确定给阅读体验带来了愉悦感，纵有痛苦，也不乏惬意的色调。将要发生什么？真相骇人但步步迫近，暗藏的秘密在涌动，马脚自现。比如《蝴蝶梦》中，直到真相大白的一刻，只有达芙妮·杜穆里埃知道在发生着什么。这类小说是在操控不确定，其最无法抗拒——也最令人愉悦——的特征之一就是不确定。然而，在幕后，在作者脑海里，真正发生着什么？

还算幸运，上一段中我已经创造了少许悬疑，我提出了问题，希望你有欲望知道答案。我们将一步一步向答案靠近，需要小心翼翼，免得惊动猎物，直到……就这样吧，天机不可泄露，现在还不是时候，也许……

你明白吗？我无法控制自己，我喜欢这样的写作，我一直想这样写作。我还记得第一次读威尔基·柯林斯的《白衣女人》（啊，快乐的一天），记得我自己在想，如果我能从内部参与构建那样的故事，设计它、制作它，直到自己满意，也让读者满意，那该多好。

《白衣女人》中，读者需要意识到马里昂·赫尔康姆的日记不只是叙述手段，它事实上是真实的日记（我们当然知道，但不知怎么竟忘了），魔头福斯科伯爵和我们一样，一直在秘密中阅读这部日记。意识到这些才可感受作品中最可喜的惊奇，所以将它拍成电视不可行，因为这样的内容搬上屏幕，做不到拿捏有度，收放自如，因此通常只得一股脑丢掉，这对故事是极大的损害。要想充分领略柯林斯的天才，读作品吧！

柯林斯的天才非同一般。小说出版于1860年，当时的柯林斯是这一类写作的先驱，是探索这种题材种种可能性的第一人。从那时起，读者对小说中佐以悬疑的做法就非常欣赏。令人惊讶的是，悬疑背后的技巧很少受到评论界的关注，这可能是因为假如技巧的作用恰到好处，那它似乎浑然天成——信手拈来，如果你愿意这样说——自生自长于故事。然而根本不存在信手拈来。说真的，技巧之与写作，应用难，理解更难，这是事实。但尽管如此，我们应该就理解进行分析。

我们回顾《白衣女人》。除了核心问题——白衣女人是谁？她是干什么的？柯林斯一并给出了两个反派人物：福斯科加上臭名昭著的恶棍珀西瓦尔·格莱德爵士。这时候的核心要点是，他俩并不总是串通一气，狼狈为奸，二者各有问题，各有拘束，各有目标。他们之间有冲突，他们与柯林斯塑造的神通广大、足智多谋的女主人公马里昂·赫尔康姆之间也有冲突。这样的安排顷刻间使故事的发展复杂化，使读者自乱步法的可能性多样化。此外，福斯科由衷地欣赏马里昂，某种程度上，马里昂也很欣赏福斯科，于是我们不仅怀揣复杂的动机，而且怀揣复杂的情感。他们的行动谈不上直截了当，还有，他们的关系也谈不上直截了当。

这只是故事该有的样子。悬疑小说最高明的写法是情节和人物无缝衔接，好让情节服务于人物，人物服务于情节。毕竟，物我相依，世界就是这个样子。当我们第一次与人见面的时候——通常第二次、第三次也不例外——关于其背景、童年、志向、困难、心思，我们纵使有所了解，也知之甚少。但为能预知他们在具体情景下如何行事，我们必须弄清这一切。当然，在作者一面，对自己要塑造的人物了如指掌，这是必然，但在读者一面，一般来讲对人物可能一无所知，至少开篇的时候是这样。因此，故事进展许多时候让读者惊讶，但对作者来说，那只是自然结果；人物栖于情景，那样的结果事出必然。

你也许会说，作家全面掌控情景，因而独占优势，游戏受到操控，谈何公平？然而事实上，操控并不是你想象的那么为所欲为。作家的掌控不是全面掌控，因为悬疑写作是艺术也是技巧。如果要对人物进行真实描绘，那么他们的行动与其说来自作者的想象，不如说来自人物本身。作家必须学会在关键时刻放弃控制，这可能是最难的一课。作家孤坐于键盘之前，与世隔绝，当然会换取一点小小的补偿，他至少可以告诉人们——他的人物——该做什么。但事实不是这样，人物被囚于闭室，作家只是从门前走过，把门打开。这时候人物出了房间，没有了约束，他们根本不打算听命于作家。

这就是说，人物不可能阻止你向他们抛出问题，他们与情节相互碰撞；作为作者，最大的满足在于观察、描述碰撞的结果。换句话说，这过程给作者制造了悬疑，也给读者制造了悬疑。读者和人物都不知道接下来会发生什么，而我知道，但我不知道的是接下来的事会怎样发生。

真的会是这样吗？小说情节密集紧凑，如果作者不能对之完全掌控，能够做到驾驭自如吗？我会回答“是”。事实上，我想说的是，写作过程中的不完全掌控是绝对必要的。这对有志于成为作家的人来说不一定显而易见，对当初的我来说当然也不是显而易见。我在策划第一部小说的时候，事先安排了详细的时间表，对行动概要一步一步进行综述。威灵顿公爵说过，他的作战计划一旦与敌人遭遇就落败于先，从无例外；同样的道理，悬疑小说梗概一旦与人物发生冲突就是一团乱麻，概无例外。只是我当时没有认识到这一点。

即便如此，如果那位钢铁公爵没有制订任何计划，战斗前夜他可能就睡不好觉，作家也是如此。准备不可或缺，即便你不十分清楚自己在*为什么*做准备。创作故事最贴切的表述是*发现*故事，某种意义上说，在你动笔之前故事已经存在，不过发现它需要大量劳动。

我最近写的一部小说叫《错误行动》，进展到大约三分之一的时候出现了一个时机，故事彻底反转。这个反转猛烈而富有戏剧性，与其说是转折，不如说是意外之变；就是在这个节点，很多原本隐藏的东西开始显露。动笔写这部作品的时候，我并不知道这个时机究竟什么时候到来，也不知道它到来的时候到底会发生什么。我只得让人物自己发现那个时机。

所以，所谓悬疑，归结起来就是不确定，不仅下一步会发生什么不确定，而且实际要怎样演进也不确定。显然，采用*且先下笔，边走边看*的写法是断不能创造悬疑的。故事是一座冰山，其主体的大部分在表面之下，你看不见它，直到事发突然，出乎意料，无法预测……你撞上了它。故事里未必有冰山一样的转折，只有层次、深度有待探索。但光是等待是没有用的，这里的探索需要人物自己进入，且有所作为。记住开弓没有回头箭。

看待这个问题的一种办法是承认我们都有自己的故事，我们的履历决定我们的行动。我的作品中的人物个个有传记，里面的资料大多与书页无缘，但如遇恰当时机，那些资料会告知我发生了什么。哪些主要人物将盛势不再，哪些显然次要的人物将顺势得志，我不一定总是沉浮在握，这要取决于他们。又是不确定。当他们在情节框架内开战争雄的时候，谁会脱颖而出？结果又会是什么？

人物的生活会给故事带来额外资料，同样地，情节策划也必须包含充裕的资料，以确保悬疑中发生始料不及的状况时总有资料可以提取，为之服务。即使情节资料有限，悬疑也可以实现，但要在长篇小说中把故事讲得始终如一，赋之以欲罢不能的开头、惊奇不断的发展、令人满意的结局，就需要有深度。简而言之，就是要有丰富的情节。灵感与汗水同在，这是一个古老的创造悖论。事实是，给情节投入越多的劳动，它就能触发越多的灵感。但不管是否受到灵感启发，作者都必须与读者规则公平，这是道义所在。

悬疑取决于信赖，所谓信赖是指一旦真相揭晓，其结果令人信服，又令人满意，其他解决方案均不可接受。不过我们都读过这样一类小说，其中的谜底根本谈不上谜底，看上去相当可疑，像是为适应情节而实施的某种逆向策划。如此，作为情节，在设计伊始就存在根本缺陷。这样的解决方案也许能让中心人物摆脱困境，但作者则难以自圆其说。

我一直觉得，使用系列中心人物——包括私家侦探或是警察等经典形象——都不可避免地会削弱悬疑。我们知道，作品中的英雄，故事中的向导、伙伴会活下来，除非一场意外导致整个系列结束（不过不要忘记夏洛克·福尔摩斯在经过莱辛巴赫瀑布之后发生了什么）。系列故事中当然有悬疑——通常为数不少——而且系列人物具有优势，他们可以很快跟读者熟悉起来。然而在我看来，最纯粹的悬疑写作方式似乎是要让所有人物身临同等的风险，在故事中面对个人利害关系以及失去一切的危险。这就是通常情况下我倾向于写独立小说的原因，独立小说中不存在前后保障问题。

逻辑上讲，就制造悬疑而言，我的做法会导致以过去为背景的故事产生问题，尤其是以真实历史人物为主角的故事，毕竟，我们对这类人物的结局已十分清楚。不过他们的情况我们也有很多不了解的地方。每个规则都有例外。不知为什么，弗雷德里克·福赛斯的《豺狼之日》善弄花招，作品中的戴高乐总统似乎真的有可能于 1963 年殒命于刺客的子弹，比其真实去世的时间提前七年。

许多畅销悬疑小说利用不甚严谨的叙述者，让读者产生失衡感，不确定——又是这个词——该相信谁，该相信什么。吉莉安·弗林的《消失的爱人》和保拉·霍金斯的《火车上的女孩》就是最新的大获成功的例子。利用不甚严谨的叙述者非常有效，但切忌滥用。我们必须信其事，最终也必须信其人。即便我们不信叙述者，我们也必须信作者。到头来，信赖作者才有意义，这个信赖实现了，其结果就是读者会不停翻页。

不可否认，悬疑写作有成瘾的因素，作者可能上瘾，读者也可能上瘾。准确地说，我们叫作着了故事的道。作者不想停下写作的笔，读者不想停下阅读的眼睛。我认为上瘾最合乎悬疑小说的本性。不过幸好，这种上瘾本质无害，只是少了一些睡眠，乘地铁忘了下车。但为有如此富有情趣的娱乐，这样小小的代价当然不足挂齿。

第二次世界大战之后涌现出了新的一批犯罪小说作家，朱利安·西蒙斯就是其中的杰出代表，他接替阿加莎·克里斯蒂，继任侦探作家俱乐部主席。他的作品包括经典风格的犯罪小说、国际惊悚小说、夏洛克仿作、历史推理小说等等，但他最引人注目的故事情节关乎重压之下的人类行为。二十世纪五十年代，他以俱乐部的名义写作，所表达的观点超前于时代，影响深远。他倾其余生开发心理悬疑小说的文学价值。

镜子里的脸

朱利安·西蒙斯

一个人坐在书桌前，准备写一本书，书中描述暴力犯罪，书中有一个或多个人物反社会、反法制。这样的主题古已有之，选之以为创作，值得尊重。替罪羊、立法者、违法者形象在一切神话和文学中都司空见惯。

当前，凡涉暴力犯罪，道德态度具有特殊意义。蒙提祖玛用活人献祭，供奉在威齐洛波契特里祭坛上，表示对和平有序的理想社会的虔诚渴望。有人决定在广岛和长崎投下原子弹，也表示对和平与秩序的虔诚渴望，两种虔诚渴望都谈不上伟大。投原子弹的决定事关生死，将引起更大的震怒，但竟能得到普遍认同，其中折射了个体对暴力行为的道德态度的转变，这个转变是什么呢?

处之以严肃是犯罪小说的第一必要条件。第二必要条件与第一必要条件密切相关，是要尊重现实。这里容易引起误解：我所说的现实指直面人与人的关系，而不是对人和地点的精确描述，或对刑侦程序细节一丝不苟的关注。当然，一丝不苟的细节关注该有其位置，但不幸的是，大多数详尽了解警察工作的人，要么只能当拙劣异常的作家，要么对警察工作因熟悉而麻木，致使他们只会机械模仿与插科打诨。（因此，英国侦探小说中，解决方案要依赖错综复杂而又略带喜剧色彩的法律条文，而在美国侦探小说中，答案则取决于主人公律师在法庭上操控花招的能力。）

我所说的现实第一步要承认，暴力犯罪几乎无一例外是人际关系过度紧张或严重缺陷的结果。如果犯罪小说家能够揭示这个缺陷的本质和原因，他就极大地增加了自己作品的深度。

我们这个时代，犯罪小说的意趣和价值具有象征意义。返回我在第一段提出的观点：当前，凡涉暴力犯罪，道德态度具有特殊意义。战争中，士兵一直被准予放肆杀戮；纳粹认为有权消灭劣等种族；平民卷入大规模空袭中；发生在广岛和长崎的悲剧被细数理由，视为正当，因为有人呼吁，投下原子弹是真正经济的办法，可以结束战争，从而拯救人类生命。所有这一切，一旦我们将其吸纳为知识，化为情绪化理解，它们会在我们的生命构造中留下印记。

我认为，正是出于这个原因，像迈耶·莱文的《朱门孽种》这样的作品便产生出极不寻常的效果。莱文先生根据利奥波德和勒布的故事写成了一部小说。利奥波德和勒布是两个富少，信奉尼采的超人理论，大约三十年前，他们联手谋杀了一个年龄比他们小的男孩，以此为超人理论举证。莱文先生是一位令人钦佩的作家，他对两个年轻人的解说细致入微，令人信服，但小说似乎有其象征性价值，超越作品自身，也超越了莱文先生的原本意图。两个年轻人都是犹太人和同性恋，他们杀人就是为了证明自己生来就比受害者（也是犹太人）优越，整部作品中两人蓄意排斥正统的社会道德，支持杀人者自身“更高的”个人道德。所有这一切都涉及战后最令人震惊的道德问题：个人的意识可以与民族国家相背而行，个人有权（这是原子物理学家兼间谍纳恩·梅及富克斯两人所主张的权力）维护其合法性；国家有权（进行氢弹试验的权力）采取行动，影响波及所有个人的生活。据我们所知，这些只是西方国家的问题，但这并不意味着问题不那么真实。

图书馆里发现尸体，秋千表演者脚趾间夹上混凝纸浆吹管，射出可溶性飞镖就可以杀人，我们离这样的时代已经很远了。这是不可抗拒的。但毫无疑问，只要犯罪形式——在这种室内游戏意义上——继续占有大众兴趣，纯粹谜题、复杂谜题就会继续被当作写作题材。我一直试图说明的是，最高境界的犯罪小说更显严肃、更有意趣，远超室内游戏。它可以公开写社会腐败问题，如《玻璃钥匙》；有时候它也可以直接取材于精神分析学家的案例汇编，如《朱门孽种》；它可以调查奇妙的内隐人格，如约翰·富兰克林·巴尔丁的《魔鬼带着蓝尾巴飞》，或玛格丽特·米勒的《野兽》；它可能会像弗朗西斯·艾尔斯的杰作《恶意预谋》一样，始终如一，以网球聚会的世界和闲聊为背景。但作者的任务永远是利用小说体裁所允许的一切自由，调查暴力的源头。最理想的状况是，犯罪小说成为旧道德剧的现代版本，或者成为一面镜子。当我们看这面镜子的时候，映入眼帘的是一张赤裸裸的脸，满是欲望、贪念，爱财如命，野蛮粗暴。面对这样陌生、可怕的脸，我们畏缩了。然后再看一眼，我们看到的是自己的人性，温和热情，不怀恶意，好让我们松一口气。

朱利安·西蒙斯提到了弗朗西斯·艾尔斯，后者关于正义本质和法制缺陷的描写可谓讽刺猛烈，不留余地。西蒙斯本人的作品《谋杀的色彩》获金匕首奖，《犯罪进程》获埃德加奖，都属于心理悬疑小说，他利用这类题材描述类似的问题，故事情节深受现实生活中审判不公的启发。

随着时间的推移，作为小说家，他的策略发生了变化。他曾为约翰·沃尔斯多夫作品的参考文献作注，注中他说：“总有那么一刻，人们会意识到小说策划的旧套路已经行不通了，许多作品中曾经似乎很管用的规矩不再令人满意了。”为此，他写了“之人”三部曲，意在展示城市生活中的社会讽刺。第一部《自杀之人》，从某些方面讲是对艾尔斯《恶意预谋》的修正，不乏诙谐机智；第二部《梦想成真之人》，同样精巧有趣；但第三部《失去妻子之人》可能以社会讽刺为主调，不免有弱化情节的问题。完成三部曲之后，西蒙斯继续探索悬疑小说的各种可能，例如有一本《玩家与游戏》，以真实的荒野凶杀的恐怖为原型，讲的是一个扣人心弦的故事。

写作生涯末期，西蒙斯跨出了大胆的一步，他在一部悬疑小说中引入自己，充当人物，这部作品是《死神最黑暗的一面》，神秘迷人但没有得到应有的重视。入道不深的作家可能应该避免这种做法。然而杰西卡·曼恩——像西蒙斯一样是个颇有见地的审稿人和悬疑小说评论家，同时也是才华横溢的小说作家——效仿西蒙斯，在其封笔之作悬疑小说《推理小说家》中给自己安排了角色。卷首语中，她说这部小说“有真实的内容，也有不真实的内容。文学跟生活一样，虚虚实实，真真假假，不一定总是泾渭分明”。

杰西卡·曼恩小说中的女性人物足智多谋，被推向前台，她的小说中还直接或间接包含了许多自传要素。虽然她常写独立小说，但也塑造了一些反复出现的人物，比如她的力作《私人调查》入围金匕首奖入围名单，其中有儿童精神病学家菲德尔斯·柏林医生。在《坟墓里的声音》中，菲德尔斯被诊断患有帕金森病，而在不久前，她的塑造者也被诊断罹患此病。

悬疑小说

杰西卡·曼恩

悬疑小说尽管可能是侦探小说，但不一定就是侦探小说。也就是说，悬疑小说的主要目的不在于回答“谁干的?”或“他是怎么干的?”这样的问题。多萝西·L.塞耶斯写过：“侦探小说达不到最高文学成就，我们有理由猜想，它永远不可能达到。虽然它描述的是愤怒、嫉妒、复仇等心理反应的极值，但很少触及人类情感的高度和深度。它只是向我们呈现既成事实，并以不带情感的眼光看待死亡和残害。”悬疑小说作家用不带情感的眼光看情感，也看情感催生的行为。小说家宣泄情感的力量受限，而自己却拒绝接受；虽然他希望能飨读者以丰富的内涵，而不仅限于智力刺激，取一时之悦，但他不一定总能做得到。不过，这类差别正在变得越来越模糊。许多现代小说作家，论其情节可以纯粹归为侦探故事，却也希望触及人类情感的高度和深度。P. D. 詹姆斯的许多作品就是这样的例子。

悬疑小说尽管可能是惊悚小说，但不一定就是惊悚小说。就是说，悬疑小说不需要讲述一系列戏剧性事件。斯坦利·艾林指出，推理小说中，犯罪发生在故事开头，而惊悚小说中，如果有犯罪发生，那更有可能在结尾。悬疑小说也不需要符合斯坦利·艾林的这个划分。然而，许多充满戏剧性的激动人心的作品，或可描述为悬疑小说，或可描述为惊悚小说。斯坦利·艾林自己的作品是这样，安东尼·普赖斯的作品也是这样，埃里克·安布勒把自己的作品称为惊悚小说，他本人给惊悚小说的定义是“童话故事的延伸，精心加工的情节剧，足以制造幻觉，让读者以为正在讲述的故事，无论多么难以置信，都可能是真的”。因此，并非所有的惊悚小说都是“悬疑小说”，但许多悬疑小说算得上惊悚小说。

悬疑小说尽管可能是推理小说，但不一定就是推理小说，因为读者往往在故事早期就知道谁干了什么，怎么干的，甚至知道为什么干，致使人物行为导致张力，并由此达成意料之中的后果。弗朗西斯·艾尔斯在 1930 年率先指出，侦探故事可能成为人物之谜，而不是时间、地点、动机、机会之谜，他的《恶意预谋》开创这类作品的先例。小说第一段就告诉我们，比克利博士将谋杀妻子。

悬疑小说甚至不一定事关犯罪，无论是实际的犯罪还是设想的犯罪，纵然大多数悬疑小说确实包含了某种形式的违法嫌疑或不当行为。不过有人经常写一些未知的、潜在的威胁，英国的西莉亚·弗雷姆林或美国的厄休拉·寇蒂斯就是例子。

那么，我们如何区分“悬疑小说”和其他小说呢？因为任何类型的小说，如果没有悬疑就很少取得成功，无论其中要解决的不确定是“小伙子能追到姑娘吗？”还是“他最终能成为总统吗？”，我认为这中间的差异在于作者的意图和读者的期待。侦探故事可以激起智力型好奇，小说可以达成情感投入，悬疑小说家的目标是要把两者都包揽进来。一个接一个排列一系列事件，这是真实故事的额外乐趣，优秀的悬疑小说中有之，但“一般小说”没有。小说家兼评论家阿诺德·贝内特认为，很少有作品能一边进展一边提升，大多数作品的力道随进展而减退。他把小说和探险故事做了对比，结果发现只有故事有趣，只有最后发生的事有趣。这个结果如果在二十世纪二十年代是事实，那么现在就不是这样了。用埃里克·安布勒的话说：“现在很少有惊悚小说仅靠故事激发兴趣，优秀的惊悚小说打动人的地方和其他优秀小说打动人的地方没有差别，是作者思想和见解的原创性和趣味性。开了个头便搁置一边的小说就不要再读了，这说明它不对你的胃口。”

在阿诺德·贝内特的时代，评论家们划分了小说和“故事”。故事关乎事件，仅属于智慧型吸引，仿佛纵横字谜或文字游戏一般；文学评论家们认为，欣赏这样一类作品就算不是邪恶，也十分可悲。小说注重心理现实和社会现实，其目的是触动情感，启迪想象。如果这个划分真的存在，当代悬疑小说家也要坚决将它毁掉。

威尔基·柯林斯的作品《月亮宝石》，被 T. S. 艾略特称为侦探小说篇幅最长、品质最好第一部。那时，柯林斯并不认为自己在进行与早期作品不同的创作，也不认为自己的作品与同时代人的作品有什么不同。将作品进行一级分类、二级分类的时代要晚许多，而且这是评论家的业务，不是作家的业务。一些现代作家的作品，我们宽泛地称其为悬疑小说，但这些作家除了想要实现威尔基·柯林斯 1868 年立为目标并不懈追求的活泼、逼真、专一的效果之外，可能既没有有意识地将作品与推理小说区分，也没有将其与主流小说区分。帕特里夏·海史密斯的作品在美国被称为“悬疑小说”，而在法国只是被当作小说，这是出版商的判定，不是作家的划分。除了格雷厄姆·格林的作品，凡以犯罪为主题的小说，都应列入犯罪小说进行出版、评价，这是出版商和文学编辑的决策。

然而，我们所称谓的悬疑小说家，无论他们赞同还是反对对作品如此分类，关于人类经历、耐力、占有欲的危险的极限的话题，确实吸引着他们，也许他们最感兴趣的是人类表里不一的属性所能展现的程度。朱利安·西蒙斯说过：“我们大多数人向世界出示的是平淡温和的面孔，假如你想展现那活跃于面孔背后的暴力，还有什么载体比犯罪小说更理想吗？”

朱利安·西蒙斯本人的大多数犯罪小说有侦探情节，但他所有的作品都在呈示一双独特的、嘲讽的眼睛，聚焦在人物温和的面孔背后，看空虚与暴力。他剥掉了人们的面具，这是最优秀的悬疑小说的另一个特点。它们里面的人物被表现得完整、丰满，人物的动机不仅仅呈现在罪行里，而是呈现在生命里。

有些评论家认为心理理解只是尝试，尚不成熟，因此他们对之感到不满。历史学家、《犯罪目录》合著者雅克·巴尔赞批评说，“要改良一种小说流派，不应当抽干它的实质，填入二手的所谓灵魂探索、附庸风雅的花言巧语，而后装腔作势，仿佛它即刻变成了经典文章，崇高了很多”，人们一直在抛弃科学和理性。但在支持者们看来，注入现实主义和心理理解，纵然意味着关于悬疑小说悲观主义泛滥，悬疑小说的现状大相径庭于传统犯罪故事中隐含的皆大欢喜的结论，但这种注入是充实现代犯罪小说和悬疑小说的特别手段。不管怎么说，一切最终总能恢复正常。有序社会的标准是凡其成员都该接受其价值观，这里所谓恢复正常是用这个标准衡量的。

两次世界大战之间是犯罪小说的“黄金时代”，这一时期的著名作家们确信，社会规则值得遵守，这种保守主义思想隐含在他们所有的作品中。当今，最优秀的悬疑小说家给人以完全不同的印象。法律和执法者都未必值得钦敬，罪犯和当局都不遵守法律法规似乎是普遍现象。事实上，当权者动辄就是罪犯，关于他们的行为不存在任何价值底线。犯罪故事中，警察往往腐化堕落；间谍故事中，“好人”和坏人的行为之间不存在明确的道德界限。甚至心理剧、家庭剧，如今也常常题关无政府状态，题关身在社会、心在犯罪的人们。像西默农这样的作家，至少使用了传统社会的框架——毕竟，麦格雷是个警察。但麦格雷和他的作者一样，不去评判别人。在帕特里夏·海史密斯看来，呈现无政府主义甚至不用开拓渠道，了解麦格雷的世俗观。帕特里夏探索的不是愧疚，而是无耻，这一点在她的“汤姆·瑞普利”四部曲中表现得尤为明显。汤姆·瑞普利是一个自由的灵魂，他不顾忌他人，不受利他主义约束，评论家经常把他描述为精神变态者，就是说他患有精神疾病。然而除非把完全自我中心认定为疯癫，否则瑞普利就没有疯癫，这正是他面向塑造者时的魅力所在，也是他面向读者时的魅力所在。汤姆·瑞普利之善只在善待自我。

海史密斯认为，只有罪犯是自由的，但她也认为，我们都是程度不同的罪犯。不过不可否认，悬疑小说中的罪犯精神错乱的情况更为常见。例如，露丝·伦德尔笔下的罪犯，其特性可以从已经形成的心理习惯出发，追溯到童年经历以及童年缺失，通常，当某种脆弱的平衡被意外打破的时候，他们的不端行为就被触发。《我眼中的恶魔》里，亚瑟·约翰逊学会了通过“勒死”裁缝店里的人体模型来控制自己的杀人欲望，而只有当人体模型被当作盖伊·福克斯之夜的篝火道具焚烧的时候，他才禁不住要把勒套扣向真人的脖子。露丝·伦德尔投下冷峻的目光，观察当代英国中产阶级的生活。她的作品有一半是侦探小说，其中有一对警察反复出现；其他小说中，人物发展和犯罪一样有吸引力，犯罪侦查受到关注，社会层面和个人层面的犯罪原因同样受到关注。朱利安·西蒙斯讲到了温和的面孔背后的暴力，露丝·伦德尔的作品中，温和的面孔掩盖了心理强迫和神经疾患。

悬疑小说通常藏有潜台词，蕴含着焦虑及朦朦胧胧的威胁，在诸如露丝·伦德尔本人，或西莉亚·弗雷姆林等作家关于家庭生活的作品中，这种情况或许尤为常见。雅克·巴尔赞称这类作品为混杂形式——“当代人希望有隐隐的不安感，而这样的故事正好迎合人们的趣味。”焦虑、威胁类作品很容易被归入混杂形式，最理想的状况下，这种威胁氛围可以极大地强化故事。玛格丽特·米勒的作品大多以加利福尼亚为背景，其背景环境的现实感尤其明确，这种强化效果从她的小说中可见一斑。

许多评论家认为，已故的 P. M. 哈伯德是一个通过氛围传载威胁的顶尖高手。他的作品通常既是爱情故事也是谋杀故事，他巧妙地绘制背景，使之既展示美丽又潜藏险恶，悬疑就发生在个人与背景的关系发展中。但如果要试图写一部小说，其中恐惧无处不在却来路不明，那很容易失败。有太多的作品只不过是模糊的恐惧、受挫的激情的罗列，“悬疑小说”的概念如果用到这样的作品上就名誉扫地。这一类故事中，行动围绕某个中心人物（通常为女性）展开，读者可以想象自己就是那个人物，关于其恐惧他（或是她）感同身受。其他作家的目标，用杰弗里·豪斯霍尔德的话说，在于“带给读者恐惧”，但那等于让另一个人恐惧，让被追杀的主人公恐惧，而主人公与大多数读者风马牛不相及。豪斯霍尔德的主人公和迪克·弗朗西斯的另类悬疑小说中的主人公一样，都是独行者，为奇特的个人执迷所驱驰。

杰西卡·曼恩提到了侦探作家俱乐部同人露丝·伦德尔和西莉亚·弗雷姆林，两位是二十世纪下半叶心理悬疑小说的主要倡导者。时有作家被评价过低，或重视不够，1981年6月，《泰晤士报文学增刊》邀请几位作家提名这样一些遭到不公平对待的作家或作品，伦德尔就是受邀作家之一。她提了弗雷姆林，说弗雷姆林的小说聚焦于“生活在市郊落后区域的人们，他们要么活在死寂的绝望中，要么活在喧嚣的绝望中。弗雷姆林喜欢像特罗洛普那样，以克制的热情创造人物，她的会话不是对白，而是人们的生活交谈”。伦德尔对弗雷姆林的《七个荒年》、《保罗叔叔》，及其处女作等大加赞赏。那部处女作当选年度最佳小说，荣获美国推理小说作家协会颁发的埃德加奖。

作品题为《拂晓之前》，1958年首版。劳拉·威尔逊在介绍最新再版时写道：“弗雷姆林的小说，情节紧凑，语言简洁，令人钦佩，其特点是一丝不苟的观察，不放过微小细节，平添生动……这样做确保了她所有的人物，包括孩子，一律形象完整，无懈可击。书中显示的智慧，也许更令人惊讶，也令人高兴——既飘逸自如又不留情面，一切恰到好处——赋作品以辛辣，与众不同，令人难忘。”弗雷姆林自己为这部小说的早期再版作序，讲述了这个令人不安的家庭悬疑故事的来龙去脉。

拂晓之前

西莉亚·弗雷姆林

这部小说的初始灵感来自我的第二个孩子，小家伙整天心满意足，过得极其快乐，只是整夜不睡觉。午夜刚过，她会醒来，两点半，她会再醒来，四点，她又会醒来。专家们建议说你就“由着她哭闹呗”，但家里还有其他人，丈夫也在努力学习，全力备考，让她哭出来是不可能的。几个月后，我发现自己由于睡眠不足而很难集中注意力，削土豆皮或熨衬衫（熨斗平稳地往返滑动，即便我站着，其催眠效果也令人惊叹）的时候，眼睛竟然会闭上。我开始担心，昏昏沉沉中，我可能会干出极为粗心大意的事，从而导致灾难。我从各个方面得到的建议——毫无疑问各有妙处——到头来，放在我们的情况下毫无用处。

记得有一天晚上，我坐在楼梯底部。孩子很清醒，在我怀里兴奋而活跃，但她时刻准备着，一旦我把她放到小床上，她准能继续大哭起来。我突然意识到：这是人类的重要经历，为什么还没人写过？我是说还没有人认认真真写过——当然，被孩子吵醒的笑料不胜枚举——但实际上这根本不是笑料。这是一种让人精疲力竭的经历，任何人都有可能遇到。在我看来，应该围绕这种经历写一部严肃的小说。我竟没有听说过这么一部小说：然后我想到——我为什么不写一部呢？

我写了。不是立刻动手——我太忙太累了——而是几年以后我的难题不复存在的时候。

从那以后，多年来，在不同时间，我得到的提议都是责备故事中的丈夫。有人说，他准是个怪物，把难题通通扔给妻子。有人劝我相信，任何一个正常的丈夫都会在这样的夜晚轮流值守。

关于这番议论我的回应是——是的，通常情况下很多丈夫会这样做。但同样地，也有很多丈夫不这样做，尤其在我的故事中，妻子甚至都不期望他这样做。养家糊口的人，有全职工作，白天需要上班，晚上就有权睡觉。这样的想法放在三十年前（也就是写这本书的时候），我们大多数人肯定不会认为不近人情。虽然有人斩钉截铁地告诉我，如今的一切大不相同，现代的年轻夫妇在抚养孩子的问题上责任均担，平均分配，但我并不相信。我自己的观察告诉我，仍然有许许多多夫妇认为，照顾小孩仿佛完全是母亲的责任，他们当然也是这样做的。

尽管如此，我还是想向读者保证，我的意思并不是说那丈夫是什么“怪物”。事实上，尽管这是个犯罪故事，我不希望作品中的人物被视为邪恶的怪物。相反，他们是常人，心地善良，只是陷入了自己无法应对的困境。

动　作

乍眼看来，动作故事、冒险故事、间谍故事似乎与侦探小说或心理悬疑小说大相径庭。其中利害关系往往更大，有时候，问题不在于能否将具体罪犯抓捕归案，而在于英雄人物能不能拯救我们所知的这个世界。尽管如此，惊悚小说家和犯罪小说家、侦探小说家、悬疑小说家在写作方法上有很多共同之处。侦探作家俱乐部会员中有许多是动作小说家，他们的作品表明，方法层面共性自在。动作是一切商业化小说的关键要素，即便是科林·德克斯特等人写的那种理性侦探小说，也莫不如此。

上好的文字，其内在属性通常在于"动"，重在动词而不在形容词或副词，重在主动语态而不在被动语态。当然，犯罪小说家希望读者执行的动作是不断地翻动书页。即便在惊悚小说中，动作也常常有助于找到法子把读者的满足推迟一段时间，这跟其他形式的小说没有两样。记住查尔斯·里德的忠告（有时候被认为源于威尔基·柯林斯）："让他们笑，让他们哭，让他们等。"

德斯蒙德·巴格利是二十世纪六十年代以降最畅销的惊悚小说家，他认为自己的作品属于讲故事的主流传统，关注善恶之间永恒的斗争，其渊源可上溯数千年。1973年，他在写给《作家》杂志的一篇文章中说，经典戏剧的结构分为三幕[1]，绝非偶然。简而言之，第一幕介绍人

1　戏剧中的"幕"英文为act，与"动作"的英文action为同根词。

物、情景，第二幕让情景发展，使其复杂化，第三幕解决那些复杂的缠结。最终效果是心理满足。

巴格利说，动作小说成也人物塑造，败也人物塑造，这与其他小说是一个道理，他的传承者们现在也认同这一观点。巴格利也花费同样多的心血描写地点。比如《瞎忙乎》中，他将背景冰岛作为一个角色来对待："这往往会给故事带来一种自由流动的效果，地点描写是无可替代的。"

主题也是巴格利的写作中心："《山崩》旨在追寻个人身份。利用虚荣救治被刺伤的自我，这样做有危险，《比韦罗来信》的主题就在于表现这种危险。"在巴格利看来，情节来自"人物、环境、主题的互动"。他的作品不进行预先策划，因为他珍视动作惊悚小说中的不可预测性。和许多犯罪小说作家一样，对巴格利来说，重要的不是所叙事件是否可能，而是是否可信。

加文·莱尔是侦探作家俱乐部差不多与巴格利同期的会员，职业生涯中，他起家于飞行术惊悚小说，继而转向间谍故事，然后写历史冒险。为自己的行动负责是他所感兴趣的信念。在《二十世纪犯罪小说家与推理小说家》中他写道："我似乎喜欢那些做出积极决定——甚至可能是道德决定——改变故事进程的英雄人物。"对于写冒险活动的作家来说，这个喜好通常很有用处。

莱昂内尔·戴维森算不上多产作家，1960年至1994年间，他只出版了八部惊悚小说。他的写作算不上出手敏捷，但他有三部作品被评为年度最佳犯罪小说，荣获金匕首奖。这种成功比率是惊人的，他不懈努力、吃苦耐劳的能力终得回报。

灵感，汗水，实现

莱昂内尔·戴维森

著书的想法很是异类，有一些我曾长时间苦思冥想，但似乎就是写不出来，而确实写成了的作品大多计出偶然。举个例子，我的第二部作品就是一个冬天，我在英国皇家植物园散步的时候，突然浮现出来的思绪。冰雪开始融化，冷不防我突然在融雪堆中看到了个什么东西。仔细一瞧，原来是个耳朵，一只狗，死了。不知什么原因，这只雪埋了的死狗在我脑海里瞬间变成了熊。我坐上公共汽车去图书馆查阅关于熊的书籍，——不知什么原因，也许是图书管理员的一时狂热吧。图书馆里关于熊的藏书很少，但我拿了几本书，那天直到晚上躺在了床上，我还手不释卷。第二天早上醒来的时候，一部新作的全部情节我几乎都已成竹在胸。在接下来的两年里，我一直为这本书挥洒汗水，包括做一些研究。我创造这部作品的过程就依灵感、汗水、实现这个顺序。（进展到大约四分之三的时候，熊才慢慢腾腾挤了进来。）

不管怎么说，流汗是一个恒定要素。因为在我手头，情节似乎永远不够，我做了大量的研究，试图找到更多情节。这类研究总是失控，打字机敲出的笔记，长度是成书的好几倍……到头来似乎没有哪些笔记内容是非用不可的——至少从提供情节的功能看是这样。在第一个闪念的瞬间，我通常想到的情节太多太多，多得无法应对。麻烦的是，我不知道是哪个情节，或者更确切地说，由于每次都闪现，我竟忘了。

犯罪作家协会专为新作家举办新秀匕首奖大赛，汤姆·哈珀在大赛中脱颖而出，这次成功开启了他的文学生涯——无可辩驳地例证了参加这种赛事的潜在价值。2001年，《毁灭的悬崖》荣获新秀匕首奖亚军，他很快找到了代理和出版商。小说以拿破仑战争时代为背景，讲述一个历史探险故事，两年后作品出版（用的是作者的真名埃德温·托马斯），成为一部系列小说的首卷。

他没有满足于此，2004年，他用哈珀的名字出版了新系列小说，首卷为《阴影马赛克》，这部系列小说被译成了多种文字。最近，他的作品再次登上畅销书排行榜，这次是他与威尔伯·史密斯合著的作品。2010年，他为电子出版物《一鸣惊人》写了一篇文章，文中谈到，“过去与现在的对话从未停止过”，他的大多数小说“总以不同方式再现这种对话”。他懂历史，这使他能对当代抱持清晰的视角。《拉扎勒斯金库》成书于全球金融危机之后，书中描写恶贯满盈的银行家，但正如他所说：“这部小说真的是在批判现代资本主义吗？是对失败的经济模式的控诉吗？不是。这是探险故事，是一部惊悚小说。”

探险小说

汤姆·哈珀

探险是书中描述过的最古老的故事。回溯到小说的鼻祖，有《奥德赛》和《吉尔伽美什史诗》，还有你感觉是在冒险的故事：英雄人物抛却家园的安逸，启程探索危险的地方，一切充满了不确定。艾德·戴维在其小说《要命法则》中指出，探险故事可以追溯到更早以前；他认为进化过程中，智人超越了尼安德特人，民间记忆对此有所记录，《吉尔伽美什史诗》实际上是这种记录的书面遗迹。如果那样去理解，那么探险故事实际上连接着我们的遗传基因。

然而，要在现代出版行当为这类作品定位，非常困难。书店没有为探险小说专辟书架；一流的犯罪小说作家能斩获几十个国际奖项，他们的壁炉台被荣誉证书压得吱嘎作响，而探险小说只有一个奖项，那还是最近才推出的。看一眼威尔伯·史密斯探险小说奖入围名单，便知这种题材的灵活度有多大。科斯塔文学奖获得者与传统惊悚作家比肩，古罗马军团士兵与国际人口贩子为伍；探险可能发生在任何地方，任何时间，涉及任何人。所以你该如何定义这类作品？

有一种说法，犯罪小说是要解开已经发生的事，惊悚小说是要阻止即将发生的事，探险小说可能包含两者中的某一种元素，或者两种元素兼有，但从根本上讲，它两者都不是。探险小说叙写的是开启一段旅程，带人物（及读者）到他们从未想过的地方去。它不是写已经发生了什么，或者写即将发生什么，它在写一路上实实在在发生了什么。

至于这段旅程将带你去哪里，这是这类小说的主要内容，它应该是个情调奇异、危机四伏的地方。许多作品中，环境本身成为主角：想一想菲利普·马洛笔下的洛杉矶，或雷博思探长所在的爱丁堡。探险小说更是如此，它带读者到野蛮而陌生的地方，而它对读者的吸引也大部分来自此举，无论阿利斯泰尔·麦克莱恩笔下的北极荒原，威尔伯·史密斯笔下的非洲大草原，还是克莱夫·卡斯勒笔下的深海，莫不如此。但这不是观光。探险小说中，风景是故事的活跃成分，几乎可以肯定，它在试图要你的命。它隐藏在每一章的背景里，伺机出击，准备把最无恶意的行动变成潜在的致命考验。无论故事中的主人公面临什么样的危险（有可能纷至沓来），他们栖身之所是环境，大部分危险来自环境。

我在研究《十二宫站》的时候去了北极的斯瓦尔巴特群岛，那时我亲身感受了一下环境。我们乘坐机动雪橇去荒野探险，离哪一个据点都有五十公里远。我戴着雪橇头盔，眼镜反复起雾。想要清理，我必须先脱下手套，以便拉开外衣拉链，拽出围巾头来擦拭镜片。做这事太简单了，在家里你甚至可以不把它当回事。但在零下三十摄氏度的环境里，擦眼镜的工夫，我的手就发白麻木，颤抖不止，我竟没有办法再戴上手套。

幸运的是，我带着向导，他发现了我的窘境。他让我喝茶，让我伸展、跳跃，而后温暖我的手，直到它恢复了知觉。事后回顾，这似乎不算什么。但如果当时我是独自一人，我可能永远戴不上手套，永远无法重新发动雪橇，永远回不了营地，这样设想完全有道理。探险小说的风景中，这些都是微小变故——手套掉了，拉链断了，脚迈错了一步——它们往往能决定生死。

这个故事也说明了探险小说这一类型的另一个关键方面，仅写特定的地方或风景是不够的：你必须能够说服读者，让他们真的身临其境，在酷热中冒汗，触摸那里的植物，品尝那里的空气。如果背景的感觉不是百分之百真实，故事就废了。这等于把具体责任加给了作者。要么你必须像老派探险作家一样，写你不同寻常的生活经历；要么你必须勤于跑腿，搜集素材；要么你必须读很多书。

这几种做法都会有成效。我为写小说进行的研究带我走遍了全世界，我去过景色秀丽的地方，但研究也让我跑了很多图书馆。我们看重第一手经验，然而斯黛夫·彭尼没有离开过伦敦，其著作《狼的温柔》以加拿大的寒冷偏远地区为背景，照样非常著名。我写过一本环游世界的小说，作品中有的地方我真正去过，有的地方我只在书籍中研读过（有时间原因，也有经费原因），我必须把两者结合起来。有书评称赞我的异域风情真实可信，说我杜撰的“你就在那里”的特征如变魔术一般——不过书评称道更多的是我没有去过的地方，而不是我去过的地方。小说被称为虚构写作是有道理的。

研究怎么做，决定权在你自己，但无论怎么做，你都必须熟悉主人公栖身的世界，熟悉他们必将面对的来自大自然的障碍，这非常重要。

主人公的形象可以不拘一格。广义上说，探险故事的主角可以分属两个阵营。有力不从心的业余爱好者，还有超级能干的行动英雄。对于后一类，想一想《所罗门王的宝藏》中的艾伦·夸特梅因，或莱昂内尔·戴维森所著的《科林姆斯基山庄》中的约翰尼·波特这样一些人。波特是加拿大人，他可以冒充土生土长的西伯利亚人，在雪窟中用零部件组装汽车，闯入不可逾越的隐蔽基地，穿越数百英里的冻土地带，最终成功逃脱困境。他的乐趣，也是他这类人中的其他人的乐趣，在于目睹难以置信的能干人，如何利用系列特技，攻克大多数人不可能拿下的挑战。

人物波谱的另一端是普通男女，他们陷入的境地远非他们的能力所能应对。这种情况下，主人公因缺乏经验，导致地点的危险程度如涡轮增压般大大增加：杰克·伦敦的短篇《生火》就是证明，故事中的无名主人公低估了育空的寒冷，犯低级错误，造成了一系列过失，最终丧命。通常情况下，这类故事的乐趣在于目睹人物竭尽全力应对环境，不断经历痛苦，最终学会如何掌控环境。我们与人物的连接基于最原始的欲望——生存的需要；我们对他们产生认同，因为我们知道，在那样的情况下，我们也会艰难挣扎。

写探险故事，有人物有地点足够了。人物＋敌对场景＝戏剧：环境凭借其特殊挑战，可为背景、敌手，亦可为一系列明确的情节要点。但通常，作者会希望以情节为载体添加更多内容。许多小说围绕追寻失去的事物展开：泰坦尼克号的残骸、寓言中的城市、传说中的宝藏、安全、家园。追寻什么不重要，其主要目的在于启动旅程，加剧主人公的困境，也许还能促成人的参与，对手当道，从中作梗。

因为是探险小说，所以情节通常不是重点。如果是惊悚小说，开头在密谋刺杀总统，那么它的结尾很可能就是一场暗杀图谋。如果是犯罪小说，开头是台球室里发现了尸体，那么假如它的结尾不是图书馆里聚齐了嫌疑人众，侦探在向他们揭示罪魁祸首，你就会感到失望。探险故事没有这样的定规，情节策划可以比较松散，灵活机动。重要的是，在每个阶段，主人公都知道他们在努力实现的目标，也知道他们的行动和选择将发挥作用，开启探险的下一个阶段。威尔伯·史密斯的《季风》，开头是船长哈尔·考特尼爵士受命追捕海盗，这个海盗一直在印度洋上威胁英国航运，很是危险。读者自然会设想，故事发展到高潮将是考特尼的船和海盗船之间的殊死决斗。九百页之后，经历了一系列离奇的命运转折（剧透警告），哈尔的一个儿子成了阿拉伯王子，另一个儿子成了非洲游牧部落的王牌猎手，而海盗的作用一旦发生，达到了展开故事的目的，便被边缘化，远远地出现在后视景中。探险小说中，故事带你去哪里，你就可以去哪里，与其他题材相比，你享有更大的自由度。

探险写作有未来吗？在这个卫星监控与谷歌街景的时代，世界正在失去其秘密。为写小说《黑河》，我做过研究，其间读了很多关于探险家珀西·福塞特的书。珀西于 1925 年在亚马孙丛林的未知荒野消失，成为二十世纪最著名的失踪者之一，与艾米莉亚·艾尔哈特和卢坎勋爵齐名。他失踪的地方现在是大豆田园，高速公路横贯其中。我的一次研究旅行穿越秘鲁热带雨林最偏远的区域，旅伴发现，那里的手机信号竟比在约克郡家里还强。世上的荒野之地在缩小，真正的探险范围也在缩小。不过善于想象的作家正在寻找扩展探险小说的办法。莎拉·洛兹的《白色之路》将珠穆朗玛峰登山运动与超自然现象结合在一起：哪一个侧面都让人战栗。塔德·威廉姆斯在他的“异域”系列小说中改造了探险小说的许多表现手段，让大部分探险活动发生在网络虚拟世界中。科马克·麦卡锡的《路》从后世界末日的视角诠释世事。太空是探险的最后前沿——最终的敌对环境——至少从埃德加·赖斯·巴勒斯的“巴苏姆”系列小说开始是这样。

探险小说接下来何去何从？没人知道。要找到出路，最好的办法是开启旅程，看它把你带到哪里。

迪克·弗朗西斯和费利克斯·弗朗西斯是侦探作家俱乐部会员中

少见的父子，惊悚小说写作成了他们的家庭事业。迪克曾是一位著名的障碍赛马骑师，而后于1962年出版了第一部小说。朱利安·西蒙斯，一位严厉的法官，在其惊悚小说《血腥谋杀》中写道，迪克“推进故事发展的能力世间罕见、令人羡慕，更兼他能吃透所述主题，这一切使读者产生欲望，不停地翻动书页”。

H.R.F.基廷与迪克·弗朗西斯同一时期入选侦探作家俱乐部，在专著《犯罪小说写作指南》中，基廷说：“迪克是赛马骑师冠军，全面掌握了选择时机的方法，创造了一个又一个张力不断增加的悬念吸引读者……他设计英雄和恶魔，让他们相互斗智斗勇，让读者为之着迷。”到了二十一世纪，费利克斯·弗朗西斯继续弘扬这一传统。如何实现这多不同效果，他是详细解释的不二人选。

写动作场景

费利克斯·弗朗西斯

写动作场景不存在什么魔法，但最紧要的是用文字创造画面，让读者通过自己的想象进行充实；不要给出太多的细节，免得迷乱，但需要恰到好处的细节传载张力。

观看影视，其中的动作场景扣人心弦，我们都很熟悉，致使人们认为仅用文字创造的画面似乎一开始就该居第二。但要论洞察力和领悟度，文字则以深邃见长。

我写小说总是采用第一人称叙事，正如我父亲迪克·弗朗西斯一样，鉴于此，我们可以在描述动作的同时传载主人公的情绪情感。这样，我们可以表现动作所创造的恐怖和惊骇。犯罪故事中十分常见的情况是人物被置于命悬一丝的险境，这种时刻，表现恐怖与惊骇尤为必要。

写动作场景，迪克·弗朗西斯堪称大师，以下片段（略有修订）节选自其第四部小说《凶多吉少》，很能说明问题。锡德·哈雷，先前是赛马骑师，后来成为私家侦探，他一直在调查谁是利奥。利奥是一个罪魁的绰号，此人乃一系列不幸“事故”的幕后操手，而这些事故几乎让希伯里赛马场的财务彻底瘫痪。无须赘言，写作《凶多吉少》的时候手机远没有发明；至于希伯里赛马场，不论过去还是现在，都没有真实存在过，其为赛马场只存乎读者之心——心思各怀，因人而略有不同。

我横穿过去，走到新闻中心，想看一看安保人员有没有什么需要报告。

没有。

他们四个都睡得不省人事。

我想，这帮笨蛋，还当过警察，让人家略施诡计，竟睡得像婴儿一般。守卫工作的首要规则之一就是自带食物、饮料，不要接受陌生人的糖果。

我拿起新闻中心的电话求援，但所有线路都打不通。

我走出新闻中心，借着门口外溢的灯光，看到一个模糊的身影向我走来。

“谁?”那人喊了一声，气透专横，我听出了声音，是奥克松上校，赛马场经理。

“是我，锡德·哈雷，”我大声回应，“你过来看看。”

他跟着我回到了新闻中心。

“这帮人怎么了?”奥克松上校问道。

“吃了安眠药了。电话打不通，没法求援。”我沮丧地摇了摇头，“我希望他们醒来的时候头疼炸裂，真是活该。”

“我能理解你如此恼火……”他开始说话，但我已经不再认真听了。在安保安坐熟睡着的一把椅子背上，挂着个棕色革盒，是一个双筒望远镜盒，盒盖上印着三个黑色首字母：L.E.O.。利奥，利奥!

“怎么了?”奥克松问道。

“没什么。”我冲他笑了笑，碰了碰望远镜背带，“你的吗?”

“是的。这几个人问我，他们是否可以借用一下。”他也冲我笑了笑，“我们去我办公室吧，你可以从那里打电话。”

“好吧。”我回答说，但绝对没有去他办公室的意思。

我们出了新闻中心的门。

一个熟悉的声音从不足一码远的地方传来，语气透着满意，“你逮住他了，奥克松。”是霍华德·克拉耶。他说：“很好。”

“他过来了——”奥克松应了一声，既焦急又恼火，他知道“逮住他”夸张了。

“休想。”我边说边转身向车跑去。

我离车已不足十码远，这时候，有人打开了车灯，我自己的奔驰车前灯。我停住脚，僵在那里。

我身后，有人喊叫，我听到了奔跑的脚步声。我突然改变方向，直奔大门。我朝大门跑了三步，另一辆车的前灯扫了过来，直射我的眼睛。

喊叫声越多了，更近了，是奥克松和克拉耶的声音。我转了一下头，强光刺得我眼花，只见他们包抄了过来。这时候，我身后驶来的那辆车滚滚向前，我的奔驰的引擎也发出轰鸣，开始行动。

我向黑暗中跑去。两辆汽车在行进，我又一次暴露在灯光里。克拉耶和奥克松顺着光束方向追了过来。

我像一只兔子，被围追堵截，驱向大看台，两辆汽车的灯无情地照亮我，他们两个人紧追不舍，伸手就可以抓到我。这是一场噩梦般的围猎，我在慌乱中瞎想，如果被抓，后果比痛失幼子要糟糕得多。

我穿过热身跑道，钻过卸马场围栏，进入场主和教练的午餐室，从那里不停脚穿入大厨房，然后迂回进入会员餐厅。我沿餐桌和翻转倒立的椅子之间的空处绕到远侧的门，穿门进入走廊，宽阔的走廊像一条隧道，将大楼一分为二。

追捕被抛到了身后。

我爬上一段陡峭的石级，走到大看台的露天台阶，在阴影里坐了下来，精疲力竭，喘着粗气。

露天台阶底部是开阔的会员草坪，延伸到一排齐胸高的金属网格围栏，围栏外就是整个赛马场的广阔区域。这地方离伦敦路有半英里，还隔着一道边界围栏，那是需要翻越的另一道障碍。

太远了。

我直视赛马场：如果逃跑，必须成功脱身。

我的赛马王国，我想，我有一小时能跑一百五十英里的白色奔驰，但里面坐着的不是我自己。

逃跑，在逃跑中被人逮住，将前功尽弃，毫无意义。

用药蒙翻安全巡逻人员不会没有目的，克拉耶来希伯里赛马场不是为了锻炼身体，今夜他们还策划了更多破坏活动，而且有可能已经实施了。但机会只有一次，如果留下来观察，我可以弄清楚他们的活动是什么。自然——是在他们找到我之前。

如果我有孩子，他们是不会拉我玩捉迷藏的。

半小时过去了，叫人恐怖的围猎还在继续。这时候，我自己的车就停在看台靠近赛马场的那一侧，正是第二天比赛期间庄家们站台的地方——我是说如果有比赛。我的车面向看台，大开着灯，照亮了台阶的每一寸，因此在看台的那一侧我无处藏身。

另一辆车也停在赛马场，车灯照亮着另一侧的配料室、酒吧、餐厅、办公室等。

假定两辆车里都坐着人盯我，那意味着只有克拉耶和奥克松在围堵我：但渐渐地我意识到，看台上追我的有三个人，不是两个人。也许有一辆车里没有人。是哪一辆呢？车钥匙在点火状态吗？

我一点一点，摸过了好大一段距离。我不知道自己在寻找什么，这才是问题所在。可能是炸弹，或者是炸弹之下的什么，但凭以往的经验，它应该是突发变故，灾祸降临。公开的、可识别的破坏行动不是他们阴谋的初衷。

我一路小心翼翼，每一步都心惊胆战。我偷窥墙角，轻手轻脚出入房门，担心有人随时会从后面扑上来。

我进了走廊，蹑手蹑脚从男厕挪到会员酒吧，这时候克拉耶出现在走廊另一头，开始朝我走来。他没有发现我。我一大步横过走廊，扭身一跃，钻到了一堆叠放起来的户外椅和遮阳伞后面，那是唯一可用的遮挡。

我的藏身处发挥不了多大作用，当克拉耶朝我走来的时候，他的脚步发出空旷刺耳的刮擦声。他停了两次，打开各间贮物室门，朝里面查看。贮物室没有出路，与我不利：如果在那里面被发现，我将无路可逃。

我一直在摸向酒吧，这时候酒吧门突然开了，灯光泻进我和克拉耶之间的走廊。

“他不可能跑掉哇。”奥克松说，显得很焦急。

“他当然跑不掉。”克拉耶怒不可遏，声音在走廊里回荡不止。“我们这么东一榔头西一棒子不能解决问题，我们需要从这一头开始，一处挨着一处，彻底排查。”

他们俩开始走开，酒吧门没有关上，走廊里仍然溢满了光。我不希望这样。如果有人从走廊另一头进来，他肯定会看见我。

我开始顺墙匍匐，以便藏得更隐蔽，这时候，一把遮阳伞哗里哗啦从椅子垛侧面滑了下来，产生的回响像十几挺疯狂的机枪。

“他就在这里。抓住他。”

我站起身来逃跑，跑过男厕，跑进了可能是最后的一道门。这间屋子是公用酒吧，狭长、空旷、肮脏，散发着啤酒味。有人疏忽，把一个装满了金属瓶盖的水桶放在了当道，桶里的金属瓶盖因启封而卷曲，我差点被那水桶绊倒。接下来我费了宝贵的几秒时间，奔回去把水桶摆到门里面。

克拉耶和奥克松撒腿紧追，我突然关掉了灯。我来不及跑出屋子远端的门，跑到检阅场，便趴下身子躲到了吧台后面。

屋门猛然打开，传来了水桶的哗啦声，人的尖叫声，有人摔倒的声音。灯忽然间又亮了，灯光下我看得清楚，我的藏身处是多么狭小。有两个瓶盖滚过地板，滚到我眼前。如果没有眼下这般危险，这一幕倒很有趣。

“老天爷呀，”克拉耶怒喝一声，“起来，你个蠢货。”

他冲进屋子，由于他的重量，木地板在微微弹动。他一把拉开外门，冲着停在外面的车高声叫问我跑到了哪里。

与其说我看得到，不如说我感觉得到，奥克松跟着他顺房间跑。

我匍匐绕过吧台端头，奔到门口，关掉灯，用力关上门，跑回走廊。

跟所有的第一人称叙述一样，这一段摘录中，见证和描述行动的视角只有一个，但这样做本身就在增加悬念，因为读者和人物都不知道另一方在做什么。而且，一面追逐在继续，另一面寻找潜在破坏活动的故事暗线也在继续，这对整个这一段的意义和结构都十分重要。

1968 年，电影《布利特》由史蒂夫·麦奎因领衔主演，饰旧金山警察局的弗兰克·布利特中尉。影片中，麦奎因驾车追凶，以高达一百一十英里的时速在旧金山陡峭的街道来回奔驰，这场戏成为银幕上飞车追逐场面新的标杆。该场景在电影里持续不到十分钟，但拍摄却花了整整三个星期。片中将整组镜头全貌呈现，不事雕琢，荣获奥斯卡最佳剪辑奖，这是实至名归。

用文字描绘追逐场景，就其本质而言往往更讲求收放有度，上文《凶多吉少》中的节选是这样，下文我的小说《豪赌》中的节选也是这样。但这并不意味着文字描绘的场景就不那么扣人心弦。

> 我顺着利奇菲尔德树林往前走，这时候看到有人站在我家门外，手指摁在门铃上。我正要叫他，他却轻轻扭了一下头，仿佛回望什么。
>
> 尽管我告诉过警察，在安特里我没有见过杀害赫布·科瓦克的凶手，但我立刻明白，杀手就是他。他就在眼前，站在芬奇利我家前门外。我想他不是前来登门拜访嘘寒问暖的。
>
> 我的心跳即刻飙升到了平流层的高度，已经在喉咙里鼓起了的惊叫声让我硬压了下去。我连忙转身背过他，但彼此的目光还是相遇了。我瞥见了他右手里长长的黑色家伙：他长期随身带的枪，装了消音器。
>
> 麻烦了，我想。
>
> 我转过身，以最快的速度沿利奇菲尔德树林往回跑，跑向摄政公园路。
>
> 交通高峰期，利奇菲尔德树林可能会被用来抄近路，人流也算熙攘，但到了下午4点，它就变得寂静、冷清，连回家的学童都不路过。

我想，人多的地方总是安全的，他肯定不会在众目睽睽之下杀了我。不过他杀赫布的现场有六万多人。

偶然间我回头瞥了一眼，这是个错误。

他还在我身后，离我只有三十码，他一边加快追赶，一边举右臂瞄准。

我听到飕飕声，子弹从左边飞过。

我越跑越快，也开始大叫起来。

“救命啊！救命！”我扯着嗓子，用尽力气，高声呼救，“快叫警察!”

没人应声，我需要呼吸缓解腿部肌肉疼痛。哎呀，要是有当初做赛马骑师时的身体该有多好。

我觉得又听到子弹从身边飞过，像弹球一样蹦离前面的人行道，不过我没有停下来核实。

最终，我跑到了摄政公园路，没有被伤着。我向左绕过街角，不敢停步，径直冲进帕特尔先生的报亭。我推开惊愕的店主，俯身蹲到柜台底下，气喘吁吁。

当然，并非所有动作场景都产生于与其他人物的冲突。有时候动作场景也产生于人与机器、环境，甚至与自然力量的对抗。

记得我还是个少年的时候，在巴林岛的沙漠里读了阿利斯泰尔·麦克莱恩的奇书《大北极》。有一段描述讲卡彭特博士和两名美国潜艇船员，他们在冰封的北极艰难跋涉，完成了几乎不可能的行程。我当时读得如饥似渴，然而尽管身处四十度的高温，我清清楚楚冷得直打哆嗦。

麦克莱恩用文字唤起如此炽烈的情感，正是这种变魔术般的能力使他成为二十世纪最伟大的小说家之一。他的能力不仅归功于他出色的写作，更要归功于他深入的研究，尤其是战时他在皇家海军北极护航队的经历。其处女作《皇家海军"尤利西斯号"》中，他还以这段经历为背景，绘声绘色地刻画了严寒和船员的苦楚，那也正是他自己在几度开赴摩尔曼斯克的旅途中遭受的苦难。

实施研究，吃透主题，不仅利于提升动作场景，它将使写作在各个方面更有深度。迪克·弗朗西斯曾经是越野障碍赛马冠军，写过三十九部小说，其第一部《宿命》的开篇几段，利用这一经历，唤起读者"声临其境"的感觉，堪称深度写作的演示。

> 热腾腾的马和冷冰冰的河雾，气味混在一起，灌进我的鼻孔。我只能听到飞跑中马蹄的嗖嗖声和嘚嘚声，偶尔也有马蹄铁互相碰撞发出的刺耳声。我身后是十人组成的一队骑手，打扮和我一样，穿白色马裤和彩色运动衣。我前面，一个单骑手稳住马，准备跳过森森然横在路上的白桦障碍，苍白的雾幕衬托之下，他的身躯红处红、绿处绿，显得生动。
>
> 事实上，一切尽在意料之中。比尔·戴维森即将赢得他的第九十七次越野障碍赛；阿德米拉尔，他那匹栗色马，在充分证明着自己依旧是这个王国的最佳狩猎马；而我还像以前一样，望着他们这个组合的背影，好几分钟，赞赏有加。
>
> 在我前面，强健的栗色马后躯隆起，拉紧，跳跃：阿德米拉尔毫不费力跳过障碍，一副真正的伟大的表演家的派头。我看得见，在我跟过去的时候，他把我们之间的距离又拉开了两个马身。我们到了梅登黑德赛马场的远端，离终点半英里多一点，我断无希望赶上他。
>
> 二月的雾越来越浓。这时候，从一道障碍只能看得到下一道

障碍，能见度到不了更远的地方。四周的白色，一片沉寂，似乎把我们这一队孤立的骑手关进了隐秘的监狱。速度是唯一的现实。终点、人群、看台、杂役人员，熙熙攘攘被抛在了身后的雾中，又隐隐绰绰浮现在前面，但一英里半的环形跑道，漫长而荒凉，跑在上面很难相信那熙熙攘攘是真实的存在。

这是一个怪诞、断裂的世界，任何事都有可能发生。

确实有事发生。

我父亲用的这句“确实有事发生”起到了前标作用，强化了读者的预期，使想象力自由驰骋。这个技巧我自己也时不时使用，通常在章末仿效，好让读者猜测。我最新的小说《有罪无罪》第十二章的结尾是这样的：

也许我可以试一试跟警察讲，让他们走开，但他们可能不会理我。

他们没有理我。

这样的句子为下一章立门户，我希望它能让读者不断翻动书页，而不是关灯睡觉。身为作者，即便我们花了一年好景写一部作品，我们希望读者面对我们的文字能爱不释手，废寝忘食，彻夜不眠，一口气读完，这是我们最大的乐趣所在。

迈克尔·吉尔伯特是一位多才多艺的作家，他写过的书目包括经典侦探小说、以意大利战俘营为背景的“不可能犯罪”谜题、刑侦程序小说、历史推理小说、国际惊悚小说、间谍小说、探险故事等等。他在一家著名律师事务所担任合伙人（他是雷蒙德·钱德勒的朋友，也是钱德勒信赖的顾问），同时潜心文学事业，在乘火车上班的旅途中坚持写作。几十年如一日，他把法律跟文学结合起来，实在难能可贵。

1959年，他以犯罪作家协会的名义编辑了《犯罪搭档》，这是一部关于犯罪小说的文集，作者包括朱利安·西蒙斯、西里尔·黑尔、罗伊·维克斯、埃里克·安布勒、钱德勒等等。他自己为文集撰写了《暴力时刻》，认为“惊悚小说比侦探小说更难写”，让一些人侧目。不过身为优秀律师，他举出的例子很有说服力。以下几段摘自那篇文章。

填充空白

迈克尔·吉尔伯特

惊悚小说中，百分之九十五的篇幅里不发生真实暴力，对作家来说，填满这些空间才是真正的问题。顺便说一句，如果你对这个比例不太相信，分析一番雷蒙德·钱德勒的小说《湖底女人》，你也许对之感兴趣。分析结果显示，直到第一百二十三页，主人公的脸被一个警察掌掴两次，此前没有发生过任何形式的打斗。又过了十五页，主人公与警察遭遇，纠缠更为严重。（这里的两页是动作情节。）在第一百六十九页："场景爆炸，火势汹汹，黑暗压顶，我甚至记不得挨了重击。"小说最后一页，罪犯被击毙，他的车坠入一百英尺深的峡谷。故事就是这么讲的。说实话，我们这里讨论的是一流作品。这个水准之下，现实暴力的量会有所增加，但总体测算，是否会超过作品篇幅的二十分之一，我表示怀疑。

接下来我们回到上面的论点。有大量的空间需要填充，当如何填充？

首先，你可以搞蒙混过关。我现在这么说是为了不再在这一点上纠缠。你可以大块大块引入不必要的性爱或详细的肉体暴行。或者两者兼而有之。性行为和性虐待可以同时登场，并行不悖。

请不要误解我。我并不是说惊悚小说，无论是风格还是内容，都应该被构想为教区杂志的增刊。惊悚小说的形式无所不包，从功能上讲，只要对整体有益，几乎任何东西都可以接受。然而，会有这样的时刻——说也奇怪，觉察到它并不难——让人觉得作家只是为了野蛮残忍而野蛮残忍。坏人折磨英雄，可能是故事的基本内容——通常也确实是这样。但当作者对自己说“为什么要浪费一个绝好的机会？我们略微用心，稍施努力，就可以在这里添加几章。烧红的火棍之后上皮鞭，皮鞭之后上冰水，冰水之后用毒蜘蛛”——果真如此，他将不仅让自己的心血名誉扫地，而且会承担更严峻的风险，他精心建造的悬疑、恐怖大厦，可能会爆炸，沦为冰冷的笑料。

然而，我们可以设想你不搞蒙混过关。你的故事的描写部分和叙述部分都经过了策划，它们不仅连接暴力时刻，而且帮助、发展暴力时刻；主人公的性格问题立刻变成了压倒一切的重大问题。毕竟，大部分时间你要和他站在一起。你不只是紧随其后，在他的羽翼之下，你实际上在他体内，用他的眼睛看待事物，用他的判断点评事物。如果他令人生厌，前景就惨不忍睹；如果他真实有趣，那么建筑、服饰、饮食、无关紧要的会话、无足轻重的路人等等最微小的细节，经过他的描述，便成为我们共同经历中真实而生动的部分。

当然，许多东西取决于语气。

埃里克·安布勒当选主席以来，侦探作家俱乐部接纳了许多杰出的间谍小说作家作为会员。有几位会员（可能比我们了解到的还要多）拥有顶级情报工作的第一手经验。其中的一个例子是J.C.马斯特曼，此人曾主持“双十字”反间谍行动，在二战期间发挥了至关重要的作用。另一个例子是约翰·宾厄姆（后来的克兰莫里斯勋爵），曾在军情五处工作多年。宾厄姆的大部分作品是犯罪小说，而不是间谍故事。虽然他的《双重间谍》赢得了1966年度犯罪作家协会银匕首奖，但最近有消息透露，他写过一本题为《完美逃犯》的小说，描述法西斯主义和英国政府掩盖事实真相的行径。可能出于安全原因，这部书从未出版面世。

1982年，迈克尔·哈特兰出版了第一部小说。之前他供职于政府部门，也在国际原子能机构工作过。身为侦探作家俱乐部前秘书，他仍然堪为引导读者进入国际间谍这个阴暗的世界的向导，因为其中的秘密他知之甚多。

构建惊悚小说

迈克尔·哈特兰

但凡作家，都需要各使套路，策划作品。切记，你正在笔耕的可能是你的第一部惊悚小说，但毋庸置疑，你读过的惊悚小说远远不止一部——你所有的读者也是如此。惊悚小说——一如一切小说——求新和原创才可使作品脱颖而出，但基本期望还是一如既往，它应该充满活力，激动人心。

人物

人物是故事鲜活的核心。他们应该有形、有神、有趣——所以对人物要进行缜密思考，尤其是关键人物。让他们动起来之前，你必须先对之充分了解。面对每一个主要人物，我通常会草拟简短提纲——大概六七个——描述他们的背景、个性、外貌、动机。他们一律需要加工作坊，借以塑造其为真人，精雕细琢，使之与书中的角色吻合。请你自问，那里为什么需要他们——确保其性格能恰如其分，填充你脑海中的戏剧性部分。真正的邪恶人物可以非常吸引人，特别是如果他们有黑色幽默感（像伊恩·弗莱明笔下的某些反派角色），所以你的男主人公或女主人公也必须同样吸引人，强硬、严肃，但也要有富有魅力的一面。当然，情节和人物总是在随着你的写作而发展。

我自己的间谍系列小说中的大卫·耐恩，很大程度上是背景造就的人物。他出身于佩斯利一个贫寒家庭，卖过苦力，后于二十多岁的时候来到牛津，加入军情六处。实践证明他很有天赋，既擅长实战又堪当王牌间谍。危机四伏的威胁在一部又一部的小说中一次又一次化解，终成系列。然而他的私生活却是一团糟。

他在矛盾中活得很不容易，一方面他觉得与自己共事的人群“高人一等”，而事实上，他在现实中表现出才智和勇气，人们因之对他敬重有加。他和同事露丝保持一种分分合合的关系，而露丝最终在《亡者之殇》的结尾嫁给了一个比他更刺激的间谍头目。然后突然间，在追踪“第五个人”的过程中，他遇到了一位风姿绰约的中年保育大妈。这个女人对间谍或阶级没有兴趣，但她需要男人，男人的善良。耐恩与她在一起的时候，深深打动了她。他们最终走到一起，住在奇斯威克，他的第一个真正的家，一套舒适的河畔公寓。尽管耐恩头脑聪明，但他没有野心——某种程度上，只要有份工作他就心满意足——所以当他突然奉召进入内阁办公室并被要求担任业务主管的时候，还是他爱人表态说他一定赴任。受封爵士后，他早上上班，两人去白金汉宫坐一坐，然后一起去维特罗斯超市，回家的路上叫一份外卖。

系列小说的第一部中，他的主要敌手是个女性，名叫纳迪亚·亚历山德罗夫娜·基洛娃。此人身居高位，接近于苏军总参谋部情报总局高层人员。1943 年列宁格勒保卫战期间，少年基洛娃加入了红军。连续三年，这座城市境况极其糟糕：轰炸、成千上万的死伤、饥饿、疾病、药品短缺。像大多数其他年轻人一样，她想和德国人作战。她从少女冲锋枪手升为上校，最后升为少将。在男人主导的组织内，她作为唯一的女性，必须努力奋斗，以保住自己高高在上的地位。她和耐恩一样，关于自己与周围人的关系常怀矛盾心态，但她冷酷无情。她必须比耐恩更残忍，因为在她的世界里，失败的代价依然是脑后一枪。

她的生命中有过男人，包括与才华横溢的作家阿纳托利·列夫辛的一段危险爱情。阿纳托利冒犯了体制，最终被流放劳改营，受尽折磨。在《恐惧的边界》中，他被释放，沿街乞讨。其时基洛娃住在列宁山，阿纳托利来到了她时髦而豪华的公寓，基洛娃让他洗了澡，吃了饭，然后休息。阿纳托利在作家联盟听到传闻，说政权即将被推翻，他此行是来警示她的，因为他知道基洛娃容易受到伤害。

如果换一种境况，基洛娃和耐恩可能会相处得十分融洽，但历史让他们成为死对头。第一部和第二部之后，他们（通常）不再是首要位置的男女——读者能够真正产生情感共鸣并全力支持的人物。每一部中的故事都由特定的人物（朋友、敌人，老的、新的）和环境之间的互动发展而来。耐恩和基洛娃可能经常出场，也可能很少出场，但他们作为幕后操控者的影响力无处不在。

以上只是三个例子，说到底，需要你来决定自己的第一线男主人公或女主人公的性质：误打误撞进入故事的平民、职业情报官员、长期潜伏者、敲诈勒索的受害人、恐怖组织的卧底？他们要达到什么目标，他们在受着什么威胁？你的读者需要与他们有情感共鸣，然后，随着情节的展开，读者的感情投入要越来越多。

切记，在续集或系列中，你可能会希望再次使用那个男主角或女主角。

对话

人物间的对话是其背景、动机的关键载体，最重要的是其情感的关键载体。对话还可以补周围环境直接描述之不足。上乘的间谍故事中，各种各样的人都会不期而至，如果你不熟悉他们的话语，那你需要做一些研究。记得我自己需要研究的是中国和日本的男男女女——他们各不相同的语音（英语发音或他们的母语发音）、口音、英语使用。任何人，只要第一语言与你的语言不一样，都需要研究。

有生以来，你一直在听对话，学对话，对话应该是自然而然的事，但若遇特殊人群，如外国的外交官、寡头和武装部队，他们的对话需要真实。如果你在附近的超市遇不到这些人，那么典范型惊悚戏、电视剧、广播剧、纪录片、电影、自己的旅行等都可以作为潜在的资源。在远东的时候，我时不时把听到的话，无论英语、日语、汉语，几乎都转换成语音符号记录下来，作为日后使用的参照。

你的人物阵容可能包括特殊机构的工作人员——军情六处、外国的情报机关和大使馆、武装部队、警察局，无论驻英国还是其他国家。重要的是要把细节做正确。例如在英国，诸如部长私人秘书之类的公务员，一贯称老板为“部长”或“大臣”，不称“先生”或“夫人”（甚至很杰出的作家也常把这个弄错），但部长可能会用名字称呼其秘书。比如在美国，有可能还是一样，但你需要核实。如今，军情五处、军情六处（还有政府通信总部）都用开放式办公室，员工直呼其名。关于海军军官，无论在携带的弹头足以摧毁一个大洲的三叉戟潜艇上，还是在水面扫雷舰上，面对长者称“先生”“女士”，面对同侪后辈今多称名。姓氏通常用来称呼士兵。

这些只是具体细节问题。更重要的是，对话是推进故事情节的主要手段。对话可以解释正在发生的事，表现人物间的关系（尊重、蔑视、爱戴、憎恶、烦躁？），体现背景。对话还可以帮助标示风景，标示周边环境（比如阳光、港口、游艇、地中海上的酒吧），或者交代权术争斗、政府压迫、对秘密警察的恐惧等等。对话往往比直接描述更有效力。

同样地，威胁、敲诈、优柔寡断、冲突、谋杀等戏剧性事件，如果部分地在对话中描述，效果也会强化。比如——

“嗨，亲爱的，”她笑脸相迎，热情奔放，“你来得早，我们可以先喝点什么再出去。”然后，她看到了他手里的刀。

情节策划——背景与威胁

谜题（当然）是需要的。谜题不可稍有怠慢，而且要等到最后几页才能揭开——这跟优秀的犯罪小说没有两样。但你所创造的人物，若要情感与共，丰富多彩，也需要进入危险境地，且威胁、恐惧的背景不断增长——如果这种危险从一开始或者开始不久就咄咄逼人，当然更好。

那么，故事该以什么地方为背景？怎么谋划？真正的戏剧性生成于人物之间的冲突，是冲突导致怀疑、背叛、恐惧，也许还有折磨或死亡的现实危险。但威胁性背景有助于创设你所需要的场景和情绪反应。冷战带有内在的恐怖要素长达四十多年——因为苏联、美国、东欧、西欧的每个人都充分意识到了核攻击的危险。他们也意识到了外国大使馆就是间谍的据点，更阴险可怖的是，无论在赖斯利普还是在莫斯科郊区，可能就有长期“潜伏”人员在街上漫步。

冷战背景是一张可以恣意纵横、驰骋运笔的画布，但它结束了。不过即便冷战结束，以它为背景的间谍小说仍然畅销。潜在的敌手时不时发生变化，但恐吓和人身威胁的潜流自有鼻祖，十九世纪英俄间谍在阿富汗或印度彼此对峙的大角逐就是原型。类似的几乎是群落式的暗流今天依然在卷涌——且毫无疑问，它将永远如此。

一个世纪前，巴肯的《三十九级台阶》就是典型的例子，小说中，一个普通年轻人无意中发现德国间谍杀害了英国特工。英国特工交给年轻人一本生死攸关的笔记本，要他转送军情五处。忽然间，年轻人自己因这起谋杀案遭到追捕，他既要逃脱英国警察又要逃脱持枪的德国人。这是一个出色的逃亡故事。纵使有一点启斯东警察[1]的气息，由于主人公内心的恐惧和困惑不断加深，故事表现得更加激动人心——更加令人信服，因为1915年出版的时候，现实生活是笼罩在对德国间谍的强烈恐惧中的。

二战故事也依旧久盛不衰。过去的两个世纪是极权国家的强盛期，这些国家以培育恐怖为手段，将政府的意志强加给国内民众——有时候也会强加给沦为难民逃亡国外的民众。昔日的叛徒和间谍经常面临酷刑和死亡，如今的叛徒和间谍依旧难逃厄运。精心塑造人物，无问男女，让他们成为间谍，植入过去或现在的极权国家，他们将即刻面临巨大的个人危险。国民每天生活在恐惧中，怕被出卖，怕午夜敲门，间谍被这样的民众包围，危险无处不在。

世贸双子塔被毁以来，恐怖主义的威胁一直普遍存在，并在整个西方世界、俄罗斯和中东各国造成了恐惧气氛。这是强力背景，但你需要研究瓦哈比伊斯兰教派，至少要研究到足够理解其说辞的水平。你还需要研究生活在约旦河西岸和加沙地带的巴勒斯坦人的困境——他们的困境如何与伊朗、真主党、哈马斯政治相关联。当然，也要研究伊拉克和叙利亚战争造成的灾难性后果。这里的局势是有些复杂，但在一些富庶发达的国家，每星期五下午或晚上在清真寺做完祈祷之后，青年男女成群结队在家聚会，讨论所有这些问题。他们可能工作勤奋，头脑清醒，甚有教养。他们可能会爱上彼此，但也会为穆斯林同胞、遭受轰炸而无家可归的人、流离失所的人以及忍饥挨饿的人募集资金——有时候还会为巴基斯坦或阿富汗的塔利班募集资金。这样的事在哈克尼、布拉德福德、伯明翰等任何地方都可能发生。

1 指无能的警察。

有时候，这些年轻人中有一两位会觉得他们应该做更多的事，加之有很多教士参加他们的聚会，尽鼓舞煽动之能事，使聚会可能继而变为激进据点，也许演化为网络体系，帮助年轻人成为新兵，赴训练营参训，或者就在最近，赴叙利亚加入宗教极端主义组织。这种情况已经延续几十年了，其中有很多深刻、动人、令人兴奋的故事——讲述有崇高理想的年轻人受人利用的危险，还有军情五处秘派年轻特工，冒着真正的危险打入最隐秘的组织。发起恐怖活动的路径一直在变，但不会消失。

这个混合体中就有关塔那摩湾及与之相关连的一切，尤其是水刑和中央情报局操控幽灵飞机施行的"非常规引渡"，将俘虏送往酷刑泛滥的国家收监——试图收集情报，以避免恐怖袭击，追捕恐怖分子头目。然后，美国海豹突击队之类的特种部队，或由内华达州安全掩体控制的无人机，飞越叙利亚，实施斩首行动。

除了国家或非国家威胁，不要忘记黑手党式的有组织犯罪。毒品太常见，已经沦为陈腐之谈，但如果你愿意花时间研究，人口贩卖还是很有影响的素材。我的首批研究之一是几年前关于二十名刚果富人的调查，刚果发生内战，这些人沦为难民，他们组团花钱，让一艘小型商船把他们送往英国。贵重物品安全装船后，他们每人携带两万美金登船出发，在商船航行至离陆地一百英里的时候，他们被分组赶到甲板上，从船侧扔到水里淹死。这艘船往来于饱受战争蹂躏的非洲海岸，从事这样的勾当长达十年。我那时没有心思使用这项研究，但过去几年里从地中海传来的消息令人难以置信，那是关于勇气、决绝、盘剥和灾难的故事。

动作与节奏

选取足够阴暗的背景，确保了解主要人物，因为如果这些都准备到位，你的故事就很有可能可信、实在，仿佛真的正在发生。关于这些方面我已经详细介绍过。

人物和背景也该两相结合，暗示可能的故事脉络，补足你自己的观察力和创造力，多元共同作用以拟定情节。无论你选择了什么时期，什么背景，人物都需要面对挑战或威胁，最好具有强烈的氛围，同时它们也应该直接针对具体的人——越不拖泥带水越是有利。有些作家仅从人物写起，向情节推进，但我更喜欢双管齐下，两者并进。我想不同的方法适于不同的作家。

无论挑战或威胁是什么，人物须在经历诸多波折之后才能脱离险境，且悲悯之处在于有些人物在劫难逃。除非你在开篇就写外国特工勒索男女主人公，或者更有可能善待男女主人公，否则敌人会隐藏很深（有时候还藏得很远）。什么时候让反派力量登场，令其指挥中枢运转，这取决于你。或许我们看到的是单一的个体，但不知道他代表着多么强大的威胁，或者我们知道他背后的组织。把人物置于险境，或把信息不轻易透漏，直到剧情发展到适当的时候才公开，以此营造悬疑和张力。

动作要迅速，人数要合情理，时不时自问，按照逻辑，接下来该发生什么——然后逆推叙述。记住，迅速的动作和紧凑的场景紧密结合，会有助于加快节奏，但人物（相互之间）经受的恐惧和激情也有助于加快节奏。做到了这些，你就会写出真正的惊悚小说。

鉴于地缘政治的景观在不断变化，间谍故事或国际惊悚小说往往比其他作品更容易过时。惊悚小说需要惊心动魄，但最优秀的动作小说也能表现人性，讲述极端压力之下人的行为。作家需要针对周围发生的变化，甚至更遥远的地方发生的变化，做出调整与改变。但无论外部世界发生了什么，写出扣人心弦的故事的机会无处不在。

曾经有段时间，有些人认为，柏林墙倒塌，冷战结束（或者表面上结束），标志着当代间谍小说的终结。事实远非如此。过去十年左右的时间里，米克·赫伦获得了二十多个奖项或奖项提名，他的成功是二十一世纪间谍小说巨大潜力的实例佐证。

冷战今昔

米克·赫伦

一两年前，我无意中碰到了一本非常有意思的书，题为《牛津：城市地图》，作者是丹尼尔·麦坎内尔。顾名思义，这本书收集了历代牛津城不同版本的地图，最早的可以上溯到 1568 年。所有地图中，最能引我遐想的是 1972 年苏联为军事入侵而编制的那一张（类似的地图显然很多，绘制这样的地图为的是“逐街逐巷征服英国”）。那张地图把牛津街道名称统统标识为俄语，且标注了重要的工业目标——其中首要的是考利汽车厂。汽车厂当然要比大学重要得多。

话虽如此，另一个重要目标就是大学学院，这可以根据所用色标做出判断。麦坎内尔的理论是，相对于其他各学院，这个学院的重要性有所夸大，由于它的称谓——大学学院。线索就在名称里。

这类差错并不少见。那张地图编制于铁幕的另一侧，图成后不久，我的阅读习惯扩张了，已经伸向阿利斯泰尔·麦克莱恩的作品。麦克莱恩在当时是世界上最成功的惊悚小说家，他对东西方冲突的描述抓大放小，不受细微差别的影响，但我对全球事件的理解大多拜他所赐。例如《大北极》——惊悚小说的经典之作——就为我提供了板上钉钉一样的解释：冷战之所以被称为冷战，是因为战斗发生在冰封的天地，周围都是冰山，任何解冻的预期似乎都是绝对不可能的。

我应该强调一下，我读《大北极》的时候大概十二岁。

我成长的世界背景是冷战：它影响过我的童年，萦绕于我的少年。

那个时代的许多惊悚小说，包括《大北极》，把冷战景观视为理所当然，没人追问其存在的原因，只把它用作对与错、善与恶斗争的背景。当然，妙手巧匠——莱恩·戴顿、约翰·勒卡雷——也有色彩不甚分明之作，但总体来说，重大关系都是非黑即白。小说依存于时代氛围，而七十年代就是一个偏执狂时代。

跟那个年代里长到十多岁的许多人一样，我反复梦见核战争。这样的梦一直持续到我二十几岁。梦里通常是本义景象，涉及导弹发射（尽管从未梦到过导弹着陆），偶尔也有喻义景象——我会梦到洪水、海啸。如果今天做这样的梦，我会归因于更具现代性的恐怖，一种不同类型的人为灾难，但回到那个时候，我梦见的是冷战升温。冷战升温是一种常在的可能性，总在脑海上空盘旋。你可能抱负众多，无一实现，就死去了，你可能昨天才拿起一本书，书没读完，就死去了。这一切并不妨碍我着手写很长的小说，但这一切确实影响了我的总体人生观。

我希望这种影响不要延续，但也许延续了下来，不过是否延续，我也说不清。我们赖以成长的背景似乎本该如此，当它发生改变，不论向好还是向坏，某些层面上，我们期望它最终会还原回去。我们等着另一只靴子落地，但有时候它落得非常缓慢。

二十世纪七十年代也是阴谋惊悚小说盛行的时代，这种状况显然与冷战有很大关联，但其他因素也不可忽略，尤其是水门事件（借用人人熟悉的简约表达）。我们不想宣扬，阴谋惊悚小说作为文学流派，横空出世，壮大于无形。里奥·布劳迪在《纽约时报书评》创立“偏执的超现实主义风格”之说，而一代小说家坚持不懈，致力于追随这种风格，实践者包括诺曼·梅勒、托马斯·品钦、约瑟夫·海勒、威廉·巴勒斯、肯·凯西等等。玛格丽特·阿特伍德和唐·德里罗属于这一传统的传承人。这一流派中有问世更早的重要作品，事实上，理查德·康登的《满洲候选人》1959年就出版了——也许就是阴谋惊悚小说的样板。

但水门事件帮助偏执惊悚小说——或称阴谋惊悚小说——改换身份，进入主流文化，主要因为它证实了偏执感已根深蒂固。其他助推因素包括约翰·F. 肯尼迪、罗伯特·肯尼迪和马丁·路德·金博士遇刺，以及当时正在进行的越南战争。水门事件是一场政府阴谋——掩盖真相，秘密录音，它让人们更容易相信政府还要其他阴谋。例如，事件过后的民调显示，越来越多的人认为登月是骗局。对主要社会机构缺乏信任会导致这一类情况：人们更愿意接受他们读到的小说，奉之为事实，相反，关于地球上——或月球上——实际发生的事，他们不愿意承认其为事实。

事实是冷战背景下发生的事件会削弱人们对主要社会机构的信任，而这样的事实只会放大镜中镜效应。阴谋惊悚小说是在发声：请注意铁幕背后的人，因为他才是幕后主使。

尽管我的选题是阴谋惊悚小说，但我不是个擅长阴谋理论的人。我早期的一部作品中的人物说得好："我认为大多数阴谋理论是政府发明的，目的是在大众中传播偏执和不安情绪。"然而两个世界——冷战阴谋的惊悚小说世界和我们期望视为现实生活的世界——极其紧密地交织在一起，我们对此很难做到熟视无睹。阴谋惊悚小说在融入现实，现实也在融入阴谋惊悚小说，这种题材小说的一个主要特征就是模糊了事实与虚构的界限，把读者——有时候甚至是作者——带入无穷的镜像之中。

詹姆斯·格雷迪在1974年出版了《秃鹰六天》，今以作品中的中央情报局分析员马尔科姆为例。马尔科姆是一名职员，办公室在华盛顿特区国会山上一栋无名的三层联排别墅里，他整天阅读推理小说。马尔科姆也是间谍，他最大胆的行径就是把办公室墙面漆成红色，以抗议穿西装打领带的硬性要求。有时候会轮到他离开办公室领取午餐，所以他非常幸运——正是他领取午餐的时候，一个暗杀小组出现，将他的同事一网打尽。

虚构小说可能险情暗蓄，马尔科姆在电影版中解释道："我不是间谍，我只是读书，我们阅读世界上出版的所有推理小说，然后把情节输入电脑，电脑会核查中央情报局的现实计划和实际行动。我寻找漏洞，寻找新的创意。"

当然，那以后世界发生了变化，冷战也发生了变化。冷战的主要阶段结束于 1989 年 11 月 9 日柏林墙拆除，或结束于 1990 年 10 月 3 日德国统一，或结束于 1991 年 12 月 26 日苏联正式解体……说结束于其他日期也不是不可以。历史不同于小说，不必精确，不必一清二楚。

但有些问题并没有结束。苏联时期的牛津城市地图证明，秘史仍然吸引着惊悚小说家：幕后发生的事；有些事从未真正发生过，但给景观留下了伤痕；废弃的核掩体依然有可能被秘密使用。

因为在适宜条件下，或失常条件下，在特殊的领导人出现或缺失的情况下，一切都有可能重启。人类进入 2020 年，柏林墙倒塌这么多年了，我们无论向东看还是向西看，证据并不遥远，世界上不值得信赖，甚至可能是疯狂的领导者大有人在。如果说经过这段时间，昔日的独裁者改头换面成为流氓，由贪婪、自恋、权力欲、狂热性驱使，而不受理性意识的约束，那并不意味着他们所代表的危险有所淡化。我们越来越拿不准是谁在控制媒体，控制技术，控制民主，这时候昔日熟悉的幽灵便又借尸还魂。

人们常说，间谍惊悚小说的时代已经结束，冷战的终结意味着该流派的时代也在终结，一意孤行沿着间谍惊悚小说的狭小地带继续实践的人需要新的支点。这种说法在二十世纪九十年代尤为盛行。就我而言，我在努力成为国家的优秀公民，成为这个星球的优秀公民，我希望上述论断正确无误。但事实是，冷战并没有结束，或者至少冷战所体现的恐惧和可怕的可能性没有结束，只是披上了不同的色彩。如今，我们可能需要通过不同的地图重新阅读，图中的名称可能变了，但其名异而其实同：在边界之间，在模糊地带，我们置身其间，总是一片冰冷。我们可以暗自私语，这正是间谍小说家喜欢去的地方。

历　史

历史推理小说非常流行，致使每当人们意识到二十世纪七十年代以前它们远没有现今走俏，便感到惊讶。尽管约翰·迪克森·卡尔在职业生涯的后期出版过多部历史侦探故事，但阿加莎·克里斯蒂的小说《死亡终局》独领风骚，作品以古埃及为背景，出版于1944年，它与其说在反映规则，毋宁说在展示例外。

彼得·洛维西从1970年开始创作系列小说，讲述维多利亚时代的警察克里布警长，作品被拍成两部电视连续剧；埃利斯·彼得斯的“卡德法尔兄弟”系列小说从1977年开始陆续出版。彼得斯坚持历史细节翔实准确的原则，更兼其生动的人物塑造和令人钦佩的地域感，使“卡德法尔兄弟系列”成为不朽之作。她是土生土长的什罗普郡人，对什鲁斯伯里和英格兰、威尔士之间的边界区域非常熟悉，她的系列小说就以那些地方为背景。

彼得斯虽然熟悉背景，但她所描述的世界似乎离现在非常遥远，她的传记作家玛格丽特·刘易斯引用她的话这样说：“我一直在努力从当时在场者的角度下笔，让当事人觉得一切发乎自然，顺理成章。”

林赛·戴维斯在《法尔可：官方指南》中说：“我一直想写作，我也知道我一直想写历史题材。”现如今，历史犯罪小说领域涌现出了大量专家，而且其他闻名遐迩的当代犯罪小说家也时不时跻身历史犯罪小说写作。成功的例子不胜枚举，侦探作家俱乐部会员的作品目录中随处可见，如珍·斯塔布斯的《亲爱的劳拉》、格温多林·巴特勒的《潘多拉的棺材》、朱利安·西蒙斯的《黑石南毒杀案》、《德特灵谋杀案》和《甜蜜的阿德莱德》（三部都以维多利亚时代为背景），等等。哈利·基廷的《大君之死》以二十世纪三十年代英国统治下的印度为背景，科林·德克斯特的《丫头死了》讲述莫尔斯探长躺在医院病床上，调查一宗一百五十年前的悬案，安东尼·普赖斯的小说将军事史与当代间谍融合在一起。彼得·洛维西把普赖斯描述为"才华横溢的作家，展示了……历史往往是了解当下的钥匙——这当然是学习历史最有说服力的理由"。

有些时候，也许是受到间接启发，历史小说家也可能从他过去亲身经历过的事件中找到灵感。迈克尔·皮尔斯的经历足以说明问题。

着手

迈克尔·皮尔斯

我在英埃苏丹长大。有一天，我听到远处有人在呼口号。后来我看到了呼口号的人，熙熙攘攘，至少有近两千人。直到今天他们喊出的话响犹在耳："赛义德·阿里，赛义德·阿里，赛义德，啊。"赛义德·阿里是一位政治领袖的名字，那些人正在游行，个个慷慨激昂，他们是喀土穆大学的学生。我那时不是学生，我父亲在喀土穆附近工作，他问那些人我是否可以跟他们一起游行，他们待人和蔼，竟答应了。

那是一场政治性集会。赛义德·阿里率领他们向何处去，只有天知道。但与他们游行，和他们一起高呼“赛义德·阿里，赛义德，啊”令人兴奋，也令人振奋。我还太小，当不了学生，但我的朋友都是学生。那是一个所有校园都人心澎湃的时代，我成了呐喊者中的一员。我们的行进途中，学生从我身边擦过，向我投来疑惑的目光。有一个径直走到我面前，他两眼红肿，正在流泪。苏丹的许多人患有血吸虫病。那是一种水源性疾病，是因尼罗河产生的，几乎影响着每一个埃及人。我不喜欢那人看我的样子，但也没有怎么在乎。一块小石子从我脚边掠过，朋友们从扔石子的人身旁擦过，匆匆走开。我把这个插曲淡忘了，渐渐地全神贯注于当时的整体气氛：沙子上一层一层的脚印，节奏铿锵的呼喊，挤在一起的黑压压的面孔。这时候飞掠过来的石子越来越多了，我的朋友们交换了一下眼色，我们便开始慢慢腾腾地离开游行队伍。我不希望表现出恐惧——我是真正的英国统治下的人——但一种大不自在的感觉还是在我身上缓慢蠕动。

此时，我的朋友们态度明确，他们脱离了游行队伍。然而，我并没有被吓走，火把的光、层层的脚印、夜的温馨吸引着我。呼喊声越来越铿锵有力：“赛义德·阿里，赛义德，啊。”“该回家了。”我的朋友们说，但我依然很兴奋，你可以说我是忘乎所以，走火入魔。一切都那么精力旺盛，充满节奏的呼喊绵延不断，让我欲罢不能，让我得意忘形。

第二天，一切归于平静。然而我后来得知，夜里，警察局长在拥挤的人群中巡逻的时候，被刺伤了。我们认识局长，他叫麦圭根，休·麦圭根。我母亲听到我的奇遇后很不高兴，但我父亲只是耸了耸肩，所有的刺激就都平息了。后来，当我开始写作的时候，我知道我有过那段经历，有什么东西触动了我，不过不是石子。

历史犯罪小说有一个优势，作者不需要跟上技术发展的潮流，观照刑侦程序细枝末节的变化。许多情节设计手段曾经是作家之爱，但科学的进步消除了它们。比如尸体鉴别（DNA测试应用之前）会发生错误，被认定死去的人竟一直活着，甚至可能是凶手。移动电话无处不在，互联网上的信息随时提取，几乎无所不包，作家要达成迷惑，制造悬疑，这一切都是更严峻的挑战。

然而，写历史小说也不是简单易行之路。历史疑案需要给人真实感，比如事关时代细节和对话的时候。真实感并不等同于纯粹的准确，因而写历史小说不仅需要研究，而且需要缜密的思考。近些年来，伊莫金·罗伯逊和莱恩·泰勒的历史小说大获成功，他们探讨了历史推理小说语境下的研究和对话问题。

历史研究中的圣诞树理论

伊莫金·罗伯逊

长途汽车旅行离不开有声读物，有声读物普及前的日子里，我家靠的是我妈妈。当我们拖上大篷车去苏格兰或法国南部旅行的时候，或者当我们吃完晚饭，在煤气灯的嘶嘶声里，坐在福米加桌子上玩单人纸牌游戏的时候，妈妈就是我们的网飞公司。读什么书给我们听由她选择。在漫漫夏日夜晚，她需要让我的哥哥、爸爸和我都开心，所以她经常选多萝西·L.塞耶斯、玛杰里·阿林厄姆、狄更斯、奥斯汀以及乔吉特·海耶的很多作品。有人问我为什么要写历史犯罪小说，我便常常指着妈妈，看着家里的书架，扫视着那些让我们开心的书籍。

我不是学历史的，但过去的事总让我着迷。我喜欢洋葱一样一层一层的神秘，喜欢被遗忘的故事。我们比较、对照过去不同的时代、不同的态度、不同的生活方式给我们当下带来的启迪，这一切深深吸引着我。我一直喜欢犯罪小说，因为它的形式。尸体被发现，读者便得到了承诺。我是作家，我向你承诺，你会弄清楚这个人是怎么死的，为什么死的，谁让他死的。解开谜团的过程中，你，亲爱的读者，你将发现新的世界。现代犯罪小说中，这个世界可能是城市或乡村的犯罪猖獗区，富人的奢侈与堕落，或者是现代犯罪调查机制。历史小说中，这个世界所处的时代不同，在十二万字上下的空间里，你与人物同栖息，一起生活的过程中，你徜徉于不再存在的地方，与不再存在的人为伍，或者与仅存在于建筑里、档案里的幽灵为伍，由此获得丰富的见识。无论是现代小说还是历史小说，两种情况下，你都是作家，你的任务没有改变，把读者带到某个新鲜的地方，让他们感受在那里是什么滋味。那地方看起来怎样？摸起来怎样？听起来怎样？闻起来怎样？那里的人是什么样子？他们怎么说话？他们看重什么？他们害怕什么？他们想要什么？为什么？

那么，该如何创造这个新鲜世界？不难。它的构建需要具体、实在的细节，借以在读者大脑里呈现地点和人物。这时候你需要做的就是敲定这些细节。敲定细节需要做研究，无论你选择什么样的背景，什么样的时代，研究是少不了的。关于研究可能采取的形式，我希望能在这里整理一个概要，至少可供历史小说家参考。

我认为，要成为历史小说家没有必要首先成为训练有素的历史学家。职业历史学家与职业小说家的关切往往大不相同。历史学家想了解政治变化，社会潮流更替，他们经常与其他历史学家展开争论，旷日持久，十年不为过。这些争论和长线变化可能趣味无穷，但我是作家，对我来说它们的实际用途不是很大。我想知道的是特定的人在特定的一天、特定的地方是个什么样子。也就是说，作家对社会历史和物质文化更感兴趣，尤其是对少见于经传的女性和劳工阶层的生活更感兴趣。相比于三十年前，历史小说家今天打交道的资料都属于二手资料，这势必让他们做更多的工作。我非常感谢历史学家，从阿萨·布里格斯到阿曼达·维克里，是他们打开了档案，分享并解释在那里发现的生命。他们在挖掘原材料，让我们加工成小说。

不过，在带你了解如何对研究实施有效管理之前，我想先提醒你如何驾驭你的研究成果。关于历史小说，无论是犯罪历史小说还是其他历史小说，最大的危险在于我经常听人说起的“信息垃圾”。信息垃圾这个概念听着不堪入耳，但四下流传。它指一种不良习惯，在书页上过度分享、大肆炫耀研究过程，一段接一段地给读者讲述有关场景的社会背景和政治背景，面面俱到，而不是任其自然显露，成为故事的戏剧性景象。当我们醉心于一段激动人心的历史，与读者分享我们所了解的一切，自是情不自禁的事，但无论什么时候我们为兴致所驱，情不自禁，都不可忘记自我克制，看看能否将信息进行某种戏剧化处理，令其成为故事组织的一部分，而不是应有尽有，一揽子填入。这非常重要。

据我所知，避免信息垃圾最好的办法是进入人物。设定情景的时候，你当然要考虑一切感知，但也要仔细考虑是什么在吸引视点人物的注意。比方说你的人物是一个刚刚来到大城市的乡下姑娘，什么对她最显眼？也许与今天从乡下来的人的感受一样：噪声、交通、人群。那么，什么才是你所追求的具体、实在的细节？今天的噪声可能是某个人的汽车音响，而在十八世纪的伦敦，它可能是街道上刺耳的吆喝声。什么吆喝声？卖牛奶？卖鲱鱼？要具体。气味呢？也许是食物，烤栗子，或者下水道冒臭。交通怎么样？双轮马车、四轮马车、轿子。还是要具体。给读者讲有马车经过，他们的知觉是模糊的；给他们讲车上装满了苹果，他们看到的东西会更实在。如果人物喜欢漂亮的衣服，让他们关注人们的穿着。如果他们害怕犯罪行为，让他们特别注意，认清乞丐或沿街追赶扒手的人。这样，你是在给我们讲人物，也讲人物所观察到的情景。如果你需要让读者知道英国刚刚对法国宣战，为什么宣战？也许该这样交代，人物遇上了泥泞的路，裹足不前，踌躇欲退，这时间，两个商人正在谈论生意不好做；或者当人物停下脚步，要买一些必需品的时候，一个商贩正在给他不识字的朋友大声读报纸上的文章。

有时候，你需要让读者细致了解政治环境或当天发生的事件，而不止于新闻标题式概要，你就让人物自己讨论他们之间发生了什么。

每当人物开口讲话，你就可以掌握一些他们的背景信息和心理活动，人物在应答、论辩，你可以乘机告诉读者当前事件的基本事实。这样做别扭吗？你想不出理由让人物为此争论不休吗？好吧，如果主要人物不思考也不谈论这些事件，那可能意味着它们在你的故事中根本无须存在。

但这在实践中怎么实施？怎样找到细节让情景活起来？如何确定日常生活中最重要的事件和事实？我一直以为，为写小说而进行的研究就像小孩子画的圣诞树。起笔的那一点树干是最初的灵感，是小说创意的初始片段，你觉得自己可以围绕这个片段构建一部小说。以《巴黎的冬天》为例，我的初始想法是，出身并不显赫但颇受人尊敬的英国女人在巴黎学习艺术，她可能会被卷入一场犯罪阴谋。其时，我正好读到资料，说 1910 年巴黎遭受了严重的洪涝灾害，我想那应该是绝妙的背景，于是我有了日期、地点和人物的大致思路。

这样，研究的第一阶段开始了。这是从树干长出的圣诞树基底，那条最长的水平线，这一阶段你所进行的研究应该是广泛、不集中的。还以《巴黎的冬天》为例，我阅读了那个时代的通史，阅读了关于洪水的研究，关于艺术界的研究，还阅读了那个时代一些艺术家的传记。我浏览了当时的报纸、杂志，内容主要谈巴黎的日记、游记。我购买了旅行指南，在视频网站上搜索了关于德雷福斯事件、艺术史、美好年代的法国女权运动的影像和纪录片。该阶段的研究旨在寻找关于那个时代的总体感觉，但也要选取可能用得上的事件、地点和人物。不要放过巧合与机遇。我在一份《泰晤士报》上寻找关于洪灾的报道，凑巧竟在其头版看到了一则广告，这则广告最终成了一个主要的情节标志。一定要看一看当时的旅行文记——旅居伦敦或巴黎的外国人给国内读者写游记，他和你现在做的事是相同的，让一个不熟悉的世界鲜活起来。所以你会经常发现，游记作者能捕捉到具体、多彩、生动的细节，而生活在伦敦的日记作者或作家可能会错失这样的细节。引用昆汀·塔伦蒂诺的《低俗小说》中的话，这是历史小说写作中的“藏有奶酪的蛋糕”式秘密。

现在的危险是这个阶段可能持续下去，没完没了。策划、完成作品是一项充满烦忧的工作，你很容易说服自己，需要阅读现存的所有资料，然后再实实在在着手写作。不要这么做。这个阶段旨在决定哪些情况需要更详细的后续了解。我的做法是给自己设定时限，迫使自己停下来。我确定时限的依据是什么时候交稿不至于生计断档，但根据经验，我认为这一阶段所花费的工作时间不要超过一个月。接下来，你需要把专注中心缩小，在圣诞树图上画出第一组线，相向倾斜。确定人物和情节就可以实现。《巴黎的冬天》中，我决定虚构朱利安美术学院，让人物在学院学做艺术家，让她发现自己濒临贫困的边缘，最后被一个鸦片瘾君子女人雇去做伴。

好了，接下来是新的研究阶段。这一阶段的研究更为具体，所以我的水平线缩短了。我发现在这个阶段，偶尔离开图书馆外出与人交谈也是个不错的主意。我找到了一位当代艺术家，她所接受的训练与我的人物当年接受的训练是一样的，我就去她的工作室串门，看她干活。我还带给她艺术品照片，有些我认为不好，有些我认为水平很高，并请她评价。这样的交往会让我熟悉我的人物可能使用的语言，她所接受的艺术训练如何影响她的世界观，至关重要的是，她在巴黎街道溜达的时候，可能会捕捉到哪些细节。这也是运用你自己的想象力和经验的时候。如果你需要体验寒冷和饥饿是什么，十二月份在博罗市场轮班十二小时是个非常好的办法。设想幸运一点，我也可以去巴黎旅行一趟，但这时候去，我对人物可能在哪里生活、哪里吃住、哪里工作有了更精当的思路，所以我可以有效利用我在那里逗留的时间。

我不断设计情节，再次缩小范围。我发现情节中的某个地方涉及钻石，所以就研读了那个时期巴黎的珠宝商和伪冒家。然后我登门叨扰邦德街的一个热心人，他给我看了（我以为的）巨型钻石，让我避免了情节失据的尴尬，他还跟我讲专家如何识别假货。我阅读法庭庭审记录。有些作家去过我想去的地方，我把范围缩小到这些人，听他们关于沙龙或廉价酒吧里的人物、语言、处世态度的描述。

这里应该做一个重要说明——姑且称之为研究树上的装饰：不同的时代有不同的文化态度，包括种族主义和厌女倾向，表达这些东西的分寸不好把握，其危险在于，要么你听起来像是在纵容那些观点，要么你是把过去的人嘲笑得一文不值。和往常一样，重要的是你须花时间研究，不要依赖于刻板印象，不要依赖于无意间读到的东西。认真思考当代话语体系中这些态度如何表达，或受到什么样的挑战，微妙在哪里，弄清楚它们如何影响你的人物。以你目前对人物的了解，尝试用他们的眼睛看世界。找到办法把这些态度戏剧化，而不只是平铺直叙。

现在，有了人物、情节，关于人物栖居的物质世界和社会世界，你有了明确的想法，是时候写作并完成这张画图了。不过，写作并不是研究树的顶端，有星星，很大的星星，即将出现。

我在开始写场景的时候，关于事件发生在哪里，人物是谁，从叙事角度看，我想从中获得什么，脑海中会浮现出合宜的图像，但关于现实环境中的每个具体细节，我不一定全部了如指掌。我已经学会了不搞步步为营。记得有一次，我以为人物需要一边跟朋友交谈，一边穿上靴子。动笔前我花了三个小时苦思冥想，确认她会穿什么样的靴子，系什么样的靴扣。但最终在实际写作中，这个角色根本就没穿靴子。那个混账女人。如今我学会了在整部戏里自始至终跟着人物走，如果发现缺了某些细节，我会刻意忽略掉它——然后在第二天编辑这个场景的时候再补充进去。比如我写发生在伦敦苏活区后街的追逐场景，我的人物沿街飞奔，我不会隔一分钟停笔，核实街道名称。我只标上记号，然后一门心思，尽自己所能，写好每一句话，过后再把空白填上去。也许场景发生在冬天，人物在顶楼，非常寒冷。描绘这一幕的时候，我似乎应该写上有个女孩把手伸向了火炉。我知道，我需要先把火炉看得更清楚一点，然后再编辑这个场景，所以第二天早上我要去弄清楚炉子长什么样，以便我一面写作，一面眼里有它。这可能需要一小时的研究，最后在书页上落实了两个词。如果这两个词恰到好处，那么我看到了什么，读者也看到了什么，这样花费时间，每一秒都是值得的。

这叫作树顶上的星星。所以，永葆好奇，善于通心会意，然后明确具体，那么无论你的新世界在哪里，无论什么时候，你都可以带领读者，信步其间。

历史对话

莱恩·泰勒

我们从一开始就应该清楚：历史小说中，完全准确的对话几乎没有可能，也几乎永不可取。再现另一个时代的语言是一种挑战，且其难易程度因时而异，但不变的是，语言总是在真实性和易读性之间寻求平衡。

变化是英语的常态，历来如此。即便在我自己生活的这个时代里，人们说话的方式都发生了显而易见的变化——不仅在词汇层面，而且在言语节奏层面。有一句恭维语，从前我们不外乎这样措辞：“我喜欢你写历史对话的套路。”今天，我们却常说：“你写历史对话的套路太讨人喜欢哟！”以前你可能写：“他们宣布我得了历史匕首奖，其时我正坐在编辑身边。”现在人们会说：“他们宣布我得了历史匕首奖，那时间我就在编辑身边呀。”如果我对上述两句的当今版用法感到不以为然，我就必须提醒自己，十二世纪的英国人几乎对我今天说的每一句话都会感到不以为然。我们听自己所讲的每一句话都自然、时尚，同样地，十二世纪的人听他们的言语也感觉自然、时尚。

我们简要观览一番十二世纪的实际叙述（选自莱亚门的《布鲁特》），“莫德雷德遭屠戮兮，彼有生之期即尽[1]。”我们看到，句中的用语可以用来描述十二世纪的犯罪场景，但我想你会赞同我的看法，这

1　此篇文章中，译者为了保持英文原文中的历史感和文学风格，采用了仿古的中文表达，后文亦如此。——编辑注

种措辞少用一些就够了。如果中世纪早期的对话写得过于真实，那么小说第一段还没有结束，就没有人读了。中世纪晚期的情况也通俗不到哪里去。“钢刀恁的快，断了骨头，没入软肉，剖作两半。”——这句话不是出自薇儿·麦克德米德早期小说，而是出自更血腥的《高文爵士和绿衣骑士》。我们继续看，现代前期，十七世纪的语言很少需要翻译，但与现代英语的感觉仍然大不一样：“史密斯太太给我们讲了附近的一起大谋杀，案发时间是上星期六，死者是巴姆布里奇保长，凶手名唤西蒙，两人她都认识。威吓余波不散，史密斯太太依旧神志恍惚：保长被杀，保长是奴家主人奥蒙德的亲戚，主人说起这事非常动情，奴家今日早起听得主人说了些什么，但直到现在才明白他是什么意思，他们是否会杀死更多人”（佩皮斯日记，1668/9 年 1 月 11 日）。每个词的意思都足够清楚，但用的是那个时代的句子结构。我猜想这一段到了最后，你似乎还在大费神思到底是谁受到了死亡威胁。

这就是问题所在。我们想用对话引出相关时代，增添色彩，充实人物，但我们不希望读者为了弄清楚是谁发出威胁要杀死谁，手忙脚乱找字典查词，或者把某个段落重读再三。犯罪小说家的主要职责是讲故事，而不是给读者教中古英语。对话需要真实，但应以完成职责为度，切不可画蛇添足。再则，如果我们想让人物在读者眼里跟在他们自己眼里一样，我们就不希望他们看上去像在博物馆里展出的标本。我们希望读者能够认同且喜欢人物，而不是将他们视为古玩，只为猎奇。

大多数作家选取的解决办法是用地道标准的现代英语写历史对话，避免使用明显的新义词，连带用一些容易理解的那个时代的词语和句式结构，反映时代风味。以下的例子选自林赛·戴维斯的小说（《乱臣贼子》)，故事发生在十七世纪：

“这没什么，”洛弗尔说，“你必须表现得像一个攻城略地，得封良田的人物——但这一切都暂时系于你那位再洗礼派远房表亲。”

这一段里，“攻城略地，得封良田”既合乎以前的用法，也隐约暗示南北战争，正好带我们回到十七世纪。要描述远房表亲，用“再洗礼教徒”没有问题，但“再洗礼派”更能体现出十七世纪语言节奏的风味。一两个词可以承载时代印记，往往也就够了。

还有两个例子，都选自以十四世纪为背景的作品。第一例是迈克尔·杰克斯在《最后的圣殿骑士》里写的句子：

“我想他走的时候一定十一点过了，一定很接近戌时了。”

第二例是苏珊娜·格雷戈里在《不满的夏天》里写的句子：

“难怪这么多伊莱人抱怨七八月的热症，”巴塞洛缪深吸了一口气，咳了起来，因为那股腥臊味呛到了嗓子里，“这般污淖的空气一定载着各种传染病。”

这里只有几个词表明我们处在过去——“戌时”“热症”“污淖”。但这就是关键，仿古不必太过。效果应该是点到为止，巧妙累积，而不是一次性和盘托出，全部扔给读者。

仿古太过可能产生什么后果，下例引自哈里森·安斯沃斯的《圣保罗大教堂》，可为警示：

“奴家容不得这样呀，官人，”她嚷嚷着，“阁下在这里愆延，给奴家上下引来流言蜚语也未可知。奴家猜想拙夫也定会心下不悦。奴家尚不知官人尊姓大名，何处勾当，也许阁下地位显赫，也许您目无神明、放浪形骸、混迹宫廷。也许您是纨绔子弟之最，与罗切斯特大人一个样子。”

可以说，与林赛·戴维斯相比，这个风格更接近佩皮斯的十七世纪英语，不过给我的感觉像是十九世纪的英语穿上了化装舞会的奇装。如果你愿意，写几段这样的文字本不为过（我将在下文展开讨论），但对于大多数现代读者来说，整部小说到处是安斯沃斯式的对话，会让人腹若沉铅。我们不建议这样做。

历史方言是作家可能要面对的另一个具体问题。某个时代的标准英语可以在教科书中如实体现，不难学到，但要找到真实的书面例子可能会比较困难，比如斯图亚特时代的埃塞克斯语言。通常的解决办法是根据现代方言和当时的标准英语进行模拟（当然需要逼真）。这里我选自己作品中的一段为例，故事发生在 1657 年——说话人专卖死人衣服。这个例子中，主人公需要紧身短上衣和马裤作为证据：

“你算幸运，东西还在。原先我打算星期六去萨弗伦瓦尔登，在那里把那它卖了。东西收拾得很干净，真的很干净。没人知道它的上一位主人被勒喉而死，不仔细看发现不了，说不定他们细看的时候我已经回来了。”

这是十七世纪北埃塞克斯语言的准确再现吗？谁能确定呢？

也许，作家如果是在写罗马时期或撒克逊时期的英格兰，他应该高兴，因为这样的作品只需直接翻译成现代英语，而不必尝试模仿某个特定时期的语言。在另一个极端，如果作品背景是十九世纪或二十世纪，作家使用的语句或措辞可以非常接近人物实实在在的语言，意义不会发生任何亏损，但即便如此，他们也会面临这样的问题，完全用真实的（比方说）维多利亚英语叙述，会给人留下笨拙、僵硬的印象。完全准确的语言也许会让作品更像是刻意模仿的产物，这可能不是作家的目标。

所以，总体来讲，无论写哪个时代，准确到足以传达那个时代的感觉就够了，不要给读者太沉重的语言负担。但所有这些建议都会引发很多问题。

问题之一是如何确定你剔除了所有明显的新义词。词汇或短语需要有多新才能被排除在外？我自己的经验是，如果某个表达方式通用于二十世纪前期（其所描述的客体并非当时不现实的存在），那它通常就是可以接受的，因为这样的词语也不至于在大多数读者那里造成无所适从的感觉。即便如此，差错难免，需要谨慎。须记住，像“极好的”（fabulous）、“糟糕的”（awful）这样的词汇，随着时代变迁，意义也发生着改变。[1] 同样地，也要注意“施虐狂”（sadism）或“沙文主义”（chauvinism）之类的词语，众所周知，它们源于生活在特定时代的特定个人。[2] 但一般来说，常见的、公认的词语可以放心使用。我

1 英文中，fabulous最初是指“与传说或故事相关的”，如今通常意味着“非常好”；awful最初指“令人敬畏”，如今多指“令人不快”。

2 sadism源自萨德侯爵（Marquis de Sade）的小说中的角色，这些角色从折磨他人中获得快感。chauvinism源自法国士兵尼古拉·沙文（Nicolas Chauvin）。

在一本取材于十七世纪的小说中，曾拒绝使用“掳掠”（loot）这个词，因为我发现它没有在十八世纪之前的英国出现过，但我不确定这样做是否正确。我所使用的替代词并不是那么尽如人意，不管怎么说，在那个层次咬文嚼字，我花的时间比大多数人都多。然而，对于显然产生于本世纪或二十世纪后期的词语，我会避免使用。例如，我绝不会让人物说出“差强人意！”（As if!）或“完蛋”（End of）之类的言辞，它们会令人难堪。任何人物在催促别人的时候，我绝不会让他说“好了，我们开始吧！”（Ok，let’s do it!）。当然，凡文字都一样，终稿寄出之后你还会发现某些瑕疵，这是无法避免的，如果你不走运，这样的瑕疵还可能逃过编辑的眼睛。失常的短语可能比失常的单词容易识别，不过也有这样一位深受尊敬的犯罪小说家，我对他钦佩极了，但我发现他的叙事人用了“进退维谷”（between a rock and a hard place），致使这个短语的使用时间比诞生的时间早了大约二百年。（我就不讲出他的名字了，希望他不要反过来指出我在历史方面的误差。）

如果相关历史时期是你亲身经历过的，那么关于什么正确什么错误，你自有感知。如果你没有亲身经历过有关历史时期，那么答案就是尽可能多地读书，读你所描述的那个时代写成的书，就其文风和常用词汇形成悟性。然后，如果你感觉使用不当，那可能真的就使用不当。关于具体的词或短语，当你拿不准的时候，查阅权威词典，或查阅声誉比较可靠的网站，以了解其流行于什么时间。

实际实践中，我写历史小说可以看到三种语体，三者略有差异：主人公叙述的时候用非常接近现代英语的语言对读者讲话；对话中包含较多的十七世纪的词汇和短语；至于所要涉及的书面文献（诗词、日记、留言字条片段、提供重要线索的信件等），只要引用的段落不是很长，不至于考验读者的耐心，我会让它们非常接近真实的十七世纪中叶的英语。当然，这是组建对话的一般方法，我笔下的人物并非一概以同样的方式讲话。贵格会教徒继续用“汝”（thou），而其他人物都用“你”（you），他们开口都是这样。来自埃塞克斯的人物会用一两个当地词汇（出自一本十九世纪关于埃塞克斯方言的书，无比珍贵），而来自伦敦的人物却不这样。有些人物可能沉迷于十七世纪的俚语——《残酷的需要》中，阿明塔随口爱用法语短语“其他”（à d'autres），这样一些词汇连同其他法语用语，曾在十七世纪五十、六十年代风靡一时。当然，年长一些的人物会对这帮年轻人讲话的摩登方式感到惊讶。

最后的思考是，无论你的时代对话构建得多么细致，即使你无视我的建议，努力做到了百分之百准确，毫无疑问，未来的人们读到你写的东西，会认为它文风古雅，二十一世纪的韵味十足，就像安斯沃斯的篇段给我的感觉，既有十九世纪的感觉，也有十七世纪的味道，因为我们之后，语言还在继续变化。我想引用乔叟的诗行为这一篇收尾。

> “你也知道，千年之间，语言形式有变易，
> 昔日的字词其形其义，信手拈来就自如，
> 如今彼在你我眼里，陌生、稀奇好惊异；
> 而那时的人们成功交际，遣词也造句，
> 恰如当今情郎的表白，灵犀通心底。”

幽　默

H.R.F.基廷在《犯罪小说写作指南》中这样说："犯罪与好笑，乍看之下，两者格格不入。"他紧接着解释，犯罪故事中幽默常常是多么重要的组成部分。人们通常对阿加莎·克里斯蒂的幽默天赋重视不足，一览她机智的嘲弄方式令人叹为观止。极端爱国主义杀手讥讽不可一世的外国人大侦探波洛，满脑子性别歧视和年龄歧视的警察蔑视优雅的老夫人简·马普尔，最终一切揭晓，讥讽者、蔑视者浅陋自见，自取其辱。

亚历山大·麦考尔·史密斯的幽默温文尔雅；雷金纳德·希尔的"达尔齐尔和帕斯科"系列小说中，文字游戏诙谐风趣；安东尼·伯克莱的小说《反复试验》和露丝·伦德尔的许多小说中的讽刺不留情面；西蒙·布雷特的作品，朱利安·西蒙斯、罗伯特·巴纳德、露丝·达德利·爱德华兹等人的社会讽刺著作中，喜剧式打趣比比皆是。长期以来，犯罪小说家利用幽默取悦读者，经常针对我们生活的这个世界，提出某些严肃的问题。

犯罪小说中的幽默往往随机而为，但即便如此，它也是故事的重要成分。大卫·威廉姆斯是侦探作家俱乐部会员，他的广告事业获得了巨大成功，然后改行写作。他指出自己的作品中幽默不是离题的，也不是可有可无的，"有的线索非常重要，但不加矫饰叫人尴尬，幽默小插曲常常是好用的润滑方式"。侦探故事追求"规则公平"，幽默嵌于其中是误导读者的关键技巧，昔日约翰·迪克森·卡尔经常使用。

幽默与人性

亚历山大·麦考尔·史密斯

犯罪情趣何在？委实不存在什么情趣。犯罪，尤其杀人案件，虽为大多数犯罪小说家关注的核心，实乃世人不齿的行为。刑罚之事，纵使不乏智力挑战，有其迷人之处，但谈不上传奇、浪漫。我在一所大学从事刑法教学多年，梳理刑法学中出现的理论问题是我的一大乐趣。然而，这些问题终究基于人性的弱点，非常令人沮丧，我竟以此为趣，所以经常有种负罪感。现实世界中，所有犯罪都导致有人受害——其生命为他人的错误行为所累，甚至为他人的错误行为所毁，很难看出其中有幽默在。然而，然而……

刑事律师和医生一样，常有很强的幽默感。每天暴露在人性最邪恶的面目之下，要想生存下去，就必须具备幽默能力。所以犯罪，尽管意味着萧瑟凄凉，也有幽默的瞬间；而幽默的瞬间，对犯罪小说家来说便是沃土。典型例子是奢望和后果的差距，其间隐潜着幽默的情景。罪犯往往不是最聪明的人，也许有作案高手可以侥幸成功，逃脱惩罚——帕特里夏·海史密斯塑造的汤姆·瑞普利就是例子，很能说明问题——但大多数情况下，嫌疑人罪案在身，终被抓获，他们没有考虑过胜算是什么，作案方式也不十分高明。于是我们遇到过银行劫匪隔着柜台发出威胁，然后又与出纳员讨论拼写或语法问题——我想伍迪·艾伦在他的一部电影里就利用了这么一出戏；或者遇到过小偷行窃，签真名真姓进入大楼；或者还遇到过盗贼把自己的照片挂在脸书上——旁边罗列着窃得的赃物，似乎愚蠢得令人难以置信。

案例汇编是此类事件的源泉，用之不竭。有一个案例叫“警察脚上停车案”，昔日我经常引用给刑法专业的学生。事情是这样的，有人由于疏忽，把车停到了警察脚上，警察抗议的时候，司机没有挪车，而是让车原地不动，从而引火烧身，被指控袭警。法庭受理该案，做法有点好笑，称被告以汽车为媒介，让自己与警察的脚发生接触，按袭警定罪理由充分。案例汇编中充斥着这类法律推定的例子，让人发笑，但有时候也显得荒诞。针对明显合理的定罪，被告人尚且使出浑身解数，逃避罪责，而这么荒诞的法律推理却被用作定罪依据。罪犯与正义之间在玩捉迷藏，看这样的表演岂不有趣。

我写过好几部以博茨瓦纳为背景的侦探小说（松散归类），还写过一部关于博茨瓦纳刑法的教材。编写教材需要做研究，我当然从研究中获得过灵感。法院判决书不会出版发行，我在翻阅博茨瓦纳高等法院判决书的过程中，发现许多案例很像幽默故事，可以用作小说素材。有一个案例比较特别，在《第一夫人侦探事务所》系列小说第一卷中我将该案例用作一个事件。事涉一起因粗心大意致人死亡的起诉，被告是位牧师，此人带领自己教区的七名新教徒在林波波河接受洗礼。那是一次完全浸入式洗礼，牧师带领罪人们（我想他们是被这样描述的）进入河水，在我的想象中，还有对景的圣歌伴奏。七名罪人进了河，但出来时只有六人，有一个被一头巨鳄掳走。结果，牧师被指控让信徒浸入鳄鱼出没的河水，造成过失杀人。当然，对涉事人而言，这样的事件是悲剧，但要板起悲壮的面孔讲述这件事，需要一番努力才做得到。

所以犯罪小说有可能好笑，因为它关乎人性，而人性总有幽默的一面。即便是黑色小说也可以借一抹幽默，增一点亮色——比如关注侦探的某些怪癖。就犯罪小说本身，提升其规范及预期，尽管需要谨慎从事，但也不是不可能做到。不过说到底，作者必须尊重一个事实，读者想要的是犯罪及其侦破。诚然，侦探小说可以用悲情共鸣、浪漫传奇、由此及彼的反思、俯拾即是的幽默进行装点，但它的核心永远是犯罪及其侦破。因此，侦探有可能被鞋带绊倒，也有可能犯下荒谬的错误，但终究他 / 她是英雄，是英雄自有本色。

人物与漫画

罗伯特·巴纳德

多年来，我的作品几乎一律带有幽默色彩，是我有意为之：《血染的摇篮》中的幽默隐隐约约，《政治自杀》中的幽默酣畅淋漓。凡我的作品，其风格或多或少有讽刺意味，且不乏奇形怪状的人物。《脱离黑暗》是个例外，尽管我后来发现，找到与它适切的风格非常困难，但我喜欢把它写下去，因为它的创意吸引了我，让我欲罢不能。毫无疑问，将来我还会时不时回到严肃文体上来。无休无止的讽刺会让作者和读者厌倦。

我刻画的所有人物几乎都有漫画性质，但我并不认为这有什么不妥。漫画是幽默故事的基础，从菲尔丁到早期的沃，莫不如此。我不声不响，从大师那里偷来人物的影子是常有的事。《不驯之子》的中心人物就是从沃那里剽窃来的。约翰·拉尔的《竖起你的耳朵》中描述的剧作家乔·奥尔顿的母亲好比火花，点燃了《血染的摇篮》（我情有独钟的作品，但我的英语编辑很想拒绝它，理由是弑母不只是让人无法接受——那样的事不会发生）。《纯粹的折磨》中人们会发现西特维尔夫妇和米特福德夫妇的影子，纵然是远影。不难发现，不论在生活中，还是文学中，我都喜欢并赞赏奇人怪事，乘坐公共汽车和火车（真正的作家没人愿意坐小车旅行）的时候，我会贪婪地听人们交谈，以不断加深对古怪人物或可怕事件的认知。

对传统侦探小说家来说，漫画的优势显而易见。作家必须确立相当数量的嫌疑人，让读者心中有数，并让嫌疑人本性的大部分藏而不露。关于人物或语言的特征，提纲挈领的概括非常重要。本质上讲，漫画是外表，是一种表面文章，它的背后才是谜题，是主题的内心世界，需要猜测。有一位著名的狄更斯评论家说过，与外显的佩克斯列夫先生熟知一向令人愉快，但如果进入他的内心世界，那是多么可怕呀。侦探小说里的潜在嫌疑人也应该是这样。每当作者进入嫌疑人的思想，读者便会警觉地坐直身子：他在欺骗吗？他在故意含糊其词吗？他说的全是真话吗？凶手作案后这么短的时间内，有可能不受凶案干扰考虑问题吗？这样一些疑问往往离题太远，最好的办法是只暗示外显人格遮罩下的内心世界，并在揭开谜底的时机成熟的时候利用这些暗示。

伊恩·兰金讨论过讽刺在犯罪小说中的作用，二十世纪九十年代中期，他援引穆丽尔·斯巴克在1971年的一次演讲中的观点，“我们这个时代，唯一有效的艺术是讽刺”，在时代话语体系里，“我们面临的现实，其本质是荒谬的”，艺术家们应该深思。伊恩追随穆里尔，提出了饶有兴味的建议：“一切犯罪小说家本质上都是讽刺作家。”伊恩想知道，即便所谓“轻松”型侦探小说，其本质是不是一种讽刺形式，因为它“解构英国价值观的精髓”。他说：“尽管作品最后，其基本构架没有改变，但发生在不同时段之间的改变是彻底的、颠覆性的。”侦探小说黄金时代的几位主要先驱，安东尼·伯克莱、罗纳德·诺克斯、A.A.米尔恩，都在讽刺漫画杂志《笨拙》的鼎盛时期为其写过幽默文章，想到这种盛况，这个观点的力量就突现出来了。

无论一个人生活在什么时代，无论那个时代的话语体系是什么，一针见血的讽刺总有用武之地。讽刺生活中的荒谬，犯罪小说是不可多得的载体，不逊于任何其他题材，露丝·达德利·爱德华兹经常现身说法。

幽默与讽刺

露丝·达德利·爱德华兹

关于怎样写喜剧犯罪，我不反对发表意见。但不反对之后我发现，在给出实际建议的时候，竟被难住了。提建议的先决条件是要能看到事物有趣的一面，这本领不比学习外语或学打毛衣，它必须从童年开始培养。

所以，我思考了自己为什么走上了写喜剧犯罪这条路，然后想到了几点小建议，罗列于此。说是建议，其实几乎毫无用处，抱歉。

建议一：选对父母

我父母是爱尔兰人，但我父亲的父亲是英国人，他传给我父亲一个信念：如果你嘲笑不了自己，就别想有幽默感。我母亲喜欢喜剧文学，是多种文化的喜剧文学：达蒙·鲁尼恩让她津津乐道，伊夫林·沃和弗兰·奥布莱恩也让她乐此不疲。

建议二：确保占据兄弟姐妹序列中的最佳位置

我姐姐比我大九岁，我哥哥比我大六岁，所以家里吃饭的时间充满了争吵、辩论、故事和对禁忌事物的嘲弄，我想理解当时发生的一切，几乎疯狂。今生今世我的烦恼就是错失恐惧症，童年便是烦恼的初级阶段。维基百科解释说，错失恐惧症是“一种普遍焦虑，唯恐别人可能会获得有益体验，而自己却不在场”。不过如果在场，但能力欠缺，入不了频道，那种感觉更糟。

当他们为政治之类的无聊话题争论不休的时候，情况还不是那么糟糕，但当他们大笑而我却不知道他们为什么大笑的时候，实在让人苦不堪言。五岁的时候，我每天读报纸上的笑话，每天问我哥“《勃朗黛》里的笑话是什么”之类的问题，搞得他发疯。我的问题指的是一幅没啥趣味的连环画，画中的美国郊区家庭与我们家没有半点相似之处。但我坚持了下来，渐渐地我开始明白某些俏皮话，明白某些专事嘲弄的趣闻逸事的意义，其中的许多趣事牵涉我父亲的学术界同行以及我母亲教育界的同事，至于我哥，还包括对布道训诫的滑稽模仿。我对幽默的嗜好在增强，我的命运也随之注定。

建议三：青春虚度

我不是那种拼着命希望成为作家的孩子，但我是那种拼着命希望得到许可不用去学校、整天待在家里读书的孩子。追求这个目标的过程中，我常常装病，或夸大身体的不适。十来岁的时候，我常常莫名其妙地头痛，时不时假装晕倒，一连好几个月诊断不清楚，搞得我母亲忧心忡忡，至今想来仍感羞愧难当。然而，这给了我更多时间，让我名正言顺，随心所欲，接触到家里的上千本藏书。

此外，我的犯罪嗜好很大程度上是我母亲的过错，因为是她在我远未达到学龄之前就教会了我读书，这意味着学校在传授我已经懂了的东西，而不是任我坐在学堂后排读故事，所以那些年我过得极度无聊。到十五六岁的时候，我从母亲和哥哥姐姐的书架上借来的书——除了英美校园故事——大体上关涉喜剧或犯罪。

我母亲是爱尔兰黑色幽默的优秀实践者。当我不是莫名其妙，而是真的生病的时候，她会给我读十九世纪“埃尔希·丁斯莫尔”系列小说，权作一种特殊治疗。埃尔希·丁斯莫尔是一个极为虔诚又令人恼火的孩子，她在美国南部她父亲的种植园长大，她父亲向她提出各种不敬神灵的要求，比如在星期天演奏世俗音乐，但她却恪守基督教规优先。刚开始她因之受到残酷惩罚，最终她促成了父亲的转变，大家都变得虔诚。我母亲能从最严重的危机中，从悲伤的场合中，找到可以逗乐的地方，那句伟大的维多利亚式悲剧台词——“死了！死了！再也不曾叫过我妈妈！”——成了我们家族用来形容夸张表现的俚语。

我对喜剧变得执着起来，对里奇马尔·克朗普顿笔下的不朽人物威廉·布朗（借《淘气小威廉》的名声）一直情有独钟。威廉·布朗是个无政府主义者，他笃信原汁原味享受生活。他生活在英国郊外世界，那里不乏自命不凡者、歇斯底里者、呆板乏味者、高高在上者、恃强凌弱者、谄上欺下者、妄自尊大者，还有许多其他类型的令人愤慨者，他鄙视这样的人，对他们十分不屑。然后，我对母亲最喜欢的作家总是读不够，诸如斯蒂芬·里科克、詹姆斯·瑟伯、多萝西·帕克、罗伯特·本奇利、里奥·罗斯滕、欧·亨利、萨基，以及所有的其他常见嫌疑人。最重要的是还有伟大的上帝 P. G. 沃德豪斯，他像个巨人，掌控着我们整个家庭的集体智慧——甚至连我整日钻研学术，基本不读小说的父亲都被他吸引——我们没完没了地借用他的句式发问：“你还记得什么时候伯蒂 / 吉夫斯 / 格西·芬克-诺特尔 / 玛德琳·巴西特 / 埃姆斯沃思勋爵 / 加里·思里弗伍德 / 高效的巴克斯特 / 浦史密斯做过 X、Y，或者 Z 吗？”

现在我来搜索一家人最喜欢的言语，可供选择的语句太多了：“要分辨苏格兰人满腹牢骚还是心情舒畅从来不是难事”（在做派严肃的戈登·布朗担任首相期间，这句话火遍英国全境）；“像许多家境殷实的美国人一样，他年龄不大就结婚了，而且一直在结婚，奔波在佳丽之间，就像阿尔卑斯山上的岩羚羊从一处峭壁蹦到另一处峭壁”；“有时间一个婆娘召唤另一个婆娘，就像乳齿象隔着原始沼泽吼叫”；“他看上去饱经忧患，憔悴不堪，像一个波吉亚人突然想起自己忘了往清汤里放上氰化物，而马上就要鸣锣开饭了”；还有那句不朽的对话：“吉夫斯，有时候人会问自己，裤子重要吗？”“尴尬情绪会过去的，先生。”

建议四：成败在于怎么说

我渴望成为幽默的人，但在家里我无法竞争，而同龄人中我又过于早熟。有一次，我看到一则海报，是“圣经公会”发布的，贴在公厕上，引用《马太福音》中的话，“到我这里来，我会让你轻松自在。”我得意洋洋跑回家，转告给哥哥姐姐，但他们没有觉得我讲的有多好笑，这让我很受打击。十多岁的时候，我成了大学校园里的流行歌手迷，在辩论社团听天资聪慧的正反辩手，这使我懂得了什么让人感到有趣，什么让人感到无聊。跟其他许多事一样，时机决定一切。

建议五：没有什么不可冒犯

我对沃德豪斯和克朗普顿的钟爱经久不衰，回想起来，我意识到，正是这种钟爱让我如愿以偿，成为我想成为的那种犯罪小说作家。他们两人都戒绝多愁善感或无病呻吟，都颇具破坏性，不把传统放在眼里。从流浪汉到贵族，每个人他们都敢嘲笑。牧师、作家、诗人、知识分子、傻瓜、演员、警察、教师、巫师，各个阶层的人士，任何意识形态的空想家，都是他们找乐子寻开心的源泉。没有什么事、什么人不可以嘲笑，包括死人。我最喜欢的一句沃德豪斯的名言是这样开头的：“A. B. 斯伯茨沃斯在肯尼亚猎捕狮子，他和狮子之间观念混乱，他以为狮子死了，狮子却以为自己没死，正是这种混乱让他上了讣告专栏。”

所以，我秉持相同的精神走近犯罪小说也就不足为奇了。说真的，我读完了夏洛克·福尔摩斯探案全集，读完了我母亲仰慕的所有黄金时代作家，许多作品是引人入胜的推理小说，不过从来逗不起笑声。

但我最喜欢的是那些让我捧腹的著作，尤其是埃德蒙·克里斯平和迈克尔·英尼斯两位大师，他们取笑学究腐态，妙趣横生。里奥·布鲁斯在《三名侦探的案子》中滑稽演绎了彼得·温西勋爵、赫尔克里·波洛、布朗神父等人物，从他那样的作家那里可以看到智慧，丰富多彩。说实话，我逐渐喜欢上了许多作家，他们都像雷蒙德·钱德勒、雷克斯·斯托特、雷金纳德·希尔一样与众不同，雷金纳德后来成了我要好的朋友。这些人都不是趋炎附势之辈，他们是智慧富矿。

建议六：善待前夫

我的第一任丈夫的第二次离婚非常艰难，他每天给我打电话寻求安慰。待所有的问题都解决了，他也遇到了将成为他第三任妻子的那个可爱的女人，他便想送我一份礼物表示感谢。他受雇于一家不大的出版商，负责开拓犯罪小说出版业务，他表示，如果我能给他一个作品概要，他就可以委托我完成创作。那时候我已经放弃了公共服务领域的工作，要当全职作家，但我的写作门类是历史，所以我说“别傻了，帕特里克”，结果他提醒我，我上中学上大学都靠读犯罪小说打发时间，因此我算是个犯罪小说爱好者。由于长时间经济拮据，我接受了这个诱惑，动笔写《死亡走廊》，起先我以为它是一部传统小说，后来我吃惊地发现，它变成了对我工作过的公共服务部门的讽刺。例如，其中的凶器竟是一件题为《和解》的雕塑。

建议七：明智地挑选朋友

从十八九岁开始，我就有幸广交朋友。我最亲密的朋友少有例外，都不属于自哀自怜的人，他们善于发现笑料。关于不对路的人，他们讲求艺术，谨慎行事，创造性处置，不搞人格诋毁。我们乐此不疲的游戏之一就是选一些同龄人，发配到荒岛上，我在塑造人物的时候也从这类游戏中汲取灵感。我们也喜欢互相取笑，至于人们的某些特征，我得到他们许可，任由借用、夸大，比如戈登偏爱鼻烟罩身，詹姆斯对微生物无端恐惧，保罗迂腐，好卖弄。新老朋友也为我提供启发、信息，都极有价值，《死亡走廊》反响很好，被改编成了连续剧。我对英国体制相当了解，因为离开爱尔兰之后，我上过剑桥大学，在一家国有企业工作过，干过公共服务，撰写过关于出版商维克多·戈兰茨（出版过一系列犯罪小说，令人赞叹）、经济学人杂志和外交部的书，并与各种各样众人仰羡的机构保持友好关系，逐渐地，我成了讽刺英国体制的作家。

英国人有一个悠久的传统，喜欢嘲讽比自己优越的人，这是他们的众多优点之一。维护社会稳定，这项优点功不可没，想想"继续吧"系列电影[1]。对我来说，找到英国的体制支柱，辅助我嘲笑其制度，从来不难。我嘲讽的目标包括绅士会所、剑桥大学、上议院、英格兰教会、出版业、文学奖、盎格鲁-爱尔兰和平进程、概念艺术等等。在这样的过程中，我不放过任何机会，讽刺泛滥于全社会的所谓政治正确，包括《谋杀美国人》中对印第安纳大学生活的探讨。然而，身份政治荒诞不经，令我苦恼，因为人们很难讽刺那些无法被讽刺的东西。

建议八：想怎么写就怎么写，但要写起来

关于写犯罪小说应该如何实际操作，我提不出绝对建议。我的作家朋友，有的会策划好每个细节，有的会决意敲定细节，不出差错，而我则只确定故事背景、谁是第一个受害者，然后写起来，看看会发生什么情况。然而，规则确有一条：要想成为犯罪小说作家，你必须实实在在写犯罪小说，所以不要再高谈阔论了，坐下来，写起来。

---

1 "继续吧"（*Carry On*）是一个英国喜剧系列，共包括三十一部电影、四部圣诞特别节目、一部电视系列剧和舞台剧。

建议九：不必在乎敏感的人

有一次，我在多伦多排队，想报名出席犯罪小说的盛大节日鲍彻大会。排队一小时时间，我旁边的书商给我讲，她接到过女同性恋同胞的投诉，说我是一个憎恨同性恋的人，因为我在一部小说中嘲笑过一对同性恋人。除了提及投诉，我与书商相谈甚欢。出于公正心态，她买了一本我的书，当夜阅读，楼下用早餐的时候她说："没关系，你对每个人都有所冒犯。"

我不在乎什么时候会遭人抱怨，理由很简单，假如你不喜欢哪本书，不读作罢。

建议十：没有钱赚，为意中之乐而作

尽管人们的政见和对暴力的态度千变万化，犯罪小说作家是一个广泛的群体。在雷格·希尔所说的波谱里，我处于简·奥斯汀一端。我知道现在受欢迎的是恐怖、血腥、黄色煎熬、无谓的性——所有这些我都憎恶。在喜剧犯罪讨论小组，《侦探什么都知道》撰稿人西蒙·布雷特、莱恩·泰勒等同仁朋友都在场，我们共同哀叹，除个别例外，喜剧犯罪作品销路堪忧，没有外译，论及重大奖项，被嗤之以鼻。但我们知道，我们让人们感受快乐，而不是给人噩梦，这让我们深感欣慰。如果你写的是黄色煎熬，你可能会小心翼翼，与粉丝独处一室。但我们知道，我们的作品叫人愉悦，我们分享幽默，相见就是快乐，胜过赚大钱。

短　篇

艺术上讲，短篇犯罪故事是一种收益良多的形式，所以尽管挑战难免，大多数犯罪小说家也忍不住想要尝试。短篇故事提供机会，改变节奏，也许还可以改变题材及风格。它可能会让你在一系列作品的创作间隙得到休整——在开始另一部长篇之前给自己充电。

然而，写短篇不是简单易行的选项。如果你只因它看上去比长篇容易应对，故而一试身手，那你可能会失望。阅读短篇中的杰作（不仅限于犯罪题材），自问是什么成就其为杰作，你可能会明白点什么。还有必要思考，你希望故事对读者产生什么样的影响，你怎样做才能实现这样的影响。引人入胜的开头值得赞许，让读者产生满足感的结尾也值得赞许。开头和结尾之间，一个字符也浪费不得。

鉴于大多数作家投在短篇上的时间比投在长篇上的时间少得多，写短篇是相对安全的做法。如果是写长篇小说，失败可能意味着你牺牲了一年或更长时间的文学生涯，而短篇遭拒，可能只意味着废弃几天或几个星期的努力。不管哪种情况，你都可以有效地做好材料再利用——对作家来说，什么都不可以浪费。

试验有时候会取得惊人的成功。美国作家弗雷德里克·布朗的《别回头看》中，读者是犯罪受害人；彼得·洛维西的《你是凶手》中，读者是元凶；雷金纳德·希尔的《里约热内卢文献》中，学术演讲变成了谋杀供状。想象无穷无尽，可能性也无穷无尽。例如，近年出版的犯罪短篇，有的包含图书索引摘录，有的包含作品中的致谢，有的包含一整套费用收据，还有的包含系列推文。

短篇故事可能激发长篇小说的灵感，甚至系列小说的灵感。雷金纳德·希尔的一个短篇写私家侦探乔·西克斯史密斯，后来有五部作品塑造这一人物。我思考过是否写一部小说，以二十世纪三十年代为背景，以非正统女主人公雷切尔·萨弗内克为人物。心到手到，我就围绕这个人物写了一个短篇，只想看看我是否乐于写她，结果我发现十分遂愿，于是我不图出版那个短篇，而是趁热打铁，写了一部关于雷切尔的长篇《绞刑法庭》，然后又是一部《莫特大厅》……

当然，你没有必要领域新开，你可以选择写心理悬疑短篇故事，或者加入数百位作家的行列，借华生医生之口，写夏洛克式仿作。无论写什么类型的短篇悬疑，你都在遵循着悠久的传统。莫忘侦探小说的鼻祖是短篇故事而不是长篇小说。埃德加·爱伦·坡的短篇《莫格街凶杀案》讲的是一起密室杀人，由首个虚构大侦探西·奥古斯特·杜宾破解。爱伦·坡的其他故事树立样板（基于现实生活的犯罪故事；答案明确、求证无误的故事；基于密码的故事；“最不可能的人”实为元凶的故事），无数其他同类作家竞相效仿。夏洛克·福尔摩斯的重大案件几乎都以短篇形式记录，而切斯特顿的布朗神父不是出现在一部长篇里，而是出现在五十多篇短篇里。

直到第一次世界大战以后，长篇小说才成为犯罪题材的主导形式。短篇悬疑故事的市场利润在下滑，而且那下滑趋势似乎不可逆转。1956年，侦探作家俱乐部的三位成员（约瑟芬·贝尔、迈克尔·吉尔伯特、朱利安·西蒙斯）受犯罪作家协会赞助，编辑了第一本犯罪短篇集，他们担忧，短篇犯罪小说前景“黯淡”。三十年后哈利·基廷著文表示，关于短篇小说写作，他想给出的建议“只有三个字——

不要写”。

尽管困难重重，短篇犯罪小说还是幸存了下来。多年来，犯罪作家协会设置奖项，奖励年度最佳短篇小说，今称短篇小说匕首奖。2014年，犯罪作家协会推出了玛杰里·阿林厄姆奖，面向世界各地的作家。关于什么造就成功的故事，玛杰里·阿林厄姆有过界定："疑案故事的形状像盒子，它既是监狱，也是庇护。其四面墙大致是犯罪、谜题、调查、结论，其中的必备要素是要叫人满意。"评委们考虑的是参赛作品在多大程度上符合这个定义。短篇小说作家可参加的竞赛还有很多，通常通过收取报名费募资。

六十多年来，犯罪作家协会几乎每年都会出版一本会员作品集，其中的大多数集子收集新作。其他作品也常见结集出版，不过通常（但不总是）由相对较小的独立出版社实施。在美国，短篇的市场范围广泛，包括《埃勒里·奎因推理杂志》，出版高水平作品历时四分之三个世纪以上，及其姊妹期刊《阿尔弗雷德·希区柯克推理杂志》，还包括光彩夺目、闻名遐迩的当代出版物《斯特兰德月刊》。在英国，印刷发行的刊物少有空间满足短篇悬疑故事，但在线上网站，尽管稿酬（如果支付）微薄，为这类作品提供的空间却与日俱增。

犯罪短篇引出的挑战和它所提供的机遇，一如既往激励着作家们，无数侦探作家俱乐部会员在这个领域发挥得非常出色。俱乐部最近出版的作品集《谋杀动机》中，有四个故事获得了犯罪作家协会的短篇小说匕首奖提名，其中包括最终获奖作品。

昔日的俱乐部会员中，罗伊·维克斯坚持创作四十余年，是一位多产的小说家，但他给人印象最深的是"翻转"侦探小说大师，读者在侦探开始工作之前就看到了凶案发生。这种形式由R.奥斯汀·弗里曼于第一次世界大战前首创，电视连续剧《神探可伦坡》承其一脉，使其声名大振。维克斯关于伦敦警察厅疑案科案卷的故事中不乏侦探小说经典。以下关于短篇小说的论述，出自他为《有人想让他们死》撰写的序言，其书是一本犯罪作家协会的作品集，根据迈克尔·吉尔伯特的说法，集子的标题正是雷蒙德·钱德勒的建议。

我们假想

罗伊·维克斯

没有规则，但常识和经验表明某些原则是存在的。犯罪故事是一种艺术形式，所以它从邀请开始："就让我们假想……"我们知道，社会上我们熟悉的人不会轻易杀人——有时候的念想除外。我们邀请你假想熟悉的人里面有一个把念想付诸行动——然后拓展开去。但常识表明，同一个故事中，同一个邀请不可二次使用。一旦你同意继续游戏，我们必须向你呈现一系列的事件，让你信以为真，认为逻辑缜密，事出必然。

因此，疑案故事里应该包含的是罪犯的诡计，而不是作者的诡计。侦探小说中，除了时间、地点有巧合成分之外，嫌疑人必须表现出某些性格特征，以证明人们对他的怀疑有正当理由。惊悚小说必须合理准确，既有可能性，也有现实性——可装进口袋的手枪不可用作精确步枪——任何局面都不应因侥幸而得挽救。

另一方面，短篇不是记录文献，不应该承载刑侦程序和法律程序的功能——你不需要通用信息，这些对于以人为中心的戏剧而言并不重要；现实生活中，罪犯的行为会留有记录，短篇也不应该受这类记录的束缚。事实上犯罪小说不依赖于真实的罪犯——和画家使用真人模特不同，作家并不能利用真实罪犯。首先，我们和你一样，与真正的凶手没有亲密关系；我们和你一样，也依赖审讯报告——审讯报告只给出用透视法缩小了的画面，其中不存在人物描述。

有些想法似乎更适合在短篇中展开而不适于在长篇中展开。比如一次度假旅行，你对不熟悉的地方的了解和理解纵然不够深入，用作背景，不足以支撑长篇小说，但写一个短篇还是游刃有余的。

哈利·基廷对短篇持保留态度，但他喜欢利用短篇小说形式多样的潜质。他写得最得意的侦探果铁探长，出现在长篇里，也出现在短篇里。他还写过关于克拉格斯太太的系列故事——一个爱好当业余侦探的女清洁工，也写过夏洛克式仿作以及独立小说。他在短篇小说写作技法指导中回忆说，自己的首个短篇在《埃勒里·奎因推理杂志》举办的比赛中得了二等奖，他把成功归因于“有限的话题和背景……但它具备了侦探小说的一切要素，包括主题，包括追求正义的激情”。

短篇中的转接

H. R. F. 基廷

短篇犯罪小说……表现着对作者的挑战，所以，尽管回报微薄，甚至最终被关进抽屉永久封杀，但还是有人写。

然而总体上讲，本质改变了。侦探短篇仍有作品问世，但由于犯罪短篇的作用，它被挤到了第二位，作家心目中是这样，读者心目中也是这样，无法改变。自从犯罪和短篇联手以来，诸多犯罪短篇小说流行于世，美国作家斯坦利·艾林就是贡献者之一，其作品不输他人（读一读他的《本店招牌菜》）。用他的定义，只要故事反映“人性的邪恶”，它就属于犯罪短篇……

到此，话题算是说透了。但该以什么方式应对人性的邪恶这个话题？我们再听听斯坦利·艾林的说法。这一次他评价的是居伊·德·莫泊桑的短篇，其中也许只有少数几篇超前其时代，可以当作犯罪短篇。艾林说，即便在十六岁的时候，他也看得出“莫泊桑把故事提炼到了绝对的精髓”，他继续强调说，当你细思，莫泊桑每一个故事的结局都“厄运注定，在劫难逃”。

“提炼精髓”与“创造厄运”如两条严格的戒律，需要遵守。但假如你采用短篇形式，要使作品效应等同于犯罪小说，那戒律就应该是目标。值得高兴的是，我们有滑雪爱好者们所谓的“初学者斜坡”：犯罪小说中有一种短篇，纵然不像最温和的滑雪道那么轻松，但也不会向作者提出过高要求。

这就是我在综述中所说的转接故事。也许它仅仅就是一则逸闻趣事，通常篇幅很短，读者顺着引导，温文尔雅，沿着看似明确的道路行进，渐近结尾。突然间，他被转接入完全不同的光照，另一番情景赫然在目……

我曾经给长篇侦探小说作家提建议，切记嵌入不起眼的线索，希望读者视而不见。转接故事一类，作家可以反其道而行之。这种逸闻趣事式故事中，作家的手法即便被发现有纰漏，总体上讲，由于其用意在于取悦读者，初衷不变，方法上有破绽也是允许的。这种破绽可能表现为一个小小的拼写错误，或者一个自称不是美国人的人言语带出的美国腔，或者一个被认为是聋子的人重复他本不该听见的话；诸如此类的种种现象……

侦探短篇的目标在于表现侦探行动，而犯罪短篇或悬疑短篇的目标则在于将个体或群体置于险境，并将危险向一人或多人展示，不论这些人是罪犯、受害人，还是证人。侦探短篇原则上唯求其构思精巧，而犯罪短篇中的构思精巧则必须服务于想象。我说“原则上”是因为生活就是生活，很多时候，我们不可能说清楚，某个故事是纯粹的侦探事务，还是混合着不少犯罪要素。

我们考量过翻转侦探小说，上述临界的情形就是翻转侦探小说的短篇版本。故事一开始，读者就知道凶手是谁，其乐趣在于看他/她如何于不经意间露出真面目。同样，由于前提和实现之间距离简短，与高难度大长度的长篇形式相比，翻转短篇短小精悍，更能给人愉悦。不过除此之外，写长篇的规则都适用于短篇写作。

密室故事的情形也是一样。长度在两千到五千个单词之间，一切都令人非常满意；如果长度达六万个单词，就可能变得冗长乏味，婆婆妈妈。要评价喜剧犯罪作品，情况也类似。尽管在唐纳德·韦斯特莱克这样的大师手中，喜剧犯罪小说可能长达七万个单词或者更多，令人叹为观止，眼花缭乱，但在不十分在行的作者手中，反复呈示好笑的笑话，或差强人意的笑话，只会让读者疲惫不堪。不过在短篇的篇幅中就不是这样了，此时幽默可以发挥更大的作用，掩盖情节所需陈述事实的单调与乏味，造成匠心独运的转接结局。

虚构与事实

犯罪小说与“真实犯罪”记述有很大不同，但虚构谋杀疑案与现实生活中的事件、人物之间总是存在着密切联系，真实的谋杀案件也不例外。然而，关涉事实的虚构不一定总要直截了当。彼得·洛维西，虚构艺术的倡导者，建树颇丰，以下是他进行的正反两方面的审视。

把现实生活中的人物与犯罪写成小说

彼得·洛维西

追根溯源，犯罪小说家是受现实生活启发的。犯罪小说之父埃德加·爱伦·坡于 1842 年发表的侦探短篇《玛丽·罗热疑案》，其故事的基础就是玛丽·罗杰斯的真实案件。玛丽·罗杰斯是一位纽约美女，其尸体仅在一年前于哈得孙河被发现。爱伦·坡给故事设置了新的背景，移境巴黎，借侦探奥古斯特·杜宾之口讲述来龙去脉，将一桩后来者眼中可能平淡无奇的悲剧变成了引人入胜的谋杀疑案。从官方角度看，这起凶案依旧是未解之谜，但有人临终忏悔供述，玛丽·罗杰斯死于一次失败的堕胎手术，抛尸河中是试图掩盖罪行。不管事实是什么，爱伦·坡勇于创新，其创作深受现实的激励。

从那以后，成千上万的作家各显神通，利用实际罪案让作品更加真实可信。一些最成功的推理小说都可以溯源于真实的犯罪分子、犯罪行径，以及侦探：罗伯特·布洛赫的《惊魂记》和托马斯·哈里斯的《沉默的羔羊》的创作灵感——不算最恰当的词——都来自连环杀手艾德·盖恩的恐怖行径；斯蒂格·拉尔森《龙文身的女孩》来自一桩悬案——妓女卡特琳·达·科斯塔谋杀案；詹姆斯·艾尔罗伊的《黑色大丽花》来自另一桩悬案——伊丽莎白·肖特谋杀案。阿加莎·克里斯蒂的《东方快车谋杀案》把林德伯格婴儿绑架案略施乔装，用作核心情节。众所周知，阿瑟·柯南·道尔爵士笔下，约瑟夫·贝尔博士是夏洛克·福尔摩斯推理方法的基础；在间谍题材方面，约翰·勒卡雷表示，乔治·斯迈利的形象主要来源于他在军情五处的前上司约翰·宾汉姆。

人们通常认为，真实犯罪与小说不属同类，但 1923 年的拜沃特斯和汤普森谋杀案成为轰动一时的大案，激发作家以小说形式讲案情。拜沃特斯和汤普森是一对情人，因谋杀伊迪丝·汤普森之夫被送上法庭，虽然拜沃特斯是操刀者，但人们发现伊迪丝在情书中煽动其行凶，所以罪责难逃，最终两人都被处以绞刑。案发次年，E. M. 德拉菲尔德出版《郊外的麦瑟琳娜》，所有评论家都认为这部作品改换姓名，重述其事。1930 年，多萝西·L. 塞耶斯和罗伯特·尤斯塔斯在《涉案文件》一书中借用信件、电报、活动清单、新闻报道等媒介再讲这个故事，并设计了与众不同的谋杀方法，可惜这个尝试未能进行到底。如果此举说明不了其他问题，它至少表明，确有业余侦探行径古怪，专事侦破中产阶级谋杀案，但并非所有侦探作家俱乐部会员都对之感兴趣。在我看来，受拜沃特斯和汤普森案启发写成的最成功的小说要数丁尼生·杰西于1934年出版的《独孔可见西洋镜》。

马丁·爱德华兹最新的小说《为刽子手跳舞》讲述霍利·哈维·克里平的故事，将深入被告思想这一手法推进了一步。小说采用第一人称，仿佛由罪犯本人写于本顿维尔监狱，作品是一封扩展了的信件，写给律师，希望达成上诉。克里平汇集冰冷的事实和清新的见解，讲述自己的婚姻及其毁灭性结局，是一份足以打动人心的辩解书。克里平是一个有缺陷的可怜的男人，小说表现了对他的不同解析，他的名字变成冷血杀戮的象征，这有失公正。

杜鲁门·卡波特的《冷血》是现实运用于小说的经典一例，1966年，在与乔治·普林顿一道接受《巴黎评论》采访时，卡波特自己宣称，那是“一种新型的严肃艺术形式，叫作‘非虚构小说’”。《冷血》基于对主要人物的大量采访，费时六年乃成。其中姓名不变，堪萨斯州一家四口被杀的细节也不变；叙事动力从未衰减，从背景故事到谋杀，再到审判以及后果，力道始终如一。写作技巧融合了新闻报道和小说手法，比如杀手之间的对话，读来让人信服。卡波特不以低调内敛著称，但在《冷血》里他小心翼翼，自隐字外。作品无论是作为小说，还是作为纪实，都同等精彩，无疑是犯罪题材小说的新突破。任何作家，想创作以悬疑为驱动的现实主义犯罪小说，这部书该在其必读之列。

这时候你可能会想，六年的研究超出了你准备投入一部小说的时间预期。作为作家，杜鲁门·卡波特功成名就，其扛鼎之作《蒂凡尼的早餐》给了他自信，也给了他丰厚的收入。此外，创作《冷血》，他一定气力透支，从那以后，他再也没有写小说。

对大多数人来说，如果真实犯罪可用以触发创造力，就足够了。找一则银行抢劫案的简短报道，将它展示给一个班的学生，要求他们发挥想象力，拓展为故事，你会得到一系列令人惊讶的结果，可能是惊险喜剧，也可能是惊心动魄的谜案。我们大多数人都有供自己使用的记忆库。我的房子是在第二次世界大战期间被炸弹炸毁的，那时我刚刚发觉阅读的魔力。我父母除了买书，还有其他事项需要优先考虑，最终，是我发现了一本《爱德华·马歇尔·霍尔爵士生平》，已经破烂不堪，可能是从爆炸现场抢救出来的，作者是爱德华·马约里班克斯。对一个十岁的孩子来说，这个书名不是很有吸引力，但马歇尔·霍尔是二十世纪早期的大律师，他参与了诸如“浴缸中的新娘案”“绿色自行车案”“萨沃伊酒店阿里·法赫米王子遇刺案”等多桩案件审判，轰动一时。马约里班克斯的写作技能和案情的扑朔迷离抓住了我的想象，当然也影响了我，最终我自己也成了作家。

我的“克里布警长”系列小说描述维多利亚时代的警察。只要有可能，我就会回归那个时代的原始资料，花大量时间翻阅大英图书馆收藏的报纸（大部分报纸四十年以后才数字化），查看有关犯罪和审判的报道。一个偶然机会，我去了一家二手书店，很幸运，我发现了一本《警察守则》，作者是刑事调查局首任局长霍华德·文森特爵士，那是一本警用百科全书，涵盖了从 A（《弃婴》）到 W（《毁坏》）的所有内容[1]。我的第一部小说《摇摇欲坠》讲述一起谋杀案，发生在一场为期六天的“随心所欲”比赛中。赛事举办地伊斯灵顿农业大厅是一座巨型建筑，1969 年改为邮政局的海外包裹的分拣中心。我边讲故事边进入赛场，设想着跑步选手绕跑道奔跑不止。我不觉得这是在做研究，我觉得这是故事在想象中鲜活了起来。对那些希望把现实引入小说的

1　原文：*A* for *Abandoned Children* to *W* for *Wrecking*。该百科全书内容条目按英语字母顺序排列。

同人，我的第一条建议几乎无须赘述：不要只核对原始资料——让自己浸入故事。如今，互联网是绝妙的辅助工具，但如果可能，关了它，走访犯罪现场，做笔记，拍照片。这样做，呈现在作品中的每一个细节都将变得更加真实。

写作生涯的后期我做了一项练习，测试自己的思维敏捷度，推度命案在身的罪犯，如果策划得更加周密，可能会怎样潜逃。任何犯罪小说作家都会觉得这样的练习大有用处。我在《冒牌探长迪尤》中，选取了前面提到过的克里平医生的案例，他毒死了妻子科拉，埋尸地窖，然后试图与情妇埃塞尔·勒尼夫乘船逃往加拿大。众所周知，两人被人认出，并被缉拿归案。克里平最大的错误在于尸体处理，每念及此，某种横向思维便开始活跃起来。我想起了 1947 年的盖伊·吉布森案，当时的船员詹姆斯·坎布被认定杀害了一名年轻女演员，并将其推出舷窗，但尸体永远无处可寻。

如果做如下策划，情况会怎么样呢？克里平邀请妻子航海旅行，起航不久后杀了她，把尸体推出舷窗；埃塞尔乘船暗渡，这时候假扮克里平太太，与之会合。这是前提。我把名字改了，主人公的假冒身份化名迪尤探长，这颇具讽刺意味，因为它是克里平死对头的名字。情节就这样复杂化了。我不能继续介绍了，万一你要读这本书呢。

这让我想到了第二条建议：要寻找创造性方法，利用真实犯罪激励写作。如果要把事实改扮成小说，就不必受事实束缚，对细节进行必要的改变，情节就由你掌控，任你支配，因为你是管家。

但该有多大的自由度呢？

亚里士多德、列奥纳多·达·芬奇、伊丽莎白女王一世、格劳乔·马克思、埃尔维斯·普雷斯利等人，除了都已去世，他们还有什么共同之处？答案是在侦探小说中他们都从事过犯罪侦破。这些人都是我凭记忆想起来的，搜索互联网能得到的例子会更多，肯定百位不止。我以为百位足够了，让这些名人自成亚类，当小说侦探。但这样做合乎伦理吗？死者为大，不可损其名誉，历史上的名人受人摆布，当起了侦探，这合适吗？坦率地讲，我对此很感兴趣，我承认我自己不揣冒昧，写了三部小说，人物都是威尔士亲王伯蒂，后来的爱德华七世。事实上，我算是擅专放肆，因为我将伯蒂塑造成了一个满腔热情但缺乏技巧的业余侦探。

我也必须承认，我有我的英雄神殿，一旦我发现有犯罪小说家以这种方式利用或滥用我最崇拜的某个英雄，我会感到不快。如果有人把托马斯·哈代或伊迪丝·琵雅芙变为侦探，我就不去理会这部作品。无论描述多么感情饱满，多么贴近生活，我都认为这是在贬低伟大人物，我敢说，大多数读者都会认为借用要有限度。因此，任何作家，如果打算针对真人建立记录簿，用放大镜观察，都应该意识到，这样做可能会遭遇抵制。许多潜在的读者不会认同这种做法。

这个转变是怎么开始的？我所熟知的最早的例子是莉莉安·德拉·托雷写的关于侦探山姆·约翰逊博士的三十三篇短篇。据托雷自己在《二十世纪犯罪推理作家》中的记述：“为求高兴，1942 年我开始写‘历史侦探’作品，当时我写推理小说的灵感来自约翰逊博士，我想以他为人物，也想以他为‘探测器’。约翰逊博士是十八世纪的真人，词典编纂家、贤哲，其传记作者，游侠浪子詹姆斯·鲍斯韦尔讲述过其生平……故事中的谜题、人物、背景都是真的，但破解方案却很少假装不是虚构的。”

德拉·托雷的创新勇敢、大胆、时尚。你可能说，关于约翰逊的一切，从生活经历到言谈举止，都是为她定格就绪的。但这不一定就是优势，任何与鲍斯韦尔的说法不一致的地方都可能一目了然。托雷写得小心翼翼，用十八世纪的措辞、习语、拼写，得忠信于读者，受评论家尊重。

其他犯罪小说家，不管受到德拉·托雷影响与否，都很快尝试写现实生活中的侦探。1949年，荷兰汉学家罗伯特·范·古利克翻译了一本真实的犯罪故事，讲述唐代地方官狄仁杰查案断案，有人鼓励古利克将判案官狄仁杰塑造成小说人物：按照中国的传统，一部小说中收入了三起案件。在接下来的十七年里，更多关于侦探狄仁杰的小说和短篇陆续问世。

约翰·迪克森·卡尔是一位多产全能作家，也是最早涉猎现实生活中的侦探的作家之一，事见1950年的短篇《巴黎绅士》。不过指名道姓议论这位绅士有点剧透，我只能建议读者找到故事自己看。卡尔1959年的小说《高烟囱丑闻》中，用到了伦敦警察厅的著名侦探乔纳森·威彻尔；在职业生涯末期的《饥饿的妖精》中，他把威尔基·柯林斯塑造成了侦探，但传记作者道格拉斯·格林却认为，卡尔的以上两部小说都差强人意。

从二十世纪中叶开始，书中塑造的众多著名侦探，大多是作家，有些是犯罪小说家（我能想到埃德加·爱伦·坡、阿瑟·柯南·道尔、雅克·福翠尔、达希尔·哈米特、约瑟芬·铁伊、莱斯利·查特里斯，还有伊恩·弗莱明）。我们对自己的同类了解最透彻。

第二大类是演艺界的表演家。如果你在考虑塑造名侦探，那你也许该找一个众所周知的“名流”。亨弗莱·鲍嘉、葛丽泰·嘉宝、玛琳·黛德丽、诺埃尔·科沃德、梅·韦斯特、贝蒂·戴维斯、阿尔弗雷德·希区柯克，弗雷德·阿斯泰尔与金格尔·罗杰斯，克拉克·盖博与卡罗尔·隆巴德，这些人怎么样？他们一个个都被天才作家乔治·巴克斯特吸收进入一系列小说。变成侦探的其他娱乐界明星包括猫王埃尔维斯·普雷斯利、格劳乔·马克斯、哈里·胡迪尼、梅布尔·诺曼德、史蒂夫·艾伦、泰勒·斯威夫特，以及弗兰克·西纳特拉和他的朋友们的整个“鼠帮乐队”。

然后是有权力、有影响力的人物，从林肯到奥巴马，形形色色的美国总统都在小说中扮演过罪案侦破人的角色。罗斯福家族的一个成员——富兰克林·德拉诺的儿子埃利奥特，甚至创作了系列小说，他母亲埃莉诺是小说主人公，其所侦破的谋杀案主要发生在白宫。1990年作者去世，但系列小说继续出版，又增加了十二集之多，直到2000年才彻底告结。出版社解释说，这是未出版的手稿的遗留问题。人们怀疑有代笔作家在替人操刀，过后证实此人名叫威廉·哈林顿，早期作品是他与罗斯福合作完成的。

近些年来出现了一些真正的不寻常侦探。你相信比阿特丽克丝·波特、莉兹·玻顿、路易莎·梅·奥尔科特、克劳德·莫奈吗？或者相信那位放浪形骸的画家弗朗西斯·培根吗？也许奇怪之最是纽约前市长埃德·科赫，在赫伯特·瑞斯尼科和温蒂·柯希·史妲博协助下主笔完成系列小说，他本人是书中主角——凶杀案侦破人。

我问自己，像我这样一个天真的旅行者，怎么敢于走上这条危机四伏、拥挤不堪的街边小道。回想起来，我从维多利亚时代的故事起步前进，一路走到写作生涯的中道，完成了“克里布警长”系列，警长也成了文学作品和电视剧里的流行人物。警长的故事个个以体育赛事或娱乐为背景，但有一个事项我没有利用过：赛马。我找到了一篇关于弗雷德·阿切尔的报道。弗雷德·阿切尔，他那个世纪最成功的赛马骑师，五次获得德比赛马冠军，二十九岁饮弹自尽，他的死令人震惊，他说的最后一句话是：“他们赶上来了吗？”

有哪个小说家能拒绝利用这样的开篇？

我决定写最后一部维多利亚时代侦探小说，但这一次安排一个业余侦探，这也是早期侦探小说实践者惯用的手法。我很快意识到，关于赛马，我的侦探必须了如指掌，而且他也应该是死去的赛马骑师的朋友。阿切尔曾经是皇家赛马骑师，威尔士亲王伯蒂与之非常熟悉。送葬队伍在纽马克特商业大街行进的时候，棺木上最大的花圈是亲王殿下献上的。时隔不久我就有了决定，由伯蒂主导调查。伯蒂所处的位置十分理想：他拥有足够的权力，如果他有意愿，伦敦警察厅可以随时听调；而当他一筹莫展的时候，又可以邀请伦敦警察厅参与；他有的是时间，因为女王——他的母亲，认为他不可靠，不能处理国事。这一切都配合得天衣无缝。

关于伯蒂的资料，我尽力搜罗，逐一阅读，很快我就明白了女王为什么要那样对待他。他的“灰色小细胞[1]”存在一定缺陷，关于阿切尔谜案，他不大可能推断出什么，即便推断了什么，那也可能是错的。

那么，为什么不将计就计，把他塑造成一个过度自信但头脑糊涂的思想家？尽管他南辕北辙尽了最大努力，谜案终究会解开，他也会把一切功劳都揽在自己身上。

我去了纽马克特，感受了1886年的真实剧情。我走访了法尔茅斯公馆，阿切尔住在那里，也死在那里。在国家赛马博物馆，我看到了那支他抵上自己头部的银色手枪。我重走送葬路，看到了漂亮的墓碑立在墓地。我还买了一本约翰·韦尔科姆著的《弗雷德·阿切尔：他的生命和他的时代》。我认为，如果你要基于真人写小说，你就有责任把发生的事尽可能一件一件写准确。情节需要伯蒂赶往纽马克特出席

---

1 原文是little grey cells。这是阿加莎·克里斯蒂小说中侦探赫尔克里·波洛常用的一个短语，指大脑。他在许多场合提到，要推理出凶手的身份，就必须运用“灰色小细胞”。

审讯，我就该核查宫廷公报，以确定他当时在国内。我发现事情发生在他生日那天，其时他肯定在桑德林汉姆招待客人。

桑德林汉姆离纽马克特不到五十英里，所以他当晚可能会赶回来。我已经陷入后勤安排了，你可能觉得没必要。为讲好故事，为什么不忽略了他的生日？我在努力解决日期冲突的问题，这样做可以使我的大脑换位运转，仿佛自己就是伯蒂。

视角永远是关键性决策。我很快意识到这部小说应该采用第一人称，写成回忆录。一旦伯蒂的口吻确定，叙述就十分流畅——一发而不可收，最终我写出了三部作品：《伯蒂与铁皮人》《伯蒂与七具死尸》《伯蒂与激情犯罪》。

我依旧拿不准该不该鼓励作家把真实的人变成侦探，但我不能阻止自己的儿子变成烟民，所以这里我给那些不听劝阻的人一些忠告。首先，问问自己是否真的想入犯罪写作这一行，如果想入，观摩一下那些已经投身其中并佳作频出的作家的写作方法：玛格丽特·杜迪的《亚里士多德，侦探》或罗伯特·巴纳德（笔名伯纳德·巴斯塔布尔）的《死了，莫扎特先生》就是不错的入门读物。其次，做一做调查，不要只依赖互联网。最后，尊重主要人物，你选择了谁作侦探，那么声音、节奏、背景、动作、对话就必须与他真人保持一致。

明白了，是吗？但你真的想一试身手吗？

把真实生活中的案件写成小说，关键性挑战是要把发生过的事写得准确无误。这在有些领域尤其棘手，比如法律，因为它一直在变。如果你的作品受到了评论家的批评，普遍认可的智慧型做法是不与对方争辩，因为争辩于事无补——即便评论家立论错误或有失公允，抱怨不会有什么好处。安东尼·伯克莱是侦探作家俱乐部创始人，对待批评他容易过敏，但富于机智。应对批评时，他不会像哲学家那样只是耸肩。

他的小说《裁判有误》受到广泛赞誉，于1938年首次出版，作品涉及一宗谋杀自诉案。关于谋杀自诉案的可行性他是进行过技术研究的，但一些法律专家对研究的准确性表达了保留意见。小说后来由企鹅出版公司出版平装本，伯克莱抓住机会，在新版前言中阐明自己的道理，回应持怀疑态度的人。

顺便提一句，迈克尔·安德伍德（约翰·迈克尔·伊夫林的笔名，其是一位律师，最终成为助理检察官）属于年轻一代侦探作家俱乐部会员，1959年他撰文指出，伯克莱妙趣横生的小说中述及的法律手段不再有存在的可能性。但法律在不断演化，从那时候开始，确实出现了谋杀自诉案。我们可以想象，安东尼·伯克莱的魂魄会说："我早跟你们说过。"

试与误

安东尼·伯克莱

这部作品提出的法律观点似乎引出了诸多议论，我很高兴利用本次再版机会做出解释。

作品初版的时候，不止一家报纸不辞辛苦，居然就相关“法律”问题征求了法学专家的意见，得到的反馈通常是我的“法律”很不专业。许多律师大名鼎鼎，但与我并不相熟，他们发来的私人信件非常有趣，支持以上观点，态度友好，但语气坚定。我自己有些固执，认定我的“法律”不存在问题。

法律的演化脉络非常复杂，小说叙事基于一个发生在 1866 年的真实案例。我的陈述尽量简单，事实如下：

一个名叫佩利吉奥尼的意大利人被指控参与了发生在克拉肯威尔的酒馆殴斗，致一死一伤，死者是个英国人，名叫哈林顿。佩利吉奥尼辩解说自己根本没有杀人，而是一直在试图平息骚乱，他是被卷入混战的，那把致命的刀实际上是在离乱局有一段距离的地方捡起来的。然而，法官注意到，不管佩利吉奥尼怎么申辩，他拿不出更直接、更确凿的证据，所以最终判他死刑。他的性命似乎无可挽回。

然而某些意大利同胞跟法官不一样，他们对佩利吉奥尼的定罪非常不满。在新闻出版界，《每日电讯报》发表系列文章，抨击这一判决——尽管《泰晤士报》认为“法庭素来可以对被告出具不利证据，毫无疑问此次法庭关于佩利吉奥尼的不利证据一如既往完整、可信”。内格雷蒂先生供职于闻名遐迩的光学仪器公司，他牵头实施了一轮新的非官方调查，调查发现，另一个名叫莫尼的意大利人向警方供认，他才是实际刺死哈林顿的人，尽管是出于自卫。

警方对这一报告显然缺乏热情。他们已经因哈林顿被杀给一个人定了罪，他们不想再寻烦恼，又给另一个人定罪。如今的莫尼痛哭流涕、追悔莫及，但说服警方把他关起来，非常费劲。最终警方只同意以协助、教唆佩利吉奥尼的罪名关押莫尼，他们直截了当拒绝以杀人罪指控莫尼。结果当莫尼出现在地方法庭的时候，控方律师宣布，他指控莫尼犯杀人罪，代表的是内格雷蒂先生，而不是国王。

没过多久，莫尼被交付审判，佩利吉奥尼被推迟执行死刑，等待莫尼审判结果。最后的结局是，尽管法官处处谨慎，警察也处处阻挠，莫尼还是被判误杀哈林顿，处五年监禁。

于是，同一时间有两个人被收监，两个人因同一个人的死亡分别被判有罪，当局显然不知道该如何处置。有人可能会以为，摆脱混乱并不复杂，接受第二个判决，因为它所依据的证据更清楚，同时赦免佩利吉奥尼。但这样做显然过于简单。佩利吉奥尼是在“女王的意愿下”暂缓处决的，当权者们如坐针毡，抓耳挠腮，无计可施。本案的结果举世瞩目，佩利吉奥尼第二次受审，但这一次是因为他致另一人受伤。经过三天激烈的法庭辩论，他被无罪释放，法庭内外赢来了热烈的掌声。这个处理方法让当局逍遥自在，不失体面，嫌疑人没有犯过别的罪责，故法院赦其无罪，使之免于牢狱之灾。就连《泰晤士报》也刊发了大约一千个多音节词的文章，指出这一切有点傻里傻气。

所以，这就是我所遵循的法律先例，而且我遵循得相当严格。的确，我允许托德亨特先生获得保释——或者更确切地说，直到判决之后他才被逮捕，而莫尼则没有获得保释。但关于这一点，我请求获得小说家的创作自由。

然而，法律例外成立的基点在于我把托德亨特先生的起诉称为“谋杀自诉案”。有人毫不含糊地告诉我谋杀自诉案根本没有可能，在莫尼的时代也同样没有可能。事实上并不是内格雷蒂以杀人罪起诉了莫尼，内格雷蒂只是获得许可，向控方律师介绍情况，律师以惯常方式起草了莫尼修正本起诉书。

我确信这里的技术信息完全正确，不过对外行来说，这一切似乎是过于精细的雕琢。当一个人仅在私下向律师介绍情况，指控他人犯有杀人罪，当警方不仅拒绝帮助，而且在实践中阻碍起诉，当律师告知法官，他只代表某个个人行事，而不代表国王行事，这种情况下，我认为，即使后来的起诉书写成了形式正规的修正本，以漫不经心、隔靴搔痒的方式讲述“谋杀自诉案”是完全可能的。如果不是，那我就非常、非常抱歉了。

合　作

联合写作令人神往。作家经常感到孤独，联合则可冲淡孤独，联结才华，使二加二等于五。然而联合意味着与一个或多个同事合作，它也带来挑战。

侦探作家俱乐部会员经常联合写作。俱乐部早期的两部BBC悬疑剧，各由六名会员合作完成，而其第一部小说《浮动的海军上将》则雄心夺目，是一场由十三位撰稿人参与的大演练。这部作品没有主导性计划，每一位作者轮流挥洒才情，把故事引向新的方向。安东尼·伯克莱的任务是完成最后一章，他不无嘲弄地戏称其为“收拾残局”，但他串联情节脉络，技艺高超，使这本书深受欢迎，经久不衰。俱乐部最近的合作作品《沉没的海军上将》，虽是向文学前辈致敬之作，但写作方法不同以前，由西蒙·布雷特精心策划其总体构架。在故事接近高潮的时候，他们在伦敦的格劳乔夜总会举行了一场“侦探小说晚宴”，其间，撰稿诸家策划故事结局，拣选勇者，负责执笔撰写。

写“循环式”小说也大有意趣。1989年，蒂姆·希尔德组织创作《里格比档案》，那是一部惊悚小说，由一个作家团队共同编写而成，团队中包括好几位侦探作家俱乐部会员。应当承认，这样的项目不适合缺乏勇气的人承担，也不适合经验不足的作家完成。但文学合作也有许多不那么复杂的例子，这类合作甚至为新手提供可能性，试笔犯罪小说。历史犯罪小说家圈内有一个专写“中世纪杀人犯”的小组，迈克尔·杰克斯和他的组内同事共同创作系列作品。所谓系列，由各组员的中篇小说组成，彼此相互关联，第一部是《污染的文物》。G.D.H.和玛格丽特·科尔夫妇是侦探作家俱乐部的创始会员，他们组成的夫妻团队，合著大部分作品。到了现代，犯罪小说家马丁·威茨很是成功，他发表作品用自己的真名。他也和妻子琳达合著了好几部作品，他妻子则用笔名塔妮娅·卡佛。

迪克·弗朗西斯是俱乐部的老前辈，在小说写作方面，他得益于妻子玛丽的建议，后又得益于儿子费利克斯的建议，文学成为家庭事业，他的家庭是极其成功的典范。迪克去世后，费利克斯开始独当一面，子承父业，出版小说，冠以“迪克·弗朗西斯序列小说”，他当选俱乐部会员是顺理成章的事。与此同时，美国作家詹姆斯·帕特森与多位作家成功合作，为其他合著作品的畅销树起先例。侦探作家俱乐部的汤姆·哈珀与南非作家威尔伯·史密斯合著惊悚小说，伊莫金·罗伯逊也与他人合著作品，最近有消息称，她正在与前政治家汤姆·沃森合作一部惊悚小说。

玛杰里·阿林厄姆的丈夫菲利普·扬曼·卡特曾为她关于阿尔伯特·坎皮恩这个角色的小说提供过创意。玛杰里去世后，菲利普接替她完成了最后一部，然后自己创作出版“坎皮恩”系列小说。代人续写小说、创作续集类型的作品越来越受欢迎。吉尔·帕顿·沃尔什在另外的场合讲过，她继承了多萝西·L.塞耶斯衣钵，完成了塞耶斯未完成的关于彼得·温西勋爵的小说，然后续写温西系列。斯特拉·达菲完成了奈欧·马什的《停尸房里的钱》。说起奈欧·马什，她在二十世纪三十年代与一位名叫亨利·杰莱特的医生合著了《疗养院谋杀案》，杰莱特为故事发展提供了医学知识。近年来，索菲·汉娜谨遵阿加莎·克里斯蒂遗嘱委托，出版了一系列小说，主人公是赫尔克里·波洛。

侦探作家俱乐部会员中的文学合作者，第一个获得成功的是罗伯特·尤斯塔斯。罗伯特·尤斯塔斯是尤斯塔斯·罗伯特·巴顿的笔名。巴顿是一名医生，L.T.米德小说中的科学知识归功于他的帮助。米德专为少女写小说，是一位多产作家。夏洛克·福尔摩斯成功之后，米德转而写侦探小说。二十世纪二十年代后期，多萝西·L.塞耶斯请求尤斯塔斯许可，将他与米德合著的一部短篇重印在一本小说集里，那以后，他与塞耶斯便成了朋友。毫无疑问，正是由于塞耶斯的支持，尤斯塔斯才成为侦探作家俱乐部创始会员之一。尤斯塔斯还与俱乐部的另一位会员埃德加·杰普森合作，创作了著名的"密室"故事《茶叶》，但今天人们记忆最深刻的是他与塞耶斯合著的《涉案文件》，这是塞耶斯唯一一部不以彼得·温西勋爵为主角的小说。这次合作，美谈再兴，尤斯塔斯提出巧妙的技术创意，塞耶斯执笔完成写作。他们合作的瞩目之处在于其进程保留着详细记录，具体内容见塞耶斯书信集第一卷。

塞耶斯书信清楚地表明，写作经历本质上很像过山车：从兴奋到绝望，新的创意带来震颤，对出版商失望又渴望家喻户晓，作品核心理念受到批判（事实证明是错误批判）而又一筹莫展时备受煎熬，意外获得科学行业嘉奖时感到喜悦。尽管塞耶斯对《涉案文件》的评价趋于悲观（作品完成后的常见反应），但写侦探小说是怎么回事，这些信件提供了不可多得的案例研究。这部作品依然是"案例小说"的实例，趣味盎然，引人深思。它也是情节、人物都深受现实生活中谋杀案影响的实例。威尔基·柯林斯的《月亮宝石》之类的作品可以说是在推广案例小说。

联合写作

以下是多萝西·L.塞耶斯给罗伯特·尤斯塔斯的信：

亲爱的巴顿博士：

……我很高兴你喜欢彼得勋爵。当然，我也还没有打定主意完全放弃他，不过我认为最好构想一个新的侦探，便于讲好我们合作的每一个故事……如果用一个更具科学背景的人，问题将会简化，你觉得呢？彼得勋爵应该对化学之类的学问知之甚少，这就意味着需要创造一个医生或什么人帮他。同时，我也希望把他停一停，因为他飘然来去，像永不停息的微风，有时候真的变成了小小负担！我们需要做的是物色一个科学型新人物，类别不拘一格——清瘦敏捷型、矮小神谜型、英俊魁伟型、古怪寒酸型、神秘莫测型、成熟老练型，甚至彪悍平庸型——没有做过的事不好想象……

1928年5月7日

……我一直在思考那段蘑菇故事，我思考得越多——越是需要思考！……像你说的，这个故事中，显然必须加入强有力的爱慕情趣，我需要转移思路，把这一部分尽可能写得现代、强势。两情相悦的年轻人感情纯洁，在最后一页终成眷属，这样的时代已经过去了，今天的评论家们往往会说，侦探小说没有情感纠葛更好，语气不乏嘲讽。鉴于本案必须借爱情助推情节，我们就该尽最大努力，让故事合乎现代标准，可信、服人。

1928年5月15日

……我认为至此我们已经找到了故事主题，确实很好的主题，我非常渴望照此写下去……宗教与科学方面的问题需要谨慎应对，但我认为，如果我们做得成功，向人们讲清楚了，大家肯定会非常感兴趣。

1928年6月29日

……实验室的那个场景将非常出色。我想我们可以让大科学家先实实在在用真菌毒素做一个对照实验，好让另外那个家伙准确理解两者的差别。如果一开始观察者能站在目镜前，看到偏光镜下，真菌溶液由黑变白，这将增加戏剧性效果，它会让兴奋感延长一点，提升一点，给读者一种感觉，自己亲眼看见实验施行，变化产生……

现在的主要任务是在情节中引入某些要素，使情况复杂化。鉴于当初设想整个事件是一场意外事故，我们无法利用被错误指控的人或诸如此类的现象。我们必须在情感方面大力加强。这对我来说是全新的尝试……我们将设法不间断地把科学关注和神学关注融入情节（目前我还不太清楚该怎么做，但我料想会有办法）……

我认为《死亡帽》本身是个非常好的书名，它象征着谋杀和神秘，对不是蘑菇行家的人来说，它又有法庭和“黑色帽子”的意味……

待时机成熟，我来整理一段新闻稿，做得短小有趣，报道罗伯特·尤斯塔斯和多萝西·L.塞耶斯的合作，交予新闻界……

1928年9月3日

……现在，我要专注犯罪细节，做出适当安排，让罪犯在蘑菇中下毒但不至于

a）自己中毒

b）倾向明显，不愿共进下了毒的菜品

c）被怀疑在菜品中放入真正的“死亡帽”。

如果可能，诡计败露在罪犯离开现场进城，或做其他什么的时候。顺便提一句，我想知道：

1. 毒蕈碱（人造）溶液是什么样子（无色还是有色，混浊还是透明）

2. 致命剂量是多少

3. 那东西闻起来、尝起来是什么味（像蘑菇吗）？我希望在购置菜品、盐、或蘑菇之外的其他什么带回家的时候，罪犯不要在场，这样我就可能要在这些上面下毒了。

1928年9月10日

……我想，我已经确定了如何施毒，如何保留不在现场的证明。同时，我将引入一名很重要的死亡目击证人，他也会支持不在现场之说。

我也一直在考虑那段恋情。我不想把罪犯描述得过于恶毒——受害人也未必就是坏人。我想我要（征得你的同意）把受害人描绘成一个不受人待见、自以为是、自我中心的人，一贯绕着他的烹调技术之类话题，喋喋不休，但不至于害人；我让

他娶一个像伊迪丝·汤普森那样的女人，怂恿情夫，谋害本夫。那样写会揭示不少人性，叫人愤怒懊丧，还能引发类似的连带效应。

因而，我非常希望做一番尝试，效仿威尔基·柯林斯，用一系列第一人称叙述来写这部作品。这将是一种新的技能，但我想我做得到。我的想法是有人……起了疑心，接下来着手收集证词、证据，完成科学实验。然后……一揽子交给检察官或警方，敦促他们处理。我读威尔基·柯林斯作品的时候，总是遇到困惑：问题都解决了，程序都结束了，为什么还有人不辞辛苦，整理、发表关于这事的报告？交检察官或交警方的做法解决了这样的困惑，也解决了烦人的收尾问题——作者该让凶手接受审判，还是让他忏悔，还是允许他自杀，还是别的什么。

1928年11月19日

……我们的美国出版商刚刚拜访过我……关于多萝西·塞耶斯女士和她神秘的实验室合作者的宣传照片，我提了我们的想法，他表现出了极大的兴趣——他说："嗨呀，棒极了！好时尚的主意。"我在设想，他会在美国把我们展示得极为精彩，让作品在那里大为畅销。我对此感到很高兴，因为我担心在这方面本做不出什么了不起的成就——本家族的人都甲状腺机能不全，死气沉沉，根基不稳，能力有限，不说也罢！

顺便一提，这部作品是一桩谋杀案，我目前不打算对此严格保密，对谋杀者的身份我也不打算保密……这与平常的侦探小说策划有所不同，但它更像现实生活的真相……

如果我们按部就班照计划执行，我确实认为那境况将威力无比，“谋杀作孽，天理不容”的理念将得到极大彰显。我简直无法表达我对这个策划多么狂热，手法上的些许粗糙便会对之有所损害，我多么渴望免于粗制滥造……

1929年4月26日

……你不必担心验尸官的勘验。实际上，验尸官勘验在法律上没有什么意义。验尸官陪审团做出裁决之后，案件可以随时重启调查。所以，在乔治·约瑟夫·史密斯案中，史密斯用浴缸淹死了三位妻子；尽管直到最后一起谋杀才引起怀疑，他实际受审的案子是他的首任妻子安妮·芒迪被杀案；当时，芒迪已经被安安静静埋在地下许多年了，而验尸官的裁决则是意外溺亡。后来的两起案件仅被算作蓄意谋杀的旁证。

1929年5月17日

……新故事的创意听起来很振奋人心，我非常想听听……但也许我们最好再等一等，看看正在写的故事结果如何。目前我对自己的写作很不满意。我一直在体会怎么写才能感觉更好，所以就不得不大块大块地重写。我认为出现这种情况，部分是因为这部作品风格不同于我的其他作品，部分是因为我过度焦虑——想证明一个新的起点，又不让合作者失望——但主要是因为我目前一直怀揣的不安情绪……因为我知道了，我将在年底离开这份我长期从事的工作……这个故事正在变得过于严酷、蹩脚，我感觉很难把它写得轻松起来。哈里森一家凄苦的家境、女管家的精神失常、诗人喜怒无常的内省，结合在一起就产生一种紧张压抑的气氛。这种气氛纵然非常适合小说情节，但无论对作者还是对读者，都起不到振奋人心的作用。

1929年11月20日

……我们可敬的朋友哈里森今晚去世，临终极度痛苦，我可以肯定，当你知悉，一定痛惜。这位不幸的绅士死去的时候，独自一人在偏远的村舍，这是尤其可怕的一幕。哈里森太太自然痛不欲生。

1930年1月11日

……只说一句，我们的作品进展得完美。继子在怀疑那桩谋杀，准备从敲诈者打杂女工那里购买一部分见不得光的信件！小说家的日子很不好过，他天生感觉良好，但事实是他和凶手在同一所公立学校，二者互悖，搞得他左右为难。那位妻子是个可怕的人。凶手（我表示同情）刚刚发现以上情况，他极端痛苦，极其悔恨，但除了我，没有人知道这些……

满脑子全是真菌的朋友，

多萝西·L.塞耶斯

1930年1月21日

……这本书叫人诅咒。昨天早上，凌晨3点，我写下了最后几句话，在下面草草画线做了标记，喝了一大杯保卫尔牛肉汁加牛奶，然后摇摇晃晃上床睡觉！

今天我鼓起勇气，回顾它的第一部分，发现很多地方让我不满意，但我认为凑到一起勉强过得去……

1930年2月9日

……我在给你寄书稿，但我内心清楚我把它搞砸了。实实在在讲，去年一年，我觉得非常紧张，非常疲惫……我根本就不该写作。紧张与疲惫产生出一种混合气氛，迟钝而阴暗，我担心这种气氛对作品的影响是致命的。事实上，前半部分糟糕透了，我不得不大面积重写，但依旧改观不大。第二次重新打字的时候，我的打字员中毒严重，卧床一周！我担心那是不祥之兆，我们的作品也可能遭遇类似的厄运。

如有更改，请直接做在手稿上，我有四份副本。我们有精彩的情节，我多希望我能写得更好。

非常沮丧的朋友

多萝西·L.塞耶斯

1930年3月21日

……随信附上一点小小的麻烦，有一位很博学的先生的妻子说，合成毒蕈碱的事完全错了，我已经写信向她表示了感谢，并说明你了解毒蕈碱，并乐意就她的问题做出解释……

1930年9月13日

……我遇到难题了！哈利街的一位医生写信问我，合成腺体如何提取！……我确实希望你能给他做出解答——多抢眼的独家新闻！史上绝无仅有。侦探小说里的学问，有人竟然认起真来，学以致用！

1930年11月7日

改　编

《侦探什么都知道》主要着眼于小说写作，但犯罪小说作家也与其他媒体打交道——电影、电视、广播、戏剧等等——有时候创作原创脚本，有时候改编自己的或他人的作品。近年来，有声读物热度迅速上升，而广播写作长期以来就为专事犯罪写作之人提供了大量的机会。

瓦尔·吉尔古德，演员（乃兄约翰爵士名气更大）兼播音员（广播剧先驱，执导戏剧登上英国电视第一人），业余时间是犯罪小说家。他也是侦探作家俱乐部会员之一，作品包括《广播大厦命案》。这是他与霍尔特·马维尔（另一位BBC内部人士埃里克·马斯维茨的笔名）的合著，1934年搬上银幕。

吉尔古德不定期为《作家》杂志撰稿，讲广播剧写作问题。他强调，想成为广播剧作家，首要的是收听广播剧，以便了解这种媒体。广播听众不同于剧场观众，其作者不可能获益于现场群体反应，无论是快乐、恐惧，还是喝彩。听众通常独处，或者是小微群体，往往在家收听，随时可能被打断。吉尔古德说，听众用不了眼睛，所以广播剧最可怕的缺陷就是晦涩难懂。人物必须清晰可辨，且不宜过多。简而言之，广播剧作家的目标是短时间内抓住每个听众的注意，永不松手。

最近，艾莉森·约瑟夫将犯罪小说家的职业与为广播写剧本相结合，她的小说系列包括了多样化的主角，如修女艾格尼丝和阿加莎·克里斯蒂。她写原创犯罪剧本，此外还写了关于修女艾格尼丝的五部系列小说，又改编了四部乔治·西默农的梅格雷特系列小说以及S.J.沃森的畅销作品——家庭悬疑小说《在我入睡前》。她的例子表明，广播是犯罪小说的理想媒介。

为广播写作

艾莉森·约瑟夫

二十世纪二十年代出现戏剧直播，三十年代早期，主要在美国，（实验）广播剧取而代之，所以，犯罪广播剧的历史几乎跟广播的历史一样久远。我们先看一个简短选段：

弗朗西丝：要退学了？换我决不这样。你这辈子总要做点什么嘛。

艾拉：（不以为然地耸耸肩）

弗朗西丝：你那样冲我瞪眼睛没什么意义，丫头。你知道我说的是对的。

目光敏锐的读者会注意到，第二个人物实际上什么都没说——但她的应答非常清楚。广播就是用声音、语言、音乐在听众脑海中绘制画面。

这个过程的核心是对话。广播剧里的对话可以分为三类：言语-

意图吻合型，言语–意图分裂型，无言语型。（上面的选段中，艾拉的台词显然属于第三类的例子。）我想强调的是，对于以犯罪故事为中心的戏剧而言，三个类别的对话都非常重要。事实上，精彩的犯罪小说，不拘泥于任何形式，其关键都在于人物说了什么，打算隐藏什么，而广播恰好把这一原理用到了极致。

下面再举一个对话选段，摘自《米契纳》，BBC 第四套节目的一个四十五分钟广播剧，剧中的侦探是一名航空事故调查员。有飞机失事，机上人员全部遇难，其中一名乘客的妻子梅雷迪思·福斯特一直向米契纳坚称，那不是事故，她希望做进一步调查。米契纳正在和搭档布丽奇特谈论此事。

布丽奇特：那位妻子——

米契纳：……梅雷迪思。

布丽奇特：她怎么样？

米契纳：悲伤、愤怒、能干。全力以赴，务要查清到底发生了什么。她还不十分明白，不管查到多少实情都不可能让她丈夫死而复生。

布丽奇特：我的意思是她长得怎么样。

米契纳：……哦，嗯……

布丽奇特：穿着讲究吗？

米契纳：说不清，也许吧。她穿长裤。夹克是灰色的，或者，奶油色的吧。我觉得是浅颜色。

布丽奇特：你一定知道她长得怎么样。

米契纳：（耸了耸肩）

布丽奇特：她确实长得好看，在电视上，她真漂亮。

米契纳：是这样，我不把她——

布丽奇特：不把她当女人看？

米契纳：是的。

布丽奇特：（惊叫自己不信）

米契纳：她出场就是要搞清事实，就这么简单。

布丽奇特：这么说搞清事实才是她想谈的啦？

米契纳：正是。

（停顿）

布丽奇特：不是因为她是俏丽佳人金发女郎。

米契纳：不是呀？

布丽奇特：而是因为她了解你的过去，她知道你是一个热爱工作的人，但你在我面前一直隐藏这些。

这段摘录中三类对话的例子都有。作为作家，你的核心工具只有人们所说的话语，这种情况下，你必须依赖听众才能真正听到人物之间在发生着什么。写犯罪小说，话语是讲故事的核心：观众、读者、听众都明白，人与人之间说的话才真正重要——但可能不一定处处可信。

没有了演员广播剧就不复存在。值得注意的是，台词如何表演，在给演员们写说明的时候，应该谨慎。以上选段中关于无声台词的注解，只在传达发生着什么。但作为作家，要经得住诱惑，最好不要确切描述台词该怎样表演，不要揳入“犹豫”“愤怒”等副词。最好相信演员，他们有能力找到台词的表现方式。

情节与结构

写小说，你可以在书页间来回翻阅，核查故事进程。但写直播剧，你首先要让故事顺畅进展，人物、情节不宜过多，交织不宜过于复杂。广播剧也可能多集连续，同样地，听众锁定波段收听，需要弄清楚到目前为止发生了什么（不过有了流媒体，你可以再次收听，这给听众更多赶上进度的机会）。

对话之外

虽说对话是广播剧的核心，但讲故事过程中还可以以其他方式使用言语。广播给人物便利，很适合直接对听众讲话。所讲的话可以是一种手段，以介绍不同的时段或观点：被冤枉的嫌疑人，失踪的人，甚至是隔着坟墓说话的人；也可以是前事的倒叙，回顾故事中平行但关联的部分（但也许没有超自然的呼呼哗哗的声响效果为标志）。独白可以有不同形式：可以是信，或者是讲话录音，或者是语音留言，或者是其他什么方式，只要允许人物独自发声。所讲的话还可以是……

叙述

改编中经常使用叙述，为的是保住原作者的声音。使用叙述，作用不可小觑。作为听众，听人给你讲故事，是一种愉快的感觉。不过有一个风险，叙述可能会拉开听众与行动的距离，但如果利用得当，它相当于添加了全新的维度。下面一段就是例子，节选自 BBC 第四套节目的查尔斯・帕里斯广播连续剧。该剧由杰里米・弗朗德根据西蒙・布雷特的原著改编，比尔・奈伊担任主演。这场戏中，查尔斯正在等代理的电话，烦躁不安，雨中行走在大街上，消磨时间。

第九场——大街上的故事

特技效果：（雷声，雨声，查尔斯・帕里斯走路声，其他刮磨声）

1查尔斯：即便大雨也阻止不了千禧一代走在大街上，两眼紧盯手机。

2低头族1：哦。

3查尔斯：雨已经把我淋透了，我就玩起了一款游戏，我叫它“一往无前”。

4低头族2：哦。

5查尔斯：规则很简单：

6低头族3：哦。

7查尔斯：选一条街道……

8低头族4：哦。

9查尔斯：……不怀恶意，不带攻击性，从甲点到乙点，走直线，数一路碰到的低头族数。

10低头族5：哦。

11查尔斯：一声“哦”得五分，一声“对不起”得十分。

1低头族6：对不起。

2查尔斯：迄今为止的最高分为四十五分，不包括往返上下班的人愤怒的大喊大叫——

3往返上下班的人：（看着点，往哪里走！）

4查尔斯：……然后与一名骑摩托的送餐员相撞，首要的是那送餐员就不该在人行道上。

特技效果：（自行车碰撞声，人的叫喊声……）

5查尔斯：幸灾乐祸，或达尔文物竞天择说——这恢复了我对因果循环的信念。

上述场景的各种信息都纯粹需要用广播表现——其他任何形式都表现不出来。查尔斯可以直接对听众讲话，同时他也在故事中。杰里米·弗朗德说过，他想塑造一个“钱德勒式的、扭曲的、厌世但自我意识很强的人物，发表的评论像独角希腊合唱团，说辞定然滑稽，但要让故事继续演进，又不可或缺”。

音响效果

上述选段表现了广播剧的另一个重要方面，即音响效果。打个比方，如果要写科幻小说，需要做一件非常有趣的事，扫荡音响库，搜索火箭、宇宙飞船、机器人的声音，还要搜索令人恐怖的星球噪声以及外星人的声音。但如果故事不精彩，文笔不能恰到好处，人物塑造不成功，音响则发挥不了什么作用，即便是科幻小说也于事无补。我想强调，广播犯罪作品中，音响介入越少越好。

然而，也有一些时刻，音响绝对必要：以下是《米契纳》的另一个选段，正在回放失事飞机上驾驶舱里的声音录音。

乔治：啊，你来了，请就位。

特技效果：（空中交通管制中心回放装置打开）

副驾驶：PK 495呼叫塔台……

空中交通管制中心：PK 495，收到……

机长：机上发生小火灾，请求降落。

空中交通管制中心：听到。

副驾驶：高度2000……

空中交通管制中心：可以掉头往盖特威克机场吗？

机长：可以——

空中交通管制中心：准许降落——

特技效果：（烟雾警报变为紧急状态）

机长：那鬼东西——从哪里冒出来的？

空中交通管制中心：准许降落，五分钟——

机长：紧急状态——

副驾驶：我们失——

特技效果：(警报噪声逐渐增强)

空中交通管制中心：PK 495……请回复，PK 495……没有声音，他们失联了——

(沉默)

还有音乐。音乐是广播剧极为重要的元素，凡是收听过优秀广播剧的人都知道，音乐可以发挥多么有效的作用。

我们再谈结尾。一般来讲，犯罪小说充斥着次要情节和用来转移注意的话题，这在广播剧中是行不通的，因为广播剧中一旦凶手的身份被识破，凶案便告破。书页上面，睿智的侦探不惜口舌给出解释，往往效果更好。

以下是《米契纳》最后一场的一部分。真相大白了，失去了丈夫的梅雷迪思要求与米契纳再见一面。

梅雷迪思：我还担心你不来呢。

米契纳：我这不来了嘛。

梅雷迪思：我点的是香槟。

米契纳：为什么……?

梅雷迪思：因为我喜欢。

特技效果：(倒两杯香槟的声音)

梅雷迪思：我一直在生气……

米契纳：我知道。

梅雷迪思：我——［她要说我还在生气］

米契纳：——不用道歉。

梅雷迪思：道歉？我没打算道歉呀。

米契纳：很好。（他啜了一小口香槟）你不欠我什么。

梅雷迪思：不欠。

（停顿）你是知道的，对不对？

米契纳：知道什么？

梅雷迪思：自始至终，一切你都知道。

梅雷迪思：（停顿，接着说）

太好笑了，真是。有些事，你知道，同时又不知道。一直以来，我在寻求答案，而且我认为从一开始我就知道答案。从心底里讲，我知道问题严重，其中必有隐情。我在那里要求你们的人给出答案，但答案一直就在我的面前：我丈夫那一天的举止，那笔古怪的钱，他说的那些关于"新朋友"的古怪的事……

米契纳：我不是，梅雷迪思，我不是自始至终知道一切。

（停顿）我们站在那里，面对残骸……肯定发生了什么，但即便在那时候，我也不确定发生了什么。（停顿）我们两人都需要答案。

梅雷迪思：答案？原来我的丈夫，我一生的挚爱，他循规蹈矩，敬畏上帝，是纯粹的美国人，他在私运军火。这是什么样的答案？

（停顿）

梅雷迪思：他就那样供养着我，漂亮的公寓……名牌衣服。我常常对他说，即便我们穷得一文不名，和他在一起我也觉得幸福。我说的是真的。

（停顿）

事实证明，他从来没有信任过我，从来没相信过我说的是真的。

无论你的侦探是铁石心肠的查案强手，还是筋疲力尽、勉力为生的演员，无论她是孤胆英雄、独来独往的探长，还是和蔼可亲、意志坚定的老妇人，犯罪广播剧都允许他们直接向听众讲话。最重要的是，犯罪小说是一种通俗小说，作者和读者缠结于中，有跌宕起伏，有隐藏的秘密，有始料不及的展示，目标就是要吸引读者的注意。而到了广播，听众只有悉听，寻找对话中潜藏的线索。讲这类故事，广播是完美的媒介。

艾莉森·约瑟夫举出了以查尔斯·帕里斯为主要人物的广播剧，这部剧是侦探作家俱乐部第七任主席西蒙·布雷特最著名的作品。西蒙是英国最多才多艺的作家之一，出版作品百余部，涉猎题材非常广泛。他先是BBC节目制作人，然后入职伦敦周末电视台。除了为广播和电视撰稿，多年来他还每年为阿伦德尔节日编写年度剧本。他的一部独立小说也被拍成了电影。然而，改编的过程并不总是一帆风顺……

漫话改编

西蒙·布雷特

作品得以出版，大多数犯罪小说作家都十分开心，而且很少有人不希望自己的作品改换为另一种媒介面世——还可以有额外收入。改为广播剧？不错。改为舞台剧？也不错。改为电视连续剧？更好。改为故事片？那真是棒极了。

凡在犯罪写作领域活跃过一段时间的人，几乎都遇到过出版商探寻其作品的戏剧版权。有些作家甚至格外走运——有人花钱购买其改编权，把著作改编为另一种媒介。

第一次遇到有人提出想要购买作品改编权时，作家会非常激动。想象着自己的作品被改编成星期日晚间收视率最高的连续剧，久演不衰，畅销全球，保证自己的每一本新书都能即刻走红，登上畅销书排行榜。最初的十来次版权商议无果而终之后，愤世嫉俗的情绪便悄然而至。

我和我的演员侦探查尔斯·帕里斯就有过几次这样的经历。他的第一次侦探调查《全体演员，依失踪顺序排列》于1975年出版，没过几年，有人开始感兴趣，要将他的奇遇转换成另一种媒介。改编权取得，酬金交割，甚至已经委托改编，我认为过不了几个月，查尔斯的电视形象将出现在我身边的银屏上。

第一位制作人计划流产。许多人后来出面，其计划也都无疾而终。理由是各种各样的。“以娱乐圈为背景的电视连续剧一直表现不佳。”“美国观众不懂黑色幽默。”电视剧没有拍成总是有原因的。

有时候，整个过程甚至推进到了委托我写脚本的一步，我按时开发并改写了原著，心血也得到了不薄的报酬。但到了某个时刻，杯已贴唇，酒未入口，项目却搁浅了。有一次，BBC 脚本编辑委托我改编作品，我把终稿交给了编辑，后又收到了电话答录机留言："你做得完美，我非常高兴。我打算一字不动，星期一就带着它去演播室。"下一个星期，她丢掉了工作，这是 BBC 常有的事。当然，接替她的新人绝对不会捡起她的项目。

查尔斯·帕里斯亮相电视的可能性确实促成了一些会晤，会见制片人，尤其是会见演员，很让人心动。我只不过是原著作者，但他们中的有些人幻想我可能在游戏中有些能量，便请我出去共进午餐。他们变着法子让我相信，表现那位嗜酒如命、声名狼藉的查尔斯，他们是不二人选，然后想方设法把我灌醉。他们的做法令人开心，但不见有协议达成。

有段时间，所有演员，凡被提议为最适于扮演查尔斯·帕里斯者，要么年龄太大，要么大多已去世很久。

这一切带来的一个结果是，系列作品在第四套节目确实获得了新生，比尔·奈伊饰演的查尔斯·帕里斯无可挑剔。虽说改为广播剧已经很好了，而且改编者杰里米·弗朗德付出了所有的劳动，我得到了所有的声望，但那毕竟不是电视。说得直白一点，广播剧让我赚到的钱少得可怜。只有享受着私人收入的作家才不考虑钱。

那么，有犯罪小说作家踌躇满志，想以另一种媒介看到自己作品，对他们我该给出点什么建议呢？首先，任何人接近你或你的代理，询问作品的戏剧版权，你都应该核查。事实上，谁都可以自称"制作人"，所以要确保询问者在制作行当有从业记录——理想的情况是，他们在某个时间实实在在制作过节目。在这方面，代理会很有帮助，他们对情况的了解可能比你更透。

然而漏洞照样存在。有一次，我的代理和一位极其和蔼可亲的制作人谈好了合同，把一部小说改编成电视剧本，那差事费了我四个月的时间。我多次改写之后提交定稿，他表示满意。我的代理开具了应付的费用发票，但制作人回应说他那里“根本没有钱”，直率得可爱。由于涉及的金额并不多，不值得走法律程序，所以我生命中的那四个月等于蒸发了。而且，由于制作人拥有改编本的版权，我的手稿根本不可能在其他地方出售。

所以，当心那些自称是“制作人”的人，还要当心费了好大工夫开发项目，却落得一事无成。改编是一个难以捉摸的领域，它真正取决于你和制作人之间的信赖关系。你们相遇伊始，制作人会说：“这样吧，请你列一份大作清单，再附上内容简介，这将有助于我宣传创意，募集开发资金。”这话听起来很有道理，但它也非常容易升级，要求你写出有关片段的详细提纲，甚至写出完整的脚本。制作人甚至还没有取得你作品的改编权，你却已经深入项目，不能自已，这样的情况太容易发生了。我要说，纵然我清楚人家的期许非常有诱惑力，但让人牵着走不是个好主意。围攻媒体巨头，需要凝心聚力结成联合阵线；作家经常孤军作战，任何形式的合作理念都令他们神往。这两者的道理是一样的。无偿合作，创造出成功的系列作品的例子确实存在，但极为罕见。

有一种情况确实经常发生，我遇到过不止一次，但人人对此无能为力。有些无良制作人纵然没有取得实际改编权，也将你的作品提供给广播公司，任其进行没有把握的改编。这种行为显然德行失范，而且还会造成不良后果——延误启动改编项目的机会。当真正有合法权利的人向广播公司提供系列创意和改编作品的时候，他们可能得到这样的回应："哦，就在六个月前有人提议过这个事，我们当时拒绝了。"事实是那人没有资格提议，但对方并不关注。

讲到了这个话题，我顺便提一句，不要臆想，认为你的计划一旦被大广播公司拒绝，便等于溺水而亡，永远难见天日。这类机构的高层，人事变动频繁，一时的创意被彻底拒绝，不留余地，但几年后可能大受称赞，说它"正是我们星期日晚上需要的"。

那么，怎么做才能让单部犯罪小说或系列犯罪小说吸引潜在的制作人？最明显的答案是：创作全球畅销巨著。制作公司喜欢确定的前景，但它们运作的世界里确定性并不多见，所以，它们喜欢说："这本书的全球销量高达几百万册，就是说有几百万人可能想看由它改编的电影。"当然，这样说不一定总是在理，有些畅销书拍成的电影非常蹩脚，但在好莱坞的总体比例中，畅销书可能仍然在为电影公司带来利润。

但如果成为畅销书只是个有关意志的问题……那么，我们人人做得到，难道不是吗？所以，意志选项应该排除，那你还能做些什么使作品适于改编？

有些答案十分明确，且适用于讲故事的任何方面。把小说设置在适切的背景，地点本身就是兴趣所在；创设引人入胜的情节；塑造人物，使其思想、行为吸引读者或观众的注意。

除此之外，你能做的不多，这是我的经验。当我有了要写些什么的想法的时候，从一开始我就知道想写的是小说、短篇、舞台剧还是广播剧。一旦动手写起来，我会遵从所选媒介的要求。通常情况下，我完成了写作，然后想："为什么不把它写得更适合改编呢？"但我的写法就是那个样子，改变不了。有时候据我自己看，作品以另外的形式面世断无可能，但思维的转变竟能帮助我们发现它被改编的潜质。

这让我想到了一个大问题。如果出现了理想状况——有人真想把你的作品改成电视剧——你在该计划中应该参与多少呢？

每一位犯罪小说家都为自己的人物而自豪，颇有护犊之心，但改编的历史中，不当决定随处可见（分配五英尺七英寸的汤姆·克鲁斯饰演六英尺五英寸的侦探杰克就是例子）。所以，如果让你自己写改编的脚本，你能更有分寸吗？

这个问题的答案因人而异。习惯上讲，电影行业对作家并不重视。在好莱坞，他们讲初涉影坛的演员的故事，说她太愚蠢，竟陪作家睡觉。但近些年，对作家的看法有所改变，现在的电影和电视剧演制人员名单中，作家列名是常有的事。

但如果你心怀执念，要把自己的系列小说改编成剧本，那么有几个要点你必须记住。首先——我本不该提说这个，但事实无情，我仍然遇到作家确实还在这么做——如果没有制作公司支持你，切莫动手改编自己的作品。有资质的广播公司要求纷繁，你想碰运气，让写出的东西满足其条款，那可能性绝对是零。你只是在浪费时间，用这些时间创造新作岂不更好。

不过，如果你真的想介入戏剧制作过程，那你从一开始就需要认清，这个过程将耗时无数。如果你在遐想，一面剧作制片，一面可以顺利推进下一部小说，你需要三思。

还有，如果你不是对电影或电视剧制作过程兴趣深厚，切请远离。做成这些费时太久，还可能让人生厌。电影制作进程如蜗牛般缓慢，能够花费时日观摩这些的人，一定生来就有很强的忍耐力。

我的理论是，你干预剧本写作的程度取决于你在预算中的占比。要论著书，作者拿到的稿酬可能不是很多，但在作品整体成本中占百分比很高。我与出版商打交道的经验是，我受其干预极小，且富有建设性。广播也是如此。若论电视剧，支付给编剧的稿酬似乎非常丰厚，但在连续剧整体预算中占比很小。由于经济利害关系，脚本编辑、制作人、导演——还有自以为是的明星演员，有权要求你修改剧本的人数不胜数。在故事片界，所有的数字——还有干预程度——都呈指数级增长。

值得牢记的另一个要点是电影和电视属于技术性媒体，制片人想要的作家，是已经表明自己的能力可以满足要求的作家。摄影棚里的时间分秒千金，不可以用来教经验不足的编剧学写作。况且在任何时候，编剧经验丰富，其大名便会在当下走红。项目附上这样一个名字，可能会让它加速通过冗长的审批过程。你坚持自己改编系列剧本，到头来很容易变成导致谈判破裂的因素。

我改编自己作品的经历有好有坏，但我得出了一些结论。二十世纪八十年代，我应 BBC 第二套节目之约，把“查尔斯·帕里斯”系列小说的前两部改编成了两部广播剧，各由六集组成，每集半小时，由弗朗西斯·马修斯主演，他演得棒极了。我很喜欢这样做，不过也已经开始感到倦怠……因为对我来说，写作的乐趣在于第一次给自己讲故事。

出于这个原因，九十年代，当我受委托为寡妇侦探帕格特夫人写两部一小时电视剧本的时候，我决定为这个角色编写新的案件，而不是改编现成的作品。有些情况不可避免，BBC 决定不再委托制作这两部剧。我讲求节约，把故事情节再次利用，写成了关于帕格特夫人的后续两部小说，没有造成浪费。

那以后，查尔斯·帕里斯和帕格特夫人的改编机会更多了，委托改编的情况也更多了。其中有一个剧本，反复重写，没完没了，我发现自己花在写一小时剧本上的时间比花在写原著上的时间长得多。我开始怀疑，这样使用时间算不算有成效。

我曾把第四套节目的广播情景喜剧《亨利之后》改编成泰晤士电视台的半小时连续剧，也许那是我最开心的改编经历。我发现我可以一星期内完成两集，每一集的报酬都是原先的广播剧稿的六倍多。那真是愉快的日子。

我的独立惊悚小说《让人难以应对的事》被改编成了故事片，由迈克尔·凯恩主演，这也是一段开心的经历。制作过程中我唯一的参与是弯下腰从门垫上捡起一个信封，里面装着我职业生涯中得到的最大的支票，迄今为止拙作再无超越者。我经常想起它，因为我和妻子用那笔收入的一部分在厨房里建了一个温室，我们至今仍称之为“迈克尔·凯恩附属建筑”。迈克尔·凯恩不知道这个情况。

我的建议归纳起来……如果有人要把你的作品改编成电影或电视连续剧，不要期望太高；如果你不怀长久抱负，立志成为编剧，并懂得编剧应有的综合专业技能，不要执意自己改编作品；大多数明智的作家会这样做——拿了钱，接着写下一部小说（待时机成熟，可以改编成另一种媒介，自然会有收益）——你也可以这么做。

哦，还有个小小的技术提示……作品中尽量不要出现两个或两个以上的人姓氏以同一个字母打头。电视剧排练期间，会有人记录导演给演员们规定的所有动作。记录者往往饱受批评，如果每次只需写一个首字母，他会认为编写剧本的人非常棒。

就在写这篇文章的时候，我的系列小说中有两部已经售出了改编权。纵然经历中屡遭不利，作为犯罪小说家的我，胸中恐怕仍然闪烁着一线长久的希望，也许这一次……

挑　战

彼得·詹姆斯强调指出，动机对任何作家都至关重要。但一旦前路崎岖，如何维持动力？写作生涯充满了挑战，当挑战愈发严峻的时候，作家通常感到孤立无援，举步维艰。

《布鲁斯·蒙哥马利/埃德蒙·克里斯平：音乐和书籍中的生活》是大卫·惠特尔为战后一位杰出的俱乐部会员作的传记，关于作家可能遇见什么问题，书中的解说可谓鞭辟入里。克里斯平二十三岁出版了第一部侦探小说，随后几年里，他作为小说家，也作为作曲家，赢得了广泛赞誉。然而，时隔仅十年，作为作家的克里斯平已精疲力竭。健康欠佳，酗酒成性，这让他付出了沉重的代价，他发现写作几乎没有了可能。他的短篇《我们知道你忙于写作，但我们以为顺道拜访，你不会介意》属于黑色幽默，描写作家江郎才尽时的悲苦。

2010年，杰西卡·曼恩对英国文化协会讲："（我）走上犯罪小说写作之路，因为那是我最喜欢读的书，直到后来我才明白，写作是用来应对恐惧的一种方法。我一直清楚，我们在文明的薄冰上滑行是多么危险，事情是多么容易变得不可收拾。安全社会里，犯罪与暴力本不常见，但在我的故事里，反常事件介入其中，恐怖感愈加强烈……作家选择犯罪小说为的是要避免自曝于恐怖。因此，即使我的作品看起来坦诚直言，或有自传色彩，那实际上（借用一部书名）只是谎言。"

西蒙·布雷特，著作百余部，长期担任侦探作家俱乐部主席。他书面、口头都描述过抑郁症对作家生活的侵扰，可谓声情并茂。得益于西蒙以及作家协会、犯罪作家协会等机构的工作，这一问题的重要性正受到广泛关注，各项倡议正在落实到位，以帮助需要支持的人们。以下是四位作家谈论他们可能面临的挑战，以及应对挑战的办法，它们坦诚而富有建设性。

才不配位综合征

马丁·威茨

是的，才不配位综合征，这是真的。在作家生涯中它能产生重大影响，事实上在任何职业生涯中，它都可能产生重大影响。我认为它是投身工作的重大障碍，但人们从来没有对之充分讨论过，也没有足够地关注过。

写作吸引天性敏感的人。作家面对别人的经历感同身受，对别人、对自己的情感和行为持开放态度，且善于解析，这使他们能让人物栖居于书页，活现于书页。简而言之，天性敏感有助于我们当好作家，但其背面可能就是噩梦。

比如应对负面评论。如果你有些敏感，负面评论可能对你造成压力，让你感觉它像是人身攻击，尤其是如果你拿作品判定自己的时候。诚然，负面评论只是一种观点，算不上构建精密、别开生面的立论，可以不予理会，作家必须找到方法，让它不至于妨碍写作。但事实是，我能记住并复述负面评论，也可以对它们表示赞同，而关于正面评论，我一点也记不住。但凡作家，莫不如是。

然后还有社交焦虑。作家喜欢独处，这是写作的需要。他们刻意选择了一份不需要主动离开家门的职业，所以公开露面、参与社交、签名售书、作品巡展等活动，对他们那样的人来说，可能是一种令其怯步的经历。但现如今这一切成为作家工作的组成部分，是人们对作家的期待，所以我们必须待之以应对、适应、欣赏。我们能做想做的事，能对别人的生活施加影响，这是一种荣幸，所以应该心存感激，而不是抱怨。

但说来说去，另有一件事让你自在不得——才不配位综合征。

什么是才不配位综合征？它要表达什么？它是一种感觉：你不应该做你正在做的事；你的作品差强人意，没有达到让人家花钱购买的水平；应该让别人，让比你更有天赋、更深刻、更机智的人来写作；关于人类的状况你阐发不了深刻的见解，你没有能力靠讲故事安身立命；人们不应该允许你做你正在做的事。这种感觉极为有害，是作家困境的一种形式，因为它不是在试图找出故事的问题，它是在试图找出作家的问题。也就是说，作家不该做他正在做的事。

我前面说过，这种感觉存在于许多职业中。你应该有所耳闻，已故的演员唐·亨德森，凡参与演戏，都要潜入排练室，悄悄问剧组其他演员：“他们训斥过你没有？”他得到的回答没有记录，但我能猜到这个问题的效应，被问一方也在思考同样的问题。

即便在今天，我已经是具有二十余年出版史的作家了，当我要参加社交活动，无论是聚会、节庆，还是需要我发言的专家小组座谈时，我依然在预想，有一只手搭在我肩上，同时一个声音对我讲，我该玩够了，真正的作家马上就到。他同时送我走向出口。我为什么觉得自己像个骗子？写作是个非常不稳定的行当，我在其中从事一份职业，维持了二十多年，作品畅销，在评论界属于成功人士，获得过——也失去过——奖项。然而，然而……欺世盗名的感觉一直存在。我认为，某种程度上这是一个阶层和背景的问题，当然只是对我而言。我来自北方的一个劳工家庭，在盖茨黑德远郊边地一个濒临死亡的小社区长大。无论在家还是在学校，总有人在给我讲我的职业选择是什么——表演（我最初的职业）和写作当然不在其列。我们有两个选择，如果在基本等级考核中表现出色，可以申请公务员，如果表现不好，可以去小松工厂工作。对于一个离经叛道，喜欢读书，喜欢看连环画的孩子，两个选择都不是特别有吸引力。

拯救了我的职业是表演，我喜欢表演。为弄清剧场如何运作，我找了一份剧院后台的工作。我参加了戏剧学校的面试，被录取了。戏剧学校学习了三年，我就直接去演一部剧，接下来的两年里我竟没有失业。我成功了，然而……演出要继续下去。其他演员告诉我，我的情况很不错，我带着地方口音，演艺界已经接受我成为其一员了，因为表演是一个不属于什么阶级的职业。不对，它是有阶级的职业，过去是，现在还是：它属于中产阶级，如今更是如此，没钱的人接受培训和入行工作的机会有限得多。但不管怎么说，我认为自己不该永远是个演员，我想写作。

所以我就写了一部小说。出版了。我应该补充一句，是在五年的艰难跋涉之后。这段时间里我仍然在演戏，但试演和选角太难了，那是你无法控制的事，每天遭拒实在难以接受。太高、太胖、太瘦、头发不合要求、北方味太过、北方味不够，于是，才不配位综合征泛滥，你真的开始相信你本不该在那里，尤其在别人似乎总能得到你准备担任的角色的时候。

我以为成为小说家就会改变这一切。事实摆在了那里，我有了作品，它是我的成就，是我自己的原创，是一本书，嗯……现在的情况应该不一样了，我可以向人们展示我做了什么："这是我的小说，是我写的，是我想做的事，我做成了。"但很快我发现它不是那么回事。我起初签了一个两部作品的协议，但写第二部要比写第一部难——因为我已经出版过作品了。为读我的文字，人们（诚然不是很多）已经花钱了。我这时候坐在键盘前，竟敢再写一部作品，把我的思想和文字变成实体，人们（希望这次多一些）要想阅读就必须花钱。一想到这些，我的大脑就丧失了思维能力。为什么有人需要花钱才能读我的文字，听我的见解，了解我的想法？才能目睹我构建故事、塑造人物多么力不从心？我看了看身旁的书架，名副其实的作家大有人在。我爱戴他们，是他们启迪了我，影响了我。他们没有经历过我的这些心理过程，你认为格雷厄姆·格林有过这样的感觉吗——不应该做他正在做的事？当然没有，他是实至名归的作家，我只是假装的作家。

不管怎么说，第二部作品还是出版了，和第一部一样，它对英国文化生活也产生了震撼性影响。而且它确实获得了一些好评，引起了一家较大的出版商的关注。除了我自己脑海里有个微弱的声音说我不应该写作，没有人对我这样讲过。

每出版一部作品，每得到一条好评，每成交一大笔销量，每获得一次奖项提名，获得那些难得的荣誉，才不配位综合征都会随之俱增。你觉得这样的事不该发生在你身上，你不配这么多赞美，他们找错人了。那只手很快就会搭在你肩上，送你走向出口，真正的作家要来了，你只是在给他暖座位，替他保管合同或奖金，等他到位。

我确信只有我经历过这种感受，我也确信这是因为我是北方人，来自劳工家庭背景。但实际情况是：我不是唯一的人，我甚至不是少数。有一次我同一位作家朋友叙谈及此，发现他也有同样的感受。我们最新完成的小说交稿了，审阅通过了，叫人释然，之后我们闲聊。他说，我们又一次侥幸过关，过去我们也侥幸过。就像唐·亨德森说的那样，我们还没有遭到训斥。

我和其他作家也有过类似的对话，就不指名道姓了。和我交谈过的每个人都有过这种症状，继续着这种症状，将来还会发生这种症状。我是说每个人。有位记者曾跟我讲过他与格雷厄姆·格林的会晤。时间回溯到七十年代，那是格雷厄姆最新力作的盛大发布会，如果我没有记错的话，地点在布赖顿都会饭店。那位记者渴望见到格林，他非常喜欢格林的作品，多年来一直是格林的崇拜者。他进入聚会间，那是一个巨大的天花板特高的宴会厅，舞会正进行得如火如荼，出版界人士摩肩接踵，都在品酒，聊天，畅笑。他们尽情享受相聚之乐，庆祝格林的新作出版发行。但不见格雷厄姆·格林。于是记者只好在人群中晃来晃去，好不失望。他逛到舞厅另一头，远离舞客，正准备离开，这时候他注意到，有个人站在一铺高窗旁边仰望。“你认为要撑起这么多窗帘布得有多少窗帘环？”那人问道。记者看了一眼，是格雷厄姆·格林，他自己的舞会上的才不配位者。

那么，我们该如何应对才不配位综合征？该如何解决它？说实话，我们什么也做不了。承认它，正视它，与它共存。最重要的是，轻装前进。首先，要想写作，必须足够敏感，才不配位综合征是导致敏感的要素之一。我们只需要告诉自己：我们来这里确实当之无愧；我们享有足够优势，能够写作；我们的声音正是读者想听到的声音；面对怀疑不可视而不见，学会与之共处；利用怀疑质询我们的写作，改进我们的作品。如果你认为上天赐予你某种才能，需要与世间其他等着你的人分享，那么，祝你事业有成，走红指日可待。

写作是一种寻求平衡的行动。首先，你必须挺一身骨气想着写作，认定自己的声音别人想听，自己有见解需要发表，有故事可以讲出来。另一方面，想写出作品，发生疑虑在所难免——且理当如此。关键在于把握好平衡。不要让怀疑弄得你不知所措，要对它敞开胸怀，利用它改进作品。同时要足够自信，坐下来写作，相信流诸笔端的文字与故事。

说到底，作家自己的声音便是他/她所拥有的一切，不要让任何人对你讲你的声音不值得一听——尤其不要自己对自己讲。

写作：带痛的快乐

叙泽特·伊尔

最为刻骨铭心的快乐自然是书稿杀青、审核通过、出版面世的时刻。惬意极了——欣慰，胜利，庆祝！其反面同样刻骨铭心：遭拒的痛苦释放出郁闷、愤怒，白头搔更短，处处有悲哀。然而，在这两个极明极简的极端之间，作家，无论初出茅庐还是久经沙场，都将经历全方位隐潜的快意、意外的喜悦，以及黯然伤神、难以摆脱的迷惘。诸如此类的混杂堆积就是写作的原料。跟一切艺术创造一样，其中包含着强烈的自讨苦吃的要素。（问题：有不曾经历自讨苦吃的作家吗？如果有，请自报家门，我对之非常感兴趣！）

所以，换一种说法，写作意味着辛苦，不要指望轻松愉快。凡声称自己有小说“成竹在胸”，只等其问世的人不懂小说，连半懂不懂也谈不上，如果我这样说话听上去尖酸刻薄、有伤和气，敬请原谅。小说不是预先制就、蛰伏于内、方便的时候随时出世的物件。针对某个话题你拥有深邃的思想，即使那话题涉及犯罪及侦查，也不可能自成小说。抽象的意念必须变成手工作品——这是难题所在。

从根本上讲，小说写作和任何写作一样，就是要驾驭语言，使其效力最佳。初生的概念必须转化为由文字、语句、具体结构构成的媒介。作家必须通过塑造实实在在的人物展开概念，在可知可感的语境中运用概念。为让读者信服，也为吸引读者兴趣，处理概念的过程必须足以唤起情感，引起震撼。作家需要判断什么时间、什么地方应该注入戏剧、移情、惊喜、行动、反思等元素，什么时候加快或放慢节奏，在什么部位植入对话，为什么植入对话，等等。简而言之，作家不仅需要发明、表现素材，而且需要像绘画、音乐，或任何艺术形式一样，选择、编排素材。这确实意味着辛苦——但也是挑战、激励。

上述观点乃一般认识，我的同行中大多数也许认同，但如果认为我们的风格、技巧、偏好、兴趣、方法完全相同，那就错了。完全不同！我们每个人做法不一（谢天谢地）。虽然相互间通常可能会有联系，但材料的选择和处理差异很大。因此，在有些作家那里，情节绝对是核心，对他们产生最大的激励。事实上，情节决定一切。其他方面固然重要，但其作用主要在于为情节的需求服务。对于这样的作家，其实也包括他们的读者，谜题才是最重要的；情节要素编织在一起，生成一张精巧而复杂的蜘蛛网，以吸引读者，激发其好奇心，其中的编织方法才是最重要的。娴熟的情节处理，尤其是犯罪小说中的情节处理，是妙手的技巧……拥有这种技巧的人好让人羡慕！

与之相反，我的故事几乎完全是人物驱动，逐步发展。也就是说，事件和叙事转折由人物及其互动产生。我这样说可能很有讽刺意味，早先，我还远不敢进入小说领域一试身手的时候，就有人对我说："你应该写小说。"对此我给了不屑一答："哦，那不可能——况且我又不擅长跟人打交道。"然而，说来奇怪，当我最终从事写作的时候，最吸引我的竟然是人——他们性格怪异、离经叛道、难题累累、言行怪诞。（因此我觉得，尽管我的作品中充斥着不幸，尸体遍布，但它们更像社会喜剧，而不是纯粹的犯罪小说。）

就这一点来说，还是在我开始写作之前，我收听过一次广播节目，采访一个小说家。我不记得小说家是谁，但我确实觉得她的谈话很有启发性——直到她说出后来的话，大概意思是：她对人物少有控制，人物自有生命，他们下一步要做什么，她不一定总能确定无疑。当时，我愚钝无知，又刚愎自用，我觉得她的话荒谬可笑。我想，她作为作者，当然是掌管者，是无所不知的控制者。她声称自己的发明创造在某种程度上不受其创造者支配，这是装腔作势，胡言乱语！……不会是这样。后来我发现，人物，尤其是那些成为你的挚爱的人物，或者那些个性描述得很有力道的人物，似乎确实在导引进程。有些路径你通常不会考虑，但人物却在不知不觉中推着你前进，他们使出的是颠覆性力量！

所以，如果塑造人物（大多通过对话）是我的乐趣所在，那么情节策划就肯定不是，这可能是因为我不能进行抽象思考：书页上必须先有个体、场景、环境——或者至少在脑海中是这样——而后总体叙事结构才能推进。情节需要设计，遗憾的是，我的设计难以做到周密稳定，我随时可能对它拆解折叠，少有清晰的组装方案。

某种意义上，这种不明确的做法可能很有意思，因为这意味着我在给自己讲故事，不知道故事将如何展开，更谈不上故事如何结束，因此，我通过写作弄清这些问题。这个过程可能趣味横生，让人着迷，但也可能疼痛难耐。预先建立框架有时候堪比制作骨架，益处良多：首先让骨骼就位，然后添加肌肉使其丰满。我的问题是，我往往颠倒了这个顺序，困扰我的不是肌肉——质地——而是如何找到其结构，那副随时可用、益处良多的骨架。那头走兽捉摸不透，或者充其量因关节炎而一瘸一拐，因此，为缓解恐惧、减轻厌烦计，我经常进行碎片化创作——构想一些孤立的场景、对话及随机片段。这让我走进了事物的本质，让我能够创造一个世界。这个世界里，现实在迅速发展，进一步探索势在必行；这个世界里，方向和和声开始显现。这样的写作方法可以描述为从具体到一般，也就是从肌肉到骨骼。

写作方法非常个性化，所以，我不愿给出具体建议（除了永不绝望）。然而，有一个要素我觉得是绕不开的，我也相信它与大多数小说密切相关——我是说真实语境。人的活动不在真空，人们的情感与行为发生在可知可感的背景中。如果没有这样的背景——包括社会背景和物理背景，或者背景只是模糊的构架，那么可信度就会受损。主人公在某个特定地域（比如客厅里）表演剧本，作者的任务是要确保读者看得到，或者感受得到这个地域。语境可能是虚构的，但它需要质料，没有质料就是没有环境感，那此情此景就失去了内容。通常情况下，如果作者选择了真实地点，比如巴恩斯利或博格诺，将人物置于其中，那么地点的特征就必须准确描绘。（注意：如果出错，当地人不会答应！）然而准确描绘也有风险。作家热衷于真实，把地点描绘得充满生命力，使他可能投入过度。也就是说，有关地点的细节过剩，喧宾夺主，致使故事本身分量不够，整个作品制作精致，翔实有余，像一本旅游手册。和大多数事物一样，这一切就是个把握平衡、合理判断的问题——这是一个综合体，作家拼搏不息，尽心竭力，以求完美构建。

最后，我再给一个小小提示——这里用“建议”这个概念规定性太强。本提示事关一种令人畏惧的现象——作家困境。刚开始立志写作的作者，或者初出茅庐的作者，对这种情况可能还不熟悉，但可以肯定，或迟或早，这种现象必然发生，只是形式或程度不同而已。作家们应对这种痼疾的方法各有不同，比如遛狗散步放松心情，做事破一次例（如果你爱墨守成规），浏览别人的作品消遣，或者利用传统的备用规则——喝一点烈性饮料。但这最后一种办法，虽能缓解，少有治愈，你可能依旧要面对空白纸张、空白显示屏，束手无策。

李尔王说过，物有其本，事有其源。所以遇到这种情况，我自己最喜欢的办法就是用文字把空白填充起来。不过你可能会问，该填入什么样的文字？毕竟，如果意念如此难以捉摸，你能写些什么，哪有准头？我的回答是：宽泛地讲，写什么都可以——场景片段，几行对话，一小段情节，事实上，只要能让大脑重新运转起来，能为嘎吱作响的灵感润滑，任何内容都可以写。我们认为思想产生语言，这没有错，但反过来说也是对的：语言可以激发、塑造、决定思想。因此，比如说有人可能急不择言，写下如下内容：*他走进房间，点了支烟，望着窗外湿透了的草坪，闷闷不乐。玫瑰花邋里邋遢，浑身拖泥带水；紫叶山毛榉，雨幕冲刷过后，像幽灵一般，模模糊糊……然而，模模糊糊中，似乎有什么东西在动。是的，两个身影在朝船库方向慢慢移动。尽管天气恶劣，他们的谈话似乎非常投入，非常投缘。当然，那不可能……哦，不对，是他们！但他们彼此并不是意气相投，或者说看上去一直互有嫌隙。这多么让人意想不到啊……*

这样信笔涂鸦已经描绘出了一个微型场景，一个初始谜题，若干激发想象力的意象，如果幸运，它们足以激发进一步的求索。我并不主张把这样的片段整体插入现行叙述（尽管有可能），但用来拨弄琴弦还是可以的。或者，正如有时候发生的情况，它会导引新生线索进入新的路径。最重要的是在自己面前展现些什么，那将重建自信。

当然，这种做法并非适合所有人，不过如果运气不错，它能使你重振旗鼓，帮你摆脱困境，进入你曾经驾轻就熟、自我陶醉的写作状态。然而，如前所述，解决方案绝不是千篇一律，有些人可能更愿意出去遛狗，而不是拿起笔信手草记。

作家困境

大卫·斯图亚特·戴维斯

时光飞逝，又是十天过去了，我竟一事无成。事情就这么不尽如人意，时不时可以写成一页，但保持不下去，第二天就力不从心了。

弗兰兹·卡夫卡

页面空白——创作行业的咒语。你坐在电脑前，准备写出独具匠心、充满神韵、读来津津有味的佳作——却突然因恐惧而发呆。你想不出要写什么，想象力枯竭了。作家困境发生了，好可怕！

从事写作的人靠的是想象力，他们的想象力丰富而活跃，满溢着奔放的创意、有趣的情节、鲜活的人物。如果没有了想象，作家的创造力就无以施展，这好比剥夺了木匠的工具，没收了艺术家的颜料和画笔，厨师进不了厨房。

人们或许猜想，这种疲软状态应该是罕见的，不过我与犯罪小说家同行交谈过，情况显然不是猜想的那样。作家困境可能随时发生，甚至最成功、最多产的作家也难免受其影响；它不仅会产生焦虑，诱发一阵阵灰心丧气，还会造成严重的身体不适。一位著名的犯罪小说家向我透露，他遭遇作家困境的时候，由于不能进行创造性写作，他便胃痛严重，苦不堪言。

那么，如何应对这种致残致瘫状态？不得不说，克服其影响绝非易事。作家困境的发生所引起的主要问题之一是，如果经历几次文思枯竭的状况，你就会觉得自己才情不再。这与失眠相似，其中存在内在的周期性发作诱因。然而，要解救你脱离绝望的泥潭，关键在于需要强迫自己保持积极的态度，尝试人们向你推荐的各种办法，帮你重获灵感，复归流畅。

在与作家同行交谈的时候，他们提议了各种方法，帮助过不同的个人走出隧道，再沐阳光。

其中的一个最简单的提议就是停笔休息——离开稿纸，给自己放一段假。你可以参与其他活动，转移大脑到指向，使之放松冥思，消除疲劳。经常发生这样的情况，当大脑思考其他问题的时候，新鲜想法往往泉涌而出。大脑的一段转移致其放松，没有了必须写出高质量文字的压力，很可能让作家困境拥堵得解，思绪豁然。

不要沉默，不要独自承受痛苦，这很重要。作家如果写作失败，可能会感到尴尬、惭愧，不过不可把问题藏在心里。有作家说过："有些同行可以与你福气同享，难题同当，与他们共建一个网络，当情况实在糟糕的时候，忘掉写作，约一个人共进午餐。"毫无疑问，和另一位作家讨论你所关切的问题是真正的良药，它不仅能缓解疼痛，而且能助你康复。

创作灵感枯竭现象阶段性发生，每逢那样的阶段，我便尝试阅读一些以前发表的作品，以便向自己证明："是的，我写得出来。碰上良辰吉日的时候我写出来了，我敢肯定另一个良辰吉日很快会到来。"这样做对我有效，但我不得不承认，那效果不是一蹴而就的——更大程度上是精神的逐渐唤醒。当然，这种策略可能会导致你认为，自己笔下生花的辉煌一去不返——但最重要的是，你必须强迫自己避开那样的消极想法。

另有一位成功的犯罪小说家，署名出版了五十余部作品，他突然发现自己最新的小说写不下去了。各种各样的个人变故，包括失去了一位亲人，使他患上了抑郁症，影响了他的写作能力。然而，他以非常自律的方式应对这个问题——所用的方法与本文提议的许多方法相矛盾。他坚守常规，每天虔诚笃定，走向书桌，写作四个小时。他告诉我："这样做不容易，你可能会认为毫无意义，因为那草稿进了垃圾箱，非常多。但自律才是重要的，最终，问题缓和了。"再入正轨花了他六个多月的时间，但他尽心竭力严守常规，这对他有效——可能对你也有效。

因此很明显，作家必须尝试各种技巧——试一下就知道了——以找到对自己有效的办法，帮助摆脱颜色最黑的黑狗[1]。说到狗，有位作家甚至买了一只小狗，以便让自己有物关照，有理由要求自己。遛狗让他接触到了新鲜空气，还可以孤身独处，这种状态下，创意开始慢慢溢出。事实上，很多作家建议，要走出家门，呼吸新鲜空气。要想写得精湛，健康、放松不可忽视。疲惫的头脑只能产生疲惫的文字。强迫自己长时间蜷缩在电脑上，不利于身体健康，也不利于文笔健康。

有些作家创作系列小说，书中人物是固定的，这样作家须为每一本新书构想出新的、略有不同的特征，这是一项艰巨的任务和挑战，会导致令人畏惧的作家困境，而且有一种想法总是在困扰他们，让作家们认为后一部必须超越前一部，或者至少该一样出色。有的作家在完成系列作品过程中饱受创作困境之苦，他们突破瓶颈的办法是写一些与当下系列完全不同的作品：新人物、新场景。他们发现这是一种释放，效果非常好。在适宜区之外做一些尝试大有激励意义，足以振奋精神，还会产生连锁反应，给写作注入新风。新书一旦完成，他们感觉返回系列小说写作水到渠成。多亏他们以积极、坚定的态度面对恶魔，阴影逐渐散去，键盘又开始活跃起来，十指如飞。

---

1 在英语中，"黑狗"（black dog）通常被用来形容抑郁的情绪。

即兴创作

斯特拉·达菲

我是从表演转入写作的，先当演员，然后说单口相声，再然后即席表演。我的老朋友们经营演出团，他们定期创作、表演，我通常和他们一起搞即兴创作，所以偶尔我依旧做表演。我一直看得到，即兴创作和写作之间存在显在的联系：根本上讲，即兴创作是不需要纸、笔的写作，而写作（至少初稿）本身就是即兴创作。多年来，每当要我在写作坊授课的时候，我会让学书面写作的人练习即兴创作，让学即兴创作的人练习书面写作。每一个即兴创作者都利用基本规则，便于自己创造故事、构建人物、发展场景。即兴创作技巧帮我们探索、实践相关规则——最重要的是，即兴创作技巧也帮我们对自己的创造说是。

从自己开始

故事本身不会讲故事——故事成形过程中要承认创作者的作用。根本上讲，写作是身体的活动，忘掉这个就危险了。无论打字、手写，还是使用语音软件，我们都是在用身体——我们的自我——进行创造。即兴创作中，这一特点更加明确：创作者需要身在现场，为某个会场，或者为掏了钱的观众，现场编故事。他们编故事可以有其他表演者配合，也可以没有。而作为作家，不论是独处还是在咖啡馆，不论是静谧中听着音乐，还是周围回荡着家庭生活的交响，我们都需要身在现场。

我们利用自身创造作品，我们的生活、思想、观点都会影响到自己塑造的人物及讲出的故事。不管故事离自己的生活有多遥远，创造者——你和我——的创造，除了自己，别无他物可用。即兴创作帮我们重拾孩童般的想象、玩耍的乐趣。我们该对自己的创造渴望说是，对投入工作的状态说是，对克服厌倦或恐惧的信心说是，对完成工作的努力说是。这种简单（但绝不容易）的说是的行为能让我们成长，让我们超越已知，走向可能长成的样子，也惟即兴创作帮我们重新连接童稚时代。

一切创造的根基都在自我，这里所说的自我不是静态。即兴创作中，我们无时不刻不在激励自己关注我们所处的环境和扮演的角色。一帆风顺的时候可以写作；桌子上放着逾期未付的账单，爱戴的人生病或情绪低落，自己感觉沮丧、痛苦、烦躁、愤怒，种种类似的时刻也可以写作。只是一样写作，两样境界。有时候消极情绪占了上风，写作反而容易：我们可以把消极情绪传导给人物，在书页里上演。有些时候，带消极情绪写作难乎其难，甚至没有可能。

关注自己有助于关注人物。允许情绪、情感、身体状况日复一日影响自己的所作所为，这将帮助我们创造出丰满、可信、维度完备的人物。

可以，可以，而且……

这个做法也称为“接受、增加”，一个即兴创作人拿出提议，另一个即兴创作人接受提议。

甲：天气真好，我们出去走一走，好吗？

乙：好，出去走走吧。有件事我想跟你讲，也许边走边聊会方便些……

乙不仅接受了甲散步的提议，还添加了情感内容，他们这样做就是增加。他们也可以添加行为（好，我们带上狗，我想痛痛快快跑一遭），或添加意图（棒极了，我们去海边）。

学习即兴创作的时候，我们不主张阻塞，像这样：

甲：天气真好，我们出去走一走，好吗？

乙：不去了吧。

“不去了吧”就是阻塞，它让行动难以继续，让场景不好发展。这并不是说直接说“不”总是错的，而是说即便说“不”也要改换提议，另辟蹊径很有价值。

甲：天气真好，我们出去走一走，好吗？

乙：不去了吧。我们就待家里，颠鸾倒凤疯狂一回吧。

我们还可以选择用行动而不是对话展示这种增加

“天气真好，我们出去走一走，好吗？”

“不去了吧。”她一边说，一边笑嘻嘻朝床走回去。

另有一个“不”不容易注意到，因此更难应对——我们对自己说的“不”。我们否认创造性自我，不承认自己是创造者、艺术家。每当找借口不写东西的时候，我们的思维就是这样，“我没有时间写作”是最常说的话。

你知道其实不是没有时间写作，对吧？离开推特，离开脸书，离开社交媒体，不要看那个三十分钟的电视节目；写些什么，而不是只读报纸；比孩子们早一小时起床，然后动手——贝丽尔·班布里奇就是这么做的。效仿契诃夫、陀思妥耶夫斯基、特罗洛普他们，全职工作之外挤时间写作。不可否认，这些人有全职太太和全职仆人——当然方便了他们——但也有很多女性作家，她们是太太，还在从事全职工作，但她们照样能找到时间写作。把你每年一星期或两星期的年假用来写作，每个周末写一个小时，每天写十五分钟，让写作像刷牙一样规律，让它成为习惯。对大多数人来说，一天写五百字完全做得到。坚持一年（不断向前推进，不要在同几章翻来覆去，缠绕不清），你就有了初稿，这等于你有了雕琢的基础。

写作不需要九个月的闲暇时间，也不需要住在托斯卡纳别墅。你需要希望写作的想法和坚持不懈的决心，这就够了。不要对创造性自我说“不”，动手写起来。

身份

身份是即兴创作的关键要素。如果关注了身份，我们不需要向观众表达所有信息，不需要高声讲出所有信息，所塑造的人物也是丰满的。关注身份对我们大有益处，收效快捷，且几乎在不知不觉中。想一想你自己的身份，想一想一定时间内，你与他人的关系、与地方的关系，是感觉自在还是感觉别扭。身份表现在你怎样说话、怎样行动、怎样站立、怎样落座等方方面面。想一想你在自己家里、在别人家里、在感到惬意的陌生地方、在感到难堪的熟悉地方的那种差异。想一想，与朋友在一起是什么感觉，与陌生人在一起又是什么感觉？

每时每刻，相对于其他人、其他地方，我们的身份都在发生着互动和改变。单做一件事的过程中，身份就可以发生改变。麦克白夫人是很典型的例子，在不到两个小时的时间里，她从中等身份变到高身份，再变到低身份。身份改变也可能发生在同一个场景——想一想布拉凯德，他自认为是主管，但现实又告诉他根本不是；想一想《第十二夜》中的马伏里奥，他确信自己是被爱的人，当他意识到自己沦为笑料的时候，是多么的失望。一个微小的附加线索，比如人物坐在某个地方或另一个人身旁，显得多么轻松自在，这可以给读者提供其所需要的所有暗示，而无须解说他们的一切感受或经历。这样，读者也会梦想自己就是书中人，使他们更加深入作品。

错误之中出神奇

场景出现了飘忽不定的情况，脉络不清，进展方向不明，但从中出现的台词却满足下一个场景，最终造成故事的巨大变化，这是即兴创作人在舞台上，在花了钱的观众面前，现场犯错而后学到的东西。表演者忘了游戏“规则”，又在忘记的过程中创造了全新的游戏。两位演员彼此弄不清对方的意思，但让观众感到高兴，于悬心处得享受。

场景、章节，或整个作品进展不顺利，这是作家之难，我们如坐针毡，但也正是这种如坐针毡之难包藏神奇。其他作家可能会向你建议：这样的时刻该出去走走，或喝点什么，或者做点别的事——不管什么。这些建议都行得通，但我的建议是你也可以直面困境——你想成为才华横溢的作家，但做不到；你只能勉强运笔，没有能力把场景描绘得活灵活现，没有能力把对话写得如临其境，没有能力构建过度性场景，将故事的两个重要部分串联起来。你不妨就坐在这样的针毡上。有时候，正是在“错误”中的滞留，在困境中的挣扎，让我们找到了金子。

找到游戏

虽然你在电视上看到过剧情演进，但许多即兴创作概在计划之外，不属于附加游戏，只是一位或者几位表演者登上舞台，开演一个场景。

这样做的时候，我们是在寻找“游戏”，寻找场景的主要内容。我们在寻找除对话或肢体动作之外还在发生着什么。这里还在发生着什么？写场景的时候思考这个问题很有帮助。如果人物做好了准备，即将登台，还需要什么配合她？没有哪个人只做一件事——我们还在思考、感受、期待、幻想、回忆。不一定所有场景都包含这些要素，有的只是表面上表现的动作，但要构建关键一刻，或者在某一时刻，你需要人物从甲点移动到乙点，关注还有什么在配合他们就很有用。这种关注提供了一个赏心悦目的额外层面。如果这些因素都关注到了，我们描写人物的活力、他们对所处具体环境的态度、他们说话的节奏，或者干脆就是他们说话的方式，会随之改变。

恐惧

无须讳言，即兴创作让人提心吊胆，这跟写作没有两样。将宝贵的时间用来写作，让人提心吊胆；投入精力搞一些创作，而后与他人分享，也让人提心吊胆。我们大多数人都在一定程度上患有才不配位综合征，很少有人完全信服自己英才盖世（那些确信自己英才盖世的人会成为十恶不赦之徒）；我们大多数人在成长过程中都受到教诲，要行为端正，切莫大惊小怪，要低调做人，切忌自我卖弄。然而，要让作品问世，承诺花时间进行创作、编辑，尽你所能，创作、编辑得尽善尽美——然后投寄出去，拿给陌生人，由他们评判、出版、阅读——这意味着大多数人要走出舒适地带，敢冒被拒绝的风险，敢冒不受待见的风险，让人提心吊胆。这给我们所有人造成恐惧，无论作品是否能出版，恐惧是不争的存在。

另一方面，写作是一种选择，你并没有到非此不可的境地。不过一旦选择了写作，你也就选择了它不可捉摸的方面、难于应对的方面、自然也有施展才华的方面。写作只是写作——你并不是芭芭拉·赫普沃斯[1]，凿子一击出错，就会毁掉整个完美的雕塑。你冒的不是这样的风险，你总是可以开始新的一页。

玩耍

本质上讲，即兴创作就是玩耍，玩耍是应对恐惧最好的办法。事实摆在面前——这个世界不缺书，它不是在等着我们哪个人再写出一部小说。世界不需要你的作品，也不需要我的作品。小说已经非常多了，我们根本读不完，作家面临困难是必然的。尽管如此，我们可以利用玩耍、愉悦来抵消某些困难。孩童们随心所欲，奔跑、跳舞、雀跃，他们编儿歌，编故事，把桌子变成洞穴，把椅子变成大象。我们都曾经是孩子，我们可以在纸面上返老还童，再度玩耍。我们只需对自己说是，对我们的可能性说是。

说是，动手写起来，勇敢地写起来。写作不难——当然也绝不容易——但很值得一试。

行动起来，玩写作。

1 英国现代主义艺术家和雕塑家。

结　尾

结束故事的方式至关重要，任何种类的小说都是如此，犯罪小说可能更加如此。H.R.F.基廷在《犯罪小说写作指南》中讲得很坦率，他妻子希拉是他的草稿的第一位读者，阅读的时候，她总要指出，他“在结尾的时候有失从容”，几乎没有例外。决定结束一部小说，这是一种诱惑，这种诱惑似乎难以抗拒，但尽一切努力，实现故事所有的可能性非常重要。基廷说，关键是要记住故事这一形式：“小说结尾的效果应该类似于交响乐的终章，这是作家的目标。”换句话说，无论高潮多么触目惊心，它都应该与整个故事协调一致，唯其如此，才能带给读者艺术满足感。

哈利·基廷也喜欢“话留三分，好让读者觉得书中人走到了小说的最后一页，其后他们还会继续生活下去。没有必要把这种延续写得多么饱满，暗示一二就可以了”。劳拉·威尔逊、乔安娜·海恩斯认为，一部作品什么时候结尾为宜，怎样结尾为宜，需要面对多种多样的问题。

序幕的尾声

劳拉·威尔逊

完成了犯罪小说初稿，靠椅背一仰，自斟一杯饮料，享受这一天剩下的时光。你确实需要休整，因为，正如温斯顿·丘吉尔在讲第二次阿拉曼战役时说的那样，你所处的位置“甚至不是尾声的序幕，可能只是序幕的尾声”。至于你，很有可能，趁自己创造力鼎盛，完成小说，与人物同呼吸，共命运。他们夜间也入梦做客，你通常完全沉浸在他们的艰难困苦当中。如此甚好，然而这时候，你需要长时间、严格、客观地审视你写的东西。不管初稿看上去多么无懈可击，打印多么美观精细，它总会存在瑕疵，你现在的任务就是识别瑕疵并予以修正。你必须学会在全新的竞技领域做自我批评。自我批评让你自感力不从心——如果做得恰当，它确实会让你感到力不从心，但你顾不得这么多，请相信我。况且力不从心，本该如此，布克奖得主安妮·恩赖特说过：“只有蹩脚的作家才认为自己的作品完美无缺。”

畅销书作家迈克尔·克莱顿（《人间大浩劫》《侏罗纪公园》的作者）说过：“书不是写出来的，而是重写出来的。”事实上，很多书不止一次重写，需要多次重写。阅读手稿的时候，你要假装以前从未见过它（是的，你做得到；你有想象力——这是着手写作的首要原因）。以下是一个项目清单，关注它们，但愿这种关注能让写作过程不那么艰苦。

- 首先，十分明确，你对故事感兴趣吗？如果你不感兴趣，别人也不会感兴趣。

• 故事的开头适当吗？背景信息是否介绍过多？读者能立刻进入阅读状态吗？如果有序言，真有必要吗——或者说如果没有序言，是否该有？

• 每个场景都在推动情节发展吗？能给读者提供有关人物的重要信息吗？有陷阱需要特别注意，人物童年的详述可能毫无意义，会成为多余的让读者转移注意的话题。

• 小说主题和主要情节元素是否在前四分之一（或者出于必要在前四分之三）做了介绍？如果没有，应该介绍。

• 需要表述的所有信息都应该以最精当的方式表达，你做到了吗？测试表达效果最有效的办法是大声朗读。朗读可帮你确定句子是否有节奏感，标点符号是否正确，也可有效判断对话是否地道。还有，关注那些你认为写得极为出色的部分……没人能确定谁是第一个使用短语“谋杀最爱”的人，但他/她用得绝对正确。埃尔莫尔·伦纳德说过，“如果话语听上去像写出来的，就必须重写。”要不然直接删除。但无论重写还是删除，你都必须忍痛割爱，因为如果你不忍，小说获准出版，有人会变本加厉，大加杀伐。要下狠心：那精雕细琢的一段真的有必要吗？我想你已经很清楚这个问题的答案了，不是吗？

• 有足够的冲突和张力吗？关于冲突和张力，过多说明会成为阻碍，你需要将其展示出来，而不只是讲解了事。我注意过，在没有出版过作品的犯罪小说作家的写作中，构建冲突和张力的倾向确实存在，不过之后竟置之不理，致使精心构思的蓄势过程和叙事“挂钩”没有收到一炮打响的效果，而只是一声稍纵即逝的呜咽。另有一种做法必然导致悬念丧失：引入不相干的细节（参阅下文之说明）。

• 重复太多了吗？切记绝不用两个场景搭建同一件事，也要避免人物长篇大论，讲他们在上一个场景做过的一切。侦探小说中，重述通常是必要的，免得读者含糊了各色嫌疑人以及他们可能的谋杀动机，但重述务求点到为止。另外，要确保人物相互讲述的内容不是他们的已知——寻找不同的方法向读者交代要旨。

• 语调、节奏有足够变化吗？除非你写的是平铺直叙、直截了当的动作惊悚小说，一切以闪电般的速度发生，人物塑造也薄如纸张，否则动作场景应该穿插节奏缓慢、深入思考的场景。

• 每一章的结尾是否都有挂钩吸引读者进入下一章？

• 巧合太多了吗？或者说是不是存在某个重大巧合？不可否认，生活中巧合经常发生，但小说中应该尽量避免。还应该避免这样一类的脱困策略：诸如主人公购买彩票意外中奖，或继承迄今不认识的亲属的遗产，解决资金问题——当然，如果这种解决方式导致后来的巨大纠葛，则另当别论。

• 你不断切换视角，让读者感到困惑了吗？如果要从好几位不同人物的视角写作，那最好坚持一章一个视角。如果出于某种原因，一章一个视角做不到，至少要允许分行行文。同样，在有对话的地方，要确保说话人身份明确。如果对话发生在两个以上的人之间，明确身份尤其重要。没有必要在每一个话段后面都重复话语标签（“简说道”），但标识必须清晰，足以让人明白谁对谁讲话，说了什么。顺便提一句，人们普遍赞同（至少我从未遇到过作家或编辑反对），如果你希望标示某个具体的人正在说话，最好用“说”，固然“叫嚷”“询问”之类的词也不是不可接受。不建议说话人满篇断言、认定、呼号。千万不要无征兆发声——除非在性语境下，即便在那种情况下，也不总是出言无据（见下文）。还应该避免使用感叹号，斯科特·菲茨杰拉德曾说过，感叹号“就像冲自己讲的笑话发笑”。切莫使用多种字体，尽量减少使用斜体。

- 时态是否一致？

- 有陈词滥调吗？当然有。某些陈腐表达不容易发现，蒙混过关的概率让人吃惊。对话中，几处陈词滥调很正常，因为人们说话本是这样，但如果确实堆砌过头，那就需要采取行动了。

- 有不一致的地方吗？如果女主人公在第三页是蓝色眼睛，那么在第七十六页最好不要成为棕色眼睛（当然，为了伪装而戴上有色隐形眼镜的情况例外）。

- 所有事实都核对过了吗？刑侦程序、历史细节，还有其他内容，都有把握吗？如果你正在写一部历史犯罪小说，你需要一种积极的偏执精神。你敢肯定人物中没有谁做事、说话，甚至思考，发生时代倒错吗？

- 说明过多了吗？除非人物将在上班路上目击谋杀，否则没有必要把公交行程的每个细节都写进去；即便人物确实目击了谋杀（或其他重要事件的发生），可能仍然没有必要细节俱到。当然也没有必要告诉读者人物清晨习惯的各个细节，直话直说便是。

- 还有什么多余的东西需要剔除吗？第二十八页那段关于日落的神奇描写——有什么意义？有一点场景铺陈没有错，但应避免描写只为装点。描写应该带上观察者的色彩，使之同时有助于刻画人物（不主张采用上帝的眼光讲故事，这便是众多原因之一）。《论写作》一书中，斯蒂芬·金讲了个故事，是关于他的一部早期作品的退稿通知，上面写道："你需要修订长度，公式如下：第二稿等于第一稿减去百分之十。"那种说法通常与实际吻合，除非你掉入陷阱，情节脉络太多。如果你怀疑自己的作品有这种情况，请一个伙伴或朋友阅读手稿。假如在第十章左右，读稿人困惑地摇头，弄不清所有不同人物之间可能存在什么关系，那你就需要认认真真重新思考了。另一方面，如果情节过于简单，你可能需要再增加几处曲折。

• 诸多性爱场景真有必要吗？性描写绝对是个“少即多”的领域，只有在推进情节或定位人物的时候才有必要呈现细节。

• 临近结尾的时候问问自己，情节设计是否真的收到了预期结果，凶手安排是否恰当，如果最终凶手是另外一个人是否更有道理？作品不是刻在石头上的，你可以随时改变主意。

• 结局可信吗？希腊悲剧经常利用天外救星——字面意思是“神灵干预，扭转局面”，由于新的人为事件的意外干预，使看似无解的问题突然破解。即便在希腊时代，这种做法也受到了亚里士多德的批判，犯罪小说中天外救星之法绝不可用。如果情节设计得不是十分成功，回过头去修改，不要到了末尾再附加什么。同样地，要确保反派人物不轻易放弃，这是一场不到黄河心不死的战斗。此外，还要确保情节中的重点步骤没有任何遗漏：无论小说多么回旋曲折，只要有犯罪之谜需要解开，就必须有清晰的线索链，令人信服的推理，也离不开其他要素。话虽如此，有些问题有意回避也合情合理，西蒙·布雷特的作品就是很好的例子。他创作了两个系列推理小说的不朽之作（“查尔斯·帕里斯”系列和“范泽伦”系列），两个系列中的人物都是业余侦探，他们没有借助法律，就撕下了凶手的面具。当然最终确实需要召唤警方来清除罪大恶极之人，但由于警察的实际方法与故事毫不相干，布雷特顺其思路写了一行“警察来了，他们效率奇高”，巧妙地回避详述。这样写足够了——纠缠于细节会导致叙述从业余侦探转向警察，意味着类别改变。类别改变，混乱自生，没有必要。

• 结局要确保尽可能戏剧化。如果人物详细说明了某个行动计划，比如给凶手设下陷阱，那么在计划实施之前，一定要发生差错，致其无果而终，否则，结局将乏味、无趣。

• 所有铺开的地方都收拢清楚了吗？记住雷蒙德·钱德勒的例子，在《长眠不醒》中他忘了告诉读者是谁杀了司机。他算是蒙混过关了——至少一直到 1946 年。这一年霍华德·霍克斯执导这部小说改编的电影，导演给作者发了电报，质询这一疏漏，钱德勒才承认自己对此浑然不觉。你做不到蒙混过关。

• 最后但同样重要，记住，如果你的小说以英国为背景，死者被带去的地方通常称为停尸房而不是太平间[1]。

祝你好运！温斯顿·丘吉尔事实上可能没有说过——但如果他说过，那就太完美了——“成功不意味终结，失败不至于致命，继续努力的勇气才弥足珍贵。”

---

1 原文中有两个词：mortuary（英国英语）、morgue（美国英语），译文只好用同义语。

我的结尾

乔安娜·海恩斯

有时候作家受教最多处莫过于错误。假如创作事宜进展顺利，你的感觉可能是自然如此，本该如此——人们会沾沾自喜，认为“我是作家，作家就应该这样”——只有写作陷入困境的时候，你才会正视它，思考为什么的问题。

我的小说《表面张力》的结尾就给了我那么一个时刻，让我惊呼“哎哟”。作品讲述一种相当怪诞的新时代邪教，对它的研究和揭示让人欲罢不能——根据玛雅时钟创建一个信仰体系定然叫人痴迷。书中群落人称阿卡莎传人，他们相信世界将于2012年12月23日结束，其中有追随者，也有胁从者，但其实鱼龙混杂，有江湖骗子，也有真正的信徒。我不想墨守成规，把邪教描述成绝对邪恶用来操控他人的工具。其间的矛盾心理才是兴趣所在。毕竟，贵格会教徒事例在先，他们当初被认为是最危险最疯狂邪教徒，但现在已经取得了社会精英的地位。

阿卡莎传人自以为光荣实则疯狂，关于他们，我的矛盾心理更深一层。写这部小说的时候，我正值人生的艰难时期，路标一概模糊，前程无法确定，所以到了最后一章，我根本拿不出真正的结论，便以问题多于答案而告终。前期的死亡属于意外还是谋杀？谁在冒充，谁在撒谎？叙事者哀号“我不知道！”，整部作品以问号结束。

这样结束对小说叙事者来说可以接受，但作家也许应该把握作品全局；当作家决定脱离对文本的控制时，她应该心中有数。

据我所知，我是唯一因丧失主见而烦恼的人，但它确实让我诧异，为什么这稀里糊涂的结尾让我如此不安？我意识到，作者从第一页起便在邀请读者陪伴自己，沿着想象的路子走过若干小时，这时候，她同时在承诺，到了目的地将达到某种令人满意的结局。开头提出的问题会得到答案，使读者可以把书放在一边，惬意地轻吁一口气，这好比现实生活中解开了难以捉摸的谜题之后的那种快乐。不一定所有的“i”都要点上点，也不一定所有的“t”都要写上横，但总体上的到达感万万缺不得。

如何做到这一切显然取决于多种因素。“从那以后他们都生活得很幸福”最好不用，因为过于简单。（不过电视连续剧《是，大臣》遵循仪式，每一集都这样结尾，成人、儿童都感兴趣。）很多旧电影中有个惯例，里面的反派人物——手执枪支、马刀、链锯、手榴弹、星状飞镖，主人公已远远不是对手，将其消灭只在意念之间——突然间被一种无法遏止的冲动所控制，不得不倾诉自己的内心，便收手了。这种幡然解脱让他彻底交代自己如何实施卑鄙行径，点滴不落。这不仅解释了情节运作方式，而且给了救援人员施救时间，或者让无助的主人公在不知不觉中割断绳索，跃入自由。今天的叙事者必须设计出更可信的方法来解释情节的发展。

如果作品是系列小说中的一本，那就有可能附着一个无足轻重的问题，使之在后续的小说中发挥重要作用。这样，两条叙事弧在发展：已经解开了的当前谜题，人物生活中正在进行的戏剧性事件。后者构成了系列小说的延伸弧（阿卡莎传人遵循两个玛雅时钟，很巧这里有点像）。麦·荷瓦尔和派·法勒合著的第一部小说《罗丝安娜》，以马丁·贝克为主要人物，其最后一句是“他在回家的路上”。这听起来足够自信，跟“从那以后他们都生活得很幸福”如出一辙——罪案告破，结局圆满。只是“家”对贝克来讲是一片混乱，满地痛苦，他的妻儿与他且行且远——这是全系列十部作品中贯穿始终的主题。

有一个精彩的例子出自艾琳·坦普尔顿著《黑暗与深渊》的结尾，作者把爪钩伸进了下一部作品。整部小说中，玛乔丽·弗莱明探长一直强硬果敢，雷厉风行，但到了最后几页，案件告破，秩序复初，她一直视为支柱的母亲却在哭泣，因其丈夫沦落得失忆、神志不清。“她不再是那个知道一切答案的人了。”迹象很明确，弗莱明本想置之不理，但结果相反，她强迫自己成为母亲的支柱。最后一句告诉我们：“结局极为可怕，玛乔丽·弗莱明无可奈何，告别了自己童年最后的、最珍贵的遗迹。”坦普尔顿寥寥数语，揭示出人性的脆弱恰在侦探的内心。家庭动力的改变将延续到下一部小说。暖洋洋的个人故事与犯罪世界里冷冰冰的恐怖相结合，正是这种结合使该小说系列具备了经久不衰的魅力。《黑暗与深渊》最后几页的节奏，放缓了速度，留出了空间，足以安置最后的引力，其构思近乎完美。

节奏就是一切。公认的规则，也是经常反复强调的规则：章节、语句应随结尾的临近而变得简短。这好比赛跑结束时的最后冲刺，或交响乐最后的快速乐章。这做法很可能不错，但又可能走得太远——太快。一切情节脉络，所有的两难局面，都将到达顶峰，高涨而汇为高潮，挑战和满足通常就在于建起这个高潮。作家在弄险，他辛辛苦苦爬上了情节的山巅，从峰顶观景，从另一边下山，有一种可能失控的趋势，叫人洒脱不得。除非作家把每个细节都详尽策划得无以复加，否则总有一两个线索可能遗漏，在后面的书稿中只得勉强连接，仓促不堪。我一直感觉，如果想让自己不至于置身事外，就一定要保持不确定感。路途上的惊喜才最能引人好奇。一旦一切一目了然，人们就忍不住会说：“这也发生过了，那也发生过了，然后一切结束了，收尾！”说这话的诱惑可能会很强烈，特别是如果临近最后期限，或者如果最后期限遥不可及。所以如此诱惑必须抵制，不惜代价。

同样地，在朝终点线下行的时候，将所要揭示的信息分隔开来很有好处。随着结局的临近，可以就在末尾投放最后一则信息——像魔方的最后一转——以此解释小型的两难局面。可能会有死亡，也可能会有毁灭，但读者需要知道，谜题的一些基本方面需要破解，至少在犯罪小说中应该是这样。

出　版

有一次，一位著名的犯罪小说编辑邀我共进午餐，庆祝我编辑的小说集出版。用餐气氛非常欢快。快要结束的时候，我问她对犯罪写作市场的现状有什么看法，她的表情阴沉了起来。“很难，”她回答说，“非常难。”然后她想了想，又补了一句：“给你这么说吧，过去的三十年里我对作家们一直是这样讲的。”

那以后，出版行业的情况甚至更加复杂化。我们已经看到了数字出版物和有声出版物的崛起，电子书（有时候自助出版，有时候借助程序复杂且代价昂贵的广告宣传进行营销）与大众市场的纸质书竞争激烈。但意想不到的是精装书迎来了复兴。多年的成本节约行动产生了造价低廉的书籍，廉价书籍的书页很快泛黄了，书脊也很快裂开了，所以其后，出版商们便着手制作手感舒适、外观漂亮的精装书了。

大英图书馆发起的犯罪小说经典项目包括许多侦探作家俱乐部会员的作品，这些著作已经绝版，被世界遗忘长达四分之三个世纪。该项目主要出版平装本，但设计精美，大受欢迎，有些书目的销售数字远远超过了原版达到的水平。项目参与者中没人想到它会取得如此大的成功。出版业的未来不可能预测，所以作家的未来也同样不可能预测。

好几位《侦探什么都知道》的撰稿人提到了代理人。对初入行的作家来说，找著作代理人往往和找作品出版商一样困难。虽然大多数职业作家都聘请代理人，但少数人还是不愿意这样做，有时候是因为昔日的经历给他们留下过创伤。各行各业情况类似，人们时不时会遇到好吃懒做、能力欠缺、不守规矩的代理人。不过反过来讲，如果代理人对你的作品信心笃定，在与出版商打交道的时候坚决维护你的利益，那么与这样的人建立关系，其价值不可估量。有一个情况值得牢记，如果你符合条件加入作家协会（其网站乃必读之内容），那么花钱缴纳会员费可能就是价有其值，主要是因为协会里的作家们愿意提供公正而内行的建议，帮助你应对出版商与合同事宜。

目前，出版商依然普遍愿意接收有代理的稿件，并倾向于把未经代理的稿件扔进“废稿堆”里。所以许多作家，包括某些出版作品素来成功的作家，考虑自助出版就不足为奇了。自助出版可能会给自己带来麻烦，但也可能会让你获得布克奖提名，尽管这种机会极为罕见。

为本书的这一部分撰稿的四位犯罪小说家发布的都是权威观点。大卫·罗伯茨是职业出版商，安东尼娅·霍奇森是首席编辑，拉塞尔·詹姆斯成功地自助出版了自己的作品，吉尔·帕顿·沃尔什亦然。他们的个人见解渗透着实践经验，极有价值。

出版之变，表象之变

大卫·罗伯茨

出版商像农民一样，从不承认自己赚了钱，而那些赚了钱的人对自己如何赚到钱也说不清楚。

威廉·戈德曼有句妙语很出名，他说在好莱坞，众生芸芸没有真知："整个电影界，没有人确切知道什么会带来效益，每一次成功都基于猜测，不过如果走运，那猜测是学而知之。"

出版界同样如此。新书的内容，更重要的是其护封和标题，可以与已经甚为畅销的书尽量相似，这是大多数出版商能做到的极致。理想状况是，护封上的引文应该出自他想模仿的作家之手，如果做不到，另找一位作家撰文，写一些像"如果你喜欢汤姆·克兰西、李·蔡尔德，或者喜欢《星期日泰晤士报》畅销书排行榜首的不管哪一位作家，你都会喜欢这部作品"之类的话。

当然，还有更好的办法，获得某位著名作家的准允，比如伊恩·弗莱明或 P. G. 沃德豪斯，写一个仿作，或者用作家们喜欢用的说法，写一篇颂词——那意味着在书店里你可能将它误以为是名家真作，直到你把书拿回家，打开它，发现你搞错了。

我做了三十年的出版商，而后放弃出版业务，改行写作。我那时想，如果要我再出版一本关于开膛手杰克之谜的"最权威"谜底，或者再出版《尼斯湖水怪真存在吗？》的"最权威"版本（这样的书总是最权威的，直到下一本面世），我会失声尖叫。

这么说，是我以为自己能写得更好吗？我在欺骗谁呀？我不想利用出版界的各种关系，求人帮忙，混迹于现实世界。不，我会按常例提交打字稿，然后忍受这残暴如万箭穿心的命运……被拒绝。演员的情况会更糟，因为别人可能认出他们——没有人知道作家长什么样，也没有人在乎。但作家也是敏感的灵魂，过着孤独的生活，退稿便笺上的“不符合我们的出版方向”就像匕首般扎向作者的心脏。

写小说没有定律——如果有，这本书里会有人告诉我。举个例子，有些作家先策划好每个段落，然后铺纸落笔，但如果我这样做，很快就会感到厌烦，我会偏离滑雪道，擅入小路，可能会被雪崩掩埋，窒息而死。是的，发自内心，写一个人可怕的童年、不幸的爱情、伤感的离异，但把你写的东西交给你不爱的人或不爱你的人，他们会说你自我放纵，或者乏味无趣——这可是最严重的罪过。最重要的是，不要写关于某人从事小说写作的小说。小说写作可能是你唯一了解的行当，但不要向读者之众暴露你思路逼仄的真相。

你可以说我愤世嫉俗，然而名气比我大的同时代人在小说里写下的致谢实在令人生厌，我读到的时候依然愤懑难平。例如，“将这部代表作献给我的妻子、丈夫或女儿，他们长期辛苦却满怀欣赏”，“我还必须感谢我的代理，他阅读了许多早期手稿并提出了改进建议……我的编辑不是父母，胜似父母”，“对于读书社，我的感激无以言表，几乎就是他们代我执笔”。并不是他们执笔。

但针对阅读大众热情不高的状况，宣传就一定是解决问题的办法吗？只要人们知道作品出版了，其销售状况就会与李·蔡尔德不相上下。不，不是这样。有出版商告诉我：“作家有时候会说，‘你推销畅销书舍得花钱，如果你能花那一半的成本宣传我的作品，我也会成为畅销作家’，但他们真的成不了畅销作家。”要把已经畅销的书推向更高的销售水平，宣传——尤其是花钱做广告，直接来自盈亏底线——

只能在这样的操作中发挥作用。卖不出去的书不值得花钱宣传——任何意义上都不值得。只有口头推荐才有用，所以有必要利用朋友，利用家人。

数字革命以来出版业变了吗？哀叹已经改变了的事物——读书方式——没有意义，最好对新的文字传播途径表示庆祝，便利人们阅读的设施越多越好。互联网出现之前，书籍照样经历出售、降价处理、清除的命运。我认识的一位美国出版商告诉我，他的大部分书是在芝加哥奥黑尔机场销售的，那架上的书每四小时补货一次，他预期平装书每一批印量的一半会被做成纸浆。现在，苍穹之下，这些书继续存在——幽灵一般但依旧真实。

但也并非一概前景暗淡，厄运不止。有人说电视会让电影灭绝，但电影并没有灭绝——它们彼此依赖。电影导致剧场灭绝了吗？没有——剧院只需做得更好。精装书必然要做到外观更漂亮，制作更精美，读起来心情舒畅。值得爱不释手的书籍的市场在变大、扩张。

但关于情节和对话是什么情况？在我选择的领域——我写的犯罪小说以二十世纪三十年代为背景——没有新的情节，但有不同的方法包装情节。语境是一切。正如奥登所说，三十年代是不阳光、不诚实的十年，当时政治腐败、极端——当然不像今天！战争即将来临。如果这段历史不能给作家提供犯罪小说的背景——就像给花生涂上巧克力——那什么语境能够提供？

毫无疑问，历史犯罪小说流行是因为它的语境有趣，读者可能会觉得自己能学一点关于作品所处时代的知识。而对作者来说，研究就是收获。我的作品以三十年代为背景，不只是因为我从不长于现代对话，还因为那个时代的信件、日记揭示了人们怎样生活、怎样说话、怎样思考。让作品以中世纪为背景会立即产生一个问题：我们不赞同时人的观点，即真实地讲，上帝就是一切，上帝主宰一切。因此，我们要么必须无视宗教，不尊重当时的现实；要么——这种情况经常发生——加入一个“现代的”男/女主人公，让读者产生共鸣。总之就是农家姑娘通晓现代医术，对疾病传播的方式和治病救人的方法非常了解。我们知道这样写很荒谬，但它能让读者感到心情舒畅，觉得自己比古代的人更聪明。作者是上帝，读者是上帝，所以一切皆有可能。

这本书献给莱恩·戴顿，而莱恩·戴顿本人就是一位杰出的研究者。读了他的《轰炸机》，我们就能知道，在这样一个奇怪装置中飞行是什么滋味，我们能感觉到恐惧。《不列颠党卫军》的研究非常深入，生活在纳粹占领的英国会是什么样的世界，我们读后毫无疑问会感觉如临其境。还有汤姆·克兰西，在《猎杀红十月号》中，他生动描述了驾驶潜水艇航行是什么体验，勾起了每个年轻后生的欲望。他们想知道那机器工作起来有多复杂。作者精通技术，正是这种优势（也许不太可能达到）使他的情节可信、可感。

还有人物应该怎么摆布？难道总要有一对“天生冤家”——最好是壮男少女，而在柯南·道尔那里则是两个男人？总要有这样一个人，夏洛克·福尔摩斯可以对其解释一切，并证明自己有多聪明？如果有女性，她可以提供爱情情趣——就叫我老古董吧。这女人可能不至于在第一章就拜倒在主人公脚下，因为不管故事发生的背景是什么时代，她是现代女性。我作品中的女主人公维里蒂·布朗就是一个例子，她的原型是美国记者玛莎·盖尔霍恩。但读者知道那一刻会到来，她会爱上……对，这是明摆着的事。是明摆着，但是在什么时候？对读者来说，期待就是一切。

那么，今天写小说和上一代人写小说有什么不同？没有不同。精彩的故事、紧凑的情节、栩栩如生的人物——这些要素不变。当然，是有一些细微差别。今天的小说色情描写更多，显性暴力更多，来自不同背景的人物更多，但还有人能写出比《战争与和平》、《米德尔马契》，或《贵妇人的画像》更伟大的作品吗？它们里面都没有赤裸裸的色情或暴力——托尔斯泰戏剧性地描述过波罗底诺战役之难，甚至那里面也没有色情或暴力。这些作品摆在书架上积满灰尘，这样的时日永远不会降临人间。事实真是这样，更多图书馆将关闭，我们在网上阅读的数量将更大，让人羞愧。然而，这些伟大的作品自有其魔力，令人难以忘怀，当我们在努力为文学大厦添砖加瓦的时候，我们需要的正是这种魔力。

所以确实是这样，出版业变了，但没有什么真正变了。运气有好有坏。《傻瓜联盟》的作者约翰·肯尼迪·图尔，自以为创作败笔而自杀弃世，十一年后其作品出版，并成为畅销书。这部著作的出版要归功于作者母亲惊人的勇气和坚定的信念。好运气还是坏运气？对这位母亲来说，放弃并说一声这部伟大的作品不宜出版，是多么容易的事，而她没有放弃，没有自甘沉默，这又是多么美妙的事。如果其中存在道德教益，那一定是永不放弃。如果你信赖自己的作品，别人也会信赖——最终会信赖的。

编辑想要什么

安东尼娅·霍奇森

“我能看见你。”

电话里的声音听上去叫人紧张，甚至带着杀气。

我焦急地打量了一圈这家工业风格的小酒馆。我已经把桌椅查看过两遍了，如果她从酒馆里看着我，那她一定是个女鬼的阴影……

“你在哪里呀？”我低声问。

“马路对面。”

我朝窗外望去，她就在那里，隔着过往车辆。这是伦敦南部巴勒姆的一个下午，阴阴沉沉，闷热而潮湿。空气的感觉很脏，人人看上去皱皱巴巴。

“你在那里做什么？”她问道。

很好的问题。

两个星期以前，侦探作家俱乐部派给我一项任务。他们想知道犯罪小说编辑的工作动力是什么。如果我愿意接受这个任务，那就得去询问编辑们。这是我的第一个采访对象，凯瑟琳·伯克，来自布朗利特尔。凯瑟琳出版她自己代理的作家作品，还领导着一个犯罪小说编辑团队，监管多位作家的出版策略。哦，你知道的，诸如罗伯特·加尔布雷思、薇儿·麦克德米德、克莱尔·麦金托什等——仅列少数几位。

凯瑟琳在出版界有职称，令人极为钦佩，但人生有限，头衔无涯，就不用细述了。很幸运，虽说我们两人中有一个走错了餐馆，但我们是要好的朋友。凯瑟琳的细致入微是出了名的，而我有一次在正打电话的时候，竟以为自己丢了手机。不过很明显，这一次错在她。

“我想来一杯鸡尾酒。”等她（在正确的餐馆）的时候，我把饮料单看了好几遍，点了一杯石榴玛格丽塔。

“我来杯水就可以了。”凯瑟琳说。她今天不上班，但她很快要搬家了，所以有很多事要做。

鸡尾酒、食品都上来了，凯瑟琳看了一眼，又看了看她的水。她把服务员叫回来说：“其实嘛……我想来杯杜松子酒加普罗塞克含羞草。”

我打开笔记本电脑。之前我从来没有采访过任何人，但我看过电影《重任在肩》。我会做好的。“审阅作者投稿的时候，你在寻求什么？”

凯瑟琳说：“那是一种情绪反应，你能从心底里感受到，你不想停下来，你禁不住想知道接下来会发生什么。”这种感受很罕见，是至深的个人情绪。“阅读体验必须放在首位，然后再考虑我的实际角色。”

“如果有编辑喜欢某部作品，而你不喜欢，那该怎么办？”

“这样很好！事实上，这才真正重要——不拘一格的审美品味。但我确实希望他们能有发自内心的反应。”

“除了素材，你还在寻求什么？”

“更多创意，”她强调说，“我想开创事业，大多数犯罪小说家都要每年出一部作品，所以我在寻求一定程度的自信，策划路径。”

“你的工作，你最喜欢哪一方面？”

凯瑟琳的眼睛亮了起来。“我喜欢看到作者的作品受到读者、同行的认可——还有奖项评委的认可！喜欢看到我所关注的作品与全世界的人产生共鸣……”她变得若有所思。（我觉得是含羞草开始发挥作用了。）“犯罪是普遍存在的题材——把不受控制的事物纳入可控空间，对它们进行研究、探索，这是人类的天性。犯罪反映世界，一直在变，一直在引人关注。”

我问她想给有志于成为作家的人提什么建议。

“写，写，写。写作本无定法，循规蹈矩让很多人难成大器。”

我赞同她的看法，不过我不喜欢“循规蹈矩”这个词，我认为使命或欲望更贴切。你必须有种渴望，写作是你最想做的事。

“结尾至关重要，你必须知道你写作的方向。”凯瑟琳结束得干脆利落。

我们俩都点点头，彼此心有灵犀。毕竟，如果不知道写作的方向，何谈收尾？结局可能就是坐在错误的餐馆里。

我的第二个采访是在早餐期间进行的。我在出版业工作的时候，早餐期间做采访是我的最爱。精神抖擞的我，精神抖擞的采访对象，精神抖擞的糕点。完美。

我在找艾德·伍德，此人也在布朗利特尔工作。问题是，我不喜欢冒然给陌生人打电话，求人家帮助。在布朗利特尔，每个人我都认识，因为我在那里工作了很长时间了。（我确实想着要采访我的编辑，他在霍德出版社，但他回答说：“天哪，这类事我应付不来。”然后躲到一堆稿件下面，直到风险解除。）

艾德是个富有创造性的思想家，无论与新作者合作，还是与久负盛名的畅销作家合作，他都喜欢从不同角度思考问题。他的作者包括马克·比林汉姆、克里斯·布鲁克迈尔、斯蒂芬·布斯、杰西卡·费洛斯。

“艾德，你说说，拿到一本新书，你在寻求什么？”

“三样东西。找到一样达标，找到两样锦上添花，找到三样完美。”

老天爷哟。

他竖起一根手指，“第一样：立意有高度。我已经按部就班出版了一些杰出作家的著作，所以其他任何作品都必须与众不同。

“第二样：声音。”

声音可以有多种定义，所以我问，他说的声音是什么意思。

“可能是人物的声音，也可能是作者的声音，或者是作者的感召力，带动读者快速读完作品——詹姆斯·帕特森和丹·布朗就是这方面的高手。重要的是，声音是作者的独特之处，是作者分外擅长之处，正是它在吸引读者读下去。”

“第三样呢？”

“某些额外要素，好让作者产生魅力。我知道这是个争议性问题，”艾德忙又补充道，“但如果作者的故事背后还有故事，那大有帮助。总之，如果三样俱备，这作品就格外迷人，往往以大规模竞购战告终。”

大规模竞购战，你还有什么好辩驳的。

我问他一些常见的明确的错误。

“仓促收尾。”（剧透警告：每个人都这么说。）“中间部分处置不当！很多作品前三分之一之后就开始下滑。第二个三分之一不是开头和结尾之间的连接，它是故事的核心！正是在这一部分，人物得以发展，直面最难应对的问题，陷入冲突。你应该做到敲掉头尾，故事仍然功能完整——这很重要。”

我赞赏这个说法，于是又问：“那么，针对有志于成为作家的人你有什么建议？”

“清楚从什么地方开始，在什么地方结尾，清楚作品在写什么，确保主题贯穿于整个故事，脉络清晰。”

当我问他最喜欢编辑工作的什么方面的时候，他笑得很开心：“我喜欢编辑过程，与作者联袂解决问题，一起找出出奇制胜的解决方案。

作家总是知道什么需要修正——我的任务就是把修正导引出来。做这样的事非常值得。”

问题清楚了，艾德是个热衷于事业的人，喜欢新的挑战。编辑的品格不仅影响其工作方法，而且影响其审美取向，这给我留下了深刻印象。这就是为什么一位编辑可能会对某部作品不屑一顾，而另一位编辑却热切地捧起它，不忍放手，将它变成畅销书。顺便说一句，两位编辑的决定都没有错。

“别开枪！”乔安妮·迪金森举起了双手。

我们在奥特奈女士美食酒吧会面，共进午餐。酒吧坐落在布卢姆斯伯里区，那里的馅饼很是闻名。我是从唐人街赶过来的，腋下夹着一个刚刚修好的卷轴，实话实说，那卷轴看上去确实像把猎枪——尤其如果你为求生计，琢磨犯罪已成习惯。幸运的是，虽然乔安妮充满热情，为作家奔走，但她也是我认识的最冷静的人。她在西蒙舒斯特出版公司工作六年之后去了霍德出版社做出版人。

我问她，一部新小说中什么让她兴奋。

“结构，转折，可信的人物。我想被作品带着旅行，所见让人惊诧，一直保持高度紧张。我要能很快弄清楚自己是否对它感兴趣——通常在前二十页之内。”

馅饼上来了，正像人们说的，很好吃，但我在忙着记录，所以一口也没顾上吃，这是我们为事业做出的牺牲。

乔安妮谈到了常见的结构错误。初稿可能会把太多内容迟滞到最后，或者开头一片大好，然后平淡无奇。“但只要部件在……”

我们聊到了推销策划和宣传纲要。许多作家——包括我自己在内——感到用这种办法提炼不出宝贝孩子。但乔安妮说：“真正好的宣传纲要，哪怕只有两句话，也可以让作品畅销全世界。”

思维浓缩，不是吗？

我问她最喜欢编辑工作的什么方面。“我喜欢和作者携手工作，喜欢编辑过程，喜欢创造的作品能引发视觉兴奋。编辑工作每天不一样，我真的很喜欢那种惊诧的感觉。”

“就像有人拿着中国卷轴朝你冲过来？”

“完全正确。”她淡然一笑。

伦敦黑衣修士区屋顶出版餐厅

2019年6月的一天

安东尼娅·霍奇森，一位寻找答案的作家，走进餐厅——此处宽敞明亮，可以看到泰晤士河标志性景观。

四个女人围坐在一张桌子上吃午饭。她们在环球书屋工作，共有三十多年的编辑经历。她们同意谈，但有条件。

安东尼娅把一盒纸托蛋糕推到桌子另一边。

麦迪·韦斯特——从米尔斯布恩出版社开始其职业生涯——是四人中最年长的一位。她尝了尝蛋糕糖霜，点了点头。场景继续。

维奥拉·海登：哦，安东尼娅，你听说了吗？

维奥拉做编辑已经五年了，先在企鹅，后在兰登书屋，现在环球书屋。出于一场社交尴尬，她有一次没留神向老板鞠了一躬，然后就决定像莎士比亚笔下的朝臣一样，遇见老板就深深鞠躬。众人永远不许她忘了这个礼节。

维奥拉（继续说）：艾比要走了——

露西·道曼：——去澳大利亚。

露西·道曼——聪明绝顶的编辑，善于盗用笑话段子——曾在环球出版社和哈珀柯林斯出版集团工作过。

安东尼娅：你在找什么？

麦迪：找新鲜原创的东西。眼下我们满眼都是类似的构造，相同的声音，太多了。

安东尼娅：上好的推销策划就那么重要吗？

露西：是的！尤其商业小说。不过话虽这么说，程序犯罪小说还是不一样的，你想多了解的是侦探的性格……

塔利亚·普洛克特（犯罪写作界的传奇人物，本尼迪克特·康伯巴奇的狂热信徒）：我第一次读小说的时候在寻找作品的自然感，真实的对话，不生硬呆板。

众人都兴奋异常，开始相互讨论了起来。

众人：不讲求华丽辞藻！不要言过其实！不要华而不实的文笔！

麦迪·韦斯特：声音不能固定，结构可以固定，但声音必须来自作者。

露西：依我看，描述需要宁缺毋滥。

艾比·帕森斯（到来并即刻加入谈话）：额外的东西，你从来没有见过的东西。

艾比是一位优秀老成的编辑，她要走了，大家都很不忍心。［请注意：要表现演员智力，是在手指上涂上墨水还是在耳朵背后夹上圆珠笔？］

安东尼娅：你发现什么明确的问题了吗？

露西：仓促收尾。开场做得非常好，但完稿的时候没有恰到好处地联结起来。

艾比（说得精辟）：有时候你必须进展到末尾才知道如何开头。

众人点头。

维奥拉（几乎在唱）：情节漏洞，脉络松散，视点太多。

艾比（加入）：站不住脚的人物——经常发生在反派身上。

麦迪：如果人物阵容太庞大，你可能会迷失方向。

安东尼娅（嘀咕道）：试一试和五位编辑同写一个场景，要条理清楚。（冲着房间）除了写作，你们还在找什么呀？

露西：化学。

塔利亚：信任。

维奥拉（凄切地）：你做记录用心良苦，但使用起来要慎重考虑哟。

众人笑。

麦迪：如果他们读过的这类题材的书不多，我真的很担心。进入编辑的时候，你就没有相同的参照点了。

露西：别那么容易被人说服，要清楚自己的想法。编辑的建议要考虑，但如果你不赞同，你应该能解释清楚为什么要保持原貌。

维奥拉：不要为求时尚而求时尚，要追求真实，即便需要较长时间才能突破也要始终不渝——这样做是值得的。

安东尼娅：谢谢大家。我们说的这些真的很有帮助。

她站起身来，朝维奥拉深深鞠了一躬。

维奥拉：你们永远不会让我忘了这个礼节，是吗？

众人：永远不会。

马里波恩大街，八点钟。为避开交通高峰，我提前到了咖啡馆。我全神贯注于手头的书，结果半小时之后我才意识到约会的对方也同样会有避开交通高峰的想法。她的座位与我隔三张桌子，她径自埋头看书，复古版印花夏装叠放在身边。

凯瑟琳·阿姆斯特朗在邦尼尔集团负责犯罪小说出版榜单，编辑马丁·威茨等人的作品。她精力充沛，敢作敢为，说起话来速度极快。

我的采访从她在寻求什么开始。

“我想完全沉浸其中，我想在凌晨一点还不忍释卷！我没有必要喜欢书中人物，但有必要‘懂得他们’。我投入的是时间，所以需要完全沉溺于中。”

“有红旗警告吗？”

“纯粹为了刺激而描写的血腥场面，我非常相信‘临门止步’这句话，通常临门止步会更好一些。”

“常见的问题？”（她说话快在感染着我。）

“直接切入你想说的，不要扯来扯去。”

我笑了。

她也笑了，晃了晃手指。“不要扯来扯去！作家应该知道自己想要达到什么，明白自己在做什么，在写什么，希望从出版商那里得到什么。”

她的重大建议超越写作了？

“如果你在面见编辑，谈话要开诚布公。要听取反馈意见，那可以省去日后的麻烦。还有——如果作家活跃于社交媒体，那再好不过。读者需要那种关联，他们不想要玩着电脑游戏、叼着烟斗、喝着威士忌的作家。”

“他们不想要？”我感到悲哀，“但那听上去很潇洒的。”

“听上去确实很潇洒，”凯瑟琳承认，“我想我的下一张作家照片的大致概念应该有了。”

我问她喜欢编辑工作的什么方面。

"找到新的有才华的声音，分享我对一本书的热情，把它传播到全世界，从其他作者、读者那里获得反馈。"

"棒极了，谢谢。"我把身子向后一仰。

"就这些了？"凯瑟琳看上去很惊讶。采访只持续了五分钟，最多五分钟——但那过错在她自己，她说得那么精确，又那么快。

不要扯来扯去。

我在一处铁路桥下的咖啡馆里会见了最后一位受访者，我们说话的时候，餐用器皿在震动。

我把克莱尔·史密斯留到最后，因为她是我最喜欢的人之一——有趣、善良、深刻、睿智。她曾在兰登书屋和哈珀柯林斯出版集团工作过，现在是布朗利特尔资历很深的人物。据克莱尔估算，她每年要读大约二百五十部作品手稿，但她对受委托的作品非常挑剔。我问她，一本书能出类拔萃，凭什么？

"当我忘了它是文学作品，当我打开手稿——"她拂了拂手臂，"想起它我就浑身悸动。那种感觉一直不变，被完全吸引，像个被逮住了的孩子。但后来，情况有些转化。我开始思考：如何说服同事真正喜欢这部作品？怎样介绍封面？当初的感觉并没有消失，但你知道了自己手头的东西有特别之处，所以出版商的声音会越来越占上风。"

她发现的常见问题是什么？

"仓促收尾。"她说，与其他几位的说法如出一辙。"必须写出你认为真实的东西，不要受市场干扰，也不要试图揣测读者，要把焦点聚在故事上。"

我问克莱尔喜欢编辑工作的什么方面，她喜形于色地说："仅其多变就令人神往。编辑是创造性工作，令人兴奋，令人惊讶。你知道，梦想真的可以实现，在意想不到的时刻，以意想不到的方式。想一想，你可以帮人实现梦想。”

多么可爱。我觉得这里收官恰到好处，于是最后一次合上电脑。

以下是我的体会。对犯罪小说编辑而言，热情在激励着他们，实用也在激励着他们。他们想被“霸占”，想被“完全吸引”，但他们的商业思维也在同时运行，就像在叙述第二个故事。该怎样推销？该怎样介绍封面？作品在市场处于什么位置？

对于第二个故事，能够操作的作家太多太多，但第一个故事才至关重要。

好比是这样，想象一番，你遇上了戏剧性的非同寻常的事，你冲进酒吧，所有的朋友都在那里聊天，各有各的话题。

你喊一嗓子：“你们猜猜发生什么了！”

每个人都转过头来看你。

这时候——你怎么做才能抓住他们的注意？你该怎样讲故事才不至于让他们目标漂移，转向电视上的球赛，察看手机……

想想看，你第一步为什么要跟他们说话，真有必要吗？

最出色的商业故事拥有巨大的能量，一种紧迫感和使命感。出于这个特别的原因，我要给你们讲这个特别的故事，因为我敢保证，你们从头到尾都会被它牢牢吸引。

这种元素非常珍贵，与我交谈过的每个编辑都在寻找，因为首要的，他们就是狂热分子，是读者。他们想沉迷其中。

所以——写，写，写！

不要仓促收尾。

传统出版与自助出版

拉塞尔·詹姆斯

现在，几乎所有的书都在数字出版。数字出版并不新鲜，新鲜的是你作为作者，可以数字出版自己的作品。你自己可以完成所有程序，而且还可以拿很多稿费，也许是售价的百分之八十五，而不是从每本书赚取微薄的版税（比如百分之七点五或百分之十），这种情况下，谁还需要出版商？数字出版很诱人，不是吗？

数字出版能有多难？其实，写作的时候，你几乎必然是用数字方式完成的。事实上，没有人会提交打字机稿或者手写稿给出版商——天哪，千万别这样！如果你所有的时间都花在键盘上，用数字格式研究、写作、修改你的作品，难道不是已经完成了大部分的数字出版吗？这时候，出版商需要做的只是从你的个人电脑上拿到数字化文稿，然后将其输入他们的系统，制作成书。你不也能这样做吗？尤其是你生逢其时，可以从互联网下载工具来帮你完成这套工序——免费。

不完全是这样。我们来看一看其中涉及什么，如何实施，然后再决定数字出版是否适合你。

首先，数字出版容易做吗？看上去当然容易，而且与印刷纸质书相比，制作电子书肯定更容易。要制作电子阅读器版本——这是必须的，因为亚马逊电子书销量远超其他所有零售商销量的总和——你只需以作者身份在亚马逊注册，他们的软件就会接受你的文字处理过的文稿，转换成电子阅读器格式。然后，你再制作宣传短文，相当于封底简介，在显示屏上回答几个问题，诸如作品类别、售价，以及关于版权、版税的基本意见——这些你都不觉得困难，你接下来可以设计（或者在帮助下设计）封面图。封面设计并不像听起来那么容易，且事实上很让人沮丧。也许你想使用的图片与表格上的空间不相吻合，或者品质不相匹配；也许你的标题、副标题，甚至作者名字，显示在封面图上并不自然；也许整个封面看起来并不协调。毕竟，你是作家，不是封面设计师。

虽然亚马逊的工具强大，但所有功能——创建、检查文本及封面——都不是仓促匆忙的过程。传统出版商都知道，一本书的外观，甚至电子书封面的外观，会对销量产生巨大影响，有鉴于此，他们会聘请专业设计师。你也可以选择聘请专业设计师。亚马逊会鼓励你这样做，一键之劳，他们（听到这情况你别惊讶）就能让你与他们的设计师取得联系。不过，我一直都是自己设计封面，但如果花钱请设计师做封面设计，能多卖出多少本书，谁也说不清。

亚马逊的电子阅读器，尽管占有迄今最大的市场份额，但它并不是唯一的电子书阅读器。还有其他市场，比如苹果图书，谷歌图书，索尼、努克、库伯等阅读器，以及所有规模较小的竞争对手，它们有些可能增长而有些则可能消亡，但所有的加在一起可能会让你的电子书增加百分之十到百分之二十的销量，你愿不愿意把作品提供给这些市场？作家协会的会员们发现，这个额外比例会因作家不同而差别巨大。有的人认为非亚马逊电子阅读器的销量增加远超百分之二十，有的人则认为那一份销量微不足道，因此登记加入亚马逊独家包（眼下称 KDP[1]，不过这个名称可能会变）会更划算，放弃非亚马逊电子阅读器销量以换取其他利益。何取何舍，你只能自己试错，但决定不是永

1 Kindle Direct Publishing的缩写。

恒的，你随时可以改变主意。

要进入非亚马逊电子书市场，最简单的办法是找一家乐意引荐的公司，引导你完成上市流程。写作的同时，最明显，读遍天下和露露书吧[1]值得关注。他们收取一小笔佣金（或许百分之十五），作为回报，他们接受你经过文字处理的文稿，调整其格式，使其满足所有市场的需求。此外，他们与零售商建立了直接联系，纵使各家公司从未听说过你，这些人也能确保将你的作品提供给他们能辐射到的全部市场。在读遍天下和露露书吧两家公司，封面设计的做法略有不同：你在PC上创建整体封面（文字、图像），然后以高质量的jpeg格式发送给他们；或者，他们也可以介绍专业设计师与你接洽。

这听着简单，某种程度上也确实简单，但不要错误地认为，电子书页会自动复制你的书在显示屏上的样式。文稿中使用的任何图像都可能难以把控，脚注或特殊字体部分也是如此。假如你在侦探作家俱乐部的文集里读这篇文章，很可能你写的是犯罪小说，你会认为自己没有必要使用特殊字体或图像——除非你手头是黄金时代风格的侦探小说，里面有犯罪现场示意图。但你的故事里是否包含日记条目、信件手稿、报纸摘录，或者最糟糕的，有没有表格信息？你是否引用了歌词、诗句，或类似于手写稿的东西？对任何一种此类文本，你可能已经给原稿设置了特定的风格或格式（取决于你自己的文字处理程序），其转换可能不会如你所愿。对电子书来说，写入的时候最好尽可能少用行格式。如果要用制表键，越少越好。不要用页码，不要对文本进行对齐调整。

从读遍天下，你可以免费下载一个使用指南，极其方便。仔细阅

1　两者都是电子书出版平台，原文分别是Smashwords和Lulu。

读，照它说的做。书稿（适用于电子阅读器版本和所有其他电子书版本）上传完成后，花时间彻底检查转换版本。希望你能上传、改正、再上传、再改正，反复多次。不要仓促焦急。你上传了自己的杰作，但它还不算出版，你还处在前出版阶段。传统出版商代你操劳，你希望人家严谨仔细，在这一阶段，你也需要同等的严谨仔细。

自己动手数字出版不仅限于电子书，现今的按需印刷公司可以接受个人电脑生成的文件，然后把它建成一个供印刷用的文件。最引人注目的是，亚马逊也提供这种服务——或者更准确地说，它会提供软件，让你花时间这样做——免费。（读遍天下不是这样，目前他们只运作电子书。）亚马逊会让你检查、调整印刷版本的视频稿，带你经历整个出版过程（这里不包括营销、分发）。但尽管坐在显示屏前设计自己作品的印刷版本，让你无限惬意，你应该牢记，传统出版机构会有专门的制作部门专项负责这个阶段。如果想把数字稿变成印刷本，你就必须当自己的制作部门。这需要时间，需要逐行细读、关注细节，工作量非常之大。总而言之，你得像对待当初的创作那样，勤勉、刻苦。

到了这一步，你可能会动心思放弃所有这些琐琐碎碎与技术纠缠不休的想法，转而利用中介公司。中介公司很多，它们看似友好，在出版过程中“帮助”“指导”“推动”你的工作，但毫无疑问，他们提供服务，你要花费成本。况且我认为指望他们增加销量，或为你找到新的市场，不太可能，我强烈建议你先利用读遍天下或亚马逊，探索自己的路（要有耐心！）。两家公司的软件是为作家设计的，不是为技术官员设计的，所以该怎么做你说了算。

不过，平装书籍就更难掌控了。我在图书行业工作，见过很多自助出版的图书——几乎所有的都看上去有点不能接受（有时候委实不能接受）。但使用亚马逊的软件，只要细心，你就可以制作出专业品质的平装书。记住，你是你自己的制作部门。你已经是自己的文本编辑和技术编辑了，你将设计出自己作品的封面（或付钱给别人为你设计），现在你要进行的是作品的内部设计。

拿几本制作精良的平装书，看看版面如何编排，那会略有不同，你可以选择自己喜欢的风格。通常的做法是半标题页（只写书名的一页）开始，背面空白。这一页后面可以跟上促销评述页，也可以不要，直接接主标题页。主标题页必须是正面页（右手页面），其背面须包含版权信息、出版年代，也许还有你的其他作品列表。然后可能会有一个献词页，献词页只排献词，也许还可以加一些小题词，背面还是空白。实际故事的第一页必须是正面——右手页面。

现在该正文了，你必须在显示屏上详细检查。选择一个打印机（可能是亚马逊）能够处理的页面尺寸非常重要，这时候你需要把整部作品的文本重置为你所选定的页面规格。你所使用的文字处理程序必须区分右手页面、左手页面，并支持你设置页面大小和图书格式。提交电子书文本的时候不用页面对齐，也不用页码编号，但这一稿文本正好相反：根据你的选择，页码可以在顶端，也可以在底端，如果你愿意，书的标题可以作为每一页的页眉。如果你的书分为若干部分（序言、第一卷、第二卷等等），每个部分都要从右边正面页开始。我再强调一次：不要急，要舍得多花时间。

我们不遗余力地强调，必须投入时间，努力不懈。我们还必须面对这个问题：自助出版适合你吗？务必摒弃“自助出版只为未出版过作品的作家或不再出版作品的作家而存在”这一想法。斯蒂芬·金和詹姆斯·帕特森就不是这样。不过，如果你已经为自己物色到了“合适”的出版商，或者如果你的代理告诫你不要搞自助出版，那你可能就没有必要为此再费心思。但如果你早期的作品出版权已经回归，那么自助出版就可以让那些著作复活重生；如果你还没有出版过著作，或者如果你正在努力争取作品再版，那么你想跃入这个大潮，自助出版就是非常可行的办法。

但不可回避的事实是，“合适”的出版商可以做得比你好。无论电子书还是纸质印刷品，他们通常可以制作出比你做的更美观的产品。此外，他们还可以打理一些非常重要的小事，比如国外版权、影视版权、音频版权、连载——还有最重要的，分发、营销、宣传。如果你制作了一本漂亮的平装书，如何让它进入千家书店？至于电子书，上市作品何止千千万万，而且事实上所有作品都将永远存在（互联网无限，未必圣洁的造福就无限），你那么弱小的声音如何让人听得见？出版商的存在是有原因的，他们知道该怎么做。如果好运眷顾，自助出版和传统出版商出版任你选择，那么很有可能你的决定会归结于此：你想要低销量高版税，还是高销量低版税？

有其因必有其果

吉尔·帕顿·沃尔什

通常，成为一名作家意味着过着相对平静的生活。无论你去过多少地方，无论你足历天下、抛头露面多么频繁，写作为业，少不了孤独：长时间沉入图书馆，长时间书斋伏案。我做了多年的儿童作家，然后写了两部成人小说，他们称之为“文学”，但作品出版并没有给我平静的生活带来太大的骚动。后来出问题了，我的第三部成人小说被前两部的出版商拒绝了。我无法理解他们的评论意见。小说题目是《天使的知识》，这部作品是我一生注定要写的书，所以出版被拒，我本该非常沮丧。好在遭拒之初，我还并不是那么消沉。

小说的萌芽产生于一个关于野孩子的演讲，然后这个想法在我的脑海里徘徊了也许十年之久。演讲中我听说，在十八世纪的法国，有人在大山的雪线以上发现了一个孩子，据演讲人说，有人一边教孩子法语，一边将她与世隔绝，目的是要弄清楚关于上帝的知觉是否与生俱来。我向演讲人求证，但没有得到什么可资参考的信息。如果我今天找那个野孩子，可能会非常容易，因为从那以后，关于她的文章可谓汗牛充栋，但当时我能找到的很有限，也许那是我的幸运。

1992年2月的一天改变了我的命运，其时我丈夫正开车带我游览马略卡岛。雪里的野孩子经常在我脑海里闪现，那天，在我遐想马略卡岛的山上是否有雪的时候，野孩子牵动了我的意识。我想：“如果她的故事发生在这里，我可以写下来！”炽烈的兴奋中，我意识到我可以把历史事件的精髓提取出来，在一个假想的“格兰德岛”讲这个故事，这样它与今天的紧密关联就更容易被发现。

这种关联是什么？是这样，如果关于上帝的知觉与生俱来，那么所有的无神论者就都是异教徒。这是一个炽烈的启示，在我意识到的时候，整个伊斯兰世界都在鼓足了劲头，追杀萨尔曼·拉什迪。有些评论家无知到了极点，他们甚至自我庆贺，认为基督教的宽容高人一等。我在假想岛上安排了一个无神论者——遭遇了海难，他游水登岛。就这样我的小说开笔，一发而不可收，很快就完成了。

然后趣事开始了。我说过，编辑的退稿评论让我困惑，所以我把手稿寄给了远在马萨诸塞州的一个朋友，请她告诉我问题出在哪里。我的代理人布鲁斯·亨特是一个令人欣赏的人，他把手稿投往伦敦的各家出版社，稿子返回了，还附有退稿信，饶有趣味。我特别珍视其中的一封，信上说这部作品一百年后还会有人读，但现在不宜出版。

一天晚上，我在厨房忙乎，丈夫进来对我说，有人声称我不认识他，但从美国出版社霍顿·米夫林打电话找我。我当时用微波炉做鲑鱼，一瞬离不得人的活儿，所以我差一点就说："叫他别骚扰了。"然后我感到有些奇怪，就向电话走去。我发现自己交谈的对方是彼得·戴维森。他说："我正在读你的书。"

我说："不应该呀，我的书在美国还没有授权。"他说："我需要知道，我的阅读是为寻乐趣，还是可能有所收获。"

我弄清楚了，寄到马萨诸塞州征求意见的那份稿子已经流入市场，到处都是。我冷冰冰地告诉他我在纽约的代理人的名字，然后回去收拾烤煳了的鲑鱼。

彼得买了那本书，伦敦的出版社则继续给我的代理人退稿。一天——我职业生涯中的另一个关键一天——彼得打电话说，他们下星期一要付印霍顿·米夫林版。他问我是否想多要几本，好让我的英国朋友有机会阅读？伦敦的第十九封拒绝信就放在我的桌子上。时间是星期五。

我丈夫说："去他娘的——我们自己出。"

关于出版，我们先前并不是完全没有经验。我们出过儿童文学评论（我丈夫约翰·罗·汤森是这方面的专家），还出过我们自己的一些非商业性作品。我们有一个出版品牌——格林湾出版物（妖魔像绿色的海湾树一样生长、繁茂）。于是我们给彼得回电话说："你们能增加到一千本吗？"我们轰轰烈烈行动了一阵子，得到了 ISBN 号，仿造了一个英国标题页，然后迅速传送到大西洋彼岸，同时通知布鲁斯我们在做什么，而后筋疲力尽，和朋友们出去共进晚餐。

朋友中有一对夫妇，罗伯特·叶特曼、琳达·叶特曼，他们经营着自己的产业，柯尔特图书，一家小型出版公司。他们没有出版过小说。当琳达听说我们在做什么的时候，她沉默了，第二天早上，罗伯特坐在我家的客厅里跟我们谈判。琳达希望，如果没有其他人愿意出我的小说，她可以抓住这个机会做一下小说出版。罗伯特说，我们没有销售代理，我们的电脑里没有发票程序，我们也没有仓库，打算怎么卖书？他还说自己不想看到妻子不高兴。

那一刻，我们四人，以布鲁斯为首，同意对半承担一切费用，利润平分。如果需要重印（我们觉得这个想法好笑），我们将遵守作家的常规约定，新书将印上柯尔特图书的名称。琳达说我们需要广告参与，她给伦敦的四家公司打了电话，只有一家回复了她，是霍布斯鲍姆麦考利公司的朱莉娅·霍布斯鲍姆。朱莉娅对琳达的电话答录机说："一千本？只卖一千本你们连我的费用也不够支付呀。"然后她又说："你们对这本书一定信心十足——最好给我寄一本。"朱莉娅为我们组织了一场声势浩大的宣传活动，费用只收取平时的一半。

事成了！这部作品竟好评如潮，从书店汹涌而出。第四套广播节目的《女性论坛》栏目想就自助出版的话题采访我——他们真应该采访约翰——然后他们进行了广播连载。环球出版社的比尔·斯科特-克尔买下了平装书版权，国外版权也开始出售。叶特曼夫妇不得不重印，所以第二版标题页上的出版商是柯尔特图书。

随后《天使的知识》入围 1994 年度布克奖初选名单，然后又进入终选名单。电话从早上七点半开始响起，接连不断，直到夜里十点。我们的吃饭、打扮、洗浴无不受到干扰。环球出版社有一位高管和蔼可亲，知道如何分流书商打来的电话，如果不是他，我们过不了多久就会被送进精神病院。报纸打来的电话较难转移，全世界都认为，“自助出版的图书进入布克奖终选名单”是当月最热门的新闻报道。我们真的应接不暇——《每日电讯报》的一位摄影师一大早登门造访，抢拍我的照片，我那时刚刚冲完淋浴，头发透湿。照片上了头版，那形象有损我的虚荣，但对售书大有好处。

我没有获得布克奖，而那时候我也真不需要了。我们在英国自助出书的行动得到认可，这段经历让我对许多人心怀感激，其中有些人就是出版商。我的书还在印行，我当然很高兴；但它依旧是热门话题，我非常遗憾。

结果出人意料。入围“布克奖终选名单作家”的头衔帮助说服多萝西·L. 塞耶斯的委托人，他们邀请我完成“彼得·温西勋爵”系列作品最后一部的手稿。我无法抗拒那个挑战，于是《权力，主宰》于 1998 年出版。

塞耶斯 1936 年动笔写这部小说，但后来放弃了，也许因为爱德华八世的退位影响了她对故事情节的思考。作品一开始，她描写了许多完整场景，草绘了几张图表，包括人物互动的描述，可谓异彩纷呈。

她的场景没有编号，也没有安排顺序，我只得自作主张，代为排列，看上去合乎逻辑即可。好在笔记中她已经明确交代了凶手的身份。

我自己的侦探小说以剑桥为背景，主人公是伊莫金·夸伊，此外，我还出版了以彼得勋爵为主人公的四部作品：《权力，主宰》《死亡推定》《阿顿伯里绿宝石》《已故的学者》。现在我正创作第五部。彼得勋爵，虽然与格兰德岛高贵的无神论者相比极其愚蠢可笑，但他有志于“正义之梦”，这是许多侦探小说的核心。他也不是没有黯然时刻。就纯粹的娱乐而言，他是我内心世界最理想的伙伴。

写作不息

写作生涯中，挑战无处不在，凡对写作感兴趣的人，都有可能对理解写作带来的挑战感兴趣——《侦探什么都知道》的撰稿人也谈论挑战，不置身其外。当然，硬币自有其另一面。作品出版了，一切艰辛劳作终有成就，捧在手里，岂不喜悦！如果遇到读者拜读你的杰作，至少不会摇舌鼓唇，大肆诋毁，那么就更令人开心了。写作是一项孤独的职业，除非与他人合作；但同时，写作可以不断制造机会，在讲座和庆典上与读者或同行作家交流。

一些组织（如英国的作家协会、犯罪作家协会等）为其成员提供的利益远超会员费，而要广泛得多。还有些小型团体，它们不仅可以提供相互支持，而且可以提供机会，将作家作品推销给新的读者群体。犯罪小说界的一个开创性例子是二十世纪九十年代初期的“我们写谋杀”巡讲小组，该小组由四人组成：彼得·洛维西、莉莎·科迪、迈克尔·列文、保拉·高斯林，他们都是本书撰稿人。2000年玛格丽特·墨菲创立了“谋杀案小分队”，它是一个北方犯罪小说作家小组，组员包括安·克里夫斯、马丁·爱德华兹，最近还有凯特·埃利斯。该小组在英国各地组织活动，出版了三部作品集，一张光碟，其发展趋势依然强劲。这些组织开启先河，许多其他组织竞相效仿，其中有“中世纪杀手”，迈克尔·杰克斯为其成员，还有“女杀手”，艾莉森·约瑟夫、劳拉·威尔逊、艾莉·格里菲斯都是它的组员。这种类型的合作提供了各种各样的活动机会，包括庆祝朋友成功这样的纯粹娱乐性活动。

艾莉·格里菲斯说，社交媒体给作家带来了利益（也有挑战），现代技术可以提供各种各样的方法，让作家向读者延伸。网站可能是必备路径；博客，只要你用有趣的内容定期充实，不断更新，其所发挥的作用也甚为精彩。作家时事通讯越来越受大众喜爱，如今，世界各地的读者，只需点击一两下鼠标，便可即刻触及此类通讯。机会是无限的，有时候机会似乎让人陶醉。

然而，要么因为刻薄的评价，要么（甚至更糟）因为作品显然引不起人家的兴趣，你很容易感到灰心丧气。全世界的作家之间都在抱怨出版商宣传不力，总会有别人似乎更成功，其促销、评价、销量、获奖等方面超乎同侪。有些所谓名家勉强能把句子串联在一起，他们拿到了令人瞠目的图书出版合同，然后把辛苦的写作留给代笔作者；而那些真正亲自运笔写作的人，为求认可，苦苦挣扎。有些事经常发生，比如作品销量不足以支持最终出版合同约定的预付稿费。如果作家因此而发现自己被出版商抛弃，即便他们心态乐观，要保持处变不惊也可能难乎其难。

那你为什么还想写作？如果你的主要目标是赚钱，比较轻松的办法并不缺乏。另一方面，如果你真正在乎写作，只管写下去，是否可以出版没有关系。这就引出了另一个重要问题，如何为你的写作爱好获得资金支持？如果你真想打定主意，放弃日常工作，专事全职写作，什么时候这样做为宜？

这里不存在“正确”答案，什么适于你需要你自己决定。个人因素、家庭环境的作用至关重要。你可能不至于仅受金钱驱动，然而凡人都需要基本的保障。即便你是幸运的少数，有出版商独具慧眼，给你报酬丰厚，但假如你有稳定的工作，你敢为追梦而放弃吗？如果存在经济压力，作者通常会发现，自己写的是出版商想要的东西，而不是自己想写的东西。如此，写作只为生存，它很少能产出高品质的结果。

一面写作，一面兼职工作，有时候不失为现实而合理的折中办法。两相结合不容易，但实现两个世界的两全其美不是没有可能，你可以享受写作之妙趣，又不至于承受经济压力。倘若能应邀给读者、图书馆用户、参加节庆人员做报告，那就确实是一种荣幸。如果命运能冲你微笑，你也许还能旅行海外，有机会游学演讲。树立声望，赢得这样的邀请需要时间。努力坚持下去，而不是在努力建树的过程中半途而废，这非常重要，它是需要笔耕不辍的另一个原因。

雷金纳德·希尔，约克郡警察达尔齐尔和帕斯科的塑造者，也许是他那一代英国作家中最重要的男性作家，他的经历足以鼓舞士气。多年来，他一边在大学当讲师，一边写犯罪小说，直至成为成功的小说家，最终使他下定决心，全职写作。他写了许多年，出了许多作品，而后，终于收到消息，他的系列小说将被改编成电视剧。唯一的问题是约克郡电视台分派喜剧演员黑尔和佩斯饰演侦探，结果是灾难性的。雷金纳德没有气馁，他重新取得了电视转播控制权，第二次他时来运转。BBC制作的《达尔齐尔和帕斯科》大获成功，连续播出了十一部系列剧。但与电视台打交道并没有让他分心，小说写作依旧是他的事业。当编剧偏离了他的构想，将帕斯科的妻子埃莉移出剧本的时候，他毫不在意。他干脆不再看电视剧，继续创作犯罪小说，务求出类拔萃。

雷金纳德与他的同代人朋友罗伯特·巴纳德一样，打字从来没有得心应手过，但尽管二十一世纪的大多数作家都能打字，雷金纳德创作犯罪小说的方法提醒人们修改的重要性。小说人物搬上屏幕之前，他写过一篇文章反映自己的主张，与凯特·埃利斯和安德鲁·泰勒等人一样，如果有必要，他也随时准备更换凶手。

写作过程

雷金纳德·希尔

要论作品构造，我介乎格雷异想天开的纨绔习气和特罗洛普精确尺度之间，但更接近后者。我知道有些日子里，要么出于身体因素，要么出于性情因素，写作是不可能的，所以在其他所有日子里，包括周末和节假日，我都会早晨九点准时坐在书桌前，一直待到下午一点，写出几百词或几千词。下午的时间我用来阅读、研究、深度思考、回复信件，偶尔打一场高尔夫球，或者更偶尔侍弄一阵花草。

我依然完全是个蒸汽机时代的作家，不会打字。我试过了，但那噪声让我注意力难以集中。再说了，黑色或蓝色的墨迹像蜘蛛网一样漫游，它可以反映我脑海里的想法，而打字机敲出的规规整整小字母则反映不了什么。我用的是尼龙笔尖的笔，这种笔的牌子我是不会向人透露的，除非他们给我钱。但我用过成千上万支这样的笔，如果有一天我成了酸液浴谋杀案的受害者，被溶蚀得只剩下左手的中指，你或许可以把一支这样的笔卡进指端骨节上的凹槽里，依此识别我的身份。

通常情况下，我会首先通读前一天写的内容，也许会就一些微小细节进行修改，如果我觉得有必要做较大改动，就在页边做上记录。这是因为我想继续写出下一个片段，而不是在当前的写作过程中没有任何可以衡量的进展。我经常会信手涂鸦给自己写个便条，提示接下来向哪里进展，但这些便条经常完全难以辨认，我只好不指望它们的帮助继续写下去。有时候这些便条我只能读懂一半，所以我确信，有些情况下我会在无意中误导自己。当然，关于故事的走向，我确实有大致想法，但在写作过程中，随着故事展开，时有困难发生，修改就是进程，不会间断。

当然，变更几乎总是既要继往也要开来。要在作品中途变更人物或变更一段关系，那意味着其整个结构需要调整。通常，开头看起来微不足道的问题最终牵涉全局，导致彻底重写。还有些时候，当我决定修改一个人物并因之回溯调整上文的时候，我发现那竟不是突然的决定，而是我在好长一段时间里一直推动自己去做的事，因此前部分的书页中几乎无须修改什么。有时候我甚至要改变凶手的身份，这似乎是巨大的方向之变，从艺术层面讲是灾难性的。但几无例外，那是因为我脑海中最初认定的人物已经演变成了不可能杀人的人，与此同时另一个人出现了，他可以充当杀手。当然，物理上的可能性必须通过整个故事中时间细节和地点细节的改变构建起来，但这一切只是犯罪小说的陈设而已。我认为我不曾把陈设摆错地方，但我更愿意听到的抱怨是指责我把行凶者摆错了地方，而不是塑造错了人格。

一旦初稿完成，我会通览全文并对其进行详细的修订、重塑。这一阶段，我发现剪刀和透明胶带非常有用。而后书稿转手到这个世界上唯一一个占有多半机会破译它的人——我的妻子。她把手稿打印出来，然后返还给我，附上评论性文字，通常不堪入目。然后，我再把打字稿通读一遍，再度修改，最重要的是试图消减过多的“脂肪”。

人物、关系、情境、背景——我发现，为了能让自己把这些摆弄正确，我需要知道的东西远超读者的需要，而且初稿中很难把多余部分清除出去。我应当想象得到，在这个阶段该把作品的百分之五到十五剪除。这时间到了最后一次打字，定稿交给代理，所有作家都熟悉的三联焦虑综合征开始刺痛我的肠胃。第一联，必须交给代理；第二联，代理必须喜欢；第三联，代理还必须推销。第一联焦虑，一个电话或一个确认纸条就可以解决问题，但它仍然孕育着强烈的焦虑，我总是小心翼翼，唯恐丢失什么，除非我保留了备份。第二联焦虑，如果代理为人正派，就不是那么容易发生。另外，如果代理灵魂与理智健全，他就不至于蛮横无礼，轻慢别人！他会对你讲你是个天才，然后又告诉你他对你的这部作品不感兴趣。但如果他热情十足，那你就知道了，这场战斗已经赢了一半。如果编辑感觉强烈，某些地方需要改变，且想法有理有据，这可能意味着另有一轮修改。但这些辛苦好比长跑运动员，眼看着要撞终点线，自己明白世上的任何阻碍都挡不住他们朝那里奔跑。

奇怪的是，随着时间推移，我越来越喜欢修改过程。我认为理想的做法是把手稿保留几十年，时不时修改，直到臻于完美。但一旦动笔，那些文字似乎是不朽的，想动它们就像摩西用榔头敲打他刚运下山的石版。记得第一次应出版商要求修改的时候，我只去掉了几个连接词和，换成了逗号。现在情况变了，我可以用稳定的手法操刀做手术了，这倒不是因为我对自己写的东西少了敬畏，而是因为我修改得多了。

这样的学习促成的另一种进步，我想也常见于大多数作家——一个同化过程，在这个过程中，个人经验作为原材料须按故事的需要进行调试，直到其颜色、质地、风味与创作想象相匹配，才可以吸收进来。这中间必须剔除自我放纵，不可沉溺于嘲笑个人和具体指涉。

对背景进行有的放矢的研究是一回事，利用你已经获得的知识则要困难得多。为弄清楚《再度魂断威尼斯》的背景我去了一趟意大利，后来为《叛徒之血》及其可能拓成的续集，我又去了意大利。调查研究的过程就是观察、选择、舍弃的过程，事实上，这比写一部以长期利用的熟悉环境为背景的作品要容易得多。在《爱交际的女人》中，我用橄榄球俱乐部为背景，这是基于我自己对这样的俱乐部的氛围和气质的体验。《学习的进步》的背景是一所英格兰北部的学院，和我当时任教的那所学院没有什么不同。《黑暗降临》的背景我用的是我成长的城市及其周围的英国乡村地区。尽管很多人声称自己辨认出了许多人物和场景，足以引发一大堆诉讼，但密切熟悉背景不存在违法的危险。（有趣的是，这类辨认几乎总是错误的，幸运的是，很少有人足够客观地看待自己。）背景熟悉不危险，真正危险的是艺术，熟悉的现实喧宾夺主，变得比想象中的故事更重要。我们都知道那种冗长乏味的说书人，他们在大量的无关紧要的细节中磨洋工，在对耶稣受难的目击叙述中停下来问自己："那天是星期五……是星期五吗？……不是，可能是星期四……不是星期四，我又错了，星期四是阵雨天气，让人难受……一定是星期五！"对作者来说，选择就是一切，而对于初学者，这也许是最艰难的过程。艺术不应该只是生活的镜像，尤其不应该只是作者自己的生活镜像。如果是那样，你会受制于一张过于熟悉的面孔以及许多难以驾驭的背景细节，不管哪种情况，都是本末倒置……

现在我认为，写出了几十部作品之后，我开始领会我的行当了……当然，声誉的终极阶段是拥有一个在市场上非常有影响力的名字，它可以销售任何东西，不过达到这样境界的人很少。自然，有钱是不错，但我不知道我是否做好了准备，为我的言论承担责任。

保拉·高斯林是一位出生在美国的侦探作家俱乐部会员，她凭处女作《奔跑的鸭子》赢得了犯罪作家协会颁发的约翰·克里西纪念匕首最佳处女作奖，几年后她又凭《猴谜》获得了犯罪作家协会颁发的金匕首年度最佳小说奖。雷金纳德·希尔有过不幸的经历，电视剧中演员选择不当，他目睹自己系列小说中的警察由两位喜剧演员扮演，高斯林也是一样，她的第一部小说两次拍成电影，但每一次都是作品改编松散，演员阵容荒唐：《眼镜蛇》为席尔维斯特·史泰龙当红做铺垫，而《公平游戏》则由模特儿辛迪·克劳馥担任主演。正如西蒙·布雷特解说的那样，作家们梦想自己的作品搬上银幕，但有时候的现实忧喜参半。高斯林是一位敬业的小说家，她同时专注当前进展中的著作。

随时跟进，随需跟进

保拉·高斯林

杀人取乐、牟利，有其积极的一面，对我来说，其积极面在于研究。我喜欢研究。从手头选一个主题，去图书馆的儿童区，找到那里关于所选主题的所有资料。接下来利用参考书目进入成人阅读，然后再进入专业阅读，以此类推，直到所有要点在笔记本里都留下记录。有时候我甚至找专家面对面交谈，那才最令人着迷。为写犯罪小说我需要学习，如果我能记住所学的全部内容，就等于跟狄更斯一样聪明。

不幸的是，我一部接一部写小说，但每一部似乎都在抹去前一部的记忆。狩猎、太阳系天文学、西班牙、心灵感应、爵士乐、在零度以下的环境中生存——所有东西，我曾经都知道一些。我还认识一些人，比如马尔切克、斯金纳、考撒特里、斯特赖克、阿伯特……总之很多人。我记得他们的所有情况，当然是所有人的所有情况——一旦有人问起来。

问问题的人可能不好对付，但最不好对付的是粉丝们。一帮混蛋，一个比一个精明，他们什么都注意到了，什么都忘不了。我严阵以待，充满了兴奋，关于新作的信息，我可以信手拈来。然而看看他们向我抛出的问题，比如平奇曼教授那天夜里为什么待在办公室？或者马尔切克为什么选的是鲁格步枪而不是雷明顿步枪？

谁？什么？《猴谜》？《公平游戏》？谁的作品？我吗？我的天哪。事实上，我认为这是一个刑事责任能力问题。我是说，书是大部头有容量的东西，满满的文字、图像，而我只长着这么个小小的、圆圆的、七号尺码的脑袋。在《华氏451度》中，布拉德伯里让他未来的人物只记住一本书。每人一本书，对吧？那为什么我们要记住八本书？哦，我明白了，我们的职责就是记。我们是作家，我们染指凶案却可以逃脱惩罚，真是这样。

但通常我们只能一次应对一桩凶案。好吧，也许两桩或三桩，四桩可能吗？当然不能超过十桩。我们必须记住所有细节，谁在哪里，他们为什么在那里，什么时间在那里，其他人为什么不在那里，前一个星期二的天气怎么样；还有噪声、气味、颜色，毒鼠碱发挥药效需要多长时间，在非常密闭的二十英尺乘十八英尺的房间里，点二二英寸口径枪能产生多大的声音，德鲁希拉在大学跟多少男人睡过觉，地板为什么吱呀吱呀响，老鼠为什么追猫。另外，我还要考虑自己的余生：你知道，我有责任在肩。做职业妇女不容易，我的意思是说，今晚我该做什么吃的，谁来整理要洗的衣服，还有……还有……不是，我又不是不肯放手，非做这些不可，不是，不是！

高标准的职业生涯，成功的文学生涯，兼得不易，但许多侦探作家俱乐部会员做到了鱼与熊掌两不误，乔纳森·加什就是其中之一。他最著名的小说以无赖古董商洛夫乔伊为主要人物，BBC将这些作品改编成电视连续剧，六部联播。现实生活中，他是约翰·格兰特医生，在医学领域成就卓著。四十年前，他在《英国医学杂志》上发表文章，以下是原文基础上的最新修订，文中他思考了作家生命中的一个重要问题。阅读为学到更多的写作技巧，这是一码事，但阅读为了娱乐呢？

读以自娱

乔纳森·加什

小说写作实际上能决定一个人读什么书，这是我涉足——应该是接触——文学很久之后才发现的事实。此外，小说写作可能更改一个人获得乐趣的取向。

闻名遐迩的前人们是怎样读书的，为了弄清这个问题，我查阅了所有关于读以自娱的文章，前人们选择很时尚，给我印象很深，让我震惊。我是认真的。对我来说，《古拉格群岛》和纽克罗丝希尔翻译的《犹太幻想巨著》没有多大差别。有一段时间，我通勤上下班，在火车上颠簸来去，每星期至少要读五本大部头才不至于疯癫。还有一件事：从我的同行们的推荐来看，他们提及的东西缺乏故事性，但也许我选择的是旧派作品，“不随大流”。我说不清。不过有些书，比如 P. M. 哈伯德的著作，有其独特性，确实可读——就我所知，读书就该这样。

作家的劳动——写作本身，能不能以某种微妙的方式决定一个人的阅读选择？抛开“为作品收集资料”与“背景采样”（我最近才学到的这两个术语）之类的任务，我实际上认为它能决定，而且我还认为这样的影响会使人勇敢面对学术性的批判意见。如下的例子可以证明：弗雷德里克·福赛斯写过一本书，叫《魔鬼的选择》。不怕见笑，我可以告诉你，本人喜欢这部作品。我非常清楚又要面对产生偏见的风险，但我还是快速读完了它，之后才发生它被展出在迪伦书店橱窗里的一幕，这一展出很可怕，咫尺之间人人被洗脑。核心问题是，我们许多人不应该赞赏福赛斯的《豺狼之日》，大概出于同样的原因，人们认为也不该有人赞赏《魔鬼的选择》。作品出版不久，我们从罗伯特·罗宾逊的图书节目中了解到，福赛斯患有“先天性人物描述不充分综合征”。事实上，当可怜的作者被请去做解释的时候，他被名不见经传的人好一顿攻击：整个故事被看作是常见的圆圈和十字叉游戏，奇数圆圈被伪装成超级油轮，奇数十字叉时不时爆炸，但实际上所有的一切只不过是个圈和叉的游戏。然而有人觉得自己读这本书没有别的原因，只是一种自愿接受的义务，也有人读这本书为的是从中获得乐趣：自感兴趣，这时候就能判断一定有乐趣。站在这些人的角度看，这种攻击是错误的。

我觉得小说叙写的“自我”应该是可知可感的自我，无论他们是超越生活的人（威尔伯·史密斯的《饥肠辘辘》就是极好的例子），抑或甚至是动物——这里我非常欣赏亚历山大·诺克斯扣人心弦的《白熊之夜》而不是他的《疫病犬》。后者过于夸耀，追逐时尚。我也不喜欢那些活跃在波顿[1]（抱歉，是沃特希普）荒原上的小兔子。

在女儿的建议下，我读了科幻小说《外星人》，作品很畅销但结局令人失望。是美丽的太空女主人公最终能成功到达地球，还是她的小猫也会像其他所有事物一样，最终留在航天飞机上，关于这个疑问最后竟蜕变成淡淡的好奇。不过我并不介意。现阶段，能与下一代交流意见并有意外收获，值了，况且我正在集中精力关注年轻人读些什么。最好的作品是弗兰克·赫伯特的《沙丘》，一部有趣的科幻小说，但 E. M. 科尔德的《猎鹿人》，虽说也畅销（现在成为新电影，炙手可热）却让我不十分看好，看完以后便产生一种什么也没有读的感觉，

1　指位于英国波顿村东北方向的一个军事研究设施，这里曾引发过关于动物实验的争议。

我自己也无法解释。可是答案竟在封面上——事实上这本书反映一个新现象，非小说小说——就是说，一系列快意有趣的事件基于一个剧本，而这个剧本又基于奇米诺、沃什伯恩、加芬克尔、汤姆·科布里叔叔等人的故事。这让我想起了丹尼·凯伊的那首著名的笑话歌，唱的是一部电影，最终以某个人的标点符号为依据，说它们鼓舞人心、用意深邃。

其他制作要点同样让人不可理解。彼得·范·格林纳威的犯罪小说《犹大！》很能引起情感共鸣，但在我看来，所有共鸣都被印刷、制作方面的严重误判毁损殆尽。《犹大！》故事很优秀，基于以下创意：有人居然发现了犹大写的福音，揭示耶稣基督是个蠢货、骗子，圣彼得是个无赖，圣约翰欺世盗名，等等，可以说，唯一的救赎者就是犹大自己。我责怪出版商，他们本可以多花很少的成本，将摘自"福音"的倒叙片段排成斜体，不要精神错乱似的把页面顶部和两侧留得那么逼仄。优秀的故事直接派生自拿戈玛第古卷，这本是聪明的创意，但愚蠢的成本节约严重减损了我对这本书的欣赏情趣。顺便说一句，从 1945 年发现的犹大多马真言干脆可以得出推论，耶稣基督可能有个孪生兄弟，名叫犹大……

有位脾气暴躁的读者曾写信给我，说我"从来没有把警察等级叙述正确过"，她几乎没有意识到自己的反应神经过敏。（我需要屈服吗？我需要继续低声下气，诱她以更凶猛的攻击性读我的作品吗？）N. J. 克里斯普的《伦敦交易》中没有这样的焦虑，作品中主要人物肯扬面临的难题是与警察上司和下属的关系，每一个等级都做过严谨的陈述，故事也像人们所说的那样有趣。唯一有问题的是它的护封，正属于《观察家》最近长篇大论批评的那一种，枯燥乏味、缺乏想象力。不过读者还是被吸引了，肯扬探长在新的伦敦警察厅必然击败那个瘾蛤蟆一样的蠢货，读者想知道他是如何做到的。

然而，医生有时候必须为放松而阅读，这实际上可能与休息或娱乐无关，所以医生应该读迪克·弗朗西斯。我发现，被迪克作品深深吸引的危险性不大，但他的小说写得均衡平稳，可以在白天或黑夜的任何时刻开始、继续、读完。不管读者是否疲惫，都可以随时释卷，保持心境平静。我建议他们从《风险》《孤注一掷》《镜框中》等读起，都是市场上最受欢迎的犯罪小说。

自娱性阅读少不了言简意赅的分析吗？这是我读了朱利安·西蒙斯的《血腥谋杀》之后才感觉到的一种可能性，清晰而又有些不安。那不是一部小说，而是一本关于犯罪小说演变的详细陈述，其作涉猎广泛，雅俗共赏，在一定程度上解释了为什么有一部小说会成为一种文学题材的转折点，而另一部则不是。（顺便提一句，为什么要用题材？用种类、仿版、类别、风格、范畴、变体或其他此类的词不行吗？题材听起来用语太过做作。）《血腥谋杀》是一部非同凡响的作品，但对我来说，它也带来了一个不容忽视的问题：西蒙斯先生拥有奇妙的诀窍，他可以在进化线索隐藏于成千上万的书籍中的情况下，进行追踪梳理，但谁会按同样的方式探索医学方面的出版物呢？详细分析扫描（另一个我非常想用的新术语）似乎是非医学人士的特有属性。

但是你可能遇到的分析会太多。我想开出一个值得显摆的书单，列出自己读过并乐意承认非常喜欢的作品，因此我找到了一个文集，入选其中的现代诗人的诗作无不伴有不同诗人的评论。文集开篇是一位北方诗人写的一段，此人因一部《特利小巷》享誉全国，但那段文字读来令人毛骨悚然。文集的结尾描述了一幅可怕的未来图景：形形色色的分析师，个个都有文凭，成群结队，脚步匆忙，紧盯着每一位知名作家冲上去，“不声不响，速度飞快”。这使我认为，读以自娱的行为只不过是朝着相反方向拼命冲上去。其实，写作也一样。

兼顾小说写作和另一项高要求职业，纵然极具挑战性，但可以做到。两位侦探作家俱乐部成员的职业生涯足以说明问题。珍妮特·尼尔是一名律师，先在商务部工作，后又从事商业银行业务，她还担任过五年的BBC董事。2000年，她以皮米里科的科恩男爵夫人身份成为上议院的工党终身贵族。此外，她还接受过其他任命，包括一段时间的伦敦证券交易所非执行董事。与此同时，她于1988年出版了第一部犯罪小说，且实至名归，赢得了约翰·克里西纪念匕首最佳处女作奖，而且她后来出版的两部作品入围金匕首奖终选名单。

不要放弃日常工作

珍妮特·尼尔

我二十七岁的时候写了第一部侦探小说，当时我状态不佳：第一次婚姻失败；那时间我克服巨大困难，付出高昂代价，只为接受一种法律职业培训，但我意识到那职业不适合我，所以其时我正处在双重打击的恢复期。都是我自己的错：我本想成为国际律师，像我在剑桥的导师们那样，在石油船上张贴传票。但后来我改变了方向，取得了律师资格，这样我就可以赚得不菲的收入，因为我当时的丈夫在读哈佛大学商学院。随着婚姻破裂，我无法在美国继续工作，为他们的国防部设计战争游戏，于是回了老家。之后我发现自己决定不了该做什么工作，甚至实在决定不了该不该工作。我母亲心情沮丧，我没有和她住在一起，而是和两个从未谋面的好心女人同住一套公寓。我用了三个月时间写了一部长篇侦探小说。我一直偏好阅读犯罪小说，主要读玛杰里·阿林厄姆和约瑟芬·泰的作品。

那时候，西莉亚·拉姆齐还健在，她是我家的一个亲戚，我把书稿寄给了她，她表示喜欢，但告诫我说，作品要出版还得实实在在投入大量劳动。出人意料的是，她的话让我头脑清醒。我明白，作家那种孤身独处的生活不是我当时所需要的。我想要一份众人景仰的体面工作，跟很多新人在一起，而且我还能成功，就像我在英国剑桥、美国剑桥的时候那样。于是我谢过西莉亚，收起书稿，去了约翰莱恩公司的建筑工地，代表一家公共咨询公司采访他们的劳动力，了解劳动者希望从生活中得到什么——是稳定的日子还是最可观的收入，原因又是什么。由于我做的事工地上人人喜欢，我在那里人缘非常好，所以我进了公务服务圈子。公务服务是当时的一项实验，我们十几个人被吸收进了高级管理班。

我在公务服务行干了十三年，很成功，找到了心仪的丈夫，生了三个孩子。接着我又在一家小型商业银行工作了四年，物色人才，帮他们在私有化过程中获得政府支持。然后我重拾写作。我在等待一大笔生意成功的时候——这笔生意将使我名震业界——发现写作让我不再烦躁。写作《死亡的光明天使》的时候——关于工业部拯救破产公司行动中的工作——我意识到自己真正的专长是当一名商业律师。这部作品获得了约翰·克里西奖。康斯特布尔出版社的迈尔斯·赫德尔斯顿领我入了出版之门，他把我推荐给了普鲁登斯·费伊——其后此人是我所有犯罪小说的编辑——并给了我一条重要建议：在一顿丰盛的午餐期间他说："不要考虑放弃日常工作。"他的意思是不出版四部作品，不宜考虑放弃日常工作，但我的认识是我不能当全职作家——我需要人，需要活动，需要机会施展我的商业才能，我需要锻炼能力，比大多数作家更容易地赚到更多的钱。

我也明白，我跟大多数作家一样，写自己之所知才得心应手。我的经历在快速扩张。我的第二部小说《当场死亡》写的是建筑工地上的谋杀。写这部作品的时候我在苏格兰度假，但眼前浮现的全是西部大道上的大夜班工地——一个幽灵；我周围是莱恩公司的人群，醉醺醺穿梭来往；我看着他们搬动巨大的混凝土梁，横过封闭的主干道。第三部小说——入围金匕首奖终选名单——写的是我的母校纽纳姆；我当过求助基金的副会士和信托人，这部小说就基于这段经历。就这样写下去。我和最小的弟弟开了一家餐馆，为《适时死亡》提供了必要的资金。我最近的一部小说《车票之旅》，取材于帮助乔治·罗伯逊的经历，罗伯逊当时是国防部长，后来在科索沃战争期间担任北约秘书长。我还要写一部关于伊拉克战争的小说，另有一部小说要写我在伦敦证券交易所董事会工作的十二年。然而，如果没有我各种各样的日常工作，写任何一部作品都是不可能的。

柏蒂·德纳姆与珍妮特·尼尔不一样，他是一位世袭贵族，曾在五位不同的保守党首相的政府中任职。对他来说，写作提供了难得的机会，让他从政治生活的强制要求中暂得喘息。

写为休闲

柏蒂·德纳姆

有一部分政治家写过惊悚小说，有些犯罪小说作家被提拔到了上议院。我想我的不寻常之处在于，我在上议院担任了很长时间的组织秘书，且有二十年的时间，我先担任副秘书长，然后担任秘书长。组织秘书的工作和犯罪小说作家的工作一样引人入胜，一样需要理解人性。有一个情况也许不太显眼，组织秘书是一份充满压力的工作，因为在政治中你永远不知道接下来会发生什么。它需要一星期七天待命，并在很短的时间内响应传唤，实施（或者至少尝试实施）必要的投票。

因此，对我来说，写犯罪小说就成了一种休闲方式。我的“日常工作”异于传统，所以写作帮我逃避了强求和压力。我的家族有文学渊源——我的一个教名是米特福德，这反映了一个事实，即我母亲是南希·米特福德的第一代表亲。我一直喜欢读惊悚小说，但直到多年之后，我才感觉有灵感要写一部自己的作品。说真的，成为惊悚小说作家的冲动来得很突然，产生于我组织秘书职业生涯的后期。

从 1960 年代开始，迪克·弗朗西斯、加文·莱尔、约翰·勒卡雷就是最受喜爱的作家，我曾与他们见面，我当选为侦探作家俱乐部会员，加入他们，都是很久以后的事了。资深作家给予有志于成为作家的人们的帮助和支持，其价值不可估量，历来如此。我写第一部作品的时候，很幸运得益于泰德·威利斯勋爵的鼓励，泰德是工党议员，如今，人们对他记忆最深的可能是他创作了《警察狄克逊》。

我所说的第一部作品是《失去影子的人》，书中介绍我的“系列侦探”德里克·史莱德（子爵），一位年轻的保守党组织秘书。故事背景是议会生活、乡间别墅、野外体育运动，所以我遵循了传统的建议，“写你之所知”。不过，随着写作事业的展开，我尽可能尝试改变写作方法，例如，我的故事背景从苏格兰到加勒比海，到处都是。结果，我发现自己对大量的背景及活动都不那么熟悉，需要研究。

这样的研究（例如在策划追逐场景的时候，要探索奥威尔河和萨福克海岸）令人着迷，通常情况下我能从写作里获得乐趣，研究可以产生更多乐趣，它体现了这样一种反差——完全脱离我的主要工作生涯——因为如此，我发现与犯罪小说家同行在一起很愉快，这与写犯罪小说出乎意料地有益于健康是一个道理。

作家的任务是创作作品，出版商的任务是销售作品，这样的观点受到普遍认同。普遍认同，但大有风险。确实，对很多作家来说，推销自己的作品并不容易，自我吹嘘是愚不可及的行为，不自吹自擂当然是明智之举。话虽如此，作家的有一种想法合情合理，期望出版商尽最大努力销书，而不是留给人一种印象（很多作家都有这种感觉），即他们对作家新近问世的杰作缄默事之。不过大多数出版商希望作者本人帮忙推销作品，这种思路没有什么新鲜，也谈不上不合情理。

二十世纪二十年代，多萝西·L.塞耶斯从事广告工作，她不仅意识到书籍营销的重要性，而且非常擅长做这些事。她的理念——犯罪小说作家必须会做广告——在侦探作家俱乐部早期深刻影响了会员的工作态度，甚至当时的通俗杂志《画报周刊》也应邀来到位于苏荷区的俱乐部所在地拍摄照片，照片上塞耶斯和海伦·辛普森在喝啤酒，还有同事们在试图表现出适当的神秘感。

在自助出版和社会化媒体时代，越来越多的作者发现，推销自己的作品虽然耗时且绝不简单，却又不仅值得而且必要，甚至可能令人愉快。关于其利弊以及“点燃星火”的价值，艾莉·格里菲斯发布的言论可谓洞若观火。

社交媒体与南希之死

艾莉·格里菲斯

你写出了精彩的作品，这时候畅销似乎水到渠成，你可以回到书桌前，磨尖羽毛笔，开始写下一部。不过说实话，即便在羽毛笔时代，畅销也不是这么简单。查尔斯·狄更斯不辞辛苦，推销自己的作品。他周游美国，有一次举行了七十五场朗读，赚了九万五千多美元。他当时家喻户晓，人们在大街上都能认出他（即便在这个社交媒体时代，达到这种阅历的作家也几乎闻所未闻）。事实上，正是一场朗读致使狄更斯早殇，他对《雾都孤儿》中南希之死进行了过度热情的表演，而后罹患中风，其后不久就去世，年仅五十八岁。

我们必须生命不息推销不止吗？仅仅写出一本伟大的书——如狄更斯无疑多次做到的那样——就足够了吗？要么表演可怖的死亡场景，吸引听众，要么让作品成为猜度不透的秘密，两者之间有没有折中的办法？

狄更斯是幸运的（那场几乎要了命的铁路事故[1]和比尔·赛克斯除外）。他天性善交际，是个热情奔放的演员，但作家并不一定个个都能这样。毕竟，我们选择的职业有大量时间需要独处。纵然有作家能满腹逸闻趣事，诙谐而博学，让听众深感享受，且这样的作家不在少数，但我们不能保证人人如此。况且，即便我们确实做到了，它真能帮我

1　这里指的是1865年英国肯特郡发生的一起火车脱轨事故。狄更斯当时53岁，在这场事故中幸存下来，并照顾了受害者。

们把书卖出去吗？我们都有过这样的经历，跋涉数英里去图书馆或书店，结果发现读者只有四人，其中两人是主办方雇来的，另有一人是迷路进来的。有一次，我和另外三位犯罪小说家组织了一个活动，最后看到的是满堂虚席，听众只有一个，是位女士，她接下来给我们讲起了她自己（尚未出版，故弄玄虚）的反乌托邦小说。苏格兰作家詹姆斯·奥斯瓦尔德回忆为三位听众朗读的经历，其中的一位半道逃离，口中念念有词，说再也受不了了。几年后，他遇到了当时另两位中的一个，对方说自己永远忘不了那件事，但詹姆斯从未想清楚过，是什么导致了那么激烈的反应。西蒙·布雷特讲了一个故事，一位作家参加艺术委员会的巡回演出，作家到了活动场地，发现只有一个人在等自己。听讲人茕然孤独，作家建议说，既然只有两个人，他们还是结伴去酒吧。“不行，”那人坚持说，“你必须讲。”原来那人是被雇来在中场休息时弹钢琴的。

面向一位观众表演，一位性情乖戾的钢琴家，虽然卖不了书，但可能在其他领域获得收益。鞍马劳顿参加一次活动，表达的是善意，对图书馆和书店表示支持更是善举。我的第一个编辑曾把这样的行为描述为“点燃星火”。也许那位反乌托邦小说家回到家，面对反乌托邦先生谈论我们的书，充满热情，也许反乌托邦先生将我们的书推荐给了他的书友圈，也许有人在推特上发布书讯——这些都能帮到我们。但点燃星火可能代价很高。很少有图书馆花得起钱请人宣讲，你只好自掏腰包，回家的路上你又买了一两颗特趣巧克力犒劳自己，然后你很快就发现这样办事不划算。明智的做法是把几场活动组团安排，但不久之后，你就“人在旅途”了，辗转连锁酒店和高档旅馆，长途跋涉，筋疲力尽，灵魂衰竭，最重要的是，挤占了你的写作时间。当然，营销活动丰富精彩，图书馆和书店也是美妙的去处，读书人总是招人喜爱的人，而得遇那些最奇妙的人，你的读者，才是真正的惊喜。但事实是残酷的，要让你的旅行有商业意义，你需要一屋子这样的各路神仙，且他们都愿意买书。

有什么办法可以足不出户就能推销作品吗？当然有。一般的作家们都听说过互联网，对吧？所以，做一些最基本的准备：创建网站，建立推特账户，做好脸书页面，也许能更疯狂一点，再加上照片墙。现在该做什么？加一张自己的照片，看上去朦朦胧胧，魅力四射，像个作家的样子？加一张你的狗/猫/豚鼠的照片？立即开始谈论你的书#立即购买#特价优惠？避开庸俗的消费主义，开始谈论你最喜欢的电影，或者进入一场辩论，《神秘博士》对《布莱克7》，表现得意气风发？答案可能是所有这些都要有。读者看到作家的样子很高兴，但坦率地讲，看到他们的宠物更高兴。如果你没有宠物，那就去借一只，或者说服邻居的吉娃娃站在你的电脑旁边，很讨人喜欢。你需要给人讲你的新书——人们关注你，这是首要原因——但不要把讲书搞成你们唯一的互动，老是高谈阔论非常乏味。相反，你可以谈一谈朋友的书。这样做有几点好处：第一，你是个正人君子，这会让你看上去就像个正人君子；第二，你的朋友会很高兴，如果幸运，他会回敬赞词，谈论你的新作；第三，这会让你显得兴趣广泛，爱好不拘一格，为你增色，谁说得清，你甚至有可能对上了胃口，真的喜欢上那些书了。

同样地，不要害怕谈论书以外的话题。特别注意，除去毫无意义的辩论（当然《布莱克7》要好一些，这无须赘言），推特算是一个不错的娱乐平台。你开辟了空间，能够舍得花时间，兴致勃勃，与其他音乐迷一起编排布鲁斯·斯普林斯汀的录音专辑，读者会希望看到这样一幕。但问题来了，社交媒体是时间大盗，你有可能消失在网络兔子洞，一天的大部分时间沉溺其中。还有，你很容易陷入那毫无意义的争论，它是一条主线，到处隐藏着侮辱，像是在直言“不要买我的书”。将社交媒体时间控制在早上或晚上的一小时以内，似乎是明智的策略。在照片墙上，有利的做法是每天同一时间发照片，最好在下午的前半部分，美洲开始苏醒的时候。所以，上传一张吉娃娃的可爱照片，稍后再看评论。然而，一旦看评论，就一定要条条回复，或者至少条条“点赞”。互动是关键。如果建立起关系，很快你就会得到最有价值的收获：网络粉丝。

但有了网络粉丝就能卖掉书吗？我在犯罪小说家朋友中进行过一个简要的非学术调查，受调查者一致认为，最有价值的事是创建一个邮件列表。收集到了真正想了解你作品的人员名字，你就可以给他们发时事通讯、特价优惠，以及活动细节。人们也在谈论“街头团队”，指全国各地的主要读者，这些人会为你的书做宣传。你可以专为这些粉丝建一个脸书聊天群，或者做得更好，同他们见面。但这一切都需要花时间，需要一定的技术诀窍。我从未真正掌握过如何使用 Mailchimp（一种邮件营销工具）。虽然我每月都发布时事通讯，但我必须承认是由出版商实施管理。懂行的人说，这样并不理想，因为你的邮件列表应该只属于你自己。当然，做过自助出版的作家们在这类问题上情况会好一些。要想成为独立成功的作家，不仅需要懂得亚马逊的算法，还需要懂得如何联系读者。在这方面，自主开发商比传统出版商优势明显。有一个现象很奇怪：从来没有人走进书店，要求买一本“哈珀柯林斯出版集团的书”；书的品牌是作家，不是出版商，但作家们意识到这个问题的速度一直缓慢。

如果时间和兴致非常有限，你能做些什么？如果你在社交媒体上只做一件事，我认为应该是这样：告诉人们你的书什么时候出版，讲一些关于它的趣事。不要只发亚马逊或书店的链接，讲一讲关于书的研究，或者讲一讲你最新的文学作品背后的历史，说一句能写这样的作品你很开心，贴一张邻居家的吉娃娃嗅书页的照片。伊恩·兰金在推特上树立了很好的例子，虽然是知名度很高的作家，他能让你觉得你是在与真人互动，他不只是讲他的书，他还上传在爱丁堡牛津酒吧的照片，分享音乐链接，推荐其他作家，遇到评论总是有回复。这就是为什么人们在推特上追踪作家。

但需要当心，社交媒体，从好的方面看，它是一个社区，从不好的方面看，它可能就是个黑暗场所。记住，你的目标是让人家看见，但看见同时意味着曝光，能够联系到你的人可不只是忠实的读者。些许做一点自我保护很有道理。这时候，动物朋友值得信赖，又可以帮你了，你可以不用上传自己和孩子的照片，但可以挂出宠物猫的照片。这样可以培养亲密感，还不至于泄露太多。谈论音乐和书籍也会收到同样的效果。我知道，话题远离政治有时候很难，但要尽力避嫌。不要回应任何可能触怒别人的东西，绕过它们，往下浏览。发帖子之前要三思，千万不要在喝醉的时候登陆推特。

那么你该发布什么内容，在哪里发布？普遍看法是，脸书是关于人的网络，推特是关于思想的网络。所以脸书上有“朋友”，推特上有“粉丝”，这在情理之中。脸书和照片墙上的帖子持续时间长一些，推特文字则历时短暂——有时候短暂也是好事，因为它没有“编辑”按钮。所以，如果你像我一样经常写错字，就配个懊恼的笑脸图，而后再发一遍。照片墙是视觉媒体，你拍的最有艺术特色的照片该放在那里。纯化论者希望他们的照片墙上的“项目供给系统”看上去像展出，所以有些用户坚持使用有限色调、有主题的图片，比如书籍、咖啡杯的特写镜头。对我来说，这样做有点乏味。和任何人一样，我欣赏漂亮的图片（我既关注风景特写，也关注机敏动物特写），但我希望我的作者更有趣、更多面。有统计显示，年轻人喜欢照片墙，只要帖子有魅力，他们就愿意花钱，所以要添加购买链接。脸书仍然是与读者聊天最理想的场所，但推特和照片墙上的信息，即便仅仅是喜欢，也应该做出回应，不可有遗漏。

以下是我的简要原则，用于社交媒体出版日，仅供参考：

1. 在脸书上发视频，附上购买链接。作者打开书箱的做法很俗气，但有效。视频里一定要有动物。

2. 在推特上多发几次帖子，每一次信息不一样。从书中拣重要句子附上去，或者更到位，附上音频链接。感谢帮助过你的人，添加动物图案逗趣。

3. 在照片墙上发布作品照片，包括购买链接和标签，务求美观，但不要过度。注册商业账户，便于看到数据（尽管数据通常会令人沮丧）。

如果你实在不想做这些，也不要太担心。

你唯一能做的，也只有你能做的，就是写出作品。所以，写作需要坚持不懈——虽然假如你想让人家读你的书，像样的办法可能只是花钱买个吉娃娃。

艾莉·格里菲斯说，写作生涯的关键在于坚持创造作品。请记住，写作免不了起起落落，随处就是酸甜苦辣，但它也是一份能带来巨大快乐的职业。小说家约翰·勒卡雷的职业生涯才思久长，造诣卓越，他在新作《鸽子隧道》中强调，自己对写作的热爱经久不衰。

写作之乐

约翰·勒卡雷

我喜欢事先无准备的写作——行走途中在本子上写作、在火车上写作、在咖啡馆里写作，然后匆匆回家，清点战利品。我在汉普斯特德的时候，荒地上有一条长凳，一棵枝繁叶茂的大树遮盖着它，我很喜欢这个场景。那棵树独矗，与其他树木相去甚远，是我耽于胡涂乱画的地方。我迷恋手写，说来也许傲慢，我喜欢固守古老的传统，采用非机械手段写作。事实上，我的艺术家天性被隐匿了，相比于写出文字，我其实更喜欢画出文字。

我最喜欢写作的私密特性，所以我不参加文学节日，也尽可能远离采访。不过记录显示我不是那样。有些时候，通常是在晚上，我多么希望从来没有接受过采访啊。首先，你在编造自己，然后你必须相信你的编造。这是一个与自我认知不相容的过程。

我在现实生活中有一个不同的名字，研究旅行中，它在一定程度上保护了我。入住酒店的时候，我不用担心自己的名字是否会被认出来，但当没有被认出来的时候，我又焦虑人们为什么认不出来。我希望了解有些人的经历，所以只好向他们坦白自己的身份，这种时刻我会遇到不同的回应。有人根本不相信我，另有人把我升格为特勤局局长。我声明我只不过是保守生活中最低层次的秘密，对方却回应说："你当然会这么说，不是吗？"那之后，他便开始向我吐露自己的心事，一类我不想要、不能用，也记不住的信息，错误地认为我会把这些秘密传递给某些我们都知道的人。我已经给出了几个关于这种半认真半滑稽的困境的例子。

然而过去的五十年里，我袭击过的大多数不幸的灵魂都向我表现出了宽容和大度——从制药行当里的中层管理者到银行家、雇佣兵，以及形形色色的间谍。最慷慨的是那些战地记者和外国记者，他们把寄生虫似的小说家揽入自己的羽翼之下，宁信其具有本不具有的勇气，并许其跟随左右。

我们最后来读莱恩·戴顿的文章，《侦探什么都知道》是献给他的。像这本书的其他撰稿人一样，作为作家，他的工作伦理与卓越才华互为补充，相得益彰。《即使在圣诞节》是他1982年写的文章，谈论作家笔耕不辍的话题，强调即便是（或者特别是？）可能在从事其他行业的时候，也该坚持写作。就写作这门技艺而论，这篇文章对我的影响可能比其他任何文章都要深远。莱恩·戴顿的写作生涯历时久远，成就卓著，下文是他的回顾。

作品不同，问题不同，解决方案不同

莱恩·戴顿

我们人人都有自己的写作方法，每部作品都有可能对作者提出新的要求。我用得成功的办法不一定对你有效，但你可能会发现我的某些经验对你会有所帮助。请记住，人们一直说我痴迷于研究，写作速度非常缓慢。

为做研究我去过许多国家。我喜欢与妻子、儿子同行，所以我们通常必须租房居住。去商场购物、与邻居交谈可以丰富人的理解力，而孤身出行旅馆栖息的人永远不可能得到这样的优势。我的妻子精通多种语言，我的儿子们的语言技能臻成于法国、德国、奥地利的学校教育，现在他们又在学习日语和标准汉语。我的多语言家庭对我的研究帮助非常大，他们的参与让我在许多国家与许多有趣的人建立了友谊。

但研究之前必须做好准备。你计划写的故事是否有趣——结构稳定，结局令人满意？故事内容足够支撑一部小说吗？用第一人称讲故事是最好的办法吗？一旦写起来，我需要动力，而动力就来自日复一日的写作、修改。

准备阶段是决定阶段，故事发生在哪里？在年内的哪个季节？故事中是否存在技术问题，如果存在，你应对得了吗？我有半道放弃三部作品的经历，那真叫人痛苦。有一部是个间谍小说，讲述的是一个管弦乐队在铁幕背景下旅行的故事。我能看懂乐谱，能在钢琴上敲出几个小节，但很快我就得承认自己对音乐的了解不够。我放弃的另一部小说是我在美国空军待了几个月后写成的。我被送上了东安格利亚基地的一架战斗机，他们给我配备了飞行服及一切随身用品，对我进行了机务人员体格检测，还有无数次的注射。他们在候机室给我安排了专座，飞行中让我坐在幻影战斗机的后座上。他们让我与飞行员们一起生活，我与这些人建立了友谊，至今仍然十分亲密。突然间，北越寻求和平，美国总统寻求连任，就在我准备加入战区的战术战斗机中队的时候，战斗结束了。一切都变了，我把写出来的所有的东西都搁置一边。

我放弃的第三本书里，我是想写世界范围内的革命运动。我对俄国布尔什维克做了大量研究；我混杂在麻烦制造者、托洛茨基主义派、恐怖分子当中；我与各种警务专家交谈，还走访过一名退了休的军情五处官员。我拟就了详细的提纲，起了两三次头，都似乎站不住脚，最后放弃了。

故事的时间跨度会影响叙事节奏和人物互动。小说《轰炸机》写皇家空军的一次空袭，其中包括德国目标、雷达以及夜战拦截，时间只延续二十四小时，属于时间集中但地点分散型作品。要写《轰炸机》我是有优势的，我在皇家空军服役的时候曾驾驶过阿佛罗兰开斯特轰炸机和德哈维兰蚊式轰炸机。皇家空军博物馆的工作人员许我进入他们珍贵的容克-88 轰炸机，到处攀爬，帝国战争博物馆让我长时间挑选、观看介绍轰炸机的影片。

相比之下，《冬季》描写的是一个柏林家庭从 1900 年到 1945 年的变迁。欧洲近代史把这个家庭撕得粉碎。两部作品都需要仔细研究过去，冷静看待过去，但从作者角度看，它们完全不同。目击者的叙述（包括日记和回忆录）一直是我研究的首选。许多历史著作重申、赞同先前文本中的荒诞说法及错误观点，重复战时的宣传。正是这种令人愤怒的状况促使我写了三本军事历史小说，《斗士》、《闪电战》和《鲜血，眼泪，愚蠢》，旨在驱散某些胡言乱语。

历史著作以及基于信史的小说都需要有效的参照体系。写《轰炸机》的时候，我用彩色纸打字，以区分有关英国皇家空军、德国空军、德国雷达、德国平民的章节。这样，观察彩边，我就可以看清故事是否足够平衡。《轰炸机》需要大量研究，为方便查阅，我的工作室墙上挂满了地图以及图表。修订、更正、编辑一直是我写作过程的组成部分；我在打字稿的字里行间涂涂写写，还要把文稿裁成块片，重新排列段落。这要让我端上胶水罐，跪在地上。为我保养 IBM 电动打字机的工程师有一次说："你的秘书可怜啊！她说她把你的有一章文稿重打了二十五遍！"

"是这样，"我说，竭力做出愧疚的样子，"但我有什么办法呀？"

"我带你去壳牌公司总部"——泰晤士河边的办公大楼也属于他的服务范围——"看看他们如何制作操作手册。"

解决办法是一部电脑。那是 1969 年，"文字处理器"这个名称还没有创造出来。我的家位于伦敦东南一区的梅里克广场的一所小房子，一个星期以后，一台庞大的 IBM 机器悬荡在高大的起重机上，吊入我家二楼的窗户。许多年后，一位美国研究人员著述文字处理系统的历史，他承认我是——许多年里——第一个使用这种奇妙装置写作的人，作品正是《轰炸机》。致谢中，我感谢 IBM 的人为我提供了奇妙的机器。这件事让我一举成名。这里，我必须感谢我的老朋友爱德华·米勒德·奥利弗，他在互联网上发现了一些尚未出版的材料，并联系了那位美国作家。我还必须承认，那部机器喜怒无常，间歇性发难，是我那位多才多艺的澳大利亚秘书埃伦诺掌握了它的脾性。

如果说准备对于创作是最重要的一环，那么准备对于电影制作来说则更为重要，它可以节省时间，节省经费。六十年代，我从琼·利特尔伍德那里买下《多可爱的战争》的电影版权之后，做了充分准备。（影片中的文字由参加演出人员或唱，或说，或写，我附加的片段也这样制作。）电影制作是一个多门荟萃的行当，制造商购得小说或戏剧的电影版权，编写剧本（或请人代劳），找人投入数百万美元，万万缺不得（我找的是派拉蒙影业公司），确定剧组人员（根据预算是否可用，是否负担得起），聘请导演及其他重要工作人员，如角色分配导演、服装设计师、外景制片主任、灯光摄影师等。聘请执行制片人很重要，我很幸运，找到了一位才华横溢、经验丰富的制片人——一名战时喷火式战斗机飞行员，昵称“麦克”，真名叫莫克戴维森。此人实际上是我的合伙人，这部电影在很大程度上要归功于他的技术和完美的管理。

时值冬天，剧本把行动中心转移到了布赖顿码头。很明显，要等到天气发生季节性改变才能开拍。在皮卡迪利大街，办公室租费昂贵，而且《多可爱的战争》电影版权是我个人购买，我的银行账户严重透支，我急需做成一单生意，拿到钱支付租金、账单。

派拉蒙的老板查理·布卢多恩很喜欢英国，我的代理威廉·莫里斯把脚本呈送给了他，所幸查理的热情和对我的信任使这个项目得以实施。但为了补上冬天的亏空，威廉·莫里斯为《只有我在笑的时候》争取到了额外资金。《只有我在笑的时候》是我新近完成的一部叙写行骗者的小说，它基本上是在室内拍摄的。艺术总监约翰·布莱扎德在伦敦塔桥附近一处废弃的仓库里建造了顶楼套房，令人惊叹（太漂亮了，1968 年 2 月号《家居与花园》杂志专门拍过特写）。纽约市和阳光明媚的贝鲁特的一些地方，被用作拍摄影片的户外场景。

为拍摄《多可爱的战争》我借了一辆火车头，租用、整修了两处布赖顿码头，还雇用了爱尔兰卫队。我没有必要跟你强调，在这样一个双重生产计划中，准备工作是多么重要。我没日没夜地操劳，检查所有项目，从布景、服装到用假雪掩盖布赖顿市的垃圾（为一组圣诞休战镜头），再到安排朋友乘坐第一次世界大战时期的老式飞机飞行。我很关注所有演员的动作，因为笨拙的动作会毁了电影。舞蹈指导埃莉诺·法赞为动作表演做出了重要贡献，我在观察她工作的时候学到了很多。

学了七年艺术，我热切期望《多可爱的战争》能在视觉上做得令人满意。我知道有些人的工作非常出色，这是一个机会，可以让这些人参与我的影片制作。梅·劳思是我在艺术学校的朋友，她负责服装设计，后来成为好莱坞的名人；另一位学艺术的同事雷·霍基设计的字幕令人叫绝。我聘请了一位颇有造诣的艺术家朋友帕特·蒂利，为我经验不足的导演（理查德·阿滕伯勒）提供故事梗概图片，上面草绘出每天拍摄所需的镜头位置。

当我还是查令十字街圣马丁艺术学院的一名学生的时候，我和其他几个人共用一个邮政信箱地址，其中包括一些相当有趣的骗子，他们自以为是的做派令人惊讶，声称只是利用了受害者的贪婪。几年后，我回忆起他们的故事，写出了《只有我在笑的时候》。对我来说，每一部作品都是实验机会。这部小说中的三个主要人物——一个年轻小伙子、一个中年男人、一个用情不专的女人——我都给了一章，让他们用第一人称叙述。每一位都在讲自己的故事，各自的故事往往与其他两位的故事或有矛盾或有重叠。写作令人愉快，写作向我揭示（借用亨利五世在圣克里斯宾节上的话说）让人物保有“优势记忆”，用途有多大。有时候，角色甚至会说出惊天大谎。

像大多数作家一样，我不乐意浪费没有派上过用场的经历（甚至我放弃了的革命研究也被用在了《马米斯塔》里的南美地区中）。《特写》进一步探讨了我在电影行业的多种不同经历。我与派拉蒙的高层关系密切，目睹过商业决策的艰难。我与男女名演员签约：劳伦斯·奥利弗、玛吉·史密斯、约翰·吉尔古德、拉尔夫·理查森，以及雷德格雷夫家族的所有人员。这些人的代理六亲不认，我不辞辛苦与他们讨价还价。我的丛林之旅给我留下了丰富的素材，足以写一部小说。《特写》讲述的是我亲眼所见的仇杀、胁迫和背后捅刀子的社会政治。我叙写长期困扰演艺职业的苦涩辛酸和精神压力。为突出戏剧性，我描述电影明星面对即将来临的票房价值下滑苦苦挣扎。我想要第一人称的亲近感外加宏观概括，所以我把演员的故事和传记作者的评论紧密结合起来。

有些故事总在刺激人的大脑，有几位读过《轰炸机》的读者写信建议我写一部关于美国第八航空队的小说。一位名叫马尔科姆·贝茨的读者给我寄了很多长信、照片、书籍，他的热情鼓舞人心。美国的机场就像小型城镇：不仅有飞机库和装备精良的工作车间，而且有药店、图书馆、监狱、教堂、冷饮店、牙医诊所、医院、电影院、裁缝铺。

美国第九十一轰炸机大队的一帮退役老兵访问英国，要去他们驻扎过的基地，皇家空军前军官“公子”卡尔中校帮我混了进去，于是我在故事中加入了这个有趣的片段。

“那是我住过的地方。”老兵中的一位对妻子讲。这句话成了《再见了米老鼠》的第一页。

最初，我计划每一章都用各个主要人物的第一人称视角写出来。我的美国编辑乔治·雷默表示担忧。那样写，我需要掌握多种不同的美国地方口音和言语模式，据她所知，没有哪个作家能够成功驾驭。我彻底修改了计划。我仍然会在每一章聚焦一个人物，但我会用第三人称写出来，让人物成为观察者。

《再见了米老鼠》是众多建议的结果，但《不列颠党卫军》的诞生比较容易解释。当时我正在托尼·科尔韦尔的办公室喝咖啡，同在的还有雷·霍基。托尼·科尔韦尔是我在乔纳森凯普出版社的编辑，雷·霍基是设计师。当时已经很晚了，我们刚刚为《斗士》选好照片和图注，《斗士》是一部关于不列颠之战的历史小说。

“如果我们仗打输了就没有人知道发生了什么。”托尼说。

“德国人有制订好的计划”，我说，“我有一个书架摆满了书籍和官方文件，都在揭示他们的想法。”

“能写一部小说吗？”雷说。

我提醒他：“没人写过这样的小说。”

“这就是所谓‘架空世界’的故事。”雷说。

我从未听说过这样一个类别，它一开始并没有引起我的注意。但我着手翻阅藏书。我读得越是深入，对这个话题就越感兴趣。结果，德国的资料我用得不多。那是一个极其吸引人的主题，我用侦探小说的形式把它表现了出来。谋杀发生在第一页，最后一页谜底揭晓。中心人物是一名伦敦警察厅的侦探——“警察厅的阿切尔”，所用场景是我能记得的战时伦敦。

我喜欢用第一人称写作，尽管那样会产生一些限制（比如每一章都要出现同一个人），所以我就从阿切尔的视角讲故事。但就在打字进展到最后一章的时候，我碰壁了。无论我设想出多少迂回曲折，都逃不出困境。于是我放弃了整个打字稿：将故事转换为第三人称叙事会导致故事的笨拙、粗糙，我干脆拿起新的稿纸，重新开始。这个例子发人深省，计划不周，前功尽弃，但关于故事构建和人物塑造，重写也教会了我很多。

那么那些间谍都去了哪里？作为作家我们知道，读者不会容忍我们用巧合推进情节。但现实生活中，巧合一再出现：我的生活中就有与间谍圈子关联的巧合。1960年代，我们在梅里克广场的隔壁邻居是尼古拉斯·艾略特夫妇。尼古拉斯是一名高级间谍，刚刚从贝鲁特回来，在贝鲁特他一直跟克格勃间谍金·菲尔比谈判。菲尔比获得了赦免，交换条件是他必须提供完整而详细的供词。有消息说艾略特将被擢升为军情六处处长。他的办公室（我的出版商隔壁）在沃克斯豪尔桥路，离梅里克广场很近。不过艾略特没有拿到供词，也没有升到那个高位。多年后，我在创作《昨天的间谍》，小说以戛纳一带为背景，我们就迁居到戛纳附近的一个小村庄。艾略特的妻子再次成为我们的邻居。

间谍圈子里还有其他巧合之遇。我有个朋友被关押在苦艾林莱斯特皇家监狱，有一天阳光明媚，我去探访。当探监人和囚犯们聚在内部草坪上的时候，我发现苏联最成功的特工之一乔治·布莱克就坐在邻桌上，军情五处的麦克斯韦·奈特和军情六处负责人莫里斯·奥德菲尔德爵士都是朋友的朋友。间谍到处都是。要寻找干过这一行的人，你都没有必要把目光投向写作同人之外。

一切开始于1940年5月，有一天午夜，我和父母亲眼看见警察逮捕了我们在格洛斯特广场的隔壁邻居安娜·沃尔科夫。安娜是海军上将沃尔科夫的女儿，俄国革命发生前沃尔科夫将军曾是俄海军武官。安娜是一位和善的邻居，她也是一名时尚女帽商，非常成功，这使她能够举办晚宴，邀请有影响力的人物参加。那些晚宴上，我母亲参与做饭和招待客人。政权旁落，安娜对此极为愤慨。安娜晚宴上的客人大多持这样的观点。美国大使馆密码译员泰勒·肯特住在不远处的格洛斯特广场四十七号，在此人协助下，安娜从席间交谈中筛选出有用信息。安娜的聊天记录显示着来自威斯敏斯特、白厅及其他机构的政治倾向和政治偏见，是很有价值的材料。泰勒可以接触到美国的外交邮袋，这些材料都通过外交邮袋送到柏林。

审判是秘密进行的，安娜晚宴的客人名字也从来没有公布于众。安娜被判十年监禁，肯特被判了七年。后来有人给我看了一些逮捕的记录。有人篡改了故事，说安娜是在南肯辛顿她父母家中被捕的；甚至还有手写笔记本的一页，是执行逮捕的警官出具的。这一切都是官方造假。当局决定釜底抽薪，不提她真正的居处和宴会上的客人。我母亲从来没有被传讯过，广场上的其他邻居也没有被传讯过。有人说，约瑟夫·肯尼迪是安娜的常客，他到处表达政治观点，那些桌边对话正是他的谈资。

我的第一部作品《伦敦间谍战》是否受到上述情况的影响，我仍然拿不准，我也不知道自己为什么写了这部小说。大多数成功的作家似乎从童年起就热衷于写作，我没有这样的雄心壮志。我信手涂鸦，毫无章法，扔掉的文稿比保留下来的还多。写作的当初只是一种消遣，甚至完稿之后，我弃之一边，置之脑后。

评论界待我态度和蔼。但《伦敦间谍战》的基调是平凡，平凡使它与众不同。主要人物不是英雄，他与伴我一起长大的普通人没有两样，我不认识书中看到的那种英雄。多年后，我开始写“游戏、布景、比赛”三部曲，也就是以伯纳德·萨姆森为主角的九部作品。我希望能更全面地探索这种平凡。

萨姆森会为钱发愁。他还有两个年幼的孩子、一个博学的妻子、一位不讲情面的同学、一位生气勃勃的嫂子和她坚忍不拔的工作狂丈夫。故事中伯纳德的岳父财大气粗、夸夸其谈，伯纳德和这个工作狂一样不喜欢他。伯纳德在柏林长大，这使他常被当作本地人，但供职白厅的高级别人员，包括一个冷酷无情的对手和一个慈心热肠的上司，一概不太欣赏他的这一优势。故事将逐一描绘他们，他们变得衰老、虚弱，但不见变得聪明。这样，我就不可能把那么多角色塞进一本平常大小的作品里。所以我画了一大张挂图，描述整个工程，即萨姆森生活中的主要事件。

接下来，我长时间端详挂图，着手将它划分成一本书长度的章节。那将必然是两个三部曲，不！由于我把萨姆森的职业生涯也纳入其中，所以它必将是三个三部曲。要连续吗？不用，我需要时间间隔，而且在系列的某个节点，我可能会从第一人称叙述转向第三人称叙述，以便让读者认知故事全貌。

回顾九部（如果算上先行篇《冬季》就是十部）“萨姆森小说”的写作，我最大的遗憾是过早地让嫂子丧命。嫂子是一个很有价值的人物，她的死是一个不断发展的谜团，但谜团不足以弥补她的逝去。我应该让另外一个人死去。但已经这样了，我们都会犯错。